NELLIE WEISZ

You and Me at Sunrise

IMPRESS

© privat

Nellie Weisz wurde 1991 geboren und lebt mit ihrem Partner und ihren zwei Meerschweinchen in Darmstadt. Nach einem Publizistikstudium hat es sie ins Online-Marketing verschlagen. Während sie in ihrem Job mit Zeichenbeschränkungen zu kämpfen hat, kann sie als Autorin ihren Hang zu verschachtelten Sätzen, ausschweifenden Beschreibungen und romantischen Geschichten ausleben. In ihrer Freizeit verschlingt sie Bücher und reist leidenschaftlich gern.

Für alle, die mutig genug sind, zu träumen.

Vorbemerkung für die Leser*innen

Liebe*r Leser*in,

dieser Roman enthält potenziell triggernde Inhalte. Aus diesem Grund befindet sich hier eine Triggerwarnung. Am Romanende findest du eine Themenübersicht, die demzufolge Spoiler für den Roman enthält.

Entscheide bitte für dich selbst, ob du diese Warnung liest. Gehe während des Lesens achtsam mit dir um. Falls du während des Lesens auf Probleme stößt und/oder betroffen bist, bleib damit nicht allein. Wende dich an deine Familie, Freunde oder auch professionelle Hilfestellen.

Wir wünschen dir alles Gute und das bestmögliche Erlebnis beim Lesen dieser besonderen Geschichte.

Nellie Weisz und das Impress-Team

Soundtrack

Movie – Tom Misch
City Of Stars – Ryan Gosling
Walking On Sunshine – Katrina & The Waves
Here Comes The Sun – The Beatles
Eye Of The Tiger – Survivor
Are You Ready For Love – Elton John
Falling For You – Charlotte OC
I Could Be Wrong – Lucas & Steve, Brandy
Sunday Morning – Maroon 5
Fake – Lola Young
Girls Just Want To Have Fun – Cyndi Lauper
You And Me – Livehouse
Impossible – Nothing but Thieves
Everybody Hurts – R.E.M.
Paparazzi – Lady Gaga

Vollständige Playlist:
You and me at sunrise – Offizieller Soundtrack von Nellie Weisz Autorin

Kapitel 1

Cassey

»Bitte Sarah, du musst mir glauben, dass das alles nur ein großes Missverständnis ist! Du bist die einzige Frau in meinem Leben, die mir wirklich etwas bedeutet«, sagte der junge Mann mit so viel Pathos in der Stimme, dass ich am liebsten zwischen den Ritzen unseres abgesessenen roten Cordsofas verschwunden wäre.

Der Widerstand der Frau, die er Sarah genannt hatte, schien bei seinen Worten, wie nicht anders zu erwarten gewesen, dahin zu schmelzen. Sie zog die Spannung noch für ein paar Sekunden künstlich in die Länge, bevor sie sich von dem Mann in seine muskulösen Arme schließen und sich augenscheinlich nur zu gerne von ihm küssen ließ. Die Kamera entfernte sich langsam von dem glücklichen Paar und dann flimmerte in großen schwarzen Lettern das Wort *»Ende«* über die Mattscheibe unseres klobigen Röhrenfernsehers.

»Du weißt hoffentlich, dass so was nur in Hollywood passiert?«, fragte ich meine Schwester Kayla.

Sie trocknete die letzten Tränen mit einem zerknitterten Taschentuch und schnäuzte sich geräuschvoll, bevor sie mir ihr Gesicht zuwandte. Ihre Augen und Wangen waren leicht gerötet, ihre dunkelblonde Lockenmähne fiel ihr wild in die Stirn. Sie würde dieses Jahr sechzehn werden und damit rückte der Moment, an dem der erste Idiot ihre offene, vertrauensselige Art ausnutzen und ihr das Herz brechen würde, zu meinem großen Unbehagen beständig näher.

»Sei doch nicht immer so schrecklich unromantisch!« Sie zog die Augenbrauen kritisch zusammen.

»Ich bin einfach nur realistisch. Typen wie dieser Damien Baxter sind im wahren Leben alles eingebildete Idioten. Das sind Hollywoodstars doch immer.« Ich deutete auf den charmant grinsenden, überdurchschnittlich gut aussehenden Mann auf dem DVD-Cover.

»Quatsch, Damien ist ein richtiges Zuckerstück!« Das Gesicht meiner kleinen Schwester nahm einen schwärmerischen Ausdruck an.

Ich verschluckte mich an meinem Lachen. »Ein richtiges Zuckerstück? Wo hast du das denn her?«

Statt einer Antwort streckte sie mir die Zunge heraus und erhob sich vom Sofa.

»Ich muss dir deinen Damien morgen auf jeden Fall wieder zurück in die Videothek entführen«, warnte ich sie vor.

Sie drehte sich abrupt zu mir herum und sah mich mit ihrem herzerweichendsten Hundeblick an. »Aber ich habe den Film doch erst zweimal gesehen! Bitte, nur noch einen Tag!«

Ich seufzte. Meine Schwester verbrachte eindeutig zu viel Zeit in diesen von Hollywood produzierten Märchenwelten. Sie würde aus allen Wolken fallen, wenn sie die Männer im richtigen Leben kennenlernte.

Die Typen, die auf Tinder nur nach Körbchengröße entschieden, ob ihr Daumen nach rechts wischte und die einem ungefragt Bilder von ihrem besten Stück schickten. Die Typen, die einen selbst beim zweiten Date versehentlich mit dem falschen Namen ansprachen oder gleich gar nicht mehr auf Nachrichten reagierten. Die Liste solcher Fehlgriffe ließ sich ewig fortsetzen. Dies führte dann letzten Endes dazu, dass man seine Erwartungen auf das absolute Minimum reduzierte und mit einem Kompromiss lebte.

Mein Kompromiss hieß Phil und arbeitete zusammen mit mir in einer kleinen Videothek in Downtown Los Angeles. Ich konnte mich nicht daran erinnern, wann er mich das letzte Mal zu einem Date ausgeführt hatte, geschweige denn irgendetwas annähernd Erotisches zwischen uns passiert war. Im Grunde genommen waren wir nur noch aus Gewohnheit zusammen. Was für ein deprimierendes Eingeständnis.

»Phil wird mir die Hölle heiß machen, wenn ich den Film morgen nicht zurückbringe.« Mit den Neuerscheinungen hielt sich unsere kleine Videothek gerade so über Wasser. »Ich kann dir stattdessen einen der älteren Filme mitbringen«, versuchte ich zu verhandeln.

»Na gut«, gab sie maulend zurück, »aber dann unbedingt einen mit Damien!«

Kopfschüttelnd versprach ich es ihr. Ich nahm die DVD-Hülle in die Hand und betrachtete den Schauspieler, der das Cover zierte, genauer. Seine intensiv grünen Augen blitzten mich herausfordernd an. *Wenn die mal nicht mit Photoshop bearbeitet worden waren.* Dennoch musste ich zugeben, dass der Typ das gewisse Etwas hatte. Das war vermutlich auch der Grund dafür, warum er in seinem Beruf so erfolgreich war. An der Qualität seiner Filme konnte es auf jeden Fall nicht liegen. Ich hatte ihn noch nie in etwas anderem als einem dieser seichten Liebesfilme mitspielen sehen – und die hatte ich mir auch nur meiner Schwester zuliebe angetan. Ich konnte mit diesen weltfremden Filmen schlichtweg nichts anfangen. Sie weckten völlig falsche Erwartungen, denn in der realen Welt war nicht für jeden von uns ein Happy End vorgesehen. Da brauchte man sich nur die aktuelle Scheidungsrate anzusehen.

Vermutlich hatten meine Eltern ihr Übriges dazu beigetragen, mich in Sachen Romantik und Liebe, bis dass der Tod uns scheidet, zu desillusionieren.

»War Mom heute bei der Arbeit?«, fragte ich meine Schwester.

Sie schüttelte den Kopf. »Sie ist heute noch nicht aufgestanden. Ich habe ihr am Nachmittag etwas zu essen gebracht, aber ich glaube, sie hat es nicht angerührt. Soll ich noch mal nach ihr sehen?« Ihre Stimme klang ängstlich, auch wenn sie versuchte es nicht zu zeigen.

Wenn meine Mom sich in der Phase befand, in der sie sich von der Welt zurückzog, konnte man kaum zu ihr durchdringen. Für meine Schwester war der Anblick immer schwer zu ertragen, ich selbst war mittlerweile abgestumpft. Zu oft schon hatte ich sie aus dem Sumpf ihrer Gefühle und Wahnvorstellungen ziehen müssen.

»Nein, schon gut. Ich kümmere mich darum.« Seufzend erhob ich mich.

Ich hatte gehofft, dass ihre gute Phase dieses Mal länger anhalten würde.

Dass sie es endlich schaffen würde, die Dunkelheit aus ihrem Inneren zu verbannen. Dass sie sich wenigstens Kayla zuliebe dieses Mal mehr anstrengen würde. Ich hatte einige Extraschichten in der Videothek annehmen müssen, um ihr einen Platz in einer renommierten psychiatrischen Klinik zu besorgen. Danach war es ihr so viele Monate am Stück gut gegangen, dass ich zum ersten Mal Hoffnung geschöpft hatte. Ein trügerischer Frieden, wie sich jetzt zeigte.

Mit schweren Schritten ging ich zu ihrem Zimmer. Es lag am Ende des Korridors und ich zog den kurzen Weg dorthin so weit in die Länge wie nur möglich. Ich wusste bereits, was mich dort erwartete, und kämpfte den Drang nieder, mit den Fäusten gegen die mit beiger Raufasertapete verkleideten Flurwände zu hämmern. Stattdessen hielt ich den Blick auf den abgewetzten Teppichboden gerichtet. Der Anblick der mit Familienfotos behängten Wände, die die Abwesenheit einer bestimmten Person nur umso präsenter machten, würde sonst nur die Wut in meinem Bauch entfachen, die wie ein Eichhörnchen im Winterschlaf darauf wartete, dass man ihr eine Nuss vor die Nase hielt und sie zum Leben erweckte.

Am Ende des Korridors blieb ich stehen und atmete ein paar Mal tief durch. Als ich die Tür zum Zimmer meiner Mutter öffnete, schlug mir ein Schwall warmer, abgestandener Luft entgegen. Der verbrauchte Sauerstoff hatte sich mit dem säuerlichen Geruch nach einem ungewaschenen Körper vermischt und ließ mich schaudern.

Mit großen Schritten und angehaltenem Atem durchquerte ich das Zimmer und zog die schweren Vorhänge an der gegenüberliegenden Wand zur Seite. Dann öffnete ich die dahinter verborgen gelegenen Fenster und ließ frische Luft hindurchströmen. Obwohl es bereits spät am Abend war und von draußen nur das dämmrige Licht der Straßenlaternen hereindrang, stöhnte meine Mutter hinter mir auf. Sie lag in schützender Embryonalhaltung zusammengerollt auf dem Bett und hatte die Hände vor die Augen gepresst.

»Mom, du hast die letzten zwei Tage im Bett verbracht, meinst du nicht, es wäre an der Zeit aufzustehen?« Ich konnte nicht verhindern, dass meine Stimme vorwurfsvoll klang.

»Ich bin so schrecklich müde, Cassey«, wisperte sie. Ihr blondes Haar hing ihr strähnig vom Kopf herab und ihre Lippen waren so trocken, dass sie an einigen Stellen aufgesprungen waren.

»Hast du dich wenigstens im Diner krankgemeldet?«, fragte ich, obwohl ich die Antwort schon kannte.

Sie überging meine Frage geflissentlich. »Gestern hätten dein Dad und ich unseren dreißigsten Hochzeitstag gehabt.«

»Hat er etwa wieder angerufen?« In meinem Kopf schrillten sämtliche Alarmglocken. »Mom, wir sind ohne ihn besser dran. Du musst endlich aufhören, dich an ihn zu klammern. Es ist jetzt fast acht Jahre her. Denk doch mal an Kayla, sie braucht dich.« Ich bemühte mich, nachsichtig mit ihr zu sein, aber ich hatte dieses Gespräch schon zu oft geführt.

»Ich versuche es wirklich. Glaub mir, ich will eine gute Mutter für euch sein. Aber manchmal ist es so schrecklich schwer. Dein Dad war meine große Liebe, das kann man nicht einfach so abschalten.« Sie sah mich aus großen, feucht glänzenden Augen an.

Eines war sicher, würde Phil mich jemals sitzen lassen, würde ich ihm keine Träne nachweinen. Das war auf der einen Seite ein trauriges Urteil für unsere Beziehung, aber gleichzeitig auch eine Erleichterung.

»Hast du heute schon deine Medikamente genommen?«, fragte ich, ohne auf ihre immer gleiche Leier einzugehen.

Ihr schuldbewusster Blick war mir Antwort genug. Ich wusste, dass Depressionen eine ernst zu nehmende Erkrankung waren, dennoch fiel es mir immer schwerer, Verständnis für meine Mutter aufzubringen. Ich hatte wegen ihrer Krankheit auf so vieles verzichten müssen. Mit sechzehn hatte ich von einem auf den anderen Tag erwachsen werden und mich um Kayla kümmern müssen. Während meine Mutter sich in ihrem Zimmer vergraben und sich von ihrer Trauer hatte verschlingen lassen.

Ich griff nach der Pillendose, die auf dem Nachttisch neben ihrem Bett stand, und schüttete zwei Tabletten in ihre linke Hand. Dann ging ich in die Küche und füllte ein Glas mit Leitungswasser, bevor ich zu ihr zurückkehrte. Ich wartete, bis sie sich die Tabletten auf die Zunge gelegt hatte, und gab ihr dann das Wasser zum Nachspülen.

»Wenn die Pillen nicht mehr anschlagen, musst du wieder in die Klinik und dich neu einstellen lassen«, sagte ich und bedachte sie mit einem strengen Blick.

Sie verzog das Gesicht. »Nein, bitte nicht. Gib mir noch ein paar Tage. Ich komme schon wieder auf die Beine.«

Ich wollte ihr glauben, doch die Vergangenheit hatte es mich anders gelehrt.

***

Am nächsten Tag machte ich mich gegen Mittag auf den Weg zur Videothek. Ich sah Phil schon von Weitem, wie er auf der Straße vor dem Laden stand und sich an einem Reklameschild zu schaffen machte. Seine schulterlangen braunen Locken fielen ihm in die Stirn, als er in gebückter Haltung und mit angestrengt zusammengekniffenen Augenbrauen vor dem Schild kniete. Er sah aus wie einer dieser übereifrigen Kellner, die das Tagesangebot vor ihrem Restaurant anpriesen.

Wahrscheinlich hatte er wieder einen seiner Geistesblitze gehabt, wie wir die Menschen trotz Netflix, Amazon Prime Video und Co. in unseren Laden locken konnten. Die Erfolgsquote seiner bisherigen Bemühungen ging jedoch gegen null.

»Hey, was steht denn heute auf dem Menü?« Ich deutete grinsend auf das Schild. Eigentlich fand ich die Idee sogar überraschend gut. Wir könnten zum Frühstück Filme wie *Frühstück bei Tiffanys* oder *Breakfast Club* anbieten, mittags *Ratatouille* und abends *Die Tribute von Panem – The Hunger Games.* Oder war Letzteres vielleicht doch etwas zu makaber? Vielleicht wäre die Wohlfühlromanze *Eat Pray Love* mit Julia Roberts doch besser geeignet.

»Wovon redest du?« Er sah mich mit gerunzelter Stirn an. Auf seiner Nasenspitze kündigte sich ein aufkeimender Sonnenbrand an.

»Na ja, du siehst aus wie ein Kellner, der das Menü des Tages präsentiert.«

Ich blickte über seine Schulter und las *»Großer Ausverkauf, alles bis zu fünfzig Prozent reduziert!«*. Verwirrt sah ich ihn an. Warum stand da etwas von Ausverkauf auf dem Schild?

»Habe ich hier irgendetwas verpasst?« Ich deutete auf die Reklametafel, während sich ein flaues Gefühl in meinem Magen breitmachte.

Phil zog mich mit sich in die Videothek. Der vertraute Geruch nach Staub und Lufterfrischer kitzelte mich in der Nase. Aus dem Augenwinkel nahm ich mehrere Kartons wahr, die auf dem Boden neben der Theke standen, und aus denen zusammengerollte Filmplakate ragten. An dem Regal, das uns am nächsten war, hing ein Din-A4-großer Zettel in neongelb mit der Aufschrift *»Jede DVD fünf Dollar«*. Das ungute Gefühl in meinem Magen wurde zu einem Knoten.

»Wir werden den Laden nächste Woche dichtmachen müssen. Bis dahin soll so viel verkauft werden wie möglich. Am Wochenende werde ich den Rabatt dann noch mal erhöhen«, sagte er mit einer Teilnahmslosigkeit in der Stimme, als hätte er mir soeben den Wetterbericht für den nächsten Tag mitgeteilt.

Ich sah ihn fassungslos an. Wenn der Laden schließen würde, bedeutete das für mich, dass ich ab nächster Woche arbeitslos wäre. Phil sah erstaunlicherweise weder überrascht noch sonderlich geknickt aus. Und mir wurde plötzlich klar, warum.

»Seit wann weißt du das schon?«, fragte ich mühsam beherrscht.

»Seit ein paar Wochen.« Als er sah, wie sich ein Unwetter auf meiner Stirn zusammenbraute, ging er sofort in den Verteidigungsmodus über: »Ich wollte es dir sagen, aber ich hatte Anweisungen von oben, es nicht an die große Glocke zu hängen.«

»An die große Glocke? Verdammt Phil, ich bin deine Freundin! Du weißt doch, dass meine Familie auf mein Einkommen angewiesen ist!« Ich konnte nicht fassen, dass er mir diese Information wochenlang vorenthalten hatte. Er hatte nicht den Hauch einer Andeutung gemacht, dass ich mich nach einem neuen Job umsehen sollte.

»Sieh es doch als Chance! Ich habe zum Beispiel beschlossen, mich danach als professioneller Life-Coach selbstständig zu machen. In den letzten Wochen habe ich mir dazu jede Menge Webinare angeschaut und damit lässt sich echt viel Kohle verdienen«, vertraute er mir grinsend an, in Gedanken vermutlich schon im Geld schwimmend.

Fast wäre ich in hysterisches Gelächter ausgebrochen, so absurd erschien mir die Situation. Ausgerechnet Phil, der die Highschool geschmissen und noch nie etwas anderes gemacht hatte, als in einer Videothek zu arbeiten, wollte anderen Menschen dabei helfen, ihr Leben auf die Reihe zu bekommen?! Mein Blick glitt über sein grellrotes T-Shirt mit der cartoonartigen Filmrolle, das unser Arbeits-Outfit darstellte und das ihm mindestens eine Nummer zu groß war. Es hing wie ein Bettlaken an seinem ohnehin schlaksigen Oberkörper herab. Phils milchweiße Haut wirkte im Kontrast zu der grellen Farbe beinahe schon kränklich blass. Seine Augen, die von einem stumpfen Hellgrün waren, musterten mich mit einem bedauernden, aber zugleich überheblichen Ausdruck. Obwohl er nur fünf Zentimeter größer war als ich, schien er immer auf mich herabzublicken.

In meinem Kopf machte irgendetwas Klick und plötzlich fühlte ich mich so entschlossen und selbstsicher wie schon lange nicht mehr.

»Weißt du was, du hast absolut Recht. Ich sollte es als Chance sehen, vielleicht sogar als Wink des Schicksals, mein Leben zu ändern«, sagte ich.

Phil nickte zustimmend. Seine Korkenzieherlocken, um die ihn jedes kleine Mädchen beneidet hätte, sprangen aufgeregt wie lose Sprungfedern in einer Matratze auf und ab.

Ich sah ihm direkt in die Augen, als ich fortfuhr: »Und ich werde gleich hier und jetzt damit anfangen. Du und ich, das ist endgültig Geschichte.« Diese Trennung war längst überfällig gewesen und endlich hatte Phil mir den entscheidenden Anstoß dazu gegeben, diesen Schritt zu gehen.

Phils nickender Kopf kam zu einem abrupten Stillstand. Verwirrung spiegelte sich auf seinen Gesichtszügen.

»Hiermit reiche ich außerdem offiziell meine Kündigung ein«, setzte ich nach. Worauf sollte ich warten, wenn der Laden nächste Woche sowieso Geschichte wäre. Ich würde schon etwas anderes finden, das hatte ich bis jetzt immer getan. Wenn ich eines war, dann eine Überlebenskünstlerin.

Ich griff nach der neuen Lieblings-DVD meiner Schwester, die ich schon auf den Tresen gelegt hatte, um sie gleich ins System einzulesen.

»Die werde ich als Abschiedsgeschenk behalten«, teilte ich dem verdutzt dreinblickenden Phil mit und verließ den Laden.

»Die musst du aber bezahlen! Sonst ziehe ich sie dir von deinem letzten Gehalt ab«, rief Phil mir hinterher.

Es überraschte mich kaum, dass ihm mein Diebstahl mehr zu schaffen machte als die Tatsache, dass ich soeben mit ihm Schluss gemacht hatte.

Ich hob lediglich meinen rechten Arm und zeigte ihm meinen ausgestreckten Mittelfinger, ohne mich noch einmal zu ihm umzudrehen.

***

Nachdem die erste Euphorie verflogen war, spürte ich die nagende Ungewissheit, wie wir ohne mein Gehalt über die Runden kommen sollten. Es war so gut wie sicher, dass meine Mutter den Job im Diner verlieren würde, wenn sie ihn nicht schon verloren hatte. Wir waren chronisch knapp bei Kasse und konnten es uns nicht erlauben, mehr als ein oder zwei Wochen am Stück auf ein regelmäßiges Einkommen zu verzichten. Nervös nagte ich an meinem rechten Daumennagel. Ich würde zu Hause gleich mit der Jobsuche beginnen. Da ich die Highschool ohne Abschluss beendet hatte und auch sonst keine einschlägige Berufsausbildung vorweisen konnte, war die Auswahl möglicher Jobs begrenzt.

Ein fehlender Highschool-Abschluss war nur ein Punkt auf einer endlos langen Liste an Dingen, die ich meinem Vater vorwarf. Nur ein lausiges Jahr hatte mich von den Abschlussprüfungen getrennt, als er dafür gesorgt hatte, dass mein Leben wie ein Kartenhaus in sich zusammenfiel.

Das Klingeln meines Handys riss mich aus meinen trübsinnigen Gedanken. Ich sah auf dem Display, dass es Tante Ruth war.

»Hey Cassey, wie geht es dir? Meine Freundin Betty vom Diner hat mich heute angerufen. Carol war den dritten Tag in Folge nicht bei der Arbeit.« Meine Tante redete nicht lange um den heißen Brei herum.

»Ich weiß, Mom hat wieder einen Rückfall. Ich habe meinen Erzeuger in Verdacht. Ich glaube, er hat sie angerufen. Sie hat mir irgendetwas von ihrem dreißigsten Hochzeitstag erzählt.« Ich seufzte schwer.

»Dieser verdammte Mistkerl! Hast du alles unter Kontrolle? Kommt sie alleine wieder auf die Beine?«

»Sie hat es mir zumindest versprochen.« Doch wir wussten beide, wie wenig man auf ihre Versprechen geben konnte.

»Und wie geht es dir sonst? Wir haben viel zu lange nicht mehr gesprochen. In der Firma ist die Hölle los! Ich weiß schon gar nicht mehr, wo mir der Kopf steht.«

»Es ist erst Mittag und ich habe schon zwei Trennungen hinter mir«, erwiderte ich trocken.

Sie lachte. »Soll ich dich dazu beglückwünschen oder dir mein Beileid aussprechen?«

»Wahrscheinlich wäre beides angebracht. Ich habe mit Phil Schluss gemacht«, begann ich mit der positiven Neuigkeit.

»Wurde aber auch Zeit.«

»Der Grund, warum ich ihm den Laufpass gegeben habe, führt mich auch gleich zur zweiten Trennung dieses Tages. Phil hat mir über Wochen hinweg verheimlicht, dass die Videothek dichtmacht. Was bedeutet, dass ich mich wohl oder übel von meinem Job trennen musste.« Ich seufzte.

»Hast du schon etwas Neues gefunden?«

»Nein, aber ich werde mich schnellstmöglich dahinterklemmen«, versprach ich uns beiden.

»Vielleicht musst du das gar nicht ...«

»Ist das jetzt der Moment, in dem du mir vorschlägst, eine Bank zu überfallen?«, fragte ich.

»Nein, aber du müsstest trotzdem so leise und gründlich wie ein Einbrecher sein und keine Spuren hinterlassen.« Ich konnte ihr Grinsen durch das Handy hören.

»Okaaay?« Ich war absolut ratlos, was ihr in Bezug auf meine berufliche Zukunft vorzuschweben schien.

»Ich habe gestern erst einen neuen Kunden an Land gezogen und hier häufen sich im Moment die Krankmeldungen. Ich könnte dringend Unterstützung gebrauchen, bis sich die Lage wieder entspannt hat. Wie sieht's aus?«

Es folgte eine erwartungsvolle Stille, in der ich mir ihren Vorschlag durch den Kopf gehen ließ. Meiner Tante und ihrem Mann gehörte eine Reinigungsfirma. Sie hatten sich auf VIPs spezialisiert und sich unter den Schönen und Reichen von Hollywood einen erstklassigen Ruf erarbeitet.

»Ich weiß nicht, putzen ist echt nicht so mein Ding.« Ich musste an die Töpfe und Pfannen denken, die sich zu Hause in unserer Spüle stapelten. Das Badezimmer hätte auch mal wieder eine Reinigung nötig gehabt.

»Aber dir im Diner die Füße wund zu laufen und von irgendwelchen Typen anzügliche Bemerkungen zu deinem Hintern einzukassieren schon?«, stichelte sie. »Ich zahle dir das Doppelte von dem, was du in der Videothek verdient hast. Du müsstest zwar mitten in der Nacht anfangen zu arbeiten, aber dafür wärst du vor dem Mittagessen schon wieder zu Hause. Wenn du es nach ein paar Wochen immer noch für unter deiner Würde erachtest, lasse ich dich klaglos gehen.«

Hm, das doppelte Gehalt für deutlich weniger Stunden Arbeit klang durchaus verlockend. Und der Gedanke, wieder in einem Diner kellnern zu müssen, ließ mich nicht unbedingt vor Freude in die Luft springen.

»Okay, wir haben einen Deal. Wo ist der Haken?«

»Du fängst direkt morgen an. Ich erwarte dich um vier Uhr früh pünktlich zu Schichtbeginn. Die Details und den Vertrag schicke ich dir gleich per Mail.«

»Gut«, willigte ich ein, auch wenn es mir schon jetzt davor graute, mitten in der Nacht aufstehen zu müssen. »Und danke.«

»Natürlich, Cassey. Du weißt, du kannst mich jederzeit anrufen, wenn etwas ist, oder du einfach mal jemanden zum Reden brauchst.« Die Herzlichkeit, die in ihrer Stimme mitschwang, schnürte mir die Kehle zu.

Damien

»Wir haben den Vertrag für die Kooperation mit der Hotelkette in der Tasche!« Mein Manager Steve sah mir breit grinsend entgegen, als ich durch die Tür seines Büros trat. Eine Strähne seines dunkelbraunen Haars rutschte zur Seite, als er seine Worte mit einem enthusiastischen Nicken begleitete, und entblößte dabei eine seiner Geheimratsecken, die mit jedem Jahr ausgeprägter wurden. Seine Versuche, diese zu kaschieren, indem er seine Haare nach vorn in die Stirn kämmte, waren selten lange von Erfolg gekrönt.

»Toll.« Ich versuchte so begeistert zu klingen, wie er es in der Situation wohl für angemessen hielt.

Steves Grinsen fiel in sich zusammen. »Ich habe das Gefühl, du weißt überhaupt nicht zu schätzen, wie sehr ich mich für dich ins Zeug gelegt habe!«

»Doch, natürlich. Ich wünschte nur, du hättest deine Energie zur Abwechslung mal in die Suche nach einer Rolle mit etwas mehr Tiefgang gesteckt, anstatt den nächsten Werbedeal einzutüten.« Und dann auch noch mit einem Fünf-Sterne-Schuppen, der mich wie der letzte Snob würde aussehen lassen. Aber dafür gleichzeitig mein Konto füllen würde – und damit auch Steves.

»Darüber haben wir doch schon so oft gesprochen, Damien. Deine Fans lieben dich nun mal in der Rolle des gut aussehenden Liebhabers.« Er trommelte ungeduldig mit seinen Fingernägeln auf der Schreibtischplatte.

Und genau deshalb würde ich ab nächster Woche für einen weiteren Liebesfilm mit einer vollkommen unglaubwürdigen Story vor der Kamera stehen, der meine schauspielerischen Fähigkeiten auf gut aussehen und schwülstige Liebesbekundungen hauchen reduzieren würde. *Was könnte ich mir mehr von meiner beruflichen Laufbahn erhoffen?*

»Vielleicht lieben sie mich nur in dieser Rolle, weil sie nicht wissen, was ihnen entgeht«, wandte ich ein. »Ich will doch nur eine Chance und beweisen, dass mehr in mir steckt als ein nettes Äußeres!«

»Konzentrier dich jetzt lieber erst mal auf den nächsten Film und den Werbedeal im Anschluss, und dann sehen wir weiter.« Steve vertröstete mich – wie schon so oft.

»Dieses Mal meine ich es wirklich ernst. Wenn du mir nach diesem Liebesfilm keine forderndere Rolle besorgst, schmeiße ich hin!« Ich verschränkte die Arme vor der Brust und es war mir egal, dass ich wie ein trotziges Kleinkind klang.

»Reg dich doch nicht gleich so auf. Ich werde sehen, was sich machen lässt.« Steve hob beschwichtigend die Hände. »Und jetzt lass uns erstmal auf den Vertrag anstoßen!«

Das selbstzufriedene Grinsen erschien wieder auf seinem Gesicht und er zauberte eine Flasche Sekt und zwei Gläser hinter dem Schreibtisch hervor. Ich leerte das mir dargebotene Glas in einem Zug und schenkte mir gleich noch ein zweites Mal ein. Manche Tage waren nur mit Alkohol zu ertragen. Und dieser war so einer.

»Du weißt, dass die Dreharbeiten nächste Woche starten?« Steves Blick glitt kritisch über meinen Oberkörper. »Bis dahin musst du in Form sein. Lass ab jetzt besser die Finger von Fastfood und Alkohol, das setzt bei dir sofort an.« Unauffällig brachte er die Sektflasche aus meiner Reichweite. Dass ausgerechnet er meinen Körper kritisierte, grenzte an Ironie. Immerhin hatte sein kleines Bäuchlein eben beinahe die perlmuttfarbenen Knöpfe seines Designerhemdes gesprengt, als er sich auf seinen schwarzen Ledersessel fallen ließ.

»Am besten melde ich mich bei den Weight Watchers an«, sagte ich ironisch und fügte im Stillen hinzu *und dich gleich mit.*

Steve hob nachdenklich Zeigefinger und Daumen an sein Kinn und kratzte sich an seinem akkurat gestutzten Vollbart, als würde er die Idee tatsächlich in Erwägung ziehen. Bevor er mit mir zusammen ein Anmeldeformular ausfüllen konnte, verabschiedete ich mich von ihm und machte, dass ich wegkam.

***

»Bitte sag mir, dass heute irgendwas geht!« Noch auf dem Rückweg zu meiner Villa klingelte ich bei meinem Kumpel Will durch.

»Wann starten die Dreharbeiten?« Will hatte mich natürlich sofort durchschaut.

»Frag nicht!«, knurrte ich.

»Das klingt so, als hättest du eine meiner legendären Clubnächte nötig.« Ich konnte sein Grinsen durch den Lautsprecher hören.

»Exakt. Das wird mein letzter Tag in Freiheit, bevor ich meinen Körper und meine Seele an das Studio verkaufen muss.« Wie hatte ich jemals glauben können, dass man als Schauspieler tun und lassen konnte, was man wollte? Die Realität bestand aus Vorschriften, Essensplänen, täglichem Workout und Alkoholverboten. Zumindest wenn man einen Sklaventreiber wie Steve als Manager hatte.

»Dann sollten wir ihn gut nutzen. Ich hole dich um elf ab«, verabschiedete sich Will.

Um Punkt elf Uhr am Abend ertönte ein durchdringendes Hupen in der Einfahrt. Als ich aus der Haustür trat, prostete mir Will mit einem Longdrinkglas in der Hand durch das geöffnete Dachfenster einer schwarzen Stretch-Limousine zu.

»Meinst du nicht, das ist etwas dick aufgetragen? Steve macht mich einen Kopf kürzer, wenn ich mich so kurz vor Drehbeginn betrunken von den Paparazzi knipsen lasse.« Ich hatte Bedenken, trotzdem stieg ich zu ihm in die Limo.

»Ach was, ich habe alles unter Kontrolle. Die Clubs, in die wir gehen, lassen solche Kakerlaken gar nicht erst auf den Parkplatz vor.« Er machte eine wegwerfende Geste mit der linken Hand, während er mir mit der anderen einen Gin Tonic überreichte.

»Und meinst du, du kannst meinen Rekord heute knacken?«, fragte ich ihn grinsend. Da ich mit vier Punkten führte, war es eine rein rhetorische Frage.

»Wozu die Eile? Während du beim Dreh bist, musst du doch sowieso die Hosen anlassen. Nach diesem Sommer wird der Titel für dich in unerreichbare Ferne gerückt sein.« Siegesgewiss grinste er mich an.

Dummerweise hatte er damit nicht ganz unrecht. Steve untersagte mir während laufender Dreharbeiten nicht nur Fett und Alkohol, sondern auch Frauen.

»Noch führe ich mit vier One-Night-Stands«, erinnerte ich ihn. »Und ich habe vor, die Zahl heute Nacht auf mindestens fünf zu erhöhen.«

Die Wette, wer von uns beiden innerhalb eines Jahres die meisten Frauen in sein Bett, auf den Rücksitz einer Limousine oder einen anderen Ort seiner Wahl locken konnte, war während einer unserer nächtlichen Sauftouren entstanden. Ich hatte im Scherz angemerkt, dass man Will nie zweimal mit der gleichen Frau am Arm sah. Er hatte mir daraufhin seine durchaus imposante Liste an Eroberungen präsentiert. Und mich im gleichen Atemzug herausgefordert, ihn zu schlagen.

Will ließ generell nie etwas anbrennen und mir wurde von Steve regelmäßig eingetrichtert, dass eines meiner schlagenden Verkaufsargumente mein Beziehungsstatus als Single war. Nicht dass mich das bis jetzt sonderlich gestört hatte. Ich war nicht wirklich der Typ für eine feste Beziehung, dafür nahm mein Beruf einen zu großen Teil meiner Zeit und meines Lebens in Beschlag.

Wie immer hatte ich mit Will auf das richtige Pferd gesetzt. Der Club, in den er uns brachte, war so geheim, dass man durch einen muffigen Kellereingang gehen und ein Passwort nennen musste, um eingelassen zu werden. Keine Ahnung, wo er solche Schuppen immer auftat.

Will sorgte den Abend über dafür, dass mein Glas nie leer war und der Platz neben mir stets von einer gut aussehenden Frau besetzt wurde. Die meisten sahen so aus, als seien sie Models oder angehende Schauspielerinnen. Ein Model hatte einmal in stark angetrunkenem Zustand ausgeplaudert, dass es unter ihren Kolleginnen geradezu als Initiationsritus galt, eine Nacht mit mir verbracht zu haben. Ich war mir nicht sicher, ob ich das als Kompliment werten oder mich benutzt fühlen sollte. Aber im Grunde genommen schuldeten mir die Frauen nichts, genauso wenig wie ich ihnen. Spaß für eine Nacht ohne Verpflichtungen war mein Motto und das kommunizierte ich auch vorher so.

Je später es wurde, desto verschwommener wurde meine Wahrnehmung. Technomusik wummerte durch den in schummriges Licht getauchten Saal. Bunte Lichtpunkte tanzten über meine Haut und verschwammen zunehmend zu Blitzen, die sich in meine Augäpfel bohrten. Der Kater am nächsten Morgen würde Güteklasse eins sein. Mein Hemd klebte an meiner verschwitzten Haut, die Hände irgendeiner Blondine gruben sich in mein Haar. Ihre spitzen Fingernägel schabten über meine Kopfhaut. Der Bass vibrierte schmerzhaft in meinem Trommelfell. Meine Bewegungen verloren an Präzision und mehr als einmal stolperte ich über meine eigenen Füße. Erst als ich mich kaum noch auf den Beinen halten konnte, beschloss Will, dass es an der Zeit war, zu gehen. Meine genuschelten Proteste ignorierte er geflissentlich.

Was Alkohol anbelangte, konnte er mich jederzeit unter den Tisch trinken. Ich führte das auf seine Kindheit zurück, die er hauptsächlich in Kneipen und Pubs zugebracht hatte. Vermutlich hatte er schon als Baby in seiner Flasche keine Milch, sondern Bier gehabt. Neben einer verblüffenden Toleranz gegenüber Alkohol hatte Will außerdem ein gutes Training im Billard erhalten. Mittlerweile war er mehrfacher Champion der US Open für Poolbillard.

»Du wolltest mir nur die Tour versauen«, brummte ich beleidigt, als Will mich in den Wagen verfrachtete.

»Du bist voll wie ein Eimer, an dir hätte heute keine Frau mehr ihren Spaß gehabt«, erwiderte er ungerührt.

Ich ließ mich erschöpft in die weichen Ledersitze der Limousine sinken und dämmerte langsam weg. Das gleichmäßige Schaukeln des Wagens machte mich schläfrig. Ich merkte, wie meine Augenlider sich immer wieder unaufhaltsam senkten, nur um bei jeder Bodenwelle, die den Wagen erschütterte, hochzuschnellen wie ein zu straff gespanntes Rollo.

»Damien! Wach auf! Schaffst du die letzten Meter alleine?« Will rüttelte mich leicht an der Schulter.

Ich musste eingeschlafen sein, denn als ich aus dem Fenster blickte, sah ich die Eingangstür meiner Villa vor mir aufragen. Schlaftrunken nickte ich, bereute die Bewegung aber umgehend, als sich plötzlich alles zu drehen begann und mein Magen rebellierte. Ich stolperte aus der Limousine in Richtung der Haustür und brauchte eine halbe Ewigkeit, bis der verfluchte Schlüssel endlich im Schlüsselloch landete. Auch der Aufstieg in den ersten Stock gestaltete sich durchaus problematisch. Die Treppenstufen schienen sich unter meinen Füßen zu bewegen. Es fühlte sich an, als befände ich mich auf einem Schiff bei starkem Wellengang. Ein paar Mal geriet ich ins Straucheln, als ich die Distanz zur nächsten Treppenstufe falsch einschätzte und mein Fuß ins Leere trat. Am Ende bewegte ich mich auf allen vieren durch den Flur auf die nächstbeste Zimmertür zu.

Mein Kopf dröhnte, in meinem Magen rumorte es und mir war viel zu heiß für eine laue Sommernacht. Ich ließ mich aufs Bett sinken, rappelte mich jedoch schnell wieder auf, als sich alles zu drehen begann. Mit letzter Kraft schleppte ich mich ins Badezimmer und spürte gerade noch, wie ich auf dem kühlen Marmorboden in mich zusammensackte. Ich seufzte wohlig, als die Kälte des Steins meinen Kopf für einen Moment klarer werden ließ.

Der Rest meines Körpers fühlte sich jedoch noch immer so an, als würde er jeden Moment in Flammen aufgehen. Mühsam öffnete ich meine Hose und streifte sie zusammen mit den Boxershorts von meinen Beinen. Mit fahrigen Bewegungen versuchte ich die Knöpfe des Hemdes zu öffnen. Da sie sich jedoch meinen Bemühungen widersetzten, zerrte ich so lange an der Knopfleiste, bis die Fäden rissen, die die Knöpfe an Ort und Stelle gehalten hatten. Sie kullerten wie Murmeln über den Boden. Erschöpft warf ich das Hemd auf den Haufen mit meinen restlichen Kleidungsstücken und ließ mich, mit der Vorderseite voran und alle viere von mir gestreckt, nackt auf die Fliesen sinken.

Morgen würde ich diesen Moment möglicherweise als neuen Tiefpunkt in meinem Leben definieren. Doch jetzt wollte ich einfach nur die erlösende Kälte des Marmors auf meiner nackten Haut spüren.

Kapitel 2

Cassey

Es war noch stockdunkel draußen, als der weiße Van langsam die Hollywood Hills erklomm. Zu beiden Seiten der Straße reihten sich Villen aneinander, eine jede größer und prunkvoller als die vorangegangene. Von jeder einzelnen aus würde man bei Sonnenaufgang einen atemberaubenden Ausblick über die Stadt und das im Licht der ersten Sonnenstrahlen verheißungsvoll glitzernde Wasser des Ozeans haben.

Nachdem ich heute Morgen in der Reinigungsfirma meiner Tante angekommen war, hatte ich zunächst eine Unterweisung darin erhalten, wie ich mich angemessen im Haus unserer Auftraggeber zu verhalten habe. Meine Tante legte großen Wert darauf, dass ihre Angestellten weder zu hören noch zu sehen waren. Wie unsichtbare Schatten sollten wir uns durch die Villen bewegen und alles auf Hochglanz polieren. Außerdem verlangte sie von uns höchste Diskretion. Das bedeutete, dass wir mit niemandem darüber reden durften, für welche Celebrities wir die Klobürste schwangen und welche Leichen diese im Keller versteckt hielten.

Wenn ich mir die Arbeitsuniform betrachtete, war es auch in meinem Interesse, keinem der Hauseigentümer über den Weg zu laufen. Da ich spontan eingesprungen und kein Arbeitsoverall mehr in meiner Größe verfügbar gewesen war, hatte ich einen aus der Reserve im Lager erhalten. Dieser war mir mindestens zwei Nummern zu groß und hing deshalb wie ein unförmiger Sack an meinem Körper herab.

Meine blonden Haare hatte ich zu einem strengen Dutt hochgesteckt und mit Nadeln befestigt, damit sich auch wirklich keine Strähne von meinem Kopf stehlen konnte. Meine Tante drückte mir dennoch ein Haarnetz in die Hand, von dem ich beschloss, es sicher in meiner Tasche und nicht auf meinem Kopf zu verwahren.

Danach erhielt ich eine Einführung in die Materie von meiner Vorgesetzten Karen. Sie zeigte mir die verschiedenen Reinigungsmittel und erklärte mir, welches ich wie und wo einzusetzen hatte. Nachdem sie der Meinung war, dass ich alles zu ihrer Zufriedenheit verstanden hatte, führte sie mich zu einem der im Hof wartenden weißen Vans und folgte mir ins Innere des Wagens. Dort warteten bereits ein verschlafen aussehender Mann Mitte vierzig, der uns mit einem Gähnen begrüßte, und eine junge Frau mit Kopfhörern in den Ohren. Letztere nickte mir flüchtig zu, bevor ihr Kopf wieder im Takt der Musik von rechts nach links wippte.

Wir waren bereits seit fast einer Dreiviertelstunde unterwegs, als der Wagen endlich in die Einfahrt einer der Villen einbog. Nachdem der Fahrer einen Zahlencode in das dafür vorgesehene Tastenfeld eingegeben hatte, öffnete sich das meterhohe, stählerne Tor für uns. In Kombination mit der Uniform fühlte es sich für einen Moment so an, als befände ich mich nicht auf dem Weg zum Anwesen irgendeines VIPs, sondern in ein Strafgefangenenlager. Die Villa, die hinter dem Tor zum Vorschein kam, hatte jedoch absolut nichts mit den grauen Betonwänden eines Gefängnisses gemein. Das imposante Gebäude, das sich vor uns erstreckte, war zweistöckig und bestach durch eine moderne Architektur. Große Glasfronten und gerade Linien dominierten die Struktur. Als Sichtschutz dienten meterhohe Bambusstangen, die sich zu beiden Seiten der massiven Holztür an dem anthrazitfarbenen Gemäuer emporreckten. Ich stellte mir vor, wie die Sonne tagsüber auf die Stangen scheinen und dadurch ein mosaikartiges Muster aus Schatten und Licht in die Eingangshalle werfen würde.

»Du kannst die Gästezimmer im ersten Stock übernehmen. Sie sind im linken Flügel, in entgegengesetzter Richtung zu den privaten Zimmern. Also solltest du dort niemandem über den Weg laufen«, sagte Karen an mich gewandt, sobald wir aus dem Van gestiegen waren. »Wenn du Fragen hast oder Hilfe brauchst, melde dich einfach bei mir. Meine Nummer hast du ja.« Auf mein Nicken hin wandte sie sich meiner Kollegin zu.

Ich griff mir meine Putzmittel und verstaute sie in dem faltbaren Wagen, den jeder von uns ausgehändigt bekommen hatte. Ein Wischmopp und ein Staubsauger mit Ultra-Silent-Funktion für ein besonders leises Saugerlebnis vervollständigten meine Ausrüstung. In Kombination mit meinem braunen Arbeitsoverall hätte ich auch als Mitglied der Ghostbusters durchgehen können. Derartig bewaffnet machte ich mich auf den Weg in den Gästeflügel.

Durch die Haustür gelangte ich in eine großzügig angelegte Eingangshalle, die von einer abstrakten Skulptur aus Sandstein dominiert wurde. Die Figur ließ mich an eine Frau denken, die sich in fließende Stoffe gehüllt im Takt einer unhörbaren Melodie wiegte. Um sie herum schlängelte sich eine Treppe aus dunkler Eiche bis in den ersten Stock empor. Als ich ihr mit den Augen folgte, wanderte mein Blick wie magisch angezogen zu dem verglasten Dach, das sich beinahe über den gesamten Eingangsbereich erstreckte. So leise wie möglich erklomm ich die Stufen, während Karen und meine beiden Kollegen dem Flur im Erdgeschoss folgten.

Der Korridor im ersten Stockwerk war mit einem dicken, weichen cremefarbenen Teppich ausgelegt, der meine Schritte verschluckte. Ich sah mich einer Unzahl von Türen gegenüber und seufzte schwer. Um halb neun erwartete Karen mich zurück beim Van, damit wir rechtzeitig das Anwesen verlassen konnten, bevor seine Bewohner erwachten.

Ich begann mit der Tür am hintersten Ende des Flurs und arbeitete mich langsam zurück in Richtung der Treppe vor. Schon bald stellte ich fest, dass die Gästezimmer offensichtlich nur selten genutzt wurden. Es fand sich lediglich eine feine Staubschicht auf den Oberflächen, denen ich mit einem feuchten Schwammtuch zu Leibe rückte.

Nach dem ersten Raum hatte ich eine gewisse Routine entwickelt und arbeitete mich schnell und konzentriert vor. Wenn ich die Zimmer vor der vereinbarten Zeit fertig bekam, könnte ich vielleicht noch ein paar Minuten auf einem der Balkone sitzen und die Aussicht über Los Angeles genießen. Beflügelt von diesem Gedanken öffnete ich die nächste Zimmertür.

Die Bettdecke war an einigen Stellen leicht zerdrückt, als hätte sich jemand darauf ausgestreckt, aber nicht darin geschlafen. Ansonsten gab es keinerlei Hinweise darauf, dass das Zimmer kürzlich genutzt worden war. Ich zog dennoch das Bettzeug ab und spannte ein neues Laken über die Matratze. In einer der Kommoden fand ich ein frisches Set Bettwäsche. Der Stoff schien aus feinster Seide zu sein und schmiegte sich samtig weich an meine Haut. Wie es sich wohl anfühlen mochte, in solch einem seidig glatten Stoff zu schlafen?

Nachdem ich das Zimmer aufgeräumt hatte, wandte ich mich dem angrenzenden Badezimmer zu. Ich drückte die Türklinke nach unten und gab der Tür mit meinem rechten Fuß einen leichten Stoß, während ich gleichzeitig den Lichtschalter betätigte.

Ein dumpfes Stöhnen erklang links von mir und ich riss erschrocken den Kopf herum. In der begehbaren Dusche lag ein Mann auf dem Fußboden. *Ein splitterfasernackter Mann!* Er hatte die Hände vor sein Gesicht gehoben, um seine Augen vor der plötzlichen Helligkeit abzuschirmen, regte sich ansonsten aber nicht. Da es nicht den Anschein machte, als ob er sich jeden Moment auf mich stürzen würde, verlangsamte sich mein aufgepeitschter Puls wieder.

Nachdem sich der erste Schrecken gelegt hatte, betrachtete ich die zusammengesunkene Gestalt am Boden genauer. Seine Waden waren muskulös, nicht so ausladend wie die eines Fußballspielers, aber trotzdem athletisch. Genauso wie seine Oberschenkel, die in einem verdammt knackigen Hintern endeten, an dem mein Blick ein bisschen zu lange hängen blieb, bevor ich ihn weiter nach oben zwang. Offensichtlich verbrachte der Typ viel Zeit im Fitnessstudio, denn auch seine Rückenmuskulatur war definiert, die Schultern breit und die Unterarme sehnig. Alles in allem hatte er eine äußerst attraktive Rückseite. Wie wohl die dazu passende Vorderseite aussah?

In diesem Augenblick setzte mein Verstand wieder ein. *Ich hatte soeben im höchsten Maße gegen die wichtigste Regel meiner Tante Ruth verstoßen!*

»Entschuldigen Sie, Sir. Hier ist das Housekeeping. Sie haben vergessen, das *Bitte-nicht-stören-Schild* an die Tür zu hängen«, konnte ich mir nicht verkneifen zu sagen. Wenn ich schon in Teufelsküche kam, dann sollte es sich wenigstens gelohnt haben.

»Welches Housekeeping? Was für ein Schild?« Der Mann am Boden stöhnte und wirkte derart verwirrt, dass ich das in meiner Kehle aufsteigende Glucksen nur mit Mühe zurückhalten konnte. Er machte Anstalten seinen Kopf zu heben, ließ ihn aber sogleich wieder sinken, als das grelle Licht der Deckenlampe ihn in den Augen traf.

»Ich komme einfach später noch mal«, schlug ich vor. »Soll ich das Licht wieder ausmachen, Sir?«

»Oh Gott ja, bitte«, kam es derart erleichtert aus der Dusche, dass ich grinsen musste. Das sah mir nach einer wilden Nacht und einem ausgewachsenen Kater danach aus.

Ich betätigte den Lichtschalter, was der Mann mit einem erlösenden Seufzer quittierte, und zog die Badezimmertür hinter mir ins Schloss. Dann flüchtete ich mich schnell in eines der angrenzenden Gästezimmer.

Das konnte man wohl nicht als gelungenen Start in meine neue Karriere als Reinigungskraft bezeichnen. Aber wie hätte ich ahnen können, dass im Bad ein nackter Mann lag? Gut, die Abdrücke auf dem Bettbezug hätten mir eine Warnung sein können, aber Karen hatte schließlich gesagt, dass die Gästezimmer nicht genutzt wurden.

***

Während ich die anderen Zimmer auf weitere Überraschungsgäste hin überprüfte und dann säuberte, kam mir immer wieder der nackte Typ mit dem knackigen Hintern in den Sinn. Würde er sich bei meiner Tante über mich beschweren?

Als ich die Ungewissheit nicht mehr länger aushielt, legte ich meine Putzsachen zur Seite und ging zielstrebig zu dem Zimmer, in dem ich über den Mann gestolpert war. Ich würde mich entschuldigen und ihn bitten, mich nicht bei meiner Tante zu verpfeifen. Ich gehörte zwar zur Familie, aber wenn es um ihr Geschäft ging, verstand sie keinen Spaß. Sie erwartete von all ihren Angestellten hundertprozentige Diskretion und Professionalität.

An der Tür hing ein großes weißes Stück Papier, auf das jemand *»Hereinspaziert, die Chancen stehen gut, dass ich angezogen bin«* gekritzelt hatte. Ich musste grinsen, Humor hatte der Typ auf jeden Fall. Dennoch wollte ich lieber auf Nummer sicher gehen und klopfte mehrmals gegen die schwere Eichentür. Als ein dumpfes »Herein« von innen ertönte, öffnete ich die Tür und trat zögernd ein.

Der Mann, den ich vorhin nackt im Badezimmer überrascht hatte, saß, den Rücken an das Kopfteil hinter sich gelehnt, in seinem Bett und er hatte nicht gelogen. Soweit ich es von der Tür aus beurteilen konnte, war er angezogen. Seine honigblonden Haare waren verstrubbelt und fielen ihm in die Stirn. Sein Gesicht wurde von einem Dreitagebart geziert, der schon etwas über die drei Tage hinausging. Seine Haut war sonnengebräunt und unterstrich das leuchtende Grün seiner Iris. Er kam mir verdächtig bekannt vor, was jedoch nicht weiter verwunderlich war. Da er den Dienst meiner Tante in Anspruch nahm, musste er zur High Society Hollywoods gehören. Vermutlich hatte ich ihn in einer der vielen Klatschzeitschriften gesehen, die Kayla stapelweise verschlang.

»Ich sehe, Sie haben es mittlerweile erfolgreich in Ihr Bett geschafft. Respekt, so wie Sie eben ausgesehen haben, hätte ich Ihnen das so schnell nicht zugetraut«, platzte es aus mir heraus, bevor ich mich stoppen konnte. *Super, Cassey, das war ja eine gelungene Einleitung!*

Er lachte. »Und wie versprochen bin ich sogar angezogen. Sind Sie jetzt enttäuscht?«

Ich beschloss, nicht auf seine Provokation einzugehen, sondern mich an den ursprünglichen Plan zu halten.

»Also ich bin nur noch einmal hergekommen, um mich bei Ihnen zu entschuldigen, Mr ...« Ich kam ins Stocken. Verdammt, ich kannte nicht mal den Namen des Mannes, dessen Zimmer ich soeben auf Hochglanz poliert hatte.

Mit einem amüsierten Grinsen auf den Lippen beobachtete er mich einige Sekunden lang dabei, wie ich vor mich hin stotterte, bevor er schließlich Erbarmen hatte, und einsprang: »Damien.«

»Mr Damien?« Ich runzelte irritiert die Stirn.

Er schüttelte grinsend den Kopf. »Nein, ich heiße Damien Baxter, aber schöne Frauen dürfen mich Damien nennen.«

In diesem Moment fiel bei mir der Groschen – oder vielmehr ein Goldbarren. Deshalb war er mir so bekannt vorgekommen. Er war ein Schauspieler und noch dazu ein ziemlich erfolgreicher. Und der Traummann meiner kleinen Schwester. Ich musste daran denken, wie sie ihn als Zuckerstück bezeichnet hatte.

Damiens Lachen hallte durch den Raum. »Als Zuckerstück bin ich, glaube ich, bis jetzt noch nie bezeichnet worden.«

Oh Gott, hatte ich das eben etwa laut gesagt? Meine Wangen fühlten sich mit einem Mal bedeutend heißer an als noch wenige Sekunden zuvor. Vermutlich erstrahlten sie gerade in den verschiedensten Schattierungen der Farbe Rot.

»Und würdest du dich ihrer Meinung anschließen?« Ein unverschämtes Grinsen erschien auf seinen Lippen.

Ich hatte mit der Vermutung, die ich meiner Schwester gegenüber geäußert hatte, recht behalten. Der Typ war ein überheblicher Macho mit einem viel zu ausgeprägten Selbstbewusstsein.

»Ich stehe nicht so auf Süßes, davon bekommt man nur Karies«, gab ich spitz zurück und sein rechter Mundwinkel zuckte verräterisch.

Irgendwie lief das ganz und gar nicht so, wie ich es geplant hatte. Statt mich bei ihm zu entschuldigen, teilte ich einen Hieb nach dem anderen gegen ihn aus. Reiß dich jetzt endlich zusammen und bügel das wieder gerade, Cassey!

»Aber Ihr Hintern ist schon ganz süß«, schob ich hinterher. Das war nicht unbedingt die Schadensbegrenzung, die ich mir vorgestellt hatte! Dieser Mann musste irgendeine benebelnde Wirkung auf meinen Verstand haben. Dieser hatte sich offensichtlich ausgeschaltet und meiner Zunge die Befehlsgewalt übergeben.

»Apropos Hintern. Der eigentliche Grund, warum ich noch einmal hergekommen bin, ist, dass ich mich aufrichtig bei Ihnen entschuldigen möchte, Mr Baxter«, versuchte ich zurück zum eigentlichen Thema zu finden. Ich vermied es geflissentlich, ihn mit seinem Vornamen anzusprechen. Sein Spruch, dass schöne Frauen ihn Damien nennen durften, ließ mich innerlich die Augen verdrehen. Wenigstens diesbezüglich würde ich eine professionelle Distanz wahren.

»Heute ist mein erster Tag und mir wurde gesagt, dass sich in diesem Flügel lediglich die Gästezimmer befinden, welche aktuell nicht genutzt werden. Sonst wäre ich niemals einfach so in Ihre Privatsphäre eingedrungen«, ergänzte ich.

Als er mich nur weiter mit einem amüsierten Grinsen im Gesicht musterte, fuhr ich fort: »Ich wäre Ihnen sehr dankbar, wenn Sie keine Beschwerde über mich einreichen würden. Ich verspreche Ihnen, von jetzt an werden Sie mich weder hören noch sehen. Ich werde mich wie ein Ninja durch Ihr Haus putzen.« *Halt jetzt einfach die Klappe, Cassey!* Ich presste fest die Lippen aufeinander, damit nicht noch mehr ungefilterter Unsinn aus mir heraussprudelte.

Damien schlug die Bettdecke zurück und schwang seine Beine über die Bettkante. Er trug lediglich Boxershorts und ein weißes Tanktop darüber, das so enganliegend war, dass sich seine definierten Bauchmuskeln darunter deutlich abzeichneten. Wie ein Panther, der Beute gewittert hat, kam er in langsamen, fließenden Bewegungen auf mich zu. Während ich ihn aufmerksam im Auge behielt, überlegte ich, welches Putzmittel wohl den meisten Schaden anrichten würde, sollte er auf dumme Ideen kommen.

»Das wäre aber sehr schade. Den Anblick, wie du dich ninjamäßig durch mein Haus putzt, würde ich mir nur ungern entgehen lassen.« Er war mittlerweile bis auf eine Armeslänge Abstand an mich herangetreten. Der Geruch seines frischen und zugleich leicht herben Aftershaves stieg mir in die Nase und ließ mich beinahe einen Schritt auf ihn zu machen. Schnell hielt ich den Atem an.

Aus der kurzen Distanz konnte ich erkennen, dass ich mich gestern Abend in einem Punkt geirrt hatte: Seine Iris strahlte in einem derart intensiven Grün, dass keine Nachbearbeitung durch Photoshop nötig war. Sein Blick glitt über meinen Körper und obwohl ich in diesem dicken, unförmigen Overall steckte, spürte ich ein Kribbeln überall dort, wo er mich streifte. Meine

Brustwarzen richteten sich auf und ich verschränkte schnell meine Arme vor der Brust. Ihm entging die Bewegung nicht und sein anzügliches Grinsen vertiefte sich.

»Eine Beschwerde an deinem ersten Arbeitstag wäre wohl wirklich kein guter Start«, überlegte er. *Was er nicht sagte!*

»Zu deinem Glück werde ich dich nicht anschwärzen. Allerdings finde ich es schon reichlich unfair, dass du so viel von mir gesehen hast, während dieser Overall das meiste der Fantasie überlässt. Es ist zwar nicht so, dass ich nicht über eine ausgeprägte Vorstellungskraft verfüge, aber etwas mehr Stoff – oder in diesem Fall weniger –, wäre durchaus hilfreich.«

Was fiel dem Typen eigentlich ein, mich so offensichtlich anzubaggern?

»Also erstens nennt sich das Arbeitskleidung. Ich vermute, das sagt Ihnen nicht allzu viel. Sie sind ja nicht gerade dafür bekannt, bei Ihren Filmen besonders viel Stoff am Leib zu tragen. Was mich zu zweitens führt: Wenn ich Ihre nackte Rückseite sehen wollte, müsste ich einfach nur einen Ihrer Filme ansehen. So wie der Großteil der weiblichen Bevölkerung von Amerika es bereits getan hat.« Ich funkelte ihn empört und auch etwas stolz auf meine schlagfertige Erwiderung an.

Sein selbstgefälliges Grinsen entglitt ihm für einen Moment und so legte ich noch eine Schippe drauf. »Außerdem will ich doch nicht hoffen, dass Sie mich eben indirekt dazu auffordern wollten, mich auszuziehen? Wenn dem so wäre, müsste ich *Sie* nämlich bei meiner Vorgesetzten melden. Wegen sexueller Belästigung am Arbeitsplatz.« *Treffer versenkt,* dachte ich zufrieden.

Der arme Kerl schien etwas überrumpelt, vermutlich hatte ihn noch nie eine Frau derart in die Schranken gewiesen. Dann lachte er jedoch gut gelaunt und hob abwehrend die Hände.

»Süße, ich habe es nicht nötig, Frauen dazu zu überreden, sich für mich auszuziehen. Aber ich freue mich schon auf deinen nächsten Besuch«, sagte er und es klang wie ein Versprechen nach mehr. Seine Augen blitzten bei seinen letzten Worten schelmisch auf und ich spürte wieder ein Kribbeln, das von meinem Bauch aus eine Etage tiefer wanderte.

Am liebsten hätte ich ihm eine Ohrfeige gegeben, um ihm sein selbstgefälliges Grinsen aus dem Gesicht zu wischen. Gleichzeitig verspürte ich den Drang, die kurze Distanz zwischen uns zu überbrücken, meine Hände in seinen Haaren zu vergraben und seine verführerisch geöffneten Lippen zu küssen.

Was war nur mit mir los? Kaum zeigte mir ein Mann ein bisschen nackte Haut und Aufmerksamkeit, verlor ich die Fassung. Ich biss mir auf die Unterlippe und er schien genau zu wissen, was ich dachte.

Dann klingelte sein Wecker und mein Blick schoss zu der digitalen Uhranzeige auf seinem Nachttisch. Sie zeigte halb neun.

»Oh shit, ich muss los! Einen schönen Tag wünsche ich Ihnen noch, Mr Baxter«, versuchte ich meinen Abgang wenigstens halbwegs professionell zu gestalten.

»Bis zum nächsten Mal …« Sein Blick glitt zu meiner rechten Brust, an der mein Namensschild befestigt war. »Cassey. Ich freue mich schon darauf.«

Ich rollte mit den Augen und trat dann ohne ein weiteres Wort den Rückzug aus dem Zimmer an. Im Flur griff ich mir meinen Putzwagen und eilte dem Ausgang entgegen.

»Wo warst du denn so lange? Wir wollten schon einen Suchtrupp reinschicken. Mrs Chapmann legt sehr großen Wert darauf, dass wir verschwunden sind, wenn die Hausbesitzer aufwachen.« Karen kam mir auf halbem Weg entgegen, als ich im Laufschritt auf den Van zusteuerte.

»Ich hatte nur etwas in einem der Gästezimmer vergessen und musste noch einmal zurückgehen«, murmelte ich und stieg in den Wagen.

Als wir vom Gelände fuhren, warf ich einen letzten Blick zurück zum Anwesen. Die bodenlangen Gardinen an einem der Fenster im oberen Stockwerk schwangen träge von rechts nach links, als sei ein Lufthauch durch sie gefahren. Oder etwas anderes? Ob Damien dort gestanden und mich beobachtet hatte? Der Gedanke sandte elektrisierende Wellen durch meinen Körper.

Auch wenn der Kerl definitiv ein Macho mit übertriebenem Selbstwertgefühl war, hatte er doch etwas an sich, was mich in seinen Bann zog. Ich hatte das unbestimmte Gefühl, dass er mir noch sehr viel Ärger einbrocken würde.

***

Als ich erschöpft zu Hause ankam, fand ich die Haustür unverschlossen vor, was ich als schlechtes Zeichen deutete. Da Kayla um diese Uhrzeit in der Schule war, musste meine Mutter zu Hause sein. Das wiederum bedeutete, dass es ihr vermutlich immer noch nicht besser ging und sie den Tag erneut im Bett verbracht hatte.

Am liebsten wäre ich schnurstracks in mein Zimmer gegangen und hätte mich selbst unter der Bettdecke verkrochen. Doch ich konnte mich nicht einfach aus der Verantwortung stehlen. Der Zustand, in dem sich meine Mutter aktuell befand, war gefährlich instabil und konnte jeden Augenblick in das eine oder andere Extrem umschlagen.

Im Haus war es still und durch die halb zugezogenen Gardinen fielen nur vereinzelte Sonnenstrahlen. Mit einem flauen Gefühl in der Magengegend machte ich mich auf den Weg zum Zimmer meiner Mutter. Die Tür war nur angelehnt, also klopfte ich kurz und schnell mit den Fingerknöcheln an den Türrahmen, bevor ich die Tür aufschwingen ließ. Meine Mutter saß aufrecht im Bett mit dem Rücken an die Wand hinter sich gelehnt und blätterte in einem Buch. Immerhin befand sie sich nicht mehr in diesem Dämmerzustand, in dem ich sie gestern vorgefunden hatte. Ich wertete dies als Fortschritt.

Als sie mich bemerkte, lächelte sie und winkte mich mit der rechten Hand zu sich heran. »Cassey, wie schön dass du wieder zu Hause bist. Schau mal, was ich im Wohnzimmerschrank wiedergefunden habe.«

Von einer unguten Vorahnung erfasst, näherte ich mich langsam dem Bett und setzte mich neben sie auf die Bettkante. Sie drehte das, was ich zuerst für ein Buch gehalten hatte, zu mir und ich erkannte, dass es sich um ein Fotoalbum handelte. Auf der aufgeschlagenen Doppelseite grinste mir mein deutlich jüngeres Ich mit einer großen Zahnlücke anstelle meiner oberen Schneidezähne entgegen.

»Wann bist du nur so erwachsen geworden?«, fragte sie und betrachtete versonnen das Bild.

»Als Dad uns sitzen gelassen hat.« Kaum hatte ich die Worte ausgesprochen, wollte ich sie schon zurücknehmen. Nicht, dass sie nicht der Wahrheit entsprochen hätten, aber ich wollte die gute Stimmung meiner Mutter nicht gleich wieder trüben.

Zu meiner Überraschung strich sie mir sanft durchs Haar und sah mich mit einem traurigen Lächeln an. »Ich weiß, dass wir dich beide im Stich gelassen haben und ich weiß auch, dass ich das nie werde ungeschehen machen können.« Ihre Augen begannen verdächtig zu glitzern.

»Ist schon okay, Mom. Du hast getan, was du konntest«, versuchte ich sie zu beschwichtigen. Sie hatte recht, sie würde es niemals ungeschehen machen können und ich würde ihr auch keine Absolution erteilen. Es hatte jedoch keinen Sinn, sich mit diesen alten Geschichten zu befassen. Sie ließen lediglich die Wut und Enttäuschung von damals in mir aufleben und hinterließen einen dumpfen Schmerz, wenn sie sich wieder in die verborgensten Winkel meines Bewusstseins zurückzogen.

»Ich habe eben im Diner angerufen. Sie geben mir noch mal eine Chance, wenn ich heute Abend für Ruby einspringe«, erzählte sie.

»Das ist toll, Mom. Fühlst du dich denn gut genug dafür?« Natürlich wäre es finanziell eine Erleichterung, wenn meine Mutter ihren Job nicht verlieren würde, aber ich wollte nicht riskieren, dass sie sich zu früh zu viel zumutete.

»Mir geht es gut, mach dir keine Sorgen, Cassey. Ich passe schon auf mich auf.« Meine Erfahrung sagte mir etwas anderes, aber ich wollte keinen Streit vom Zaun brechen.

»Erzähl mir lieber von deinem ersten Tag bei Ruth in der Firma. Wie war es?« Es überraschte mich, dass sie davon überhaupt Notiz genommen hatte. Wahrscheinlich hatte Kayla es ihr heute Morgen erzählt, bevor sie in die Schule gegangen war.

»Abwechslungsreicher als gedacht.« Ich musste mir das Grinsen verkneifen, als ich an den nackten Damien im Badezimmer denken musste.

Damien

Die Wirkung des Aspirins ebbte langsam ab und die letzte Nacht hallte in meinem Schädel nach, als ich mich auf den Weg zu Steves Büro machte.

Mein Handy klingelte und Will meldete sich gut gelaunt: »Na, wie geht's dem Kater?«

»Schrei doch nicht so.« Ich hielt den Lautsprecher ein Stück weg von meiner rechten Ohrmuschel.

»Ich habe deinen Vorsprung übrigens gestern noch um eins verkürzt«, sagte er, während seine Stimme nur so vor Selbstzufriedenheit troff.

»Ich bin heute auch neben einer Frau aufgewacht.« Gut, ich hatte nackt auf dem Fußboden gelegen und sie war in voller Arbeitsmontur gewesen, aber das musste ich ihm nicht unbedingt auf die Nase binden.

»War sie nackt?« Will kannte mich einfach zu gut.

»Sie nicht, aber ich«, gab ich zu und grinste.

Sein tiefes, brummendes Lachen schallte durchs Handy und ich kniff gequält die Augen zusammen. Es fühlte sich an, als hätte jemand in meinem Kopf einen Gong geschlagen.

»Tut mir leid, Kumpel, aber das kann ich nicht durchgehen lassen«, sagte Will, wie nicht anders zu erwarten gewesen war.

»Fühl dich trotzdem nicht zu sicher, die Dreharbeiten werden nicht ewig dauern. Apropos, ich muss jetzt aufhören. Steve hat mich einbestellt, um mir das Manuskript auszuhändigen.«

»Falls dir während des Drehs doch mal nach Abwechslung zumute sein sollte, hast du ja meine Nummer«, verabschiedete er sich.

Der Fahrer bog in die Tiefgarage des Bürogebäudes ein, in dem Steve mehrere Räume für seine Agentur angemietet hatte. Sobald der Wagen zum Stehen gekommen war, schob ich mir meine große, verspiegelte Sonnenbrille auf die Nase, ging zielstrebig zu den Aufzügen und stand wenige Minuten später in Steves Büro. Er musterte mich kritisch, offenbar hatte das Eau de Cologne meine Alkoholfahne nicht vollends überdecken können.

»Du hast also gestern noch auf den Deal angestoßen.« Es war keine Frage, sondern eine Feststellung und seine Mundwinkel neigten sich missbilligend.

»Hast du mir nicht gestern noch gesagt, dass das ein Grund zum Feiern sein sollte? Außerdem habe ich noch eine Woche bis zum Beginn der Dreharbeiten, also entspann dich.«

Erst sah es so aus, als ob er noch etwas zu dem Thema sagen wollte, doch dann schüttelte er nur den Kopf und griff stattdessen nach einem dicken Stapel gebundenen Papier.

»Die erste Lesung ist übermorgen. Ich erwarte, dass du zu hundert Prozent einsatzbereit bist.« Er sah mich streng an, während er mir das Filmskript in die Hand drückte.

»Jawohl, Sir.« Ich neigte den Kopf leicht zur Seite und salutierte vor ihm.

»Es gab übrigens noch einen Wechsel bei der Besetzung der weiblichen Hauptrolle. Olivia Janson hat sich den Fuß gebrochen und fällt deshalb aus. Cynthia Steel wird ihren Part übernehmen.«

Ich wünschte augenblicklich, ich hätte nie mit dem Trinken aufgehört. Diese Hiobsbotschaft auch noch im verkaterten Zustand mitgeteilt zu bekommen, brachte meine eisern gewahrte, freundlich lächelnde Miene kurz ins Wanken.

»Das ist doch kein Problem, oder?«, fragte Steve scharf. Ihm war die Entgleisung meiner Gesichtsmuskulatur nicht entgangen.

»Natürlich nicht, sie ist eine Kollegin wie jede andere.« Mit der Ausnahme, dass Cynthia ein echtes Miststück war. Es würde mich nicht überraschen, wenn sie etwas mit dem gebrochenen Bein von Olivia Janson zu tun gehabt hatte. Vielleicht hatte sie den Absatz einer ihrer Pumps angesägt oder ihr ein Drahtseil vor die Eingangstür gespannt.

Für Menschen wie Cynthia war der Begriff Starallüren erfunden worden. Bei unserem letzten und bis jetzt einzigen gemeinsamen Projekt hatte sie das ganze Filmteam tyrannisiert. Sie war jemand, der sich selbst immer an erste Stelle setzte, und um das Beste für sich herauszuholen, ziemlich sicher auch über Leichen gehen würde.

Außerdem hatte sie es sich in den Kopf gesetzt, etwas mit mir anzufangen. Doch obwohl ich zugegebenermaßen nicht besonders anspruchsvoll bei der Wahl meiner Partnerinnen war, würde ich Cynthia nicht mal mit einer Kneifzange anfassen. Sie hatte dennoch nichts unversucht gelassen, um mich umzustimmen. Bei jeder sich ihr bietenden Gelegenheit hatte sie mich angegraben. Wären die Rollen vertauscht gewesen, hätte ich definitiv eine Klage wegen sexueller Belästigung am Hals gehabt. Ich war selten so erleichtert gewesen, als die Dreharbeiten sich dem Ende entgegen geneigt hatten.

»Ich verschwinde dann mal wieder und stecke meine Nase in dieses Meisterwerk.« *Und in ein Glas mit doppeltem Whiskey,* vervollständigte ich in Gedanken, während ich mit meinem Kinn auf das Skript deutete. Der Sarkasmus in meiner Stimme konnte Steve unmöglich entgangen sein, doch er ignorierte mich demonstrativ und vertiefte sich in seine Unterlagen.

***

Zuhause angekommen setzte ich mich mit dem Filmskript und einem großzügig eingeschenkten Glas Whiskey auf die Terrasse und blätterte lustlos durch die Seiten. Steve hatte mir bisher nur eine grobe Zusammenfassung der Handlung gegeben. Ein Zimmermädchen in einem Nobelhotel stolperte durch Zufall während der Arbeit über einen der wohlhabenden Gäste. Und, wie könnte es anders sein, die beiden verliebten sich ineinander. Ein wahrer Shakespeare, wenn man vom Happy End absah.

Ich blätterte vor bis zur ersten Begegnung der Hauptfiguren. Eine junge Frau namens Gwen hatte soeben ihren neuen Job in einem Fünfsternehotel angetreten. Ihre Kolleginnen hatten sich einen Spaß daraus gemacht, sie als Feuertaufe in das Penthouse des Hotels zu schicken. Dieses wurde vom milliardenschweren Unternehmer Daniel Crane bewohnt, der großen Wert auf seine Privatsphäre legte, und deshalb niemals den Dienst des Reinigungspersonals in Anspruch nahm.

Natürlich kam es, wie es kommen musste, und Daniel erwischte Gwen quasi in flagranti beim Putzen seiner Wohnung. Nachdem er sie ziemlich wüst beschimpft hatte, ergriff sie weinend die Flucht. Da der gute Daniel kein Herz aus Stein hatte, ließ er sie am nächsten Tag zu sich kommen, um sich zu entschuldigen.

Ich ließ das Skript sinken und musste an meine eigene Zufallsbegegnung mit der jungen Frau vom Reinigungsdienst denken. *Cassey,* ich kostete ihren Namen auf der Zunge. Obwohl sie in diesem Ungetüm von Arbeitsoverall gesteckt hatte, war ihre natürliche Schönheit deutlich sichtbar gewesen. Ihre

Augen, die von einem dunklen Blau waren, das dazu einlud, in ihnen zu versinken. Ihre zartgebräunte Haut und die vor Aufregung geröteten Wangen, die kein Make-up nötig hatten. Ihr schlanker Hals, das stolz gereckte Kinn und die markanten Wangenknochen, die durch ihren strengen Dutt noch betont wurden. Zu gerne hätte ich die Haarnadeln gelöst, meine Hände in ihrer blonden Mähne vergraben und den zarten Duft nach Pfirsichshampoo inhaliert, der sie umgab.

Doch aus einem mir nicht ersichtlichen Grund war sie gegen meinen Charme immun gewesen. Was sie noch interessanter machte. Auch wenn mir natürlich klar war, dass es ein denkbar ungünstiger Schachzug wäre, sich mit einer Frau einzulassen, die uneingeschränkten Zugang zu allen Bereichen meiner Villa hatte. Ich hatte schließlich nicht grundlos die Regel aufgestellt, dass der Aufenthalt jedes weiblichen Übernachtungsgastes auf eine Nacht beschränkt blieb.

Trotzdem musste ich zugeben, dass der Schlagabtausch mit ihr mich effizienter von meinem Kater abgelenkt hatte als die Aspirintablette.

Kapitel 3

Cassey

»Könnte ich dieses Mal den Essbereich im Erdgeschoss übernehmen?«, fragte ich Karen, als der Van in die Einfahrt von Damiens Anwesen bog.

Sie warf mir einen verwunderten Blick zu. Dieser Bereich schloss unter anderem die Küche mit ein und diese verursachte erfahrungsgemäß die meiste Arbeit. Ein Job, den normalerweise niemand freiwillig übernehmen wollte, so viel hatte ich in meiner kurzen Laufbahn als Reinigungskraft bereits gelernt.

»Klar, aber beschwer dich nachher nicht. Die Küche war das letzte Mal der reinste Saustall. Ich habe über eine Stunde gebraucht, um Teigreste aus den Fugen zu kratzen. Keine Ahnung, was der Kerl da veranstaltet hat.«

Das waren ja grandiose Aussichten! Aber immer noch besser, als Damien wieder versehentlich in die Arme zu laufen.

Es war sechs Uhr früh und die Sonne hatte sich noch nicht hinter den Hollywood Hills hervorgekämpft. Die ersten Lichttupfer sprenkelten jedoch bereits den Himmel und kündeten vom nahenden Sonnenaufgang. Ich atmete die frische und klare Luft tief in meine Lungen ein. Ich liebte die verschlafene Stille am Morgen. Nur vereinzelte Vogelstimmen waren zu hören, der Großteil der Welt würde erst nach Sonnenaufgang auf den Beinen sein.

Um diese Uhrzeit war es außerdem angenehm kühl und ohne den Overall hätte ich wahrscheinlich eine leichte Gänsehaut bekommen. Bereits in wenigen Stunden würde L.A. von einer brütenden Hitze niedergedrückt werden, die gemeinsam mit den Abgasen der Stadt die Luft zum Flirren bringen würde. Es war also höchste Zeit, sich an die Arbeit zu machen.

Ich durchquerte zielstrebig den großzügigen Eingangsbereich und folgte dem Flur, bis ich zum Esszimmer gelangte. Ein großer ovaler Esstisch aus Wildeiche bildete den Mittelpunkt des Raumes. Bequem aussehende Lederstühle waren sorgfältig unter die Tischplatte gerückt worden und machten einen unbenutzten Eindruck. Trotzdem zog ich sie möglichst geräuschlos nacheinander hervor und wischte über die Sitzpolster und die Holzplatte.

Als Nächstes widmete ich mich der großen verglasten Vitrine, die an der Wand hinter dem Kopfende des Tisches positioniert war. Hinter dem Glas wartete feinstes Porzellan auf seinen Einsatz. Elegante Champagnerflöten standen wie Zinnsoldaten in Reih und Glied und ich fragte mich, wie es wäre, hier als Gast eingeladen zu sein. An der festlich gedeckten Tafel zu sitzen, Champagner zu schlürfen und Damien in einem Smoking zu bewundern.

Ganz dumme Idee, Cassey! Solche Tagträume sollte ich mir schnellstens aus dem Kopf schlagen. Der Hollywood-Star und die Putzfrau, das klang mehr nach einem von Damiens Filmen als nach der Wirklichkeit.

Außerdem hatte ich von Männern sowieso erstmal genug. Wenn mich mein Vater und Phil eines gelehrt hatten, dann, dass man ohne sie besser dran war. Man schenkte ihnen sein Vertrauen, man schenkte ihnen sein Herz – oder in Phils Fall eher ein Bruchstück davon – und sie ließen einen im Stich, ohne mit der Wimper zu zucken. Niemand sollte eine so große Macht über einen anderen Menschen haben, dass er ihm das Herz brechen konnte. Die Erinnerungen krochen aus dem Dunkel meines Bewusstseins hervor und ich schüttelte schnell den Kopf, um sie dorthin zurückzubefördern, woher sie gekommen waren.

Ich wollte gerade den Staubsauger einschalten, als ich plötzlich ein Poltern aus dem Nebenraum hörte. Wie erstarrt verharrte ich mitten in der Bewegung. Um diese Uhrzeit sollte außer mir und meinen Kollegen niemand im Haus unterwegs sein. Mein Herz begann schneller zu schlagen, als ich mich langsam der Küchentür näherte. In der rechten Hand hielt ich noch immer den Putzlappen, mit dem ich die Glasfront des Esszimmerschranks poliert hatte. *Das war keine besonders geeignete Waffe.* Ich sah mich suchend im Esszimmer um.

Auf dem Schrank stand eine fünf-Liter-Flasche Champagner. *Nicht ideal, aber besser als nichts.* Ich eilte auf das Möbelstück zu, stellte mich auf die Zehenspitzen und zog sie zu mir heran. Ich griff sie mit beiden Händen um den schlanken Flaschenhals. Sie war schwerer, als ich erwartet hatte. Wie oft hatte man schließlich die Gelegenheit, eine fünf-Liter-Flasche Champagner mit sich herumzutragen?

Nachdem ich direkt vor dem Eingang zur Küche Stellung bezogen hatte, atmete ich einmal tief durch. Dann versetzte ich der Tür mit meinem rechten Fuß einen kräftigen Tritt und stürmte mit einem Kriegsschrei in den Raum. Die Champagnerflasche hielt ich wie einen Baseballschläger leicht schräg über meiner rechten Schulter erhoben.

An der Kücheninsel saß Damien. Er war in einen Bademantel aus grauem Satin gekleidet und schaute mich aus großen Augen an. Eine Traube kullerte über die Tischplatte. Sie musste ihm entweder vor Schreck oder, was wahrscheinlicher war, Überraschung aus den Fingern geglitten sein, als ich mit einem Schrei in die Küche gestürmt war.

»Oh, das sind ja nur Sie.« Erleichtert ließ ich die Champagnerflasche sinken.

Damien fing schallend an zu lachen und klopfte sich auf die Oberschenkel, als hätte er soeben einen besonders guten Witz gehört. *Auf seine nackten, ziemlich muskulösen Oberschenkel, nicht dass mir so etwas auffallen würde.*

»Wolltest du mich gerade mit einer Tausendfünfhundert-Dollar-Flasche Dom Pérignon erschlagen?« Er wischte sich Lachtränen aus den Augenwinkeln.

Schnell stelle ich die Champagnerflasche auf die Anrichte und trat sicherheitshalber einen Schritt zurück. »Tausendfünfhundert Dollar?!«

Nichts in unserem Haushalt hatte auch nur ansatzweise einen vergleichbaren Wert. Nicht einmal unser zugegebenermaßen altes, klappriges Auto würde einen solch hohen Verkaufspreis erzielen.

Er nickte. »Willst du einen Schluck?«, fragte er und griff nach der Flasche, als sei es das Normalste der Welt, im Morgengrauen gemeinsam mit einer praktisch völlig Fremden ein Glas Champagner zu trinken. *Vielleicht war es das für ihn sogar, was wusste ich schon.*

Energisch schüttelte ich den Kopf. »Nein danke, Mr Baxter. Ich bin schließlich bei der Arbeit.«

Wenn meine Tante das herausfinden würde, konnte ich nicht mit Gewissheit sagen, wofür sie mich als Erstes feuern würde. Dafür, dass ich ihre oberste Regel gebrochen und von unserem Auftraggeber gesehen worden war – schon wieder! – oder dafür, dass ich mich danach von ihm auf ein Glas Champagner hatte einladen lassen.

Er zuckte mit den Achseln. »Du weißt ja nicht, was du dir entgehen lässt, Cassey.« Irgendetwas an der Art, wie er meinen Namen aussprach, ließ es klingen, als hätte er etwas Unanständiges gesagt.

Ich drehte ihm den Rücken zu, griff mir den Lappen, der in der Spüle lag, und begann über die Armaturen zu wischen. Aus dem Augenwinkel nahm ich wahr, dass auf der Kücheninsel mindestens fünf verschiedene Plastikverpackungen mit kleinen formvollendeten Sahnetorten standen. In jeder steckte eine Gabel. Es sah aus wie bei der Kuchenprobe einer Hochzeit.

»Sie haben wohl heute Ihren Cheatday«, stellte ich fest und biss mir auf die Unterlippe. Irgendetwas an ihm forderte mich geradezu heraus, ständig spitze Bemerkungen von mir zu geben.

»Schuldig.« Er grinste und schob sich mit der Gabel ein besonders großes Stück Schokoladentorte in den Mund. Sie war mit Früchten dekoriert, die das einzig Gesunde auf dem Tisch darstellten. Wenn er diese Torten alle alleine verputzte, würde er danach sicher in ein Zuckerkoma fallen.

Als hätte er meine Gedanken gelesen, hielt er mir eine unbenutzte Gabel unter die Nase. »Oder ist Essen bei der Arbeit auch verboten?«

Ich verdrehte die Augen. »Ich soll hier sauber machen und nicht noch mehr Krümel hinterlassen«, klärte ich ihn über den Job einer Reinigungskraft auf.

»Nimm doch nicht alles so genau! Gönnst du dir wenigstens ab und an auch mal ein bisschen Spaß?« Er deutet mit der Gabel anklagend auf mich.

»Ja, danke der Nachfrage. Ich habe ein sehr erfüllendes Privatleben«, gab ich zurück, auch wenn das aktuell wohl die Übertreibung des Jahrhunderts war. »Wie kommt es überhaupt, dass Sie um sechs Uhr früh in Ihrer Küche sitzen und alleine Torte essen?«

»Manche Tage lassen sich mit Sahnetorte einfach leichter ertragen«, sagte er und schien mit seinen Gedanken plötzlich weit weg zu sein.

»Es gibt doch bestimmt genug Frauen, die sich mit Freuden von Ihnen mit Schokotorte füttern lassen würden«, bohrte ich nach. Er machte auf mich einen einsamen Eindruck, wie er hier alleine in der Küche vor einem Berg voller Torten saß.

»Du scheinst ja zumindest schon mal nicht dazuzugehören«, stellte er sehr richtig fest. »Ich bin nicht so der Typ für eine feste Beziehung.« Er zuckte unbestimmt mit den Schultern. »Und Frauen bleiben bei mir nie bis zum Frühstück«, ergänzte er und zwinkerte mir dabei zu. *So ein Casanova!*

»Das kann ich mir denken«, murmelte ich und widmete einem der Fettspritzer auf dem Kochfeld meine gesamte Aufmerksamkeit.

»Ich habe aktuell einfach keinen Nerv für eine Beziehung. Mein Job fordert zu viel von meiner Zeit und Aufmerksamkeit, wozu also das ganze Drama?«, fuhr er zu meiner Überraschung fort, als wollte er sich vor mir rechtfertigen. Seine Erklärung konnte ich sogar nachvollziehen.

»Geht mir genauso«, rutschte es mir heraus.

Sein melodisches Lachen erklang und verursachte einen Schauer in meinem Nacken. »Ich will dich nicht beleidigen, aber ich hätte nicht gedacht, dass das Leben einer Reinigungskraft so stressig ist, dass keine Zeit mehr für die Liebe bleibt?«

Nun riss ich meinen Blick doch von dem Fleck los und wirbelte zu ihm herum. Meine Augen mussten Funken sprühen, so empört war ich. »Ich will *Sie* wirklich nicht beleidigen, aber wissen Sie überhaupt, was ein stressiges Leben ist? Haben Sie schon mal mit Ihren eigenen Händen etwas geschaffen und nicht nur Ihr hübsches Gesicht in die Kamera gehalten? Haben Sie schon mal jeden Cent zweimal umdrehen oder für einen anderen Menschen als sich selbst Verantwortung übernehmen müssen?« Ich war selbst erstaunt von meinem kleinen Ausbruch. Ich hatte nicht derart persönlich werden wollen.

»Touché«, gab er zurück. »In diesem Business kann man schnell vergessen, wo man einmal gestartet ist. Bevor ich mit meinen Filmen erfolgreich geworden bin, war mein Leben auch kein eitel Sonnenschein.« Er ließ seine Gabel gedankenverloren zwischen seinen Fingern hin und her wippen.

»Schon gut, ich hätte das nicht sagen dürfen. Ihr Leben scheint auch nicht einfach zu sein, sonst würden Sie wohl kaum im Morgengrauen alleine Torte essen«, gab ich deutlich versöhnlicher zurück.

»Verpfeif mich bloß nicht bei meinem Manager! Wenn der erfährt, dass ich hier ein Torten-Gelage veranstaltet habe, macht er mir die Hölle heiß und setzt mich eine Woche auf Flüssigdiät.« Er verzog gequält das Gesicht.

Ich musste gegen meinen Willen lachen. »Können Sie nicht essen, was Sie wollen? Wenn Ihr Manager Ihnen auf die Nerven geht, können Sie ihn doch einfach feuern.«

Er grinste verschwörerisch. »Keine schlechte Idee, werde ich im Hinterkopf behalten. Aber er hat leider Recht. Nächste Woche beginnen die Dreharbeiten zu meinem neuen Film und bis dahin muss ich fit sein. Ich habe schließlich einen gewissen Ruf zu wahren.« Er setzte sich in eine etwas aufrechtere Position auf den Stuhl, sodass ich einen großzügigen Blick auf seine nackte, durchtrainierte Brust werfen konnte. Meine Kehle fühlte sich mit einem Mal staubtrocken an.

»Gibt es bei Filmen nicht oft auch Körperdoubles für bestimmte Körperteile, die Stars nicht zeigen wollen? Mieten Sie sich doch einfach so eines und dann können Sie sich richtig gehen lassen«, schlug ich vor und versuchte nicht allzu offensichtlich auf seine nackte Haut zu starren.

»Ein trainierter Oberkörper hat schon gewisse Vorzüge, auch außerhalb des Filmgeschäftes.« Sein anzügliches Grinsen verursachte ein Kribbeln in meiner Magengegend.

Wie es wohl wäre, Schokotorte von seinem Sixpack zu lecken? Schnell drehte ich mich wieder der Herdplatte zu, bevor er sehen konnte, wie meine Wangen feuerrot anliefen.

»Cassey?«, fragte er und eigentlich sollte es mich stören, dass er mich die ganze Zeit mit meinem Vornamen ansprach. Aber dafür fühlte es sich viel zu gut an, wenn er ihn aussprach. Als würde er meinen Namen auf der Zunge kosten wie ein Stück Sahnekaramell.

»Mhm«, machte ich und drehte mich widerstrebend zu ihm herum.

»Mir beginnen unsere zufälligen Begegnungen im Morgengrauen langsam, aber sicher zu gefallen.«

Und bevor ich meine Zunge stoppen konnte, antwortete ich: »Mir auch.«

»Dann bis zum nächsten Mal.« Er lächelte mir zu, bevor er durch die großen Flügeltüren in Richtung der Treppe verschwand.

Ich blieb alleine in der Küche zurück und bekam den Anblick seines trainierten Oberkörpers nicht aus dem Kopf.

Ein Mann wie Damien konnte nur Drama bedeuten und davon hatte ich bereits mehr als genug in meinem Leben. Er hatte es schließlich selbst gesagt, Frauen blieben bei ihm nie bis zum Frühstück. Trotzdem konnte ich es nicht verhindern, dass ich mich bereits jetzt auf unser nächstes Zusammentreffen freute.

***

Den restlichen Tag hatte ich für Besorgungen genutzt, sodass es bereits Abend war, als ich nach Hause zurückkehrte. Kaum hatte ich die Haustür aufgeschlossen, empfing mich dumpfes Gelächter und der Duft von frisch gekochtem Essen. Ich folgte den Geräuschen in die Küche und stieß dort zu meiner Überraschung auf Kayla und unsere Mutter. Auf dem Herd brutzelten drei Steaks in einer Pfanne und Gemüse in einer anderen. Kayla saß, die Beine baumelnd, auf der Arbeitsplatte und war gerade im Begriff ein Stück Paprika zu probieren, das ihr unsere Mutter mit dem Kochlöffel vor den geöffneten Mund hielt.

Die Szene mochte für einen Außenstehenden auf den ersten Blick vollkommen normal erscheinen, war für unseren Haushalt aber ein seltener Anblick. Für gewöhnlich kümmerte ich mich um den Einkauf und kochte abends für Kayla und mich. Meine Mutter hatte die meiste Zeit meines Teenager- und Erwachsenenlebens durch Abwesenheit geglänzt. Zwischen ihren Gelegenheitsjobs, den Klinikaufenthalten und Episoden, in denen sie sich zu nichts aufraffen konnte, war es schwer gewesen, so etwas wie Normalität aufrechtzuerhalten.

»Du kommst genau richtig! Das Essen ist gleich fertig, oder was sagst du, Kayla?«, begrüßte mich meine Mutter. In ihren dunkelblauen Augen lag ein Leuchten und ihre Wangen waren vom Kochen leicht gerötet.

Kayla nickte kauend und streckte bestätigend den rechten Daumen in die Höhe. Meine Mutter verteilte das Essen auf drei Tellern und balancierte sie hinüber in den Essbereich.

»Gibt es etwas zu feiern?«, fragte ich mit Blick auf den gedeckten Tisch. Meine Mutter hatte sogar zwei Weingläser für sich und mich bereitgestellt.

»Ich freue mich einfach, Zeit mit meinen beiden Mädchen verbringen zu können«, erwiderte meine Mutter und lächelte mich vorsichtig an.

Ich nickte unentschlossen, bevor ich die Arbeitsplatte umrundete und an den Tisch trat, um uns beiden jeweils einen großen Schluck Weißwein einzuschenken. Solche unerwarteten Stimmungshochs machten mich immer misstrauisch. Sollte sie dieses Mal wirklich so schnell wieder alleine auf die Beine gekommen sein? Oder war es nur das Hoch vor dem nächsten Tief?

Als ich in Kaylas strahlendes Gesicht sah, beschloss ich, ihr zuliebe daran zu glauben, dass es ein gutes Zeichen war. Gemeinsame Abende als Familie waren ein seltener Lichtblick, den ich nicht durch meine Zweifel auslöschen wollte.

»Können wir später noch Scrabble spielen?«, fragte Kayla, während sie sich ein großes Stück Fleisch in den Mund schob.

»Muss es unbedingt Scrabble sein? Darin bist du quasi unschlagbar«, beschwerte ich mich.

»Das ist doch nicht meine Schuld!«, sagte sie grinsend und sah mich flehend an.

»Das klingt doch nach einer wunderbaren Idee«, stimmte auch meine Mutter ein und so gab ich mich geschlagen.

Nach dem Essen räumte ich zusammen mit meiner Mutter das schmutzige Geschirr in die Küche, während Kayla nebenan im Wohnzimmer nach dem Spiel suchte. Nachdem ich den letzten Teller in der Spülmaschine verstaut hatte, wandte ich mich der Tür zu. Als ich jedoch bemerkte, dass meine Mutter keine Anstalten machte, mir zu folgen, hielt ich mitten in der Bewegung inne. Sie stand wie festgewachsen neben der Spüle, den Blick einem Punkt zugewandt, weit entfernt vom Hier und Jetzt. Ich trat zu ihr und berührte sie behutsam an der Schulter. Sie sah mich verwundert an, als könnte sie nicht einordnen, wieso ich plötzlich vor ihr stand.

»Alles okay, Mom?« Ich musterte sie eindringlich.

»Ja, mir geht es gut. Du brauchst dir wirklich keine Sorgen zu machen, Cassey.« Sie ließ wieder ein Lächeln auf ihren Lippen erscheinen, doch dieses Mal erreichte es nicht ihre Augen. »Lass uns ins Wohnzimmer gehen! Wir wollen Kayla doch nicht warten lassen«, sagte sie und die Leichtigkeit in ihrer Stimme klang falsch in meinen Ohren. Wie ein Akkord, bei dem der Klavierspieler bei einem von drei Tönen danebengegriffen und damit die Harmonie des Dreiklangs gestört hatte.

Ich versuchte das nagende Gefühl von Sorge in meinem Bauch zum Verstummen zu bringen. Sie konnte vielleicht Kayla täuschen, doch mir würde sie nicht so schnell etwas vormachen. Meine Mutter war weit davon entfernt, okay zu sein.

Damien

Als ich am späten Vormittag in den Filmstudios zur Leseprobe erschien, fühlte ich mich, als hätte ich eine durchzechte Nacht hinter mir. Die Euphorie durch den Zucker am frühen Morgen war verflogen und hatte mich mit einem flauen Gefühl im Magen und leichten Kopfschmerzen zurückgelassen. Außerdem geisterte Cassey immer wieder durch meine Gedanken. Wie sie mit der erhobenen Champagnerflasche durch die Tür gestürmt war, brachte mich erneut zum Schmunzeln.

Steve warf mir einen argwöhnischen Blick zu, als ich noch immer mit einem Lächeln auf den Lippen durch die Tür trat. Im Grunde genommen war seine Anwesenheit bei der Leseprobe absolut überflüssig. Die Tatsache, dass er trotzdem gekommen war, zeigte mir lediglich, dass er mich im Auge behalten wollte. Vielleicht hatte meine Drohung, alles hinzuwerfen, wenn er mir keine qualifizierteren Rollen besorgen würde, endlich Wirkung gezeigt.

»Damien, wie schön dich wiederzusehen! Es ist viel zu lange her!«, rief Cynthia quer durch den Raum und winkte mich mit ihren frisch manikürten Fingernägeln zu sich herüber.

Wenn sie mich fragte, konnte es diesbezüglich gar kein zu lange geben. Höchstens ein zu früh, was hier definitiv der Fall war. Trotzdem schenkte ich ihr eines meiner schönsten falschen Lächeln, die sonst den Paparazzi vorbehalten waren.

Glücklicherweise eröffnete in diesem Moment die Regisseurin die Leseprobe und ich rettete mich auf einen Platz möglichst weit von Cynthia entfernt.

»Die ist ja so was von fake«, erklang plötzlich rechts von mir eine leise Mädchenstimme. Ich wandte mich ihr zu und sah in das sommersprossige Gesicht einer circa Zwölfjährigen mit dunkelbraunen, kurzen Haaren. Sie hatte ihre Stupsnase missbilligend gerümpft.

»So was von«, bekräftigte ich und grinste sie an. »Ich bin Damien. Und mit wem habe ich das Vergnügen?«

Sie winkte ungeduldig ab. »Ich weiß doch längst, wer du bist. Glaub aber ja nicht, dass du mich mit deinem hübschen Gesicht und deinem Sixpack um den Finger wickeln kannst. Du bist viel zu alt für mich. Ich bin Vivien. Du darfst aber Vivi zu mir sagen.«

Ich musste grinsen, sie erinnerte mich mit ihrer bestimmten und vorlauten Art an meine jüngere Halbschwester Abby. Diese nahm ebenfalls kein Blatt vor den Mund und ließ mir nichts durchgehen.

»Ist notiert, Vivi. Das bleibt alles auf einer rein professionellen Ebene«, versprach ich ihr und sie nickte zufrieden.

»Ich spiele die Schwester von dieser Zimtzicke da drüben.« Sie deutete mit dem Kinn auf Cynthia.

»Ich spiele ihren Liebhaber, also hast du eindeutig die bessere Rolle erwischt.«

»Na hoffentlich bist du wirklich ein so guter Schauspieler, wie man sagt, im Skript wird ganz schön oft geknutscht.« Bei diesen Worten verzogen wir beide das Gesicht.

***

Wir kamen zügig voran. Obwohl Cynthia sich alle Mühe gab, meine Aufmerksamkeit auf sich zu ziehen, hielt ich meinen Blick stur auf das Papier vor mir auf dem Tisch gerichtet. Als es bereits spät am Nachmittag war, beendeten wir die Leseprobe. Am nächsten Morgen würden wir die restlichen Szenen gemeinsam durchgehen.

Ich wollte einen möglichst schnellen Abgang hinlegen, um Cynthias Fängen zu entgehen, doch Steve durchkreuzte meine Pläne. Er fing mich vor der Tür ab und nahm mich beiseite.

»Warst du gestern wieder feiern?« Er sah mich mit stechendem Blick an.

»Nein«, erwiderte ich wahrheitsgemäß.

Er musterte mich einige Sekunden lang intensiv, als müsste er erst abwägen, ob er mir Glauben schenken sollte.

»Du siehst auf jeden Fall beschissen aus«, stellte er trocken fest.

»Solche Komplimente hört man doch gerne.« Ich schenkte ihm ein säuerliches Lächeln.

»Hältst du dich an den Trainingsplan, den ich dir geschickt habe?«

»Klar.« Ich erinnerte mich dunkel, dass er mir vor ein paar Tagen etwas per Mail zugesendet hatte. Ich hatte es ungelesen in einen Ordner wegsortiert. *Oder war es der Papierkorb gewesen?*

»Jeden Tag mindestens zwei Stunden Training, keine Kohlenhydrate mehr, kein Alkohol und viel Schlaf«, betete er mir vor. Offensichtlich hatte er meinen Bluff durchschaut.

»Jaja, schon verstanden, keinen Spaß mehr bis Drehende. Kann ich jetzt gehen?«

Er entließ mich mit einer unwirschen Handbewegung und ich machte, dass ich davonkam, bevor ihm noch mehr Vorschriften einfallen konnten.

Leider hatte sich durch Steves Verhör mein Vorsprung vor Cynthia in Luft aufgelöst. Sie stand draußen vor dem Eingang und schien auf mich gewartet zu haben. Mit einem strahlenden Lächeln, das zwei Reihen unnatürlich weißer Zähne entblößte, empfing sie mich.

»Ich habe mich wahnsinnig gefreut, als ich gehört habe, dass ich als Nachbesetzung für diesen Film gecastet worden bin«, flötete sie.

»Die arme Olivia. Wusstest du, dass sie sich das Bein gebrochen hat?«, fragte ich lauernd.

»So ein Pech aber auch, die Arme! Vielleicht hat ihr jemand etwas zu viel Hals- und Beinbruch gewünscht. Sie wird wohl eine ganze Weile außer Gefecht gesetzt sein«, sagte sie und klang dabei nicht so, als würde sie allzu großen Anteil an Olivias Schicksal nehmen. »Ich dachte, wir könnten uns vor Drehbeginn schon einmal treffen und uns gemeinsam in die Rollen einfinden?«, fügte sie hinzu und vor Schreck verschluckte ich mich so sehr, dass ich husten musste. Sie sah mich erwartungsvoll an und wickelte dabei eine ihrer braunen, langen Haarsträhnen um ihren Zeigefinger.

»Ich fürchte, daraus wird nichts. Mein Manager hat mir leider einen wirklich straffen Zeitplan für die nächsten Tage erstellt.« Zum ersten Mal erwies sich das als Vorteil.

Ihr Lächeln fiel für einen Sekundenbruchteil in sich zusammen, bevor sie es dieses Mal deutlich mühsamer zurechtrückte. »Schade, Steve sollte dich wirklich nicht so hart rannehmen«, sagte sie und strich dabei mit den Fingerspitzen ihrer rechten Hand über meine Brust. Dass Cynthia meinen Manager beim Vornamen nannte, verursachte ein ungutes Gefühl in meiner Magengegend.

»Ich muss jetzt leider los.« Ich pflückte ihre Hand von meinem Hemd und machte mich auf den Weg zu meinem wartenden Wagen.

»Bis morgen!«, rief Cynthia mir enthusiastisch hinterher. So schnell würde sie wohl nicht lockerlassen.

KAPITEL 4

Cassey

Als der Van in die Einfahrt zu Damiens Villa einbog, klopfte mein Herz mit einem Mal bedeutend schneller. Ob ich ihn heute wieder treffen würde?

Karen hatte mir das Schwimmbad und den Trainingsbereich zugeteilt, was die Chance für eine zufällige Begegnung deutlich verringerte. Damien wirkte auf mich nicht wie ein Frühaufsteher, also konnte ich mir nicht vorstellen, dass er so früh am Morgen schon an den Geräten trainierte. Andererseits hatte er beim letzten Mal erzählt, dass er für seine nächste Rolle fit werden müsse. Vielleicht sollte ich bei Gelegenheit meine kleine Schwester, das wandelnde Damien-Baxter-Lexikon, zu seinem neuen Film befragen. Sie war bestimmt bestens informiert.

Aktuell bekam ich in ihrer Gegenwart allerdings regelmäßig ein schlechtes Gewissen. Ich hatte ihr noch immer nicht verraten, dass ich in Damiens Haus ein und aus ging. Sosehr ich meine Schwester auch liebte, wusste ich, dass sie ein solches Geheimnis niemals für sich würde behalten können. Und meine Tante setzte nun einmal auf höchste Diskretion. Außerdem befürchtete ich, dass sie mich dazu anstiften könnte, ein benutztes Handtuch oder etwas ähnlich Ekliges von ihm mitgehen zu lassen, damit sie es wie den Heiligen Gral anbeten könnte.

Erwartungsvoll schob ich den Wagen mit dem Putzzubehör durch den langen Flur. Auf dem Weg kam ich an dem großzügig geschnittenen Esszimmer und an der Küche vorbei, in der eine meiner Kolleginnen gerade dabei war, die Herdplatten mit einem Schwamm zu bearbeiten. Endlich gelangte ich zu einer gläsernen Flügeltür, hinter der sich das Hallenbad erstreckte. Das Wasser plätscherte sanft gegen die Außenkanten des Beckens und ein schwacher Geruch nach Chlor hing in der Luft. Rattan-Liegen mit dicken, bequem aussehenden weißen Matten flankierten den Pool zu beiden Seiten.

Ich öffnete die breite Fensterfront zu meiner Linken und ließ die frische Morgenluft hereinströmen. Die ersten Sonnenstrahlen des Morgens tauchten L.A. in ein goldenes Licht und ich verweilte einen Moment, um die Aussicht zu genießen. Die Stadt, die mir oft hart und seelenlos erschien, wirkte im pastellfarbenen Schein der aufgehenden Sonne wie verzaubert. Der frühe Arbeitsbeginn hatte durchaus seine Vorteile. Freiwillig wäre ich niemals mitten in der Nacht aufgestanden, um mir den Sonnenaufgang anzusehen.

Ob ich es wagen konnte, Musik anzuschalten? Ich war der Meinung, dass sich durch die Untermalung eines passenden Beats jede Aufgabe leichter bezwingen ließ. Der Schwimm- und Trainingsbereich befand sich in einem etwas abgelegenen Teil des Anwesens und somit außer Hörweite meiner Kollegen. Da ich mein Glück jedoch nicht unnötig strapazieren wollte, verzichtete ich auf die Lautsprecherfunktion und steckte mir stattdessen meine Kopfhörer in die Ohren. Ich drehte die Musik auf volle Lautstärke und schwang zu *Walking on Sunshine* den Wischmopp über die Fliesen. Ich ließ meine Hüften von rechts nach links im Takt der Musik wippen. Als ich beim Refrain angelangt war, riss ich in Ermangelung eines richtigen Mikrofons ekstatisch das Ende des Besenstiels vor meine Lippen und summte die Zeilen mit.

Plötzlich nahm ich aus dem Augenwinkel eine Bewegung wahr. Ich riss mir die Ohrstöpsel heraus und drehte mich in die Richtung, aus der ich die Bewegung wahrgenommen hatte. Hoffentlich war es nicht Karen!

Im nächsten Augenblick wünschte ich mir, dass sie es gewesen wäre. In der Tür stand Damien mit Shorts und einem Sporthemd bekleidet. Seine Haare hingen ihm verstrubbelt in die Stirn, als sei er erst vor kurzem aufgestanden.

»Guten Morgen, Mr Baxter«, sagte ich, um einen lockeren Ton bemüht. Vielleicht war er ja gerade erst zur Tür hereingekommen.

Doch sein breites Grinsen verriet mir, dass es sich dabei lediglich um eine

Wunschvorstellung meinerseits handelte. »Wie viel haben Sie gesehen?«, fragte ich, und spürte, wie meine Wangen glühten.

Er stieß sich vom Türrahmen ab und tänzelte mit wiegenden Hüften am gegenüberliegenden Beckenrand entlang.

»Kein Grund, sich zu schämen. Sah wirklich heiß aus und das will schon was heißen mit deinem Michelinmännchen-Overall.« Er grinste mich unverschämt gut gelaunt an. »Wenn du endlich mit dem Mr-Baxter-Quatsch aufhörst und mich Damien nennst, verspreche ich dir im Gegenzug, dass deine kleine Tanzeinlage unter uns bleibt.«

»Und Sie erwähnen es auch nie wieder?« Ich nagte unentschlossen an meiner Unterlippe.

»Also das ist jetzt aber schon viel verlangt. Ich verspreche, dass ich versuche, es nicht allzu oft zu erwähnen.« Der Schalk blitzte in seinen Augen auf.

Ich wiegte den Kopf leicht von rechts nach links, als müsste ich erst über sein Angebot nachdenken.

»Ok, ich werde es nie wieder erwähnen«, gab er sich überraschend schnell geschlagen.

»Dann haben wir einen Deal, Damien.« Es fühlte sich merkwürdig an, ihn zum ersten Mal mit seinem Vornamen anzusprechen. Ich mochte das Gefühl von meiner Zungenspitze, die über die Innenseite meiner oberen Zahnreihe strich, als ich das D aussprach. Selbst sein Name klang wie die reinste Versuchung. *Der ich natürlich niemals erliegen würde, ich war schließlich nicht lebensmüde!*

»Was machst du überhaupt schon so früh hier?«, fragte ich, um das Gespräch auf ein sicheres Terrain zu lenken.

»Solange wir den Film abdrehen, muss ich jeden Tag trainieren. Und ich hatte gehofft, dass du mir Gesellschaft leisten würdest.« Er sah mich erwartungsvoll an.

»Und wer putzt dann in der Zwischenzeit?«, warf ich halbherzig ein. Der Gedanke, Damien beim Trainieren zu beobachten, klang weitaus attraktiver, als den Pool zu säubern.

»Wie wäre es, wenn ich mich schnell warm mache, und du kümmerst dich in der Zwischenzeit ums Hallenbad? Danach kannst du doch im Trainingsraum weiter machen. Für mein Ego reicht es eigentlich schon aus, wenn du mir ab und zu bewundernde Blicke zuwirfst«, sagte er mit einem breiten Grinsen auf den Lippen.

»Da kannst du lange warten!« *Ich war doch nicht eines seiner Fangirls, dem der Sabber aus dem Mund lief, sobald er sein Hemd aufknöpfte!* »Aber ich kann dich antreiben, wenn du Motivationsprobleme haben solltest.«

Er lachte. »Dann bis gleich«, sagte er und verschwand im Nebenraum.

Für den Fall, dass er mich doch beobachtete, verzichtete ich sicherheitshalber auf eine musikalische Untermalung beim Putzen. In Windeseile schrubbte ich den Beckenrand, überprüfte den Chlorgehalt im Wasser und machte mich dann auf den Weg zum Trainingsraum.

Als ich die Tür öffnete, dröhnte mir laut *Eye of the Tiger* entgegen, was mir ein Grinsen entlockte. Nicht unbedingt die kreativste Auswahl für ein Workout, aber ich musste zugeben, dass der Beat durchaus mitreißend war. Damien stand mit dem Rücken zu mir und lief auf der Stelle, um warm zu werden. Ich konnte dabei einen erstklassigen Blick auf seine muskulösen Waden erhaschen. Doch diese waren nicht das einzig Trainierte an seinem Körper. Seine Sporthose schmiegte sich so eng an sein Gesäß, dass sie nur wenig der Vorstellung überließ. Ich musste an unsere erste Begegnung und seinen knackigen und vor allen Dingen nackten Hintern denken. Mir wurde augenblicklich heiß, und meine Wangen glühten.

Als hätte er meine Blicke gespürt, dreht er sich zu mir um. Sein Gesicht war leicht gerötet von der körperlichen Anstrengung; vereinzelte Schweißperlen glitzerten auf seiner Stirn.

»Du kommst genau richtig, ich bin gerade fertig mit dem Warm-up«, verkündete er und setzte sich an das Rudergerät.

»Wenn du deine Ausdauer auch noch trainieren möchtest, kann ich dir gerne meinen Wischmopp leihen«, scherzte ich.

Da ich nicht fürs Herumstehen bezahlt wurde, griff ich nach dem Desinfektionsmittel und begann die Oberflächen der Hantelbank mit einem Lappen abzuwischen. Das regelmäßige Surren des Rudergeräts, das jedes Mal erklang, wenn Damien sich nach hinten drückte, erfüllte den Raum. Dann setzte es mit einem Mal aus und ich warf einen Blick über meine rechte Schulter. Damien war soeben im Begriff, sein Oberteil über den Kopf zu streifen, und ich konnte das Spiel seiner Rückenmuskulatur bewundern. Wie hypnotisiert beobachtete ich die geschmeidigen Bewegungen der Muskelstränge. Anschließend drehte er seinen Oberkörper zur rechten Seite und legte sein Shirt neben sich auf dem Boden ab. Als er seinen Kopf wieder hob, fing er meinen Blick auf und grinste.

»Na, genießt du die Aussicht?«, fragte er und ließ absichtlich seine Oberarmmuskeln spielen.

Angeber! Ich zuckte möglichst unbeeindruckt mit den Achseln.

»Diese Aussicht ist schon etwas imposanter.« Ich nickte mit dem Kopf in Richtung der verglasten Front, durch die man einen grandiosen Ausblick auf die Stadt hatte.

»Warte, bis du mein Sixpack gesehen hast«, erwiderte er unbescheiden und ich musste bei dem Gedanken schlucken. Mein Hals fühlte sich verdächtig trocken an. Schnell wandte ich mich wieder meiner Arbeit zu, bevor er seine Ankündigung wahrmachen und sich vollends zu mir umdrehen konnte.

»Wie bist du eigentlich in L.A. gelandet? Oder wohnst du schon immer hier?«, fragte Damien in meinem Rücken.

»Nein, ich komme ursprünglich aus Bakersfield. Mein Vater war Anlageberater und der Großteil seiner Klienten hatte ihren Sitz hier in Los Angeles. Also sind wir hierher gezogen, als ich ungefähr fünf Jahre alt war.« Es wunderte mich selbst, dass ich freiwillig meinen Vater erwähnt hatte.

»*War*? Und was macht dein Vater jetzt?«

Ich verharrte mitten in der Bewegung. Die Erinnerungen an meinen Vater überrollten mich wie aus dem Nichts. Normalerweise verwahrte ich sie sicher im hintersten Winkel meines Bewusstseins. Doch jetzt waren sie daraus hervorgebrochen und die Fassungslosigkeit und Wut über seinen Verrat loderten in mir hoch. Mein gesamter Körper verkrampfte sich, als würde er automatisch in Abwehrhaltung gehen.

Vergeblich versuchte ich die Erinnerungen niederzuringen, die mich gefangen nahmen. Die anfängliche Weigerung, mit der ich auf die Nachricht seiner Flucht reagiert hatte. Ich hatte nicht einfach hinnehmen wollen, dass so vieles in meinem Leben eine Lüge gewesen war. Dass der Mann, den ich für meinen mich liebenden Vater gehalten hatte, in Wirklichkeit ein Lügner und Betrüger war, dem seine Familie nichts bedeutet hatte. Dem ich nichts bedeutet hatte. Doch spätestens der Besuch der Polizei hatte es bestätigt und meine Welt war in sich zusammengestürzt. Ich schnappte nach Luft, meine Brust fühlte sich mit einem Mal beängstigend eng an.

»Cassey? Ist alles okay mit dir?« Damiens Stimme war plötzlich direkt hinter mir. Der Geruch seines Aftershaves hüllte mich auf eine beinahe tröstende Weise ein.

Ich wollte nicken, doch es fühlte sich so an, als sei mein Körper in einem Schraubstock gefangen. Warme Hände legten sich auf meine verkrampften Schultern und zwei Daumen rieben mit leichtem Druck kreisförmig über meinen Nacken. Strichen sanft über die Außenseiten meines Halses und wieder zurück. Ich spürte seinen Körper ganz nah an meinem Rücken. Er strahlte eine derart beruhigende Wärme aus, dass ich mich am liebsten für einen Moment an ihn gelehnt hätte. *Doch das war keine Option,* erinnerte ich mich. Seine Berührungen brachten mich zurück in die Gegenwart, halfen mir, die Tür zu meiner Vergangenheit wieder zu schließen.

»Ja, alles gut«, sagte ich und selbst in meinen Ohren klang es nicht sonderlich überzeugend. Ich zog die Schultern hoch, um ihm zu signalisieren, dass er seine Hände wegnehmen konnte. Sie verweilten noch einen Augenblick warm und schwer auf meiner Haut, bevor er sich räusperte und sie wegzog. Und damit eine beinahe schmerzhafte Leere hinterließ.

»Entschuldige, ich wollte dir nicht zu nahe treten«, sagte er leise.

»Mein Vater ist mein wunder Punkt«, gab ich zu meiner Überraschung zu. »Er hat damals die Gelder seiner Kunden veruntreut, um seine Kokain-Sucht zu finanzieren. Als er aufgeflogen ist, hat er unser Familienkonto geplündert und meine Mutter, meine kleine Schwester und mich ohne einen Cent in der Tasche sitzen gelassen.«

Ich ballte die Hände zu Fäusten. Es waren mittlerweile fast acht Jahre vergangen und trotzdem war ich noch keinen Schritt weitergekommen, ihm zu verzeihen. Vermutlich würde ich es niemals können. Wie könnte ich ihm jemals vergeben, wie leichtfertig er nicht nur mit seinem eigenen Leben gespielt hatte? Wie könnte ich ihm jemals verzeihen, dass er nicht nur meiner Mutter das Herz gebrochen hatte? Dass er uns alle mit sich in den Abgrund gezogen hatte.

»Meine Mutter kämpft seitdem mit Depressionen und ich kümmere mich um meine kleine Schwester und darum, dass die Rechnungen pünktlich bezahlt werden.« Ich hatte bis jetzt noch nie jemandem so einen tiefen Einblick in mein Leben gewährt. Nicht einmal Phil hatte ich etwas über die genauen Umstände des Verschwindens meines Vaters erzählt. Warum ich mich ausgerechnet Damien anvertraut hatte, war mir ein Rätsel. Vielleicht weil er so weit weg von meinem Leben war. Weil es ihn wahrscheinlich nicht einmal interessierte.

»Wie alt warst du, als er abgehauen ist?«, fragte er. Ich war ihm unendlich dankbar, dass er keine dieser Plattitüden vom Stapel ließ, wie leid es ihm tue oder Ähnliches.

»Sechzehn.«

»Und seitdem gehst du arbeiten und kümmerst dich um deine Familie?« Die Wärme in seiner Stimme legte sich wie ein Mantel um meine verkrampften Schultern.

Ich nickte, sprechen erschien mir mit einem Mal ein Ding der Unmöglichkeit. Noch immer hatte ich meine Gefühle nicht vollständig unter Kontrolle. Mit jedem Wort, das mein Mund formte, hatte ich Angst, die Barriere versehentlich wieder zum Einsturz zu bringen. Ich hatte Damien schon genug von meinem Innersten gezeigt. Er sollte mich nicht für schwach halten.

»Und wann nimmst du dir mal Zeit für dich?«, fragte er und ich musste lachen, weil die Frage so absurd war.

Ich drehte mich zu ihm herum und musste meinen Kopf leicht anheben, damit ich ihm in die Augen blicken konnte.

»Meine Familie bedeutet mir alles«, sagte ich mit fester Stimme.

»Das ist nicht das, was ich dich gefragt habe.« Er hielt meinem Blick locker stand.

Ich fuhr mir mit den Fingern durchs Haar und brachte dabei den sorgsam zusammengesteckten Dutt durcheinander. Eine Strähne meines wilden blonden Haars fiel mir in die Stirn.

»Weißt du, manche Leute haben diesen Luxus nicht«, sagte ich und konnte nicht verhindern, dass in meiner Stimme Bitterkeit mitschwang.

»Das ist kein Luxus, Cassey. Jeder Mensch braucht Zeit für sich, für seine Träume, fürs Leben. Träume sind für uns Menschen das, was die Sonne für die Pflanzen ist. Ohne sie gehen wir ein. Das hier ist doch bestimmt nicht dein Traumjob?«, fragte er sanft.

Nein, natürlich war es nicht das Leben, das ich mir als kleines Mädchen erträumt hatte. Aber ich hatte in den letzten Jahren keine Zeit gehabt, egoistisch zu sein. Irgendwann hatte ich aufgehört, Pläne zu schmieden, meine Träume zu verfolgen. Doch wie sollte ich ihm das klarmachen? Jemandem, der zehn Schlafzimmer, sein eigenes Hallenbad und einen Panoramablick auf Los Angeles hatte.

»Ich sollte jetzt mal weitermachen, sonst werde ich nicht rechtzeitig mit allem fertig«, flüsterte ich. Ich wollte nicht mehr über mich sprechen.

Er sah mich mit seinem durchdringenden Blick an und strich mir dann die Haarsträhne, die aus meinem Dutt entkommen war, hinter mein rechtes Ohr. Ich hielt unbewusst den Atem an, als seine Finger meine Wange streiften. Dieser Mann brachte mich vollkommen durcheinander und das konnte ich mir absolut nicht erlauben.

Schnell trat ich einen Schritt zurück und wandte mich dem nächstbesten Trainingsgerät zu. Ich wagte es nicht, in Damiens Richtung zu schauen. Ich traute meinem Körper und meiner Selbstbeherrschung in seiner Nähe nicht.

Als ich das nächste Mal von der Arbeit aufblickte, war Damien verschwunden. Eigentlich hätte es mich erleichtern sollen, doch ich spürte nur einen leichten Stich der Enttäuschung.

***

Nachdem ich meine Schicht beendet hatte, beschloss ich, nicht direkt nach Hause zu gehen, sondern stattdessen dem Ozean einen Besuch abzustatten.

Obwohl die Strandpromenade nur wenige Gehminuten von unserem Haus entfernt lag, konnte ich die Male, die ich diesen Sommer hier verbracht hatte, an einer Hand abzählen. Mein Leben schien meist zu durchgetaktet zu sein, um mir eine Pause zu gewähren. Normalerweise ging ich nie irgendwohin, wenn kein expliziter Grund dafür bestand.

Selbst jetzt, beim Schlendern über die Promenade, fühlte ich mich schuldig. Dabei gab es keinen rationalen Grund dafür. Ich war heute Morgen in aller Frühe aufgestanden und hatte bereits einen ganzen Arbeitstag hinter mich gebracht, bevor dieser für die meisten Menschen überhaupt erst begonnen hatte. Kayla war in der Schule und meine Mutter hoffentlich bei der Arbeit im Diner. Warum also fühlte es sich verboten an, ziellos am Strand entlangzuspazieren?

Ich musste an Damiens Bemerkung von heute früh denken, als er hatte wissen wollen, wann ich mir Zeit für mich selbst einräumte. Wenn ich ehrlich mit mir war, dann lautete die Antwort darauf, *so gut wie nie*. Die Wahrheit war, dass ich mich schon seit einer gefühlten Ewigkeit nicht mehr unbeschwert genug gefühlt hatte, um einfach mal loszulassen. Wenn ich es an einem bestimmten Zeitpunkt festmachen müsste, fiel es wohl mit dem Verschwinden meines Vaters zusammen.

Zunächst hatte ich nur notgedrungen die Verantwortung übernommen, weil meine Mutter mit der Situation heillos überfordert gewesen war. Am Anfang hatte mich diese Last beinahe erdrückt, doch mit der Zeit hatte ich mich damit arrangiert. Hatte gelernt, meine Enttäuschung herunterzuschlucken und meine Träume zurückzustellen. Mittlerweile war Kayla jedoch nicht mehr das kleine Mädchen von damals. Vielleicht war es an der Zeit, mein eigenes Leben in Ordnung zu bringen? Mir mehr Zeit für mich selbst einzuräumen und mich mit der Frage zu beschäftigen, was ich mit meinem Leben anfangen wollte.

Damien

Ich hatte sie nicht einfach wortlos im Trainingsraum zurücklassen wollen. Doch wenn ich geblieben wäre, hätte sich der ohnehin schon schmale Grat zwischen professioneller Distanz und unpassender Nähe, auf dem wir beständig zu wandeln schienen, endgültig in nichts aufgelöst. Sie hatte mit einem Mal so zerbrechlich gewirkt, dass ich das überwältigende Bedürfnis verspürt hatte, sie in meine Arme zu schließen. Sie vergessen zu lassen, welche Last auf ihren Schultern zu liegen schien. Ihr eine kurze Pause von allem zu verschaffen.

Ich spürte Wut über diesen Dreckskerl von einem Vater in mir hochkochen. Nicht nur, dass er sein eigenes Leben ruiniert hatte, er hatte seine Familie mit sich in den Abgrund gezogen. Ich konnte mir nicht einmal ansatzweise vorstellen, was sein Verrat für Cassey bedeutet haben musste. Wie verraten und verletzt sie sich gefühlt haben musste. Was machte es mit jemandem, wenn man von einem der Menschen verraten wurde, denen man auf der Welt am meisten vertraute? Dem man sein eigenes Leben bedenkenlos anvertrauen würde.

Seit langem schon hatte mich niemand mehr so tief unter die Oberfläche blicken lassen, wie sie es getan hatte. Sie hatte mir etwas Echtes von sich gezeigt. In Hollywood war jeder nur damit beschäftigt, nach außen hin möglichst erfolgreich und glücklich zu wirken. Keiner wollte sich die Blöße geben, sich eingestehen zu müssen, dass etwas in seinem Leben auch nur ansatzweise nicht perfekt sein könnte. Lieber nahm man seinen Sorgen mit Alkohol die Schärfe und hielt die Fassade aufrecht.

Will war in all den Jahren der Einzige, den ich als echten Freund bezeichnen würde. Doch selbst mit ihm kratzten die Gespräche meist nur an der Oberfläche. So wie unsere Challenge, wer bis Ende des Jahres die meisten Frauen flachlegen würde. Eines war klar, Cassey gehörte eindeutig nicht auf solch eine Liste. Ebenfalls klar war, dass ich nicht so viel Zeit damit verbringen durfte, an sie zu denken.

Es wurde Zeit, dass ich mich auf die bevorstehenden Dreharbeiten fokussierte. Doch stattdessen ertappte ich mich immer häufiger dabei mir auszumalen, wie ich ihr das nächste Mal zufällig über den Weg laufen könnte. Für einige weitere gestohlene Stunden im Morgengrauen. Was natürlich eine denkbar dumme Idee war. Schließlich wollte ich sie mir aus dem Kopf schlagen – und das würde sicher nicht funktionieren, wenn sie mich mit ihren großen blauen Augen in den Bann schlug.

***

»Wir werden morgen ein Fotoshooting mit Cynthia und dir machen. Es ist wichtig, dass wir jetzt schon einmal Interesse für den Film auf den Social-Media-Plattformen schüren«, überfiel mich Steve, kaum dass ich die Anprobe bei der Kostümbildnerin beendet hatte.

Ich unterdrückte ein Stöhnen. »Okay, von mir aus. Aber ich werde mich auf keinen Fall auf eine Fake-Beziehung mit ihr einlassen, nur um die Werbetrommel zu rühren.« *Und das war so was von nicht verhandelbar!* Schlimm genug, dass ich die nächsten Wochen täglich Zeit mit ihr am Set würde verbringen müssen. Da wollte ich wenigstens in meiner begrenzten Freizeit meine Ruhe haben.

»Ich würde es außerdem begrüßen, wenn du während des Drehs im Hotel wohnen würdest. So wie der Rest der Crew auch.« Die Art, wie er den letzten Satz betonte, ließ keinen Zweifel daran, was er von einer Sonderbehandlung für mich hielt. Dabei war es vom Set aus nur ein Katzensprung bis zu meiner Villa, aber damit immer noch deutlich weiter entfernt von Cynthia als ein Hotelflur.

Andererseits würde ich mich so automatisch auch von Cassey fernhalten müssen. Da ich in meine eigene Willensstärke ein eher geringes Vertrauen setzte, wenn es um Frauen ging, könnte dies ein geeigneter Ausweg sein. Wahrscheinlich würde sie denken, dass ich sie nach ihrem emotionalen Moment bei unserem letzten Treffen absichtlich mied und mich für einen Arsch halten. Die Erkenntnis tat erstaunlich weh, war aber vermutlich für uns beide am besten.

Cassey war ein netter – okay ein bezaubernder – Abstecher in die Normalität gewesen. Zumindest so normal wie es für jemanden mit meinem Beruf und Bekanntheitsgrad sein konnte. Doch was auch immer sich da zwischen uns anbahnte, hatte keine Zukunft. Je eher ich die Reißleine zog, desto besser. Für uns beide.

»Ich weiß wirklich nicht, was gegen mein eigenes Bett sprechen sollte. Du weißt, dass ich noch nie zu spät zu einem Dreh erschienen bin. Aber wenn dir so viel daran liegt, ziehe ich ins Hotel. Dann will ich im Gegenzug aber wenigstens jeden Morgen mein Frühstück ans Bett gebracht bekommen«, stimmte ich Steves Vorschlag zu. Eine gut gefüllte Minibar stand wahrscheinlich von vornherein nicht zur Debatte.

»Ich bringe dir höchstpersönlich deinen Smoothie vorbei«, antwortete Steve mit einem süffisanten Grinsen auf den Lippen. Selbst den Kandidatinnen bei America's Next Top Model wurden mehr Kalorien zugestanden als mir!

Kapitel 5

Cassey

Bei meiner nächsten Schicht in Damiens Villa wurde ich für den Gästeflügel eingeteilt. Mit einem flattrigen Gefühl in der Brust stieg ich die Treppenstufen hinauf. Ob Damien mir wieder rein zufällig über den Weg laufen würde?

Doch die Zimmer lagen verlassen da und machten auch nicht den Eindruck, als seien sie in den letzten Tagen genutzt worden. Lustlos wischte ich die Nachttische und Kommoden mit einem Lappen ab und prüfte, ob in jedem Gästebad frische Handtücher und Pflegeprodukte bereitstanden.

Mit jedem leeren Zimmer, das ich betrat, schwand meine Hoffnung, auf Damien zu treffen, ein bisschen mehr. Die Schicht schien sich ewig in die Länge zu ziehen. So absurd es auch erschien, Damiens Anwesenheit fehlte mir. Wir waren uns erst dreimal begegnet, wir kannten uns also kaum, und trotzdem spürte ich diese Verbindung zu ihm.

Pünktlich um halb neun packte ich meine Putzutensilien zusammen und machte mich auf den Weg zum Van. Karen war gerade dabei, ihre Sachen im Wagen zu verstauen, als ich durch die Haustür trat. Am liebsten hätte ich sie gefragt, ob sie mir sagen konnte, wo Damien steckte, aber vermutlich wusste sie es genauso wenig. Er schickte unserer Firma schließlich keine Abwesenheitsnotiz. Und eigentlich sollte es mich auch nicht interessieren, ob er hier war oder nicht.

Doch dummerweise beschäftigte es mich mehr, als es sollte. Ob er unserer Zufallsbegegnungen überdrüssig geworden war? Wer hätte es ihm nach meinem Gefühlsausbruch beim letzten Mal verdenken können? Wahrscheinlich war es so das Beste.

***

Die nächsten Tage erwischte ich mich immer wieder dabei, wie ich Damiens Namen in die Suchleiste der sozialen Netzwerke eintippte. Instagram wusste doch bestimmt, was er gerade machte, und ob er alleine unterwegs war. *Nicht, dass es mich interessiert hätte.* Er konnte sich schließlich treffen, mit wem er wollte.

Meistens konnte ich mich im letzten Moment davon überzeugen, nicht auf den Suche-starten-Button zu klicken. Als ich eines Abends im Bett lag und er mir schon wieder im Kopf herumschwirrte, tat ich es am Ende doch. Damiens Profil war nicht sonderlich schwer zu finden. Es reichte aus, seinen Vornamen in die Suchleiste einzugeben. Sein sonnengebräuntes Gesicht mit den absichtlich zerzausten Haaren und dem Dreitagebart grinste mir anzüglich von seinem Profilbild entgegen.

Ich scrollte ein Stück nach unten und blieb am ersten Bild hängen. Es war gestern gepostet worden und zeigte Damien mit einer jungen bildhübschen Brünette im Arm. Sie strahlte ihn verliebt an und hatte ihre rechte Hand besitzergreifend auf seine Brust gelegt. Mein Herz zog sich bei dem Anblick schmerzhaft zusammen.

Schnell schloss ich die App wieder und legte mein Handy auf den Nachttisch. Jetzt wusste ich wenigstens, warum Damien nicht in seiner Villa gewesen war. Was hatte ich erwartet? Selbst mir war sein Image als Frauenheld bekannt und ich hatte nicht die Absicht, mich in seine Liste an Eroberungen einzureihen. Trotzdem versetzte es mir einen Stich.

Wenigstens lenkten mich die Materialien der Fernschule ab, die gestern mit der Post gekommen waren. Wer hätte gedacht, dass es so unfassbar viel zu lernen gab, wenn man seinen Highschool-Abschluss nachholen wollte? Auch wenn ich es ihm wahrscheinlich niemals verraten würde, hatte das Gespräch mit Damien mir den letzten Anstoß gegeben, mich zu diesem Schritt durchzuringen.

Ich hatte schon öfter darüber nachgedacht, meinen Abschluss nachzuholen, aber die Idee dann jedes Mal verworfen. Immer war mir die Unberechenbarkeit des Lebens dazwischengekommen. Doch dieses Mal würde ich es durchziehen, das hatte ich mir geschworen. Ich war vierundzwanzig Jahre alt und wenn ich es jetzt nicht anpackte, würde ich es sicher niemals tun. Was ich danach mit meinem Highschool-Abschluss anfangen wollte, wusste ich noch nicht. Einen Schritt nach dem anderen. Wenn ich erstmal das Zertifikat in der Tasche hätte, würden mir laut Broschüre der Fernhochschule alle Türen offen stehen. *Wenn das keine grandiosen Aussichten waren.*

Vielleicht könnte ich ans College gehen oder eine Ausbildung anfangen. Ich wollte nicht mein Leben lang das Haus anderer Leute putzen oder mir die Füße in einem Restaurant wund laufen. Damien hatte Recht, ein Leben ohne Träume war kein lebenswertes. Träume waren das Salz in unserem Leben. Ohne schmeckte es fad.

Die letzten Jahre war ich wie ein Schatten durch mein eigenes Leben gewandelt. Hatte wie eine Beobachterin daneben gestanden und es an mir vorbeigleiten lassen. Ich war so lethargisch gewesen, dass ich es viel zu lange nicht einmal über mich gebracht hatte, mich von Phil zu trennen. *Das würde jetzt aufhören!*

Als ich mich durch die Unterlagen der Fernschule kämpfte, bekam meine Motivation jedoch einen ersten Dämpfer. Die Englischaufgaben konnte ich noch problemlos lösen, als ich mich den Matheaufgaben zuwandte, rauchte mir allerdings schon bald der Kopf.

»Wie soll ich denn aus dieser bescheuerten Gleichung jemals ein sinnvolles Ergebnis herausbekommen?!«, schimpfte ich, nachdem ich die Aufgabe zum wiederholten Male ohne Erfolg von vorn begonnen hatte. Frustriert ließ ich den Bleistift auf das karierte Papier fallen.

»Du hast die eine Variable nicht korrekt umgeschrieben.« Kayla beugte ihren Kopf über meine rechte Schulter und deutete mit ihrem Zeigefinger auf eine der Variablen.

Als ich sie fragend anschaute, schnappte sie sich meinen Stift. Dann ließ sie ihn in atemberaubender Geschwindigkeit über die Kästchen auf dem

Papier gleiten. Am Ende stand neben beiden Variablen ein eindeutiges und, soweit ich es beurteilen konnte, plausibles Ergebnis. Meine fünfzehnjährige Schwester hatte mich soeben haushoch in Algebra geschlagen.

»Ich wünschte, ich hätte ein ähnlich gutes Verständnis für Zahlen wie du.« Ich wuschelte ihr durch die Haare und seufzte. Sie gab einen quietschenden Laut von sich und machte einen Satz zur Seite, um meinen Fingern zu entkommen.

»Ich kann dir Nachhilfe geben. Du bekommst auch Familienrabatt«, sagte sie vollkommen ernst, während sie ihre Haare wieder in Ordnung brachte. *Dieser kleine Frechdachs!*

»Ich überlege es mir«, sagte ich und packte dann meine Unterlagen zusammen. »Hast du Mom heute eigentlich gesehen, bevor du zur Schule gegangen bist?«

Kayla schüttelte den Kopf. »Sie muss letzte Nacht erst spät nach Hause gekommen sein. Ich wollte sie nicht wecken. Denkst du, dass es zu viel für sie ist?« Sie wich meinem Blick aus, doch ich konnte die Sorge in ihrer Stimme hören.

»Sie hat gesagt, dass es ihr gut geht. Du musst dir keine Sorgen machen.« Auch wenn ich mir längst nicht so sicher war, wie ich behauptete.

Als ich heute von der Arbeit nach Hause gekommen war, hatte sie das Haus bereits verlassen. Da sie auch heute in der Spätschicht arbeitete, würden wir uns erneut verpassen. Es war bereits spät am Abend und morgen stand für mich ein weiterer Arbeitstag an, der vor Sonnenaufgang beginnen würde.

Ich spürte, wie mein Herzschlag sich leicht beschleunigte, als ich an Damien dachte. An seine warmen Hände, die sich beruhigend auf meine Schultern gelegt hatten. An das Kribbeln, das er in mir ausgelöst hatte. Dann erinnerte ich mich an seinen Instagram-Feed und die Frau, die er im Arm gehalten hatte, und versuchte den Gedanken an ihn möglichst weit von mir wegzuschieben. Es wurde endlich Zeit, dass ich mich auf meine Arbeit konzentrierte und nicht irgendwelchen Tagträumen nachjagte.

Damien

»Cynthia Steel ist deine neue Freundin?!«, erklang Abbys Stimme so schrill aus dem Handy, dass es in meinen Ohren knackte.

»Für offizielle Statements zu Fragen solch privater Natur wenden Sie sich bitte an mein Management«, sagte ich und ahmte Steves desinteressierten Tonfall nach, den er immer aufzusetzen pflegte, wenn er jemanden von der Presse am Hörer hatte.

»Damien! Lass doch den Unsinn. Ich bin's Abby!« Ich konnte mir bildhaft vorstellen, wie sie genervt mit den Augen rollte.

»Hat dir niemand beigebracht, dass es unhöflich ist, sich am Telefon nicht mit seinem Namen vorzustellen?«, fragte ich, um sie zu ärgern.

»Stell dir vor, es soll Leute geben, die haben die wichtigsten Telefonnummern sogar mit Namen in ihrem Handy eingespeichert. Zum Beispiel die ihrer Schwester! Es gibt da dieses tolle Feature, dass dein Handy dir dann beim Anruf dieser Person auch den Namen dazu anzeigt«, erwiderte sie mit der uneinsichtigen Art eines Teenagers, der sich grundsätzlich immer im Recht fühlte. »Was ist jetzt mit Cynthia? Du hättest mir ruhig mal Bescheid geben können, bevor ich von meinen Freundinnen erfahren musste, dass mein Bruder eine neue Freundin hat!«

»Erstens habe ich keine Freundin, zweitens würde Cynthia für diese Rolle nicht mal annähernd in die engere Auswahl kommen und drittens, wo haben deine Freundinnen diese Neuigkeiten überhaupt aufgeschnappt?« Ich ließ mich auf die zu weiche Matratze des Hotelbetts fallen.

»Instagram«, erklärte sie lapidar.

Ich öffnete die App und klickte auf mein Profil, das von einer Marketingagentur gepflegt wurde. Steve hatte nicht lange gefackelt und bereits das erste Bild vom Fotoshooting mit Cynthia und mir veröffentlicht. Ein flaues Gefühl breitete sich in meiner Magengegend aus, als ich Cynthias strahlenden Gesichtsausdruck auf dem Foto sah. Sie hatte das Shooting sichtlich genossen.

»Wenn ihr wissen wollt, was alles hinter den verschlossenen Türen eines Hotelzimmers passieren kann, bleibt dran«, rezitierte Abby die Unterschrift des Posts.

Mein Tipp für ein mögliches Szenario? Mord im Affekt.

»Das ist alles nur PR-Quatsch, aber sag das nicht deinen Freundinnen, sonst macht mein Manager mir die Hölle heiß«, warnte ich sie.

»Dann ist's ja gut. Cynthia sieht aus wie eine richtige Zimtzicke«, urteilte Abby völlig zutreffend. »Na ja, weshalb ich eigentlich anrufe, ich muss dir noch was beichten«, fügte sie hinzu und ich hatte bereits eine dunkle Vorahnung. »Ich kann dich in den Ferien leider doch nicht besuchen kommen. Dad hat mich für ein Camp in den Rockys angemeldet und gestern kam die Zusage. Es überschneidet sich dummerweise genau mit den zwei Wochen, in denen ich nach L.A. kommen wollte.«

»Das macht doch nichts, Abby. Das freut mich für dich, die Rockys sind toll.« Ich versuchte mir meine Enttäuschung nicht anmerken zu lassen.

Ich war mir sicher, dass es kein Zufall war, dass sich das Camp genau mit Abbys Besuch bei mir überschnitt. Abbys Vater Rufus musste es bewusst nach diesem Kriterium ausgewählt haben. Meine Beziehung zu seiner Tochter war ihm schon immer ein Dorn im Auge gewesen. Ich war ihm schon immer ein Dorn im Auge gewesen. Ich passte nicht in das Bild von der kleinen perfekten Familie, die er sich mit meiner Mutter und Abby aufgebaut hatte. Für ihn war ich eine Altlast aus der früheren Beziehung meiner Mutter, die er am liebsten so weit wie möglich auf Abstand gehalten hätte. Zu seinem Pech war ich der Inbegriff eines coolen älteren Bruders und würde es niemals zulassen, dass er Abby von mir fernhielt.

Ich musste jedoch zugeben, dass das Timing alles andere als perfekt gewesen wäre. Ihr Besuch wäre mitten in die Dreharbeiten gefallen und ich hätte kaum Zeit für sie gehabt. Steve nahm bei der Auswahl meiner Filmrollen nämlich keinerlei Rücksicht auf die Sommerferien.

»Wenn ich mit dem Dreh fertig bin, komme ich einfach nach Seattle und dann zeigst du mir die Ecken, an denen die coolen Kids heutzutage herumhängen«, schlug ich ihr vor.

»Manchmal kannst du echt peinlich sein.« Sie seufzte schwer.

»Aber du hast mich trotzdem schrecklich gern!«

»Für einen großen Bruder bist du schon ganz okay«, lenkte sie ein. »Ich muss jetzt aber los, wir haben gleich Eishockey-Training.«

»Ciao und vergiss nicht, mir Bilder aus den Rockys zu schicken«, erwiderte ich noch, aber Abby hatte schon aufgelegt.

***

Ich erwachte davon, dass sich ein Paar weicher Lippen langsam meine Brust entlang in südlichere Gefilde herab küssten. Mein Kopf fühlte sich noch leicht vernebelt an vom Schlaf. Casseys blonde Haare, ihr bezauberndes Lachen und auch ihr Körper hatten einen bemerkenswerten Gastauftritt in meinen Träumen gehabt.

Geschmeidige Handflächen fuhren sanft an meinen Flanken entlang, bevor sich ein Finger in den Bund meiner Shorts schob. Erst als ein Fingernagel sich dabei in meine Haut bohrte, schlug ich die Augen auf. *Das konnten definitiv keine Nachwehen meiner Träume sein!*

Meine Umgebung kam mir nicht bekannt vor. Dicke weinrote Vorhänge ließen nur einen schmalen Spalt Licht ins Zimmer und erleuchteten einen mir vollkommen unbekannten schwarzen Ledersessel mit Beistelltisch, sowie ein abstraktes Gemälde aus roten und schwarzen Pinselstrichen, das an der gegenüberliegenden Wand hing. Wo war ich und wie war ich hier gelandet? Und die vermutlich interessanteste Frage, wer war mit mir unter der Bettdecke?

Dann legte sich ein Schalter in meinem Kopf um und mir wurden gleichzeitig mehrere Dinge klar: Heute war der Start des Filmdrehs, ich war in meinem Hotelzimmer und es konnte nicht Cassey sein, die sich in diesem Augenblick an mich schmiegte. Ich sprang wie von einer Tarantel gestochen aus dem Bett und riss dabei die Bettdecke zu Boden. Darunter kam eine halbnackte Cynthia zum Vorschein. Ihr dunkelbraunes Haar hing ihr zerzaust ins Gesicht und sie schaute mich aus großen rehbraunen Augen verwundert an.

»Was zur Hölle soll das werden, Cynthia?«, rief ich aufgebracht. Diese Frau hatte wirklich überhaupt keinen Anstand. Und wenn das von mir kam, musste das schon etwas heißen.

»Reg dich doch nicht gleich so auf! Ich dachte, wir könnten uns schon einmal ein bisschen auf den Dreh einstimmen«, gurrte sie. Sie warf ihren Kopf in den Nacken und fuhr sich mit der Zunge über die Lippen. Bei dem Gedanken, dass sie damit noch vor wenigen Sekunden über meine Haut gefahren war, hätte ich mich am liebsten umgehend in die Dusche geflüchtet und meinen Körper gründlich abgeschrubbt. Doch womöglich hätte sie das als Einladung aufgefasst.

Also schüttelte ich lediglich den Kopf, warf mir das Nächstbeste an Kleidung über, was ich in die Finger bekommen konnte, und stürmte aus dem Zimmer.

Ich fand Steve im Frühstückssaal. Er hatte es sich mit einem Teller Pancakes, Rührei und Speck an einem der Tische bequem gemacht und blätterte in einer Zeitung. Als mir der Geruch des knusprig gebratenen Bacons in die Nase stieg, knurrte mein Magen aufgebracht, was mir zusätzlichen Auftrieb gab.

»Ich werde keine Minute länger im gleichen Hotel wohnen wie Cynthia!« Ich stemmte die Hände in die Seiten und sah ihn mit entschlossenem Blick an.

»Hat dir das Frühstück im Bett nicht gefallen?«, fragte Steve und grinste süffisant.

Der Drecksack musste Cynthia zu mir ins Zimmer geschickt haben! Anders war es nicht zu erklären, dass sie einfach so durch die Tür hatte spazieren können. Ich war so angepisst, dass ich mich zusammenreißen musste, um nicht vor allen anwesenden Gästen im Frühstückssaal vollkommen auszurasten.

»Das kann doch wohl nicht dein Ernst sein?! Das ist sexuelle Belästigung«, zischte ich.

»Sonst zierst du dich doch auch nicht so. Glaub ja nicht, dass ich nichts von deiner kleinen Challenge mit deinem Kumpel Will weiß. Cynthia ist eine erfolgreiche Schauspielerin und sieht noch dazu verdammt gut aus, also stell dich hier nicht als Opfer dar. Ihr zwei zusammen, das wäre die perfekte PR für den Film. Und du hast eine Frau mehr auf deiner Liste«, erwidert Steve ungerührt und wandte sich wieder seiner Zeitung zu.

Doch ich war noch nicht fertig mit ihm. »Ich scheiße auf die Liste! Und ich sage es auch nur noch einmal, Cynthia und mich als Paar kannst du dir aus dem Kopf schlagen. Ich werde gerne fleißig Promovideos, Fotos, Autogrammkarten, Meet and Greets und weiß der Geier was machen, aber das war's! Und ich werde ab sofort wieder in meinem eigenen Bett schlafen! Mehr gibt's dazu nicht zu sagen.« Ich schnappte mir eine Scheibe Speck von Steves Teller und stürmte aus dem Raum.

Kapitel 6

Cassey

»Übernimmst du heute bitte das Hallenbad und den Trainingsbereich?«, bat Karen mich, als wir vor Damiens Villa standen und sie mir und dem restlichen Team Bereiche im Haus zuteilte.

Ich nickte und griff mir meine Arbeitsutensilien. Zielstrebig durchquerte ich den mir mittlerweile vertrauten Korridor. Meine Schritte hallten auf den anthrazitfarbenen Steinfliesen wider. Ansonsten herrschte überall verschlafene Stille.

Ich erreichte das Hallenbad, das verlassen vor mir lag. Sicherheitshalber lief ich weiter zum Trainingsraum, öffnete schwungvoll die Tür und steckte meinen Kopf hindurch. Auch hier war keine Spur von Damien zu sehen. Ich kämpfte die aufsteigende Enttäuschung nieder. Wahrscheinlich hatte er wieder bei seiner neusten Flamme übernachtet.

»So früh am Morgen schon so schlechte Laune? Welche Laus ist dir denn über die Leber gelaufen?«

Überrascht sah ich mich um; auf der anderen Seite des Schwimmbeckens stand Damien in der geöffneten Tür. Sein grauer Satin-Bademantel wurde nur locker von dem dazugehörigen Gürtel zusammengehalten. Darunter trug er dunkelgrüne Badeshorts und sonst nichts.

»Ich habe nur gerade den Saustall inspiziert, den du im Fitnessraum hinterlassen hast«, behauptete ich und versuchte mir meine Freude darüber, dass er aufgetaucht war, nicht anmerken zu lassen. Gleichzeitig erinnerte mich mein Verstand daran, dass Damien ein unverbesserlicher Frauenheld war und ich besser nicht auf dumme Ideen kommen sollte, wenn ich mein Herz nicht in Gefahr bringen wollte.

Er schnaubte empört. »Entschuldige mal, das ist der Schweiß meiner harten Arbeit. Wenn du willst, gebe ich dir ein paar signierte Handtücher, dann kannst du die Geräte damit trocken reiben und dafür auf eBay noch ein ordentliches Trinkgeld dazuverdienen.« Er sagte es mit einer derart ernsten Miene, dass ich laut auflachen musste.

»Du hast signierte Handtücher?«, fragte ich und zog in Erwägung, eines für meine kleine Schwester mitgehen zu lassen. Andererseits würde sie dann wissen wollen, wie ich an diesen Schatz gekommen war.

»Ich signiere dir alles, was du mir hinhältst«, sagte er mit seinem gewohnt anzüglichen Grinsen im Gesicht.

»Und was würde deine Freundin dazu sagen?« Die Worte waren aus meinem Mund herausgepurzelt, bevor ich sie herunterschlucken konnte.

»Oh Gott, jetzt fang du nicht auch noch damit an!« Er warf theatralisch die Arme in die Luft und seufzte tief. »Cynthia ist *nicht* meine Freundin. Das ist nur eine PR-Aktion für unseren neuen Film.«

Mein dummes Herz machte bei seinen Worten einen Satz und meine Laune besserte sich schlagartig. Am liebsten hätte ich mir selbst eine Ohrfeige verpasst.

»Und hast du mich letztes Mal vermisst?« Seine Frage kam so unvermittelt, dass mir beinahe ein gedankenloses *Ja* herausgerutscht wäre.

»Du warst das letzte Mal nicht da? Ach, deswegen war es so angenehm ruhig.«

»Aua, das tat weh.« Er griff sich an die Brust.

»Ich hoffe, in deinen Filmen bist du überzeugender«, sagte ich grinsend.

»Immer eine freche Antwort parat.« Er schüttelte den Kopf. Doch an dem Funkeln in seinen Augen konnte ich erkennen, dass er unseren kleinen Schlagabtausch genauso genoss wie ich.

Dann öffnete er den Gürtel seines Bademantels und ließ ihn zu Boden fallen. Ich beobachtete jede seiner Bewegungen. Wie er seine Arme in einem Halbkreis weit ausholend zu beiden Seiten über den Kopf hob. Wie sich sein

Brustkorb hob, als er einmal tief Luft holte, in die Hocke ging und sich mit den Füßen vom Beckenrand abstieß. Anmutig teilten seine gefalteten Hände die Wasseroberfläche, dann folgte der Rest seines Körpers nahezu geräuschlos. Erst am gegenüberliegenden Beckenrand tauchte er prustend wieder auf und schüttelte das Wasser aus seinen Haaren.

»So ein erfrischendes Bad am Morgen bewirkt wahre Wunder. Solltest du auch mal versuchen«, rief er mir zu.

»Klar, das klappt bestimmt auch super in meiner ein Meter langen Badewanne.«

»Du könntest hier schwimmen. Ich hätte nichts dagegen einzuwenden.« Mit gemächlichen Schwimmzügen kam er näher und sein Blick glitt über meinen Körper, als würde er sich ausmalen, wie ich in einem Bikini aussah.

Ich zog die Augenbrauen hoch. »Du scheinst öfter zu vergessen, dass ich hier nicht zum Vergnügen bin, sondern um zu arbeiten.«

»Ach Cassey, sei doch nicht immer so streng mit dir! Ich bin schließlich dein Auftraggeber und ich fordere dich ausdrücklich dazu auf.« Er zwinkerte mir zu.

»In meinen Overall kann ich wohl kaum schwimmen gehen. Und bevor du es vorschlägst, nein, ich werde auch nicht in meiner Unterwäsche schwimmen«, sagte ich mit düsterer Miene.

»Das war nicht das, was ich vorschlagen wollte«, erwiderte er vielsagend und ich spürte, wie das Blut in meine Wangen schoss.

»Wie auch immer, ich sollte jetzt mal weitermachen«, unterbrach ich unser Geplänkel, auch wenn es mir mehr Spaß machte, als ich zuzugeben bereit war.

»Dann fang doch am besten gleich hier an. Da klebt irgendwas Ekliges an den Fliesen.« Er deutete auf eine der Kacheln, vor denen er im Wasser trieb.

Seufzend nahm ich mir einen der Scheuerschwämme vom Putzwagen und näherte mich der Stelle, auf die er gedeutet hatte.

»Also ich sehe da gar nichts«, sagte ich, nachdem ich meinen Blick eingehend über die türkisfarbene Fliese hatte schweifen lassen.

»Du bist ja auch viel zu weit weg, um das richtig beurteilen zu können.«

Ich verdrehte die Augen, ging dann aber in die Hocke, um mir die Kacheln aus nächster Nähe ansehen zu können.

»Ich sehe da immer noch nichts.« Genervt wollte ich mich gerade wieder aufrichten, als eine nasse Hand mein rechtes Handgelenk umfasste. Im nächsten Moment ging ein Ruck durch meinen Arm. Ich verlor das Gleichgewicht und stürzte kopfüber in den Pool. Wasser umschloss mich und legte sich wie ein geschmeidig kühler Kokon um meinen Körper, der den Geräuschen um mich herum die Schärfe nahm. Ein beinahe friedvolles Gefühl durchströmte mich. Bis die Luft in meinen Lungen schließlich knapp wurde und ich begann, wild mit meinen Beinen um mich zu treten. Prustend kam ich wieder an die Oberfläche. Sprachlos starrte ich Damien an, der neben mir her trieb und sich nicht mehr einkriegen konnte vor Lachen.

»Das hast du nicht wirklich gemacht?!«, sagte ich fassungslos.

Was zur Hölle hatte der Idiot sich dabei gedacht? Mein Overall hatte sich komplett mit Wasser vollgesogen und klebte unangenehm an meiner Haut. Was sollte ich Karen sagen, wenn ich wie ein begossener Pudel beim Van auftauchen würde? Hilflos merkte ich, wie mein Mund wie der eines Fisches auf und zu klappte, weil es mir vor Empörung die Sprache verschlagen hatte.

»Wenn du jetzt sowieso schon mal nass bist, kannst du doch auch gleich eine Runde schwimmen«, schlug Damien vor. Der Schalk funkelte in seinen grün gesprenkelten Augen.

»Das ist eine tolle Idee.« Ich lächelte ihn zuckersüß an.

Dann schloss ich mit zwei Schwimmzügen zu ihm auf und war ihm mit einem Mal so nahe, dass sich unsere Nasenspitzen fast berührten. Sein Blick war beinahe hypnotisierend, doch ich ließ mich nicht von meinem Vorhaben ablenken.

Ich riss meine Arme aus dem Wasser, platzierte meine Hände auf seinem Kopf und stützte mich dann mit meinem ganzen Körpergewicht auf ihn. Im nächsten Moment versank er in einem wilden Strudel aus Luftbläschen im Wasser.

Als er wieder auftauchte, hatte ich mich schon am Beckenrand in Sicherheit gebracht. »Du hattest Recht, das hat wirklich Wunder für meine Laune bewirkt«, sagte ich grinsend. Als ich an mir herabschaute, verflog das triumphale Gefühl jedoch sofort wieder. »Wenn ich jetzt nicht noch meiner Vorgesetzten erklären müsste, warum ich klatschnass bin, würde ich es als gelungenen Start in den Tag bezeichnen.«

»Es gibt im Nebenraum einen Trockner, den du benutzen kannst. Dann sind deine Sachen im Handumdrehen wieder wie neu. Das nächste Mal will ich aber eine Revanche fürs Tunken«, beschwerte er sich, als ich in die Richtung ging, in die er gedeutet hatte.

»Welches nächste Mal? Noch mal falle ich nicht auf so einen billigen Trick rein«, rief ich ihm über die Schulter hinweg zu, bevor ich die Tür hinter mir zufallen ließ.

In dem fensterlosen Raum stand ein riesiger Industrietrockner. Vermutlich wurden darin sonst nur größere Mengen an nassen Badetüchern getrocknet. Ich schälte mich aus meinem Overall. Auch das T-Shirt und meine Shorts, die ich darunter getragen hatte, waren natürlich komplett durchtränkt. Wenn ich nur den Overall trocknen ließ und ihn später über die nassen Sachen zog, würden sie sich innerhalb kürzester Zeit in Form von dunklen Abdrücken bemerkbar machen.

Ich lauschte auf die Geräusche aus dem angrenzenden Schwimmbad und konnte das sanfte Plätschern von Wasser ausmachen. Damien schien sich noch immer im Pool aufzuhalten und seine Bahnen zu ziehen. Damit standen die Chancen gut, dass ich mich bis auf die Unterwäsche ausziehen konnte, ohne von ihm erwischt zu werden. Schnell stopfte ich alles bis auf BH und Slip in den Trockner.

Dann sah ich mich suchend in dem kargen Raum um. Leider konnte ich weder einen Bademantel noch trockene Handtücher entdecken. Ich rieb mir mit den Händen über meine Arme, auf denen sich bereits eine zarte Gänsehaut ausbreitete. Der Raum war nicht beheizt und ich nass von meinem unfreiwilligen Bad. Wenn ich hier noch lange mit nasser Unterwäsche in der Kälte herumstand, würde ich mich zweifellos erkälten.

Vorsichtig tastete ich mich zurück zur Tür. Ich öffnete sie einen Spalt breit und sondierte die Lage. Damien war mittlerweile aus dem Schwimmbecken gestiegen und griff soeben nach seinem Handtuch. Das Wasser perlte von seinem perfekt geformten Oberkörper herab. Ich stellte mir vor, wie es wäre, mit den Fingern die Konturen seiner Brustmuskulatur nachzufahren. Den Weg der Wassertropfen mit meiner Zunge nachzuzeichnen. Ein Kribbeln wirbelte durch meinen Bauch und verstärkte sich zu einem Ziehen in meinem Becken. Mein Körper schien sich offensichtlich nicht von den Warnungen meines Verstandes beeindrucken zu lassen.

Ich räusperte mich, um Damiens Aufmerksamkeit zu erlangen. Er blickte in meine Richtung und grinste.

»Kann ich noch etwas für dich tun? Hättest du gerne Gesellschaft?«, fragte er und schien die Situation zu genießen.

»Ja, ich hätte gerne die Gesellschaft eines Handtuchs.«

Er ging zu einem der Schränke, zog ein dickes, flauschiges Handtuch daraus hervor und kam auf mich zu. Als ihn nur noch wenige Schritte von mir trennten und ich schon meine Hand nach dem ersehnten Stück Stoff ausgestreckt hatte, blieb er unvermittelt stehen.

»Wie sehr hättest du das Handtuch gerne?«, fragte der unverschämte Kerl mit einem hinterhältigen Grinsen.

»Sehr gerne. Es ist verdammt kalt hier drin«, beschwerte ich mich.

»Dann komm raus und hol es dir«, forderte er mich auf und bewegte sich keinen Millimeter vom Fleck.

Ungläubig schaute ich ihn an. *Dieser Mistkerl!* In meinem Kopf ratterte es. Immerhin hatte ich eine Panty und keinen Tanga an. Meine Beine waren frisch rasiert und mein BH würde zwar keinen Dessous-Wettbewerb gewinnen, aber es waren auch keine Kätzchen oder etwas ähnlich Peinliches darauf abgebildet.

»Du hast mich immerhin schon mal nackt gesehen, also ist das doch wirklich nicht zu viel verlangt«, erinnerte er mich.

»Das ist ja nicht meine Schuld gewesen!«

Dann beschloss ich, dass ich mich von ihm nicht würde einschüchtern lassen. Ich schämte mich nicht für meinen Körper und er würde durch die Unterwäsche auch nicht mehr von mir zu sehen bekommen als in einem

Bikini. Nachdem ich einmal tief durchgeatmet hatte, öffnete ich die Tür und trat hindurch. Ich drängte den Impuls zurück, meine Arme schützend vor meinen Brüsten zu verschränken, und ging mit erhobenem Kopf auf ihn zu.

Er musterte mich so eindringlich, als wollte er sich jedes Detail genauestens einprägen. Überall, wo mich seine Blicke berührten, schien meine Haut zu prickeln. Ich konnte nicht verhindern, dass meine Brustwarzen sich aufrichteten. Ob vor Kälte oder Erregung wollte ich lieber nicht beantworten. Dann stand ich endlich direkt vor ihm und er reichte mir ohne weitere Spielchen das Handtuch.

»Du bist wunderschön«, flüsterte er und es fühlte sich so an, als wäre an der Stelle meines Herzens ein aufgeregter Kolibri in meiner Brust gefangen.

»Du siehst auch nicht schlecht aus«, murmelte ich verlegen. Dann wickelte ich mich schnell in das Handtuch. Mit Komplimenten hatte ich noch nie gut umgehen können.

Ich wollte mich zur Seite drehen, doch er hinderte mich daran, indem er mein Kinn mit dem Daumen und Zeigefinger seiner rechten Hand einfing. Mein Puls beschleunigte sich und mein Blick wanderte wie von selbst zu seinem Mund. Ich befeuchtete meine Lippen mit der Zunge, was ihm ein leises Knurren entlockte.

Durch seinen intensiven Blick wie festgewachsen, stand ich vor ihm und konnte mich nicht rühren. Der vertraute Duft seines Aftershaves, vermischt mit einem schwachen Geruch nach Chlor, stieg mir in die Nase. Mein ganzer Körper schien darauf zu warten, dass er mich an sich ziehen und küssen würde. Endlich beugte er seinen Kopf leicht zu mir herab. Seine Lippen waren so nah, dass sein Atem über meine Wangen strich.

In dem Moment erklang aus dem Nebenraum ein durchdringender, hoher Ton und ich schreckte zurück. Der Bann war gebrochen und ich räusperte mich nervös.

»Das muss der Trockner sein. Ich ziehe mich dann mal um«, murmelte ich und floh in den Nebenraum. Mein Herz schlug noch immer so schnell, als hätte ich soeben einen Sprint hingelegt.

Ich wusste, dass ich froh darüber sein sollte, dass mich der Trockner vor einer Dummheit bewahrt hatte. Doch gleichzeitig konnte ich an nichts anderes denken als an seine Lippen auf meinen.

Als ich fünfzehn Minuten später beim Van ankam, betrachtete Karen mich kritisch von oben bis unten.

»Warum sind deine Haare nass?«

Mist, ich hatte zwar daran gedacht, meine Kleidung zu trocknen, aber meine Haare hatte ich vollkommen vergessen.

»Mir ist etwas von der Seifenlauge ins Auge gekommen und als ich es unter dem Wasserhahn auswaschen wollte, habe ich den Strahl versehentlich so stark eingestellt, dass das Wasser überall hin gespritzt ist. Aber ich habe danach natürlich alles wieder trocken gewischt«, improvisierte ich.

Sie sah mich zweifelnd an, nickte aber schließlich und ließ mich passieren.

Als wir vom Gelände fuhren, schwirrte ein ganzer Schwarm von Schmetterlingen in meinem Bauch umher.

Damien

Ich ließ das eiskalte Wasser in meinen Nacken prasseln und genoss die fast schon schmerzhafte Kälte, die sich wie spitze Nadeln in meine Haut bohrte. Nach dem Zusammentreffen mit Cassey hatte ich eine kalte Dusche bitter nötig gehabt, um wieder klar denken zu können. Diese Frau hatte eine verheerende Anziehungskraft auf mich. Ich musste an ihre leicht geöffneten Lippen denken, die sie mir erwartungsvoll entgegengereckt hatte. Ich korrigierte die Wassertemperatur gleich noch einmal um zwei Grad nach unten. Das eiskalte Wasser betäubte meinen Körper und ließ die Reaktion auf Cassey langsam abklingen.

Bis zu Drehbeginn musste ich mich wieder unter Kontrolle bekommen. Ich konnte es mir nicht leisten, unkonzentriert zu sein. Steve würde mich, ohne zu zögern, wieder ins Hotel, und damit in Cynthias Fänge, zurückbeordern.

***

Wie nicht anders zu erwarten gewesen, wartete Steve schon auf mich, als ich durch die Türen des Filmstudios trat. Er sah auf seine Armbanduhr, doch es war noch eine Viertelstunde bis zum offiziellen Drehbeginn, sodass er mir keine Vorwürfe machen konnte.

»Ich habe dir doch gesagt, dass ich in der Lage bin, pünktlich zu einem Job zu erscheinen.« Selbstzufrieden grinste ich ihn an.

»Wir haben ja noch ein paar Drehtage vor uns«, sagte er.

Den Rest des Tages schaffte ich es glücklicherweise, mich auf meine Rolle zu konzentrieren. Als wir die Szene drehten, in der sich die beiden Hauptcharaktere kennenlernten, verursachte es mir eine ungemeine Befriedigung, Cynthia – beziehungsweise ihre Rolle Gwen – zur Schnecke zu machen.

»Das sah nach jeder Menge Spaß aus«, kommentierte Vivi, als ich nach der Szene hinter die Kamera trat, um einen Schluck Wasser zu trinken und das Make-up auffrischen zu lassen.

»Ich habe zwischenzeitlich überlegt, absichtlich ein paar Fehler einzubauen, damit wir die Szene noch ein paar Mal wiederholen müssen«, vertraute ich ihr augenzwinkernd an.

»Es nervt total, dass meine Rolle so eine weinerliche kleine Göre ist, die sich alleine wahrscheinlich nicht mal die Schnürsenkel zubinden könnte.« Sie seufzte. »Wie soll ich so zeigen, was wirklich in mir steckt?« Sie pustete sich frustriert eine ihrer kurzen Haarsträhnen aus der Stirn.

»Ich weiß genau, was du meinst«, stimmte ich in ihr Seufzen ein.

»Ich hoffe, ich ende nicht mal so wie du«, sagte sie und grinste mich frech an.

»Erfolgreich und berühmt?«

»In der Liebesfilm-Ecke geparkt.« Sie kicherte.

»Na herzlichen Dank!« Ich knuffte sie in die Seite und sie wand sich lachend.

»Aber mal ehrlich, hängt dir der Kram nicht schon zu den Ohren raus?« Sie musterte mich mit leicht schief gelegtem Kopf.

»Mit den richtigen Kolleginnen und Kollegen macht es schon Spaß.« Ich zwinkerte ihr zu. »Aber welcher Schauspieler träumt nicht von einer Oscarrolle?«, raunte ich ihr verschwörerisch zu.

»Du solltest nicht zu lange damit warten. Ich sehe schon die ersten Fältchen in deinem Gesicht«, erwiderte sie so ernst, dass ich mir nicht sicher war, ob sie mich wirklich nur auf den Arm nehmen wollte.

»Entschuldige mal, ich bin noch keine Dreißig. Ich habe noch ein paar gute Jahre vor mir.«

»Das geht schneller, als man denkt«, sagte die Zwölfjährige mit der Ernsthaftigkeit einer Erwachsenen.

Die Regisseurin machte Anstalten, mit der nächsten Szene weiterzumachen und ich war noch nicht bei der Maskenbildnerin gewesen. Schnell sprang ich von dem Klappstuhl auf.

»Dann werde ich mir jetzt wohl besser mal meine Fältchen wegpudern lassen«, verabschiedete ich mich von Vivi.

»Bis später, alter Mann«, rief sie mir hinterher. Sie erinnerte mich immer mehr an meine kleine Schwester Abby.

***

»Bin ich froh, dass wir die Streitszene hinter uns gebracht haben«, begrüßte mich Cynthia, als ich aus der Maske zurück zum Set kam. *Da konnten unsere Ansichten wohl nicht weiter auseinanderliegen.*

»Auf welche Szene freust du dich denn am meisten?« Sofort bereute ich es, die Frage gestellt zu haben.

Ihre Mundwinkel hoben sich leicht und ihr Blick bohrte sich in meinen. »Kannst du dir das nicht denken?«, hauchte sie und ihre rechte Hand strich sanft über meinen linken Oberarm.

Ich lächelte gequält zurück. »Hör mal Cynthia, ich will wirklich kein unsensibler Arsch sein, aber zwischen uns wird nichts laufen«, fühlte ich mich genötigt, noch einmal zu verdeutlichen. »Ich gehe nicht mit Kolleginnen ins Bett.«

»Sicher, dass du nicht eine Ausnahme machen willst? Du weißt doch, je stärker es hinter der Kamera knistert, desto mehr sprühen auch vor der Kamera die Funken«, raunte sie mir zu.

Ich schüttelte entschieden mit dem Kopf. »Nichts zu machen.«

»Wir werden ja sehen«, sagte sie und sah mich siegesgewiss an. Die Frau musste über ein noch größeres Ego verfügen als ich. Und das Wort *Nein* schien in ihrem Wortschatz nicht zu existieren. Ich hatte das Gefühl, dass ich diese Unterhaltung nicht das letzte Mal geführt hatte.

Kapitel 7

Cassey

»Ich denke, du bist jetzt bereit, auch die privaten Räume zu reinigen«, sagte Karen in einem derart feierlichen Ton, als würde sie mich zum Ritter schlagen. Fehlte nur noch, dass sie mir mit dem Stab des Wischmopps auf die Schulter tippte. »Traust du dir das zu? Denk daran, man soll uns weder hören noch sehen.«

Dafür war es wohl schon etwas zu spät, dachte ich amüsiert. Sie sah mich streng an und es fiel mir schwer, meine Gesichtszüge unter Kontrolle zu behalten und meine Begeisterung für ihren Vorschlag nicht allzu deutlich zu zeigen.

Ich nickte, ohne eine Miene zu verziehen. »Klar, ich kümmere mich darum. Du kannst dich auf mich verlassen.«

»Das private Schlafzimmer befindet sich hinter der letzten Tür auf der rechten Seite des Flurs und ist absolut tabu. Pass auf, dass du das nicht durcheinanderwirfst«, schärfte Karen mir noch ein, bevor sie sich meiner Kollegin zuwandte.

Ich packte meine Sachen zusammen und eilte die Treppenstufen hinauf in den ersten Stock. Bis jetzt war ich noch nie in Damiens privatem Wohnflügel gewesen. Vermutlich hatte Karen erst sichergehen wollen, dass ich zuverlässig war und kein verrückter Fan, der persönliche Gegenstände von Damien mitgehen ließ oder ihm im Schlaf eine Haarlocke abschnitt.

In diesem Teil des Obergeschosses gab es deutlich weniger abzweigende Türen, dafür waren die Räume, die sich dahinter verbargen, umso großzügiger geschnitten. Während ich den mit weichem Teppich ausgelegten Flur entlanglief, warf ich einen Blick durch die meist nur angelehnten Türen in das Innere der Räume.

Hinter der ersten Tür verbarg sich ein großes Arbeitszimmer mit einer riesigen Schreibtischfront, die mit Monitoren und jedem erdenklichen technischen Schnickschnack vollgestellt war. Ich fragte mich, ob Damien hier wirklich arbeitete oder ob er die Anlage nur zum Zocken verwendete.

Beim nächsten Zimmer handelte es sich um den Ankleideraum. Eine der Zimmerseiten war komplett mit Spiegeln verkleidet. Auch an der gegenüberliegenden Wand gab es einzelne Spiegel, damit sich der feine Herr von allen Seiten in seiner vollen Pracht bewundern konnte. In der Mitte des Raums stand ein mit blauem Samt bezogenes und mit dicken Kissen bestücktes Sofa. Ich hätte durchaus nichts dagegen einzuwenden gehabt, es mir dort bequem zu machen und ihm beim Ankleiden zuzuschauen. Schnell versuchte ich die Bilder, die dieser Gedanke in meinem Kopf hervorrief, zu vertreiben.

Ich ging auf die Schiebetüren zu und ließ sie zur Seite gleiten. Vor meiner Nase erschien die mehr als gut sortierte Männerabteilung eines Kaufhauses. Ein ganzer Schrank war nur mit Schuhen bestückt. Der Mann hatte mehr Schuhe als ich, meine Schwester und meine Mutter zusammengenommen jemals in unserem Leben besessen hatten und besitzen würden. Feinste italienische Lederschuhe mit roter Sohle reihten sich neben ungetragenen, schneeweißen Sportschuhen und Sneakern in allen Farben des Regenbogens ein.

Das Herzstück des Wandschranks bildete eine mindestens drei Meter lange Kleiderstange, die in einem ovalen Kreis angeordnet war und sich mittels eines Schalters elektronisch in die gewünschte Richtung fahren ließ. Ich drückte einen der Knöpfe und ein Heer an Sakkos, Smokings und Co. glitt an mir vorbei. Mit den Fingern fuhr ich über das samtene Material eines schwarzen Fracks. Wie sich der Stoff wohl an Damiens durchtrainierte Brust schmiegen würde? Schnell zog ich die Finger zurück. *Schluss jetzt mit diesen Tagträumen,* ermahnte ich mich.

Ich ließ die Schiebetüren wieder zugleiten, löschte das Licht und trat hinaus auf den Flur. Die Tür neben dem Ankleideraum war die Einzige auf dem Korridor, die geschlossen war. Ich erinnerte mich an Karens Worte; dahinter musste sich Damiens Schlafzimmer befinden.

Unschlüssig blieb ich vor der Tür stehen. Sollte ich es wagen und einfach hereinspazieren? Was, wenn er nicht alleine war? Ich knabberte an meinem rechten Daumennagel. Eine unliebsame Angewohnheit, die ich mir schon lange abgewöhnt hatte, die sich aber immer zurückmeldete, wenn ich nervös war.

Dann siegte die Neugier und ich drückte so behutsam wie möglich die Türklinke nach unten. Geräuschlos sprang die Tür auf und ich trat einen Schritt in das abgedunkelte Zimmer. Meine Augen benötigten einen Moment, um sich an das Dämmerlicht zu gewöhnen. Die ersten Sonnenstrahlen des Tages stahlen sich durch einen offenen Spalt im Vorhang, konnten das schummrige Licht im Raum jedoch nicht gänzlich durchdringen.

Als ich mich seinem Bett näherte, kam ich mir wie eine Einbrecherin vor, oder noch schlimmer, wie eine dieser Stalkerinnen, die einen Schrein ihres Idols im Wohnzimmer stehen hatten. Trotzdem konnte mich der Gedanke nicht davon abhalten, noch ein paar Schritte näher an seine schlafende Gestalt heranzutreten. Er lag auf dem Rücken, seine Arme raumgreifend zu beiden Seiten ausgestreckt. Seine Schlafhaltung spiegelte auf jeden Fall sein großes Ego wider, dachte ich grinsend. Sein Gesichtsausdruck war entspannt, einige Haarsträhnen hingen ihm wirr in die Stirn und ich drängte den Impuls zurück, sie wegzustreichen.

Dann sprang plötzlich der Alarmton seines Handys an und ich machte vor Schreck einen Satz rückwärts. Shit, ich musste so schnell wie möglich hier raus!

»Cassey? Bist du das?«, ertönte auch schon Damiens vom Schlaf raue Stimme, die nebenbei bemerkt unglaublich sexy klang. Doch ich hatte in diesem Moment andere Sorgen.

»Würdest du mir glauben, wenn ich dir sage, dass es nur ein Traum ist?«, versuchte ich mein Glück.

»In meinen Träumen hast du sonst deutlich weniger an.« Sein raues Lachen sandte eine Gänsehaut über meinen Rücken.

Hatte er eben zugegeben, dass er von mir träumte? Sofort war da wieder dieses Kribbeln in meinem Bauch. Vermutlich wollte er mich nur aufziehen.

»Was machst du eigentlich in meinem Zimmer? Wenn du eine Runde Schlaf nachholen willst, mein Bett ist groß genug.« Er klopfte einladend auf die leere linke Bettseite neben sich.

»Ich wollte hier sauber machen«, behauptete ich, obwohl die Aussicht, mit Damien unter die Bettdecke zu schlüpfen, deutlich verlockender klang. *Verlockend und dämlich,* erinnerte ich mich.

»Wie wäre es, wenn du tust, was du meinst, tun zu müssen, und danach frühstücken wir zusammen?«

»Zusammen frühstücken?«, wiederholte ich wenig geistreich. Er schien das Konzept einer Reinigungskraft noch immer nicht verstanden zu haben.

»Ja, so nennt man für gewöhnlich die erste Mahlzeit des Tages.«

»Du wirst nicht locker lassen, bis ich zugestimmt habe, oder?«

»Absolut richtig«, verkündete er strahlend.

»Ok, aber ich brauche mindestens eine Dreiviertelstunde. Dein Haus ist einfach zu groß!«, sagte ich anklagend.

»Perfekt, dann bis gleich«, sagte er und verschwand ins anliegende Badezimmer.

Ein dümmliches Grinsen schlich sich auf mein Gesicht. Hatte ich mir nicht vorgenommen, Distanz zu Damien zu wahren? Es schien, als sei ich regelrecht süchtig nach dem Schlagabtausch mit ihm. Wenn ich ehrlich war, waren unsere Treffen aktuell meine einzigen Lichtblicke der Woche.

In Windeseile fegte ich durch die Zimmer, wischte die Oberflächen, saugte die Böden und desinfizierte die Türklinken. Als ich halbwegs zufrieden mit meiner Arbeit war, kehrte ich zurück zu Damien.

Der Geruch frisch aufgebrühten Kaffees begrüßte mich beim Eintreten. Auf einem kleinen Beistelltisch, der zwischen zwei bequem aussehenden Sesseln arrangiert war, warteten zwei Kaffeebecher und ein Korb mit Croissants. Daneben fand sich außerdem eine Auswahl an Marmeladen, Honig und Schokocreme. Bei dem Anblick lief mir das Wasser im Mund zusammen.

Damien lümmelte in einem der Sessel. Er hatte eine tief hängende schwarze Jogginghose und ein grau meliertes T-Shirt übergezogen, welches sich für meinen Geschmack ein bisschen zu eng an seinen Oberkörper schmiegte. Er hielt mir einen der Kaffeebecher hin, doch als ich danach greifen wollte, zog er ihn schnell wieder zurück.

»Wie sehr hättest du diesen Kaffee gerne?«, fragte er.

Das Spielchen schon wieder.

»Netter Versuch, aber ich werde mich nicht ausziehen.« Ich verschränkte die Arme vor der Brust, auch wenn ich zugeben musste, dass mich seine Bemühungen amüsierten.

Er machte einen enttäuschten Gesichtsausdruck. »Wenigstens den Overall!«, forderte er.

Diesen Wunsch konnte ich ihm guten Gewissens erfüllen. Immerhin trug ich unter meinem Arbeitsoverall Shorts und ein T-Shirt. Beides nicht unbedingt sexy, aber in diesem Fall war das vermutlich besser so. Das Bett war für meinen Geschmack ein bisschen zu präsent im Raum.

Ich nickte also zustimmend, kickte meine Schuhe von den Füßen, öffnete den Reißverschluss des Anzugs und schlüpfte heraus. Schnell ließ ich mich in den Sessel fallen, bevor er mich mit seinen Augen weiter ausziehen konnte.

Zufrieden reichte Damien mir die Tasse Kaffee und als seine Hand dabei meine streifte, fühlte es sich an, als hätte er mir einen elektrischen Schlag versetzt. Meine Fingerspitzen kribbelten und ich schloss sie schnell fester um die Tasse. Ich sog das köstliche Aroma ein. Dieser Kaffee war definitiv nicht vergleichbar mit dem billigen Instantpulver, das ich mir morgens immer löffelweise in die Tasse häufte. Eine feine Schaumkrone thronte auf der heißen Flüssigkeit und ich erkannte, dass jemand ein Herz aus Kakaopulver darauf arrangiert hatte.

»Hast du etwa ein Herz auf meinen Kaffee gestreut?«, fragte ich grinsend.

Er sah etwas peinlich berührt aus.

»Ich finde das süß, meine kleine Schwester Kayla macht das auch immer«, schob ich hinterher.

»Du und deine Schwester steht euch sehr nahe, oder?«

»Sie bedeutet mir alles«, sagte ich schlicht. »Ich würde alles dafür geben, damit sie ein leichteres Leben hat, als ich es in ihrem Alter hatte.«

Er lächelte und sah für einen Moment so aus, als sei er mit seinen Gedanken sehr weit weg.

»Hast du auch Geschwister?«, fragte ich ihn.

»Ich habe eine jüngere Halbschwester. Sie heißt Abby.«

Er griff nach einem Bilderrahmen, der auf der Kommode neben ihm stand. Das Foto zeigte einen deutlich jüngeren Damien zusammen mit einem circa acht Jahre alten Mädchen. Sie hatte sich wie ein Klammeräffchen an seinen Rücken geheftet und beide grinsten in die Kamera.

»Mittlerweile ist sie nicht mehr so klein und süß wie auf dem Foto.« Er strich lächelnd mit dem Daumen über das Bild.

»Siehst du sie oft?«

Sein Gesicht verdunkelte sich. »Leider nicht so oft, wie ich gerne würde. Ihr Vater und ich haben, nennen wir es mal, Differenzen.«

Ich nahm einen weiteren Schluck von meinem Kaffee und wartete, ob er noch etwas ergänzen würde. Ich wollte ihn nicht drängen, schließlich wusste ich nur selbst zu gut, wie es war, familiären Ballast mit sich herumzuschleppen.

»Mein Vater ist an Krebs gestorben, als ich noch sehr jung war. Meine Mutter hat Jahre später noch einmal geheiratet und mit ihrem neuen Mann zusammen Abby bekommen. Ich war Rufus schon von Beginn an ein Dorn im Auge, ich habe nicht in seine kleine perfekte Familie hineingepasst. Man muss ihm vermutlich strafmildernd anrechnen, dass ich während der Pubertät nicht ganz einfach war. Wir haben uns beinahe täglich in die Haare gekriegt. Als ich dann auch noch Schauspieler werden wollte, hat er sich geweigert und es auch meiner Mutter verboten, mich in irgendeiner Form zu unterstützen. Mit siebzehn hatte ich die Schnauze voll und bin abgehauen und nach L.A. getrampt.«

Ich wusste nicht, warum, aber irgendwie hatte ich erwartet, dass er aus einer Bilderbuchfamilie stammte. Mit einer perfekten Kindheit im Eigenheim mit Mutter, Vater, Schwester und Hund.

»Das mit deinem Vater tut mir leid«, sagte ich und verspürte das Bedürfnis, ihn zu berühren.

»Danke, aber es ist schon lange her. Manchmal fällt es mir schwer, mich an den Klang seiner Stimme zu erinnern. Oder daran, wie sich die Grübchen in seine Wangen gegraben haben, wenn er gelacht hat.« Er wirkte bedrückt.

Um ihn von den düsteren Erinnerungen abzulenken, knüpfte ich an seine vorherige Äußerung zu seinem Stiefvater an: »Es muss Rufus furchtbar gewurmt haben, dass du als Schauspieler so erfolgreich geworden bist.«

Er lachte bitter auf. »Er hält mich immer noch für einen Taugenichts. Schauspielerei ist für ihn kein richtiger Beruf.«

»Vielleicht solltest du ihn mal in deine Villa einladen. Ich kann zwar nur für mich sprechen, aber ich finde, sie macht schon was her«, sagte ich in dem Versuch, die Stimmung aufzulockern.

Er lächelte mich an. »Du lässt dich ja auch schon von einem Swimmingpool beeindrucken.«

In dem Moment vibrierte es in meiner Hosentasche und ich verschüttete vor Schreck beinahe den restlichen Kaffee auf meiner Shorts. Ich fummelte das Handy aus meiner Tasche und sah Karens Namen auf dem Display aufleuchten. *Shit, ich hatte vollkommen die Zeit vergessen!* Ich gab Damien ein Zeichen, sich still zu verhalten, und nahm den Anruf entgegen.

»Entschuldige Karen, ich habe noch mit einem besonders hartnäckigen Fleck im Arbeitszimmer zu kämpfen gehabt. Ich bin sofort da.« Bevor sie nachhaken konnte, beendete ich das Gespräch und schlüpfte schnell wieder in meinen Overall und meine Schuhe.

»Also ich bin wirklich schon als so einiges bezeichnet worden, aber noch nie als hartnäckiger Fleck«, kommentierte Damien mit einem amüsierten Grinsen vom Sessel aus.

»Dein Ego ist sicher groß genug, um es zu verkraften«, gab ich zurück. »Danke für das Frühstück. Ich muss jetzt los.«

Damit schnappte ich mir eins der Croissants und stürmte aus dem Zimmer, ohne eine Antwort von ihm abzuwarten. Bei dem Versuch, gleichzeitig zu rennen, die Treppenstufen zu treffen und das Gebäck in meinen Mund zu schieben, wäre ich um ein Haar die letzten Stufen heruntergesegelt. Im letzten Moment konnte ich mich am Geländer festhalten und musste ein paar Mal husten, bis ich meine Luftröhre von einigen fehlgeleiteten Blätterteigkrümeln befreit hatte.

Karen sah mich tadelnd an, als ich atemlos auf den Vorplatz stolperte.

»Bitte achte zukünftig darauf, pünktlich wieder am Bus zu sein. Du weißt doch ...«, setzte sie an und ich beendete den Satz für sie: »Man soll uns weder hören noch sehen. Ich weiß, Karen. Es tut mir leid, es wird nie wieder vorkommen.«

Als ich an ihr vorbei in Richtung des Vans ging, hob sie schnuppernd ihre Nase.

»Hast du dir etwa einen Kaffee gemacht?!«, fragte sie und ihre Augenbrauen schossen raketengleich in die Höhe.

»Ich habe die Kaffeemaschine im Arbeitszimmer gereinigt«, erwiderte ich und sah sie an, als könnte ich nicht glauben, dass sie mir etwas Derartiges unterstellt hatte. *Damien hatte wirklich einen schlechten Einfluss auf mich.*

Damien

Als mein Wecker um kurz nach sechs Uhr in der Frühe klingelte, erwachte ich mit einem Lächeln auf den Lippen. Wer hätte gedacht, dass aus mir einmal ein begeisterter Frühaufsteher werden würde. Normalerweise verließ ich mein Bett gerne so spät wie möglich und selten vor zwölf Uhr mittags. Nur wenn ich beim Filmdreh war, lebte ich in ständiger Angst vor dem im Morgengrauen klingelnden Weckruf.

Jetzt sehnte ich die Tage herbei, an denen ich meinen Wecker auf eine unchristliche Uhrzeit stellen konnte. Denn das bedeutete gleichzeitig, dass es einer der wenigen kostbaren Tage war, die mit Cassey begannen. Unsere morgendlichen Rendezvous waren helle Lichtblicke in meinem ansonsten stressigen Drehalltag. Bei Cassey musste ich mich nicht verstellen und konnte sein, wie ich wirklich war. Selbst mein anzüglicher Humor schien sie mittlerweile zu amüsieren, auch wenn sie das niemals zugeben würde.

Ich wusste nicht, was ich davon halten sollte, dass sie sich unbemerkt einen Platz in meinem Leben erschlichen hatte. Und das lag nicht nur daran, dass ich mich körperlich zu ihr hingezogen fühlte. Ich genoss es schlicht und einfach, Zeit mit ihr zu verbringen und über unwichtige Kleinigkeiten, aber auch über persönliche Dinge wie mein kompliziertes Verhältnis zu meiner Familie zu reden. Bei ihr musste ich nicht befürchten, dass sie mit derart brisanten Informationen direkt zur Presse laufen würde.

Gleichzeitig fragte ich mich gelegentlich, wohin das, was sich zwischen uns zu entwickeln begann, führen sollte. Die körperliche Anziehung zwischen uns war manchmal so stark, dass es mich sämtliche Willenskraft kostete, mich zurückzuhalten. Doch das war eine Schwelle, die ich nicht übertreten wollte. Um ihretwillen.

Ich war keiner dieser Ritter auf einem weißen Ross, die ich in meinen Filmen verkörperte. Nicht nur, dass ich nicht einmal mehr zu sagen vermochte, wann es das letzte Mal eine Frau in meinem Leben gegeben hatte, die mir wirklich etwas bedeutet hatte. Mein Alltag, wenn man überhaupt von so etwas sprechen konnte, war nicht auf eine feste Beziehung ausgelegt. Mein Leben gehörte selten nur mir alleine. Entweder war ich einem Film verpflichtet oder meinen Fans. Dazwischen blieb wenig Zeit für ein Privatleben, das den Namen auch verdient hatte.

Dennoch war ich es leid, mich zwanghaft von Cassey fernzuhalten. Dafür fühlte sich die gemeinsame Zeit mit ihr zu gut an. Und solange niemand dabei verletzt wurde, konnte es nicht schaden, oder?

Ich griff nach meinem Handy und wählte die App für die Überwachungskameras aus, die überall in der Villa angebracht waren. Schnell scannte ich die verschiedenen Screens nach Cassey ab. Ich fand sie im Wohnzimmer, wo sie gerade dabei war, die Sofakissen auszuschütteln.

Nachdem ich mir ein T-Shirt und eine Hose übergezogen hatte, machte ich mich auf den Weg ins Erdgeschoss. Ich stoppte in der Küche und ließ frisch aufgebrühten Kaffee in zwei große Tassen laufen. Die vollen Kaffeebecher in den Händen balancierend, ging ich weiter ins Wohnzimmer.

»Gott sei Dank hast du Koffein dabei!«, begrüßte Cassey mich und entwand mir eine der Tassen. Genießerisch nahm sie einen großen Schluck und seufzte wohlig.

»Ich habe das Gefühl, du freust dich mehr über den Kaffee als über meine Anwesenheit«, sagte ich und tat so, als sei ich gekränkt.

»Ich rechne es dir hoch an, dass du ihn zubereitet hast, wenn dich das beruhigt.« Sie grinste mich über den Rand ihres Bechers hinweg an.

»Und für was bezahlst du mich heute? Dafür, dass ich meine Arbeit mache, oder dir Gesellschaft leiste?«, fragte sie. Dann kniff sie die Augenbrauen zusammen. »Das klang jetzt irgendwie so, als ob ich eine Escort-Dame wäre.«

Mein Kopfkino sprang sofort an und produzierte wenig jugendfreundliche Inhalte vor meinem inneren Auge. Ich verschluckte mich an der heißen Flüssigkeit und verbrühte mir die Zunge.

»Wir könnten etwas spielen«, schlug ich hustend vor und durchforstete mein Gehirn dabei krampfhaft nach einem möglichst unerotischen Spiel.

»Hast du Scrabble?«, fragte sie.

Erleichtert nickte ich. Buchstaben auf ein Spielbrett zu legen, erschien mir harmlos genug.

Cassey legte das grüne Schachbrettmuster zwischen uns auf den Couchtisch und dann zogen wir nacheinander abwechselnd sieben Spielsteine aus dem Beutel. Ich sortierte folgende Steine auf meinem Aufsteller: L, A, X, N, S, E, S. Danach zogen wir jeweils einen weiteren Buchstaben, um auszumachen, wer beginnen durfte oder vielmehr musste. Ich zog ein D und Cassey ein T und damit wurde ich zum Startspieler.

Ich konnte mir ein Grinsen nicht verkneifen, als ich mich über das Brett beugte und nacheinander die Buchstaben S, E und X legte.

Cassey verdrehte die Augen. »Du hast doch geschummelt«, murmelte sie vor sich hin.

»Das Spiel ist einfach auf meiner Seite.« Ich hob abwehrend die Hände.

Cassey formte das Wort Blume, indem sie mein E als letzten Buchstaben nutzte. Ich wiederum integrierte mit meinen nachgezogenen Plättchen das Wort Seil in ihre Blume. Ihre Augenbrauen wanderten steil nach oben und ich musste mein Urteil über das Spiel revidieren. Vielleicht war es doch nicht ganz so unschuldig wie gedacht.

Die restliche Spielzeit verbrachte ich damit, weitere schlüpfrige und doppeldeutige Begriffe zu finden. Das Beste daran war, zu beobachten, wie sich Casseys Wangen regelmäßig zartrosa verfärbten, wenn ich ein neues Wort legte. Auf meine Kreation aus ihrem gelegten Wort Hand und meinem Wort Schelle war ich besonders stolz. Auch wenn es mich ein paar Züge ohne Punkte kostete, bis ich alle sieben Buchstaben zusammen hatte.

Als Cassey mir am Ende triumphierend die Punkteliste unter die Nase hielt, musste ich jedoch erkennen, dass meine Strategie mir nicht den erwünschten Sieg eingebracht hatte. Obwohl ich alleine für das Wort Handschelle achtzig Punkte kassiert hatte, konnte ich damit nicht einmal annähernd an Casseys Punktzahl heranreichen. Aber das war es wert gewesen!

Sie warf einen Blick auf die Wanduhr hinter mir und packte ihre Sachen zusammen.

»Es war mir wie immer ein Vergnügen, deinem Ego einen Dämpfer zu versetzen. Jetzt muss ich leider los. Du kannst ja bis zum nächsten Mal noch ein bisschen üben«, sagte sie und grinste.

»Werde bloß nicht zu übermütig. Außerdem kratzt so eine unwichtige Niederlage beim Scrabble nicht einmal ansatzweise an meinem sehr gesunden Ego.«

»Wenn du es sagst. Wir sehen uns dann in drei Tagen«, rief sie mir zu, bevor sie aus dem Wohnzimmer eilte.

Kapitel 8

Cassey

Die morgendlichen Treffen mit Damien wurden schnell zu einem mir liebgewonnen Ritual. Um sechs Uhr früh rollte der Van in die Einfahrt von Damiens Anwesen und Karen teilte uns jeweils einen Bereich im Haus zu. Eine halbe Stunde später hatte er mich dann gefunden. Ich fragte mich, ob er überall im Haus Kameras angebracht hatte, mit denen er mich unbemerkt beobachtete. Das war ein ebenso erschreckender wie prickelnder Gedanke.

Manchmal ließ er mich tatsächlich meine Arbeit machen und las mir in der Zwischenzeit Passagen aus den Büchern vor, die angeblich auf seiner Leseliste standen. Ich hatte ihn jedoch im Verdacht, die Bücher eher nach dem Effekt auszuwählen, den sie auf mich hatten. Sich unbeeindruckt zu geben, während Damien mit rauer Stimme aus *Fifty Shades of Grey* rezitierte, war nicht unbedingt eine leichte Aufgabe.

An anderen Tagen drehte er die Musik auf volle Lautstärke und schnappte sich meinen Wischmopp, um damit durchs Hallenbad zu tanzen. Oder er beschwatzte mich so lange, bis ich mich überzeugen ließ, dass das Haus sauber genug war. Statt zu arbeiten, verbrachte ich den Morgen dann unter anderem damit, mit Damien Karten und Brettspiele zu spielen. Auch wenn ich seinen Vorschlag, eine Partie Strip-Poker zu spielen, jedes Mal zu seinem Bedauern ablehnte. Ich schlug ihn mehrmals beim Scrabble, was vermutlich darauf zurückzuführen war, dass er ständig versuchte doppeldeutige Wörter zu bilden, anstatt die Punktzahl im Auge zu behalten.

An den Abenden vor einer Schicht in seinem Anwesen ging ich mit einem

Lächeln auf meinen Lippen ins Bett. Tage, die mit ihm begannen, fühlten sich anders an. Unbeschwerter. Glücklicherweise ließ meine Tante mir freie Wahl, was die Auswahl meiner Arbeitstage betraf, sodass ich es immer einrichten konnte, für Damiens Villa eingeteilt zu werden.

Die Tage, die zwischen unseren Treffen lagen, fühlten sich zunehmend wie unliebsame Unterbrechungen an. Der Gedanke war derart beunruhigend, dass ich mir alle Mühe gab, die Lücken so gut wie möglich zu füllen. Eine willkommene Ablenkung boten die Aufgaben für mein Fernstudium. Jeden Monat trudelte ein Paket mit einer neuen Flut an Lernstoff und Tests bei mir zu Hause ein.

Mittlerweile hatte ich mich in dem Online-Campus der Fernschule registriert und in einem Forum eine Vielzahl an weiteren Fernschülern kennengelernt, die genauso wie ich ihren Highschool-Abschluss nachholen wollten. Eine von ihnen war Tara. Sie war in ihrem Abschlussjahr ungeplant schwanger geworden, hatte sich jedoch gegen den Willen ihrer Eltern und des Kindsvaters dazu entschlossen, das Baby zu bekommen. Als ihre Wehen damals einsetzten, war es nur noch eine Woche bis zu den Prüfungen gewesen. Die darauf folgenden Jahre war sie zu sehr damit ausgelastet gewesen, ihren Sohn Noah ohne jegliche Hilfe großzuziehen. Wir hatten uns auf Anhieb gut verstanden und telefonierten oder schrieben uns seitdem beinahe täglich Nachrichten, um uns gegenseitig über den nie enden wollenden Lernstoff zu beschweren.

Ich hatte es mir soeben auf meinem Bett bequem gemacht, um mich vor dem Einschlafen noch einmal mit der aktuellen Lektüre für Englisch zu beschäftigen, als mein Handy blinkte und mir eine Nachricht von Tara anzeigte.

Tara: Hast du Macbeth schon gelesen?
Cassey: Die ersten zwei Seiten, danach bin ich eingeschlafen. Starte gerade den zweiten Versuch.
Tara: Soll ich dir den Link zum Lösungsbuch schicken? Kostet nur zehn Dollar

Dahinter hatte sie einen teuflisch grinsenden Smiley gesetzt.

Cassey: Du willst doch nicht etwa schummeln?

Ich grinste beim Tippen und fügte noch einen schockiert dreinblickenden Emoji hinzu.

Tara: Ich würde es mehr als Demonstration meiner Intelligenz betrachten. Immerhin spare ich mir damit wertvolle Lebenszeit.
Cassey: Vielleicht schaue ich mir einfach den Film an.
Tara: Nach dem, was in der Zusammenfassung stand, dürfte das eine ziemlich blutige Angelegenheit werden.
Cassey: Ich melde mich bei dir, wenn ich Alpträume davon bekommen sollte.
Tara: Auf meiner Couch ist jederzeit ein Platz für dich frei. Und es ist eine wirklich bequeme Couch!

Ich musste lächeln, als ich ihre letzte Nachricht las. Es war Ewigkeiten her, dass es jemanden in meinem Leben gegeben hatte, den ich als Freundin bezeichnet hätte. Und obwohl Tara und ich uns bis jetzt nur via Skype gesehen hatten, spürte ich eine Verbindung zu ihr. Leider wohnte sie hunderte von Meilen entfernt in St. Louis, sodass wir uns nicht mal eben auf einen Kaffee treffen konnten.

Ein Blick auf die Uhr verriet mir, dass es bereits zehn Uhr war und ich in sechs Stunden wieder aufstehen musste. Obwohl mir diese Aussicht schon jetzt ein Gähnen entlockte, erfüllte sie mich zugleich mit einem warmen Kribbeln. Morgen war einer der Tage, die mit Damien begannen.

***

Als ich am Morgen in die Villa fuhr, fragte ich mich, was er dieses Mal wieder aushecken würde. Während die anderen im Van verschlafen in ihren Sitzen hingen, vibrierte ich nur so vor Vorfreude. Ich musste mich mehrfach ermahnen, nicht allzu glücklich dreinzuschauen. Karen sollte schließlich nicht misstrauisch werden.

An diesem Tag hatte sie mich für den linken Trakt im Erdgeschoss eingeteilt. Diesen Teil des Hauses hatte ich bis jetzt noch nicht betreten und ich war gespannt, welche Überraschungen hier auf mich warteten. Auf dem Weg kam ich am Wohnzimmer mit der ausladenden Sitzecke und dem leinwandgroßen Fernseher vorbei. Dann öffnete ich eine weitere Tür, hinter der sich ein Wellness-Bereich befand, der so groß wie ein Tennisplatz war. Staunend begutachtete ich den Whirlpool und die Sauna mit Panoramablick auf L.A. Es war beinahe unanständig, wie reich dieser Mann war!

Ich lief weiter und blieb an einer großen Flügeltür aus poliertem Eichenholz stehen. Als ich den Knauf drehte, bewegten sich die Türen jedoch keinen Millimeter zur Seite. Ich versuchte es erneut, dieses Mal mit etwas mehr Kraft, doch es war zwecklos.

»Der Zutritt zu diesem Zimmer ist nur Männern gestattet«, ertönte Damiens Stimme vom anderen Ende des Korridors. Er hatte eine verwaschene Jeans und ein dunkelgrünes Poloshirt an. Bei jedem anderen Mann hätte ich ein Poloshirt in höchstem Maße als spießig empfunden, doch an ihm sah es sexy aus.

»Bitte was?!« Ich musste mich verhört haben. Andererseits konnte Damien zuweilen ein ausgewachsener Macho sein, da war die Möglichkeit, dass er tatsächlich ein Männerzimmer besaß, nicht vollkommen ausgeschlossen.

»Das ist mein Spielzimmer. Normalerweise lade ich hier sonst nur meine Kumpels ein, aber für dich würde ich eine Ausnahme machen«, sagte er.

Wie überaus großzügig! Wahrscheinlich sollte ich mich geehrt fühlen. Es juckte mich in den Fingern, ihn für die Existenz eines solchen Raumes aufziehen, doch dann siegte meine Neugier.

»Dann zeig mal her«, sagte ich und trat einen Schritt von der Tür zurück.

Er griff in seine Hosentasche und förderte einen Schlüsselbund zu Tage.

»Willkommen in meinem Reich«, sagte er großspurig, nachdem er einen der Schlüssel ins Schloss geschoben, den Knauf gedreht und die Türen aufgestoßen hatte.

Der Raum erfüllte jedes Klischee, das ich mit einem Männerzimmer in Verbindung gebracht hatte. Die Wände waren mit dunklem Holz vertäfelt, gedimmtes Licht flutete das Zimmer und sorgte für eine behagliche Atmosphäre. An der linken Wand befand sich ein offener Kamin, davor waren vier schwere Ledersessel arrangiert. Auf einem Servierwagen stand eine Auswahl an hochprozentigem Alkohol bereit, vermutlich Whiskey. Auf der gegenüberliegenden Seite des Raums gab es einen Billardtisch und daneben zwei Spielautomaten, sowie eine antike Jukebox.

»Ist hier irgendwo noch eine versteckte Tür, durch die bei Bedarf Playboy-Bunnys hoppeln?«, fragte ich trocken.

»Hm, das ist eine gute Idee, werde ich auf Machbarkeit prüfen lassen.« Er grinste und ich rollte daraufhin mit den Augen.

»Hast du Lust auf eine Partie?«, fragte ich ihn und wies auf den Billardtisch. Kurz durchzuckte mich der Anflug eines schlechten Gewissens, als ich daran dachte, dass meine Kolleginnen und Kollegen gerade damit beschäftigt waren, den Rest des Anwesens auf Hochglanz zu polieren. Doch die gemeinsamen Aktivitäten mit Damien machten mir einfach viel zu viel Spaß, sodass mein Pflichtbewusstsein regelmäßig zu verpuffen schien, sobald ich über die Schwelle der Villa trat.

»Was ist der Einsatz?« Er ließ seinen Blick langsam über meinen Körper wandern.

Ich kramte in den Taschen meines Overalls und fischte einen Fünf-Dollar-Schein hervor, mit dem ich vor seiner Nase hin und her wedelte. Ich hatte vor ein paar Jahren in einer Bar gekellnert und nach Feierabend mit den übrigen Angestellten öfter eine Partie gespielt. Jemanden wie Damien, der so einen Tisch wahrscheinlich lediglich aus dekorativen Zwecken besaß, würde ich locker an die Wand spielen.

»Da musst du schon einen höheren Einsatz bringen.« Ein herausforderndes Grinsen breitete sich auf seinen Lippen aus, als er weitersprach: »Wie wäre es damit, der Gewinner hat einen Wunsch beim Verlierer frei?«

»Ich werde mich nicht …«, weiter kam ich nicht, bevor Damien mich ungeduldig unterbrach: »Jaja, du wirst dich nicht ausziehen. Schon verstanden.

Ich werde mir etwas anderes wünschen, bei dem du sogar deinen schrecklichen Overall anbehalten kannst.«

Eigentlich sprach nichts dagegen. Er würde auf jeden Fall verlieren, dachte ich siegesgewiss. »Ok, wir haben einen Deal.«

»Du darfst anspielen«, sagte er großzügig und lehnte sich lässig mit dem Rücken gegen die Wand.

Sein intensiver Blick machte mich nervös, doch sobald ich den Billardqueue in den Händen hielt, rückte alles außer dem Spielfeld in den Hintergrund. Als ich den Queue nach vorne schnellen ließ, schlug die weiße Kugel mit voller Wucht in das Dreieck aus farbigen Kugeln ein und sie schossen kreuz und quer über den grünen Filzuntergrund. Zwei der Einfarbigen fielen mit einem satten Klacken in die Ecktaschen des Billardtisches.

»Du hast die Halben«, informierte ich ihn. »Und ich führe mit Zweien.« Kein schlechter Start, dachte ich zufrieden.

Dann analysierte ich die Verteilung der übrigen Kugeln. Die Rote lag strategisch günstig zur Weißen und der rechten Außentasche. Ich beugte mich tief hinab über den Tisch, bis ich fast auf Augenhöhe mit den Kugeln war. Dann atmete ich tief durch, legte den Queue auf meiner linken Hand ab und ließ den Stab mit einer kräftigen Bewegung nach vorne schießen. Die rote Kugel wurde wie geplant versenkt; leider hatte ich der Weißen etwas zu viel Schwung mitgegeben, sodass sie zur Seite ausscherte und eine von Damiens Halben streifte. Im Zeitlupentempo näherte sie sich der linken Außentasche. Wie gebannt beobachtete ich die Kugel, als könnte ich sie mit purer Willenskraft zum Anhalten bewegen.

Konnte ich nicht. Die Kugel dotzte leicht gegen die Eckkante und kullerte dann in die Tasche.

»Wie aufmerksam von dir, meine erste Kugel zu versenken.« Damien grinste, als er auf den Tisch zutrat und die Konstellation studierte.

»Ich wollte dir auch eine Chance geben.«

»Natürlich«, sagte er und hob dabei seine rechte Augenbraue, um mir zu zeigen, dass er mir kein Wort glaubte. Wie eine Raubkatze schlenderte er um den Tisch herum und betrachtete das Spielfeld aus jedem Blickwinkel.

»Und jetzt zeige ich dir, wie das ein Profi macht«, verkündete er und beugte sich über den Tisch. Und dann versenkte er eine verdammte Kugel nach der anderen. Mit offenem Mund starrte ich ihn an. Die Kugeln schienen in seinem Bann gefangen zu sein. Egal welche er anspielte, jede rollte schnurgerade in die von ihm gewünschte Ecke. Mist, der Billardtisch war also doch keine Dekoration gewesen. Mein anfänglicher Übermut schrumpfte auf die Größe einer Rosine zusammen.

Nachdem er seine vierte Kugel eingelocht hatte, wusste ich, dass es an der Zeit war, etwas zu unternehmen. Als Damien sich das nächste Mal über den Tisch beugte, positionierte ich mich an der gegenüberliegenden Tischkante. Langsam zog ich den Reißverschluss meines Overalls nach unten. Seine rechte Hand erstarrte mitten in der Bewegung und er sah mir interessiert zu.

»Findest du es nicht auch ziemlich heiß hier drin? Ich sollte besser etwas ausziehen. Lass dich aber bitte nicht von mir stören«, sagte ich, während ich den Overall über meine linke Schulter schälte.

»Ich bin doch kein Anfänger. Da musst du dir schon etwas Besseres einfallen lassen, Süße«, tönte Damien von der anderen Seite des Tisches.

Ich wartete, bis er seine rechte Hand wieder am Queue positioniert hatte und im Begriff war, die Bewegung auszuführen. Dann platzierte ich meinen Hintern auf der Tischkante und öffnete mein Haar. Ich ließ meinen Oberkörper lasziv, zumindest hoffte ich, dass es diesen Effekt haben würde, ins Hohlkreuz fallen. Meine Brüste streckte ich der Zimmerdecke entgegen, und um meine Vorführung zu vollenden, ließ ich meiner Kehle ein leichtes Seufzen entweichen.

Die Stoßrichtung von Damiens Queue, der schon in vollem Schwung gewesen war, als ich mit meiner Performance begonnen hatte, verzog sich um wenige Millimeter nach oben. Dies reichte aus, um die weiße Kugel gerade so leicht zu streifen, dass sie sich zweimal um die eigene Achse drehte, bevor sie wieder zum Stillstand kam.

»Verdammt!«, fluchte Damien, während ich breit grinsend meinen Queue aufhob und meine nächste Kugel versenkte. Ich ließ ihr zwei weitere folgen und fühlte mich allmählich wieder siegessicher. Es überraschte mich, dass

Damien mich gewähren ließ. Weder versuchte er mich durch dumme Sprüche noch mit seinem Körper aus der Fassung zu bringen. In mir keimte ein schlechtes Gewissen auf, schließlich hatte ich ihn eben mit voller Absicht abgelenkt. Aber ich wollte gewinnen, also verbannte ich den dumpfen Zweifel in die hinterste Ecke meines Bewusstseins.

Ich näherte mich der nächsten Billardkugel, meiner sechsten. Der Sieg war zum Greifen nah. Doch die Kugel würde nicht leicht zu verwandeln sein. Ich würde über die Bande spielen müssen und hoffte, dass ich dabei keine von seinen Halben erwischte. Aus den Augenwinkeln sah ich, wie er langsam zu mir geschlendert kam. Er blieb dicht hinter mir stehen. Ich spürte seinen heißen Atem in meinem Nacken und ein Schauer rieselte mein Rückgrat hinab.

»Na, Angst zu verlieren?«, versuchte ich ihn zu provozieren.

»Im Gegenteil, ich wollte dir nur helfen«, behauptete er. »Wenn du dich hierhin stellst und die Kugel schräg anspielst, landet sie genau in der Ecke.«

Um seine Ausführungen zu verdeutlichen, beugte er sich über mich, platzierte erst meine linke Hand auf der Tischplatte, bevor er mein rechtes Handgelenk umfasste und führte. Sein Oberkörper schwebte nur wenige Millimeter über meinem. Sein Aftershave stieg mir in die Nase. Seine Nähe machte mich schwindelig.

»Und jetzt musst du ihn mit ganz viel Gefühl anstoßen«, hauchte er in mein Ohr. Sein Atem kitzelte mich am Hals.

Dann ließ er mich mit einem Mal abrupt los und trat vom Tisch zurück. Ich verlor das Gleichgewicht, der Queue kippte nach vorne und rammte eine seiner Kugeln.

»Jetzt sind wir quitt«, sagte Damien mit einem zufriedenen Lächeln, während er sorgsam Kreide auf der Spitze seines Billardstocks verteilte.

Wütend funkelte ich ihn an. Ich hatte ihn immerhin nicht angefasst, dachte ich erbost. Danach war das Spiel für mich gelaufen. Damien setzte seine Serie fort und spielte seine vorletzte Kugel, indem er den Queue hinter dem Rücken entlangführte, so überzeugt war er davon, den Sieg bereits in der Tasche zu haben.

»Angeber«, brummte ich, als er die Kugel versenkte.

Dann war neben meinen Kugeln nur noch die Schwarze übrig. Er sah mich über den Tisch hinweg an.

»Wenn ich die Schwarze versenke, fordere ich meinen Gewinn ein.« Seine Augen funkelten gefährlich.

Mein Hals fühlte sich mit einem Mal staubtrocken an. »Und der wäre?«, brachte ich krächzend hervor und knabberte nervös an meiner Unterlippe.

»Ich will einen Kuss. Auf den Mund. Und ich möchte ihn mir nicht nehmen – du sollst ihn mir freiwillig geben.«

Ich spürte seinen eindringlichen und zugleich abwartenden Blick auf mir. Er ließ mir die Wahl. Wenn ich ihn nicht küssen wollte, würde er seinen Wunsch nicht einfordern. Ich öffnete den Mund, um zu protestieren, aber es kamen keine Worte daraus hervor. Das pulsierende Blut rauschte in meinen Ohren, als mein Herzschlag sich beschleunigte. Meinen Blick heftete ich auf die schwarze Kugel und die Spannung im Raum wuchs mit jeder Sekunde.

Als ich dachte, ich würde es keinen Augenblick länger aushalten, ließ Damien seinen Queue mit einer einzigen fließenden Bewegung auf die weiße Kugel zu schnellen. Diese wiederum setzte die schwarze in Bewegung, die in ihr vorherbestimmtes Ziel fiel, die mittlere rechte Tasche.

Für einige Sekunden lang war es vollkommen still im Raum. Bis Damien seinen Queue achtlos auf den Tisch fallen ließ und mit langsamen Schritten auf mich zukam. Ich hatte das Gefühl, mein Herz müsste jeden Moment meinen Brustkorb sprengen, so schnell hämmerte es vor Aufregung. Eine Fußlänge von mir entfernt stoppte er, ließ seinen Blick über mein Gesicht wandern und blieb an meinen Lippen hängen. Nervös zog ich meine Unterlippe zwischen die Zähne, was Damien mit einem kehligen Laut beantwortete.

»Es macht mich wahnsinnig, wenn du das machst«, sagte er leise und sein Blick war beinahe hungrig.

»Ups, tut mir leid«, sagte ich und fühlte mich wie ein Schaf, als er rau lachte.

Er strich mir eine lose Haarsträhne aus dem Gesicht und steckte sie hinter meinem rechten Ohr fest. Ich schloss die Augen, als seine warmen, leicht rauen Fingerkuppen meine Wange streiften.

»Du musst den ersten Schritt machen«, flüsterte er an meinem Ohr. »Ich werde dich nicht zu etwas drängen, was du nicht möchtest.«

Das war nicht das Problem. Im Gegenteil. Mein ganzer Körper schien vor Spannung zu vibrieren. Alles in mir wollte mehr. Ich wollte seine Lippen schmecken, seinen Mund mit meiner Zunge erkunden, meine Hände in seinem Haar vergraben. Wollte wissen, ob es sich so gut anfühlte, wie ich es mir unzählige Male vorgestellt hatte.

Gleichzeitig wusste ich, dass es hochgradig unverantwortlich wäre, mich ihm jetzt hinzugeben. Für ihn wäre es nicht mehr als ein bedeutungsloser Flirt, eine weitere Eroberung, doch für mich stand nicht weniger als mein Herz auf dem Spiel. So sehr ich mich auch dagegen gewehrt hatte, war ich mit jedem unserer Treffen im Morgengrauen nachlässiger geworden. Hatte meinen Schutzschild gefährlich weit sinken lassen. Hatte Dinge mit ihm geteilt, die ich zuvor niemandem anvertraut hatte. Hatte mich in seinen Augen und dieser kleinen Parallelwelt verloren, die wir uns geschaffen hatten. In der ich für wenige Stunden keine Verantwortung zu tragen hatte. In der ich mich unbeschwert fühlen konnte.

Und obwohl mir überdeutlich bewusst war, dass es ein Fehler sein würde, schaltete sich mein Gehirn einfach aus, als ich meine Augen wieder öffnete und in seine grünen, beinahe hypnotisierenden blickte. Ich befeuchtete meine Lippen mit der Zungenspitze und sein Blick folgte aufmerksam jeder meiner Bewegungen. Dann legte ich meine Arme locker um seinen Hals, stellte mich auf die Zehenspitzen und streifte mit meinen Lippen behutsam über die seinen.

Er schloss augenblicklich seine Arme um meine Taille und zog mich an seine Brust. Ich seufzte und knabberte sanft an seiner Unterlippe. Er antwortete mit einem Knurren, überließ mir aber weiterhin die Führung.

Ich vergrub meine Hände in seinem Haar und zog seinen Kopf noch näher zu mir heran. Mit meiner Zunge malte ich die Konturen seiner Lippen nach und als er sie für mich öffnete, erkundete ich zaghaft seinen Mund. Das schien für Damien das Zeichen gewesen zu sein, auf das er gewartet hatte. Er umschloss meine Taille mit beiden Händen, hob mich spielend leicht in die

Höhe und setzte mich auf der Kante des Billardtisches ab. Er löste seinen Mund von meinem und küsste sich an meinem Hals hinab bis zu meinem Dekolleté vor.

Ich wusste nicht, wohin mit mir. Ich wollte ihn überall berühren, ihn überall spüren. Mit fahrigen Bewegungen zerrte ich an dem Saum seines Poloshirts, bis er Erbarmen hatte, es über seinen Kopf zog und achtlos zur Seite warf. Andächtig zeichnete ich mit den Fingerspitzen die Umrisse seiner beeindruckenden Bauchmuskeln nach. Er ließ mich kurz gewähren, bevor er meine Hände mit seiner Linken umschloss und sie über meinem Kopf gefangen hielt. Mit der anderen Hand schob er mich sanft nach hinten, sodass ich von der Kante rutschte und mit dem Po auf dem grünen Filz aufkam. Während mich seine Lippen verlangend küssten, drückte das Gewicht seines Oberkörpers mich langsam hinab, bis ich mit dem Rücken auf der Platte lag und er meine noch immer gefangenen Hände auf der Tischplatte fixierte.

Ihm so ausgeliefert zu sein, fühlte sich gefährlich und erregend zugleich an. Das Kribbeln in meinem Bauch verstärkte sich und wurde zu einem drängenden Ziehen in meinem Becken. Ich wollte, dass er sich alles von mir nahm, was er wollte.

Er küsste gierig meinen Mund und eroberte ihn mit seiner Zunge. Ich hieß ihn willkommen und meine Zungenspitze umkreiste seine in einem feurigen Tanz. Als er seine Lippen von meinen löste, fühlten sie sich heiß und leicht geschwollen an. Wir atmeten beide schwer und ich sah die Lust und den Hunger, den ich spürte, auch in seinem Bick. Ich nickte ihm kaum merklich zu, um ihm zu signalisieren, dass er meine Zustimmung hatte. Dass ich mehr von ihm wollte. Dass ich alles wollte.

Seine Augen weiteten sich, bevor sich das Grün seiner Iris mit einem Mal verdunkelte. Im nächsten Moment gab er mich frei und trat vom Tisch zurück. Verwirrt rappelte ich mich auf, bis ich wieder in einer aufrechten Position saß und ihn ansehen konnte. Damien stand einige Schritte entfernt und fuhr sich mit seinen Händen durchs Haar. Sein Gesicht hatte er von mir abgewandt.

»Wenn wir jetzt nicht aufhören, …« Seine Stimme war rau.

Aufhören? Wer hatte denn etwas von Aufhören gesagt? Ich streckte meine Hand nach ihm aus und wollte ihn wieder zu mir ziehen, doch er schüttelte den Kopf.

»Das ist keine gute Idee, Cassey. Ich will dir nicht wehtun«, sagte er beinahe flehend.

Ich fühlte mich wie vor den Kopf gestoßen. Die Hitze und das Prickeln, welche mich eben noch durchflutet hatten, verebbten augenblicklich. Mit einem Mal fühlte es sich falsch an, dass ich mich ihm so bereitwillig dargeboten hatte.

»Klar, ich verstehe schon«, sagte ich steif. Als hätte er nicht eben noch meinen Körper mit seinen Küssen bedeckt. Ich zog die Ärmel meines Overalls schützend über meine Schultern und band mein Haar energisch zurück.

»Ich sollte jetzt sowieso besser gehen, ich will die anderen nicht warten lassen.« Ich vermied es sorgsam, in seine Richtung zu blicken.

Als ich schon mit einem Fuß durch die Tür getreten war, hielt mich der Klang seiner Stimme zurück.

»Cassey ...« Er schien nach den richtigen Worten zu suchen, sie jedoch nicht zu finden. Doch das war auch nicht nötig. Es war alles gesagt. Ich wusste, woran ich war. Ich hatte es die ganze Zeit gewusst und ignoriert. War mit offenen Augen direkt auf den Abgrund zugelaufen.

»Bis zum nächsten Mal«, sagte er schließlich lahm.

Ich nickte bloß und trat den Rückzug aus dem Zimmer an. Ich flüchtete mich den Flur hinab in eines der Gästebäder. Mir blieben zwanzig Minuten, bevor ich beim Van erwartet wurde. Bis dahin musste ich mein inneres und äußeres Chaos unter Kontrolle bringen.

Aus dem Spiegel sah mir eine aufgelöste junge Frau mit zerwühltem blonden Haar, geröteten Wangen und geschwollenen Lippen entgegen. Doch das war nichts im Vergleich dazu, wie es in meinem Inneren aussah. Ein Chaos aus verschiedensten Gefühlen wütete in mir. Nur mit Mühe konnte ich die heißen Tränen, die sich in meinen Augenwinkeln zu bilden begannen, zurückhalten.

Ich war bereit gewesen, bis zum Äußersten zu gehen. Der Gedanke faszinierte und schockierte mich gleichermaßen. Fast noch schockierender war, dass Damien derjenige gewesen war, der uns gestoppt hatte. Er wollte mich nicht verletzen, hatte er gesagt. Daran hätte er vielleicht denken sollen, bevor er mich Treffen um Treffen mehr in seinen Bann gezogen hatte.

Andererseits war ich selbst schuld, ich hätte nicht gegen jede Vernunft mein Herz mit ins Spiel bringen dürfen. Frustriert ließ ich meine rechte Faust auf die Marmorplatte des Waschtischs niedersausen.

»Mist! Verdammt tut das weh«, zischte ich, als der Schmerz durch meine Finger bis in meinen Handteller strahlte. Nur eine weitere unüberlegte Entscheidung in einer langen Reihe, die ich heute getroffen hatte. Dabei war es erst acht Uhr am Morgen.

Ich spritzte mir kaltes Wasser ins Gesicht und ordnete meine Haare, die ich eben nur achtlos zu einem unordentlichen Knoten zusammengefasst hatte. Dann schaute ich meinem Spiegelbild fest in die Augen.

»Das war's! Kein Flirten mehr. Keine heimlichen Treffen mehr. Du fährst morgens hierher, erledigst deine Arbeit und fährst wieder nach Hause. Punkt«, trichterte ich meinem Spiegelbild ein.

Ich hatte definitiv etwas Besseres verdient, anstatt als Trophäe für einen Hollywood-Star zu enden. Wenn mich das Schicksal meiner Mutter eines gelehrt hatte, dann, dass man niemanden so nah an sich heranlassen durfte, dass er die Macht hatte, einen zu zerstören. Mit erhobenem Kopf verließ ich das Gästebad und trat hinaus auf den Vorplatz der Villa.

Die Sonne begrüßte mich.

Ein neuer Tag war über L.A. angebrochen.

Kapitel 9

Damien

Du Idiot! Du verdammter Idiot! Ich schlug mir mit der flachen Hand gegen die Stirn. Was war aus meinem Vorsatz geworden, zumindest körperlich Distanz zu ihr zu wahren? Als sie wie so oft verführerisch an ihrer Unterlippe geknabbert hatte, musst es in meinem Gehirn eine Art Kurzschluss gegeben haben. Bevor ich mich hatte stoppen können, hatte dieser unbedachte Wunsch zwischen uns im Raum gestanden. Hatte die Luft vor Spannung vibrieren lassen.

Ich hatte es unbedingt wissen müssen. Wie sich ihre Lippen auf meinen anfühlten, wie sie schmeckte. Insgeheim hatte ich gehofft, dass sie es mir verwehren würde. Dass sie mich in meine Schranken weisen würde. Doch sie hatte es genauso gewollt wie ich.

Ich hatte in ihren Augen gesehen, wie sehr sie meine Zurückweisung verletzt hatte, kurz bevor ihr Gesichtsausdruck zu Stein geworden war. Ihre gespielte Gleichgültigkeit, die mir demonstrieren sollte, dass es ihr nichts bedeutet hatte. Doch ich kannte sie mittlerweile gut genug, um zu wissen, dass es eine Lüge gewesen war. Warum hatte ich so ein Egoist sein müssen? Wieso hatte ich diesen zerbrechlichen Kosmos zerstören müssen, in dem wir existierten?

Weil es an der Zeit gewesen war aufzuwachen. Es machte mir Angst, wie gut ich mich mit ihr fühlte. Wie sehr ich mich auf die Treffen mit ihr freute. Wie sehr ich sie an den Tagen vermisste, an denen wir uns nicht sahen. Alles Dinge, die ich nicht empfinden sollte. Und je früher ich einen Schlussstrich zog, desto besser. Jetzt würden unsere Wunden noch heilen können.

Wenn sie das nächste Mal in meine Villa kam, würde ich ihr aus dem Weg gehen. Wir würden unsere Leben weiterleben, nur ohne unsere gestohlenen Stunden im Morgengrauen.

Cassey

Als ich gegen Mittag zu Hause ankam, fühlte ich mich zerschlagen. Trotz meiner Vorsätze, mich nicht von einem Kerl nach unten ziehen zu lassen, hatte mich Damiens Zurückweisung härter getroffen, als ich mir eingestehen wollte.

Kaum hatte ich die Haustür aufgeschlossen und den finsteren Flur betreten, spürte ich, dass etwas nicht stimmte. Kaylas Schultasche lag auf dem Boden, obwohl sie um diese Uhrzeit in der Schule sein sollte. Beunruhigt lief ich in die Küche und fand sie verlassen vor. Teller und Tassen stapelten sich in der Spüle, ein Geschirrtuch war achtlos auf die Arbeitsplatte geworfen worden. Auch im Wohnzimmer war keine Spur von ihr zu entdecken. Mit schnellen Schritten lief ich über den Flur zu Kaylas Zimmer. Ich klopfte an ihre Zimmertür und da sie nur angelehnt gewesen war, schwang sie knarrend auf.

»Kayla?«, fragte ich zögerlich.

Ein lautes Schniefen antwortete mir. Ich betrat das Zimmer und fand Kayla mit an die Brust gezogenen Beinen auf dem Bett sitzend vor. Ihre Arme hatte sie um ihre Schienbeine geschlungen, als müsste sie ihren Körper mit aller Kraft zusammenhalten. Mit rot verweinten Augen blickte sie mir entgegen.

»Sie wollte sich umbringen«, flüsterte sie und sah mich an und doch gleichzeitig durch mich hindurch.

»Was sagst du da?«, fragte ich alarmiert.

»Ich habe sie mit den Pillen im Bad gefunden. Sie hatte erst ein paar geschluckt. Ich habe ihr Salzwasser gegeben. Ich glaube, es sind alle wieder hochgekommen«, flüsterte sie, ihre Augen glasig, als wäre sie durch die Worte zurück zu diesem schrecklichen Moment katapultiert worden.

»Kayla, wo ist Mom?«, fragte ich und packte sie bei den Schultern, zwang sie, mich anzusehen.

»Ich habe sie ins Bett gebracht«, antwortete sie. »Ich wusste nicht, was ich sonst machen sollte. War das falsch?« Ihre Augen waren weit aufgerissen, das Grau in ihrer Iris schien wie ein Sturm darin zu wüten.

»Nein mein Schatz, das hast du gut gemacht.« Ich strich ihr beruhigend übers Haar. »Warte kurz hier. Ich schaue in der Zwischenzeit nach Mom, okay?«

Sie nickte unsicher und rieb sich mit den Handflächen über ihre feuchten Wangen.

Ich schloss ihre Zimmertür hinter mir und eilte zuerst ins Bad, um mir ein Bild von der Lage zu verschaffen. Chaos erwartete mich. Auf dem Boden lagen eine Handvoll weißer Pillen verstreut zwischen Handtüchern und anderen Badgegenständen, die meine Mutter mit in die Tiefe gerissen hatte. Ich hob die orangefarbene Pillendose vom Boden auf und warf einen Blick in den Spiegelschrank, in welchem sich eine Reservedose befinden sollte. Sie stand noch immer unangetastet an ihrem Platz. Meine Mutter schien nur ihre aktuelle Ration erwischt zu haben. Wie Kayla gesagt hatte, war die angebrochene Packung noch halb voll. Zusammen mit den Pillen, die auf dem Boden lagen, und denen, die sie erbrochen hatte, dürfte die Menge, die es in ihre Blutbahn geschafft hatte, überschaubar sein. Trotzdem wollte ich lieber auf Nummer sicher gehen. Während ich zum Zimmer meiner Mutter lief, wählte ich mit meinem Handy den Notruf.

Ich fand sie auf die linke Seite gerollt auf dem Bett liegend vor. Ihre Augen waren geschlossen und öffneten sich auch bei meinem Eintreten nicht. Die Bettdecke war vom Bett gefallen und lag als zerknüllter Haufen auf dem Boden. Ich trat näher an ihre zusammengesunkene Gestalt heran und hielt mein Ohr direkt vor ihr Gesicht. Ich spürte einen leichten Lufthauch, ihr saurer Atem ließ mich ein paar Zentimeter zurückweichen. Ich fühlte ihren Puls am Handgelenk. Er war schwach, schlug aber gleichmäßig, wie ich erleichtert feststellte.

Endlich nahm am anderen Ende jemand den Hörer ab. »Hallo, Sie haben den Notruf gewählt. Was möchten Sie melden?«, fragte eine monotone Frauenstimme.

»Meine Mutter hat versucht sich mit Antidepressiva das Leben zu nehmen. Sie hat höchstwahrscheinlich das meiste davon wieder erbrochen. Sie atmet und ihr Puls ist schwach, aber regelmäßig. Können Sie bitte einen Krankenwagen schicken?«, gab ich der Frau, gefolgt von unserer Adresse, fast schon routiniert durch.

Denn leider war es nicht das erste Mal. Kurz nachdem mein Vater mit all unserem Ersparten abgehauen war, hatte ich sie mit aufgeschnittenen Pulsadern in der Badewanne gefunden. Diesen Anblick würde ich niemals vergessen können. Er hatte sich in meine Netzhaut eingebrannt. Als ich sie fand, war das Wasser blutrot verfärbt gewesen. Ein durchdringender metallischer Geruch hatte die Luft erfüllt. Sie war nicht mehr ansprechbar gewesen und ihr Körper so schwer, dass ich es nicht geschafft hatte, sie alleine aus der Wanne zu heben. Notdürftig hatte ich zwei Handtücher um ihre Handgelenke geschlungen und dann den Notruf gewählt.

An diesem Tag war ich sechzehn Jahre alt gewesen. Es war der Tag, an dem ich meine Jugend hinter mir gelassen hatte und erwachsen geworden war. Ich wusste nicht, ob ich ihr jemals wirklich würde verzeihen können, was sie sich und mir damals angetan hatte. Wie sie mir das letzte bisschen Normalität und Stabilität in meinem Leben genommen hatte.

***

Aus dem Krankenhaus rief ich Tante Ruth an und berichtete ihr vom Zusammenbruch ihrer Schwester. Erst nachdem ich ihr mehrfach versichert hatte, dass der Zustand meiner Mutter so stabil war, wie er in dieser Situation sein konnte, ließ sie sich davon abbringen, sofort ins Krankenhaus zu fahren. Sie würde hier sowieso nichts ausrichten können, denn meine Mutter war noch immer nicht bei Bewusstsein. Ich bat meine Tante außerdem darum, mich für die nächsten Tage vom Dienstplan zu streichen.

»Natürlich, mein Kind. Nimm dir so viel Zeit, wie du brauchst. Und wenn ich irgendetwas für euch tun kann, dann melde dich! Egal, was es sein sollte«, sagte sie eindringlich. Vermutlich ahnte sie, dass ich mich nicht melden würde.

Mein Stolz hatte mir schon immer im Weg gestanden, wenn es darum ging, Hilfe von anderen anzunehmen. Ich wollte nicht schwach wirken. Gleichzeitig schämte ich mich für den Zustand meiner Mutter. Was auch der Grund war, weshalb ich zu keiner meiner Schulfreundinnen mehr Kontakt pflegte. Ich hatte sie nicht daran teilhaben lassen wollen, wie mein Leben vom einen auf den anderen Tag in Scherben zerbrochen war.

Als ich mitten im Schuljahr von der Schule abgegangen war, hatte ich unter mein bisheriges Leben einen Schlussstrich gezogen und alles zurückgelassen. Auch meine Freunde. So war es einfacher gewesen. Ich hatte ihnen und mir ihr Mitleid ersparen wollen. Meine beiden engsten Freundinnen hatten noch eine Zeit lang versucht den Kontakt nicht abreißen zu lassen, doch ich konnte sehr abweisend sein, wenn ich es darauf anlegte. Schließlich hatten sie aufgegeben und sich wieder ihrem eigenen intakten Leben zugewandt.

Weil Kayla nicht von der Seite meiner Mutter hatte weichen wollen, verbrachten wir die Nacht auf den harten und unbequemen Besucherstühlen des Krankenhauses. Zwischendurch fielen mir vor Erschöpfung kurz die Augen zu, doch nie mehr als ein paar Minuten am Stück. Es gab einfach keine Position, in der sich nicht irgendein Teil des Plastikstuhles schmerzhaft in meine Haut bohrte.

Auch mein Geist fand keine Ruhe; in meinem Kopf überschlugen sich die Sorgen. Würde es meine Mutter jemals schaffen, sich aus dem schwarzen Sog ihrer Gedanken und Gefühle zu befreien? Wie sollte ich einen weiteren Klinikaufenthalt bezahlen? Wie würde Kayla den Selbstmordversuch unserer Mutter verkraften? Sie war an ihre Depressionen und Aufenthalte in Kliniken gewöhnt, bei denen sie auf neue Medikamente eingestellt wurde. Kayla wusste auch, dass ihre Launen einer Achterbahnfahrt gleichen konnten. Doch diese abgrundtiefe, alles verschlingende Schwärze hatte sie nie zuvor zu sehen bekommen und es musste ein Schock für sie gewesen sein. Bei dem ersten Selbstmordversuch unserer Mutter war sie noch zu jung gewesen, um zu verstehen, was vor sich gegangen war. Was würde es mit ihr machen, dass sie diejenige gewesen war, die sie gefunden hatte?

Ich hatte die letzten Jahre, so gut es ging, versucht Kaylas Anker zu sein.

Ihr die Aufmerksamkeit und Zuneigung zu schenken, die unsere Mutter ihr oft nicht geben konnte. Trotzdem würde es nicht genug sein. Konnte es nicht genug sein. Ich konnte ihr die Mutter nicht ersetzen und zu wissen, es mit eigenen Augen gesehen zu haben, dass man nicht genug war, konnte verdammt schmerzhaft sein. Natürlich hatte ihr Selbstmordversuch nichts damit zu tun, dass sie uns nicht liebte, dennoch hinterließ es einen dunklen Fleck, eine Narbe tief in einem.

Ich fragte mich außerdem, ob ich Schuld daran trug, dass es so weit gekommen war. Wäre ich nicht so sehr mit mir selbst beschäftigt gewesen, hätte ich vielleicht früher eingreifen können. Ich hatte schließlich gesehen, dass es ihr bei weitem nicht so gut gegangen war, wie sie uns hatte glauben machen wollen. Ich hätte die Warnsignale früher bemerken und handeln müssen.

Am nächsten Morgen gab uns die Ärztin ein Update über den Zustand unserer Mutter. Dank Kaylas beherzten Eingreifens hatte sie den Großteil der Pillen erbrochen, sodass die zerstörerische Wirkung der Medikamente sich in Grenzen gehalten hatte. Da es sich um einen Selbstmordversuch handelte, würde sie dennoch die nächsten zwei Tage im Krankenhaus unter Beobachtung bleiben. Während Kayla mit Erlaubnis der Ärztin ans Krankenbett unserer Mutter eilte, blieb ich mit ihr im Flur zurück.

»Haben Sie schon einen Therapieplatz für Ihre Mutter gefunden?«, fragte sie mich.

Ich seufzte und fuhr mir müde mit den Händen durchs Haar. »Wir haben keine Krankenversicherung und ich habe gerade erst die Rechnungen für ihre letzte Behandlung bezahlt.«

Mit einem Mal fühlte ich mich unglaublich erschöpft. Zu gerne hätte ich die Verantwortung einfach an jemand anderen übergeben. Doch es gab niemanden. Meine Schultern fühlten sich von einer Zentnerlast Sorgen niedergedrückt.

Die Ärztin legte mir sanft ihre Hand auf den Rücken. »Es gibt ein paar staatliche Förderprogramme. Ich werde prüfen, ob ihre Mutter für eines davon in Frage kommt und Ihnen Bescheid geben.«

Beinahe wäre ich ihr weinend um den Hals gefallen.

»Danke«, flüsterte ich mit einem Kloß in der Kehle.

»Das wird schon wieder.« Sie lächelte mir aufmunternd zu.

***

In den nächsten Tagen funktionierte ich einfach nur. Versuchte für Kayla alles am Laufen zu halten. Ihr wenigstens ein kleines bisschen Normalität und Routine zu geben. Wir besuchten unsere Mutter jeden Tag im Krankenhaus. Doch während Kayla bei unseren Besuchen in einer Tour vor sich hin sprudelte, hielt ich mich im Hintergrund.

Ich wusste, dass meine Mutter krank war und nichts dafür konnte, dass es ihr so schlecht ging. Trotzdem fühlte ich heiße Wut und Enttäuschung in meinem Inneren rumoren, sobald ich sie derart zerbrechlich in ihrem Krankenbett liegen sah. Am liebsten hätte ich sie an den Schultern gepackt und sie geschüttelt. Zu wissen, dass ich nichts tun konnte, um sie von dieser heimtückischen Krankheit zu befreien, ließ mich hilflos zurück. Und wenn es eines gab, was ich nicht ertragen konnte, dann war es, hilflos zu sein.

Die nette Ärztin hatte tatsächlich einen Therapieplatz für meine Mutter besorgen können, der zu sechzig Prozent durch staatliche Fördergelder finanziert wurde. Ich würde die nächsten Monate trotzdem Überstunden schieben müssen, aber wenigstens würden wir halbwegs über die Runden kommen.

Die psychiatrische Klinik lag in Santa Monica, sodass wir unsere Mutter weiterhin regelmäßig würden besuchen können, was im Besonderen für Kayla wichtig gewesen war. Die ersten zehn Tage würde unsere Mutter jedoch keinen Besuch empfangen können. Das gehörte zu dem Programm. Sie sollte sich vollkommen auf sich selbst konzentrieren und sich nicht durch äußere Einflüsse ablenken lassen.

Für Kayla würde es eine schwere Zeit werden. Als wir uns von unserer Mutter verabschiedeten, hielt sie sich tapfer. Doch sobald wir die Klinik verlassen hatten, liefen ihr dicke Tränen über die Wangen. Ich zog sie an meine Brust und strich ihr übers Haar, bis die Tränen langsam versiegten.

Zu Hause angekommen zog ich mich in mein Zimmer zurück und ließ mich rücklings aufs Bett fallen. Es kostete mich jeden Tag unendlich viel Kraft, morgens aufzustehen und zumindest nach außen hin unerschütterlich zu wirken. Abends fiel ich körperlich und seelisch vollkommen erschöpft ins Bett und kämpfte gegen die bleierne Müdigkeit an, die mich in eine beängstigende Traumwelt entführen wollte.

Nachts, wenn es dunkel und still war, und die Anspannung aus meinem Körper wich, kamen die Albträume aus den hintersten Winkeln meines Bewusstseins gekrochen. Bilder aus meiner Vergangenheit vermischten sich mit denen der vergangenen Tage. Immer wieder lief ich einen schlauchförmigen Flur entlang und öffnete mit zitternden Fingern die einzige Tür, durch die ich entkommen konnte. Jedes Mal erwartete mich dort meine Mutter. Mal in einem Meer aus blutrotem Wasser in der Badewanne treibend, dann wieder zusammengekrümmt auf dem Teppich, eine leere Pillendose in den kalkweißen Händen. Das Ende war jedoch immer das gleiche. Ich kam zu spät. Jede Nacht kam ich zu spät und erwachte schweißgebadet und mit rasendem Herzen in meinem Bett.

In meinem Leben gab es mit einem Mal keinen Platz mehr für etwas anderes als Müdigkeit und Angst. Angst vor der Zukunft. Angst vor meinen Träumen, die ich erneut würde begraben müssen. Angst vor dem Leben.

Die Hefte der Fernschule stapelten sich auf dem Fußboden und gelegentlich verspürte ich den nagenden Stich des unausweichlichen Versagens, wenn mein Blick an ihnen hängen blieb. Ein weiterer Versuch, der unvollendet bleiben würde. Mein Leben hatte sich einmal mehr in einen Scherbenhaufen verwandelt und es gab nichts, was ich dagegen tun konnte. Gleichzeitig sammelten sich die Nachrichten und verpassten Anrufe von Tara auf meinem Handy. Doch ich fand nie die Kraft, sie zurückzurufen, um ihr und mir einzugestehen, dass ich erneut versagt hatte. Dass ich niemals aus dem Leben ausbrechen konnte, in welches mich das Schicksal gezwängt hatte.

Ich zog mir die Bettdecke über den Kopf und versuchte die Welt um mich herum für einen Augenblick auszublenden. Gerade als ich fast einschlief, ließ mich das Klingeln meines Handys aufschrecken. Sofort war ich in höchster

Alarmbereitschaft. War es die Klinik? Hatte sich meine Mutter erneut etwas angetan?

»Hallo?« Atemlos nahm ich den Anruf entgegen, ohne zuvor auf das Display geschaut zu haben.

»Hat es in L. A. ein verheerendes Erdbeben gegeben, von dem der Rest der Welt nichts mitbekommen hat? Ist euer Haus von einem Tsunami weggespült worden? Oder hat dich Macbeth so fertig gemacht, dass du seit Tagen in deinem Zimmer in einer Ecke sitzt und vor und zurück schaukelst?« Trotz ihrer ironischen Worte konnte ich die Sorge in Taras Stimme hören. Und mit einem Mal überrollte mich das schlechte Gewissen mit solcher Wucht, dass es mir den Atem nahm. Es war unentschuldbar, dass ich mich nicht bei ihr gemeldet hatte. Dass ich ihr nicht wenigstens ein paar Zeilen geschrieben hatte. Dass ich sie im Ungewissen gelassen und ihr Sorgen bereitet hatte.

»Entschuldige, ich hätte mich längst bei dir melden sollen. Meine Mutter hatte einen Rückfall. Sie hat versucht sich mit Medikamenten das Leben zu nehmen. Ich ...«

Tara unterbrach mich mitten im Satz: »Oh mein Gott, ich unsensibles Trampeltier! Da lasse ich solche dämlichen Sprüche vom Stapel und du machst so eine Scheiße durch. Du musst dich für absolut gar nichts entschuldigen!«

»Schon gut. Ich meine, natürlich ist nichts gut, aber dafür kannst du ja nichts.« Ich massierte mir mit Daumen und Zeigefinger der linken Hand die Nasenwurzel und spürte, wie meine sorgsam aufrecht erhaltene Fassade Risse bekam.

»Du weißt gar nicht, wie sehr ich es gerade hasse, dass du auf der anderen Seite des Kontinents wohnst! Wenn Noah nicht zur Schule müsste, würde ich mich heute noch in den Flieger setzen.« Ein frustrierter Laut entstieg ihrer Kehle.

»Das ist wahnsinnig lieb von dir, aber ich komme schon klar. Ich habe schließlich noch Kayla und meine Tante«, sagte ich, obwohl ich mir in diesem Augenblick nichts sehnlicher gewünscht hätte als eine Freundin.

»Wenn ich sonst irgendetwas für dich tun kann, sag mir Bescheid. Egal was! Ich scanne dir auf jeden Fall morgen das Lösungsbuch für Macbeth ein und schicke es dir per Mail.«

»Ich denke nicht, dass ich dafür noch Verwendung haben werde.« Ich kämpfte gegen das Zittern in meiner Stimme an.

»Hast du das Essay schon abgegeben?«

»Nein, aber das spielt jetzt keine Rolle mehr. Ich werde den Kurs nicht beenden können.« Grenzenlose Enttäuschung wogte durch mich hindurch und ich kniff mir fest in den Oberschenkel, um die Tränen zurückhalten zu können.

»Ich verstehe nicht?« Taras Stirnrunzeln schwang in jeder einzelnen Silbe mit.

»Ich kann das jetzt einfach nicht. Es kostet mich sämtliche Kraft, morgens das Bett zu verlassen und alles hier für Kayla am Laufen zu halten. Der Highschool-Abschluss war ein schöner Traum, aber mehr auch nicht.«

»Das ist doch Bullshit!«

»Was?«

»Das ist Bullshit und das weißt du auch. Du kannst nicht einfach aufgeben, nur weil es gerade schwer ist. Glaub mir, ich weiß, wie du dich fühlst. Vielleicht nicht genau, aber ich weiß, wie es ist, wenn dein Leben ein einziger Scherbenhaufen ist. Wenn alles, was du dir aufgebaut hast, mit einem Wimpernschlag in sich zusammenfällt. Wenn du das Gefühl hast, dass du vollkommen alleine bist. Aber Cassey, das bist du nicht! Und selbst auf die dunkelsten Zeiten folgen helle. Ich werde nicht zulassen, dass du in der größten Dunkelheit aufgibst.«

Nach Taras Standpauke war ich mindestens für eine halbe Minute lang sprachlos. Immer wieder wollte ich etwas sagen, doch keine Erwiderung schien ausdrücken zu können, was ihre Worte in mir ausgelöst hatten.

»Cassey? Bist du noch dran? Ich weiß, das war jetzt vielleicht etwas zu krass. Es tut mir …«, fing sie an, doch ich unterbrach sie.

»Danke. Genau das habe ich jetzt gebraucht.« Ich lachte, doch das Lachen vermischte sich mit einem Schluchzen und ließ es wie einen Schluckauf klingen.

Tara stieß geräuschvoll Luft aus. »Shit, du hast mir gerade echt einen Schrecken eingejagt. Ich hatte schon Angst, dass ich dich jetzt für immer verjagt habe.«

»Keine Angst, so schnell wirst du mich nicht mehr los. Aber Tara, ich weiß gerade wirklich nicht, wo mir der Kopf steht. Eines ist allerdings sicher, nicht bei linearer Algebra oder Macbeth.« Ich seufzte.

»Mach dir keine Sorgen. Zusammen schaffen wir das. Ich schicke dir meine Lösungen für die Aufgaben der letzten Woche, dann hast du die schon mal erledigt. Und dann sehen wir weiter. Ein Schritt nach dem anderen. Der Schulabschluss ist kein Sprint, sondern ein Marathon. Und wenn du ein bisschen länger brauchst, ist das auch keine Tragödie.«

»Du klingst wie eine von den Anonymen Alkoholikern«, sagte ich und spürte, dass ich lächelte.

»Dann bin ich damit jetzt offiziell deine Sponsorin. Also sei brav und hör auf mich«, erwiderte sie mit gespielt strengem Tonfall.

»Wie ihr befiehlt, Mylady«, gab ich in meinem besten britischen Akzent zurück.

»Beeindruckend, dass bereits zwei lausige Seiten Shakespeare einen derart bleibenden Eindruck bei dir hinterlassen haben. Vielleicht habe ich dem Guten doch Unrecht getan.«

Ich gähnte, als mich die Müdigkeit zurück in ihre Fänge zog.

»Dann entlasse ich dich mal für heute in dein Bett. Wir schreiben morgen?«, fragte sie.

Ich gab ein zustimmendes Brummen von mir, bevor ich mich von ihr verabschiedete und zum ersten Mal seit Tagen in einen tiefen und traumlosen Schlaf sank.

***

Immer wieder musste ich an Damien denken. Ob er überhaupt bemerkt hatte, dass ich seit einer Woche nicht bei der Arbeit erschienen war? So wie wir nach unserem letzten Aufeinandertreffen auseinandergegangen waren, konnte ich mir nicht vorstellen, dass wir wieder zu der vorherigen Unbeschwertheit zurückfinden konnten. Meine anfängliche Wut war zwar mittlerweile verraucht, dennoch wusste ich, dass es an der Zeit war, sich von unserer kleinen Parallelwelt zu verabschieden. Es würde keine heimlichen Treffen im Morgengrauen mehr für uns geben. Wahrscheinlich wäre es so das Beste.

Es waren ein paar aufregende Wochen gewesen, aber mehr auch nicht. Je schneller ich ihn abhakte, desto besser, sagte ich mir. Doch einem nicht gerade kleinen Teil von mir fehlten unsere gemeinsamen Stunden, die für kurze Lichtblicke in meinem grauen Alltag gesorgt hatten. Insbesondere da meine Tage sich aktuell grauer anfühlten denn je zuvor.

Als die Rechnungen sich nach kurzer Zeit im Hausflur zu stapeln begannen und das Geld auf dem Konto knapp wurde, meldete ich mich bei meiner Tante Ruth. Doch anstatt sie um finanzielle Unterstützung zu bitten, teilte ich ihr lediglich mit, dass sie mich wieder auf den Dienstplan setzen sollte.

»Ich kann gleich morgen wieder starten«, behauptete ich und legte so viel Elan in meine Stimme, wie ich zusammenkratzen konnte. Es war bedauerlich wenig.

»Sicher, dass du schon so weit bist? Carols Rückfall ist doch erst eine Woche her«, wandte sie zweifelnd ein. »Wenn es wegen des Geldes ist, mach dir darum keine Gedanken. Ich kann euch etwas schicken.«

»Nein, wirklich nicht. Die Ablenkung wird mir bestimmt guttun«, wischte ich ihre Einwände beiseite.

»Okay, wenn du darauf bestehst, teile ich dich morgen Karens Team zu. Mr Baxters Anwesen kennst du ja mittlerweile bestimmt in- und auswendig.«

Mein verräterisches Herz machte einen Satz. Wenn sie wüsste, wie gut ich nicht nur sein Anwesen kennengelernt hatte.

Kapitel 10

Damien

Als Cassey das erste Mal nach dem Vorfall im Billardzimmer nicht bei der Arbeit erschien, versuchte ich mir einzureden, dass es genau das war, was ich mir erhofft hatte. Sie wollte wie ich einen Schlussstrich unter die ganze Sache ziehen. Das war schließlich das einzig Vernünftige.

Nachdem sie auch beim zweiten Mal nicht aufgetaucht war, wurde ich unruhig. Ich hatte die letzten Tage wie auf heißen Kohlen gesessen. Etwas in mir wollte sie unbedingt wiedersehen und sich bei ihr entschuldigen. Obwohl es genau das war, was ich nicht tun sollte. Wenn sie mich für einen Arsch hielt, würde es zumindest einem von uns beiden leichter fallen, sich vom anderen fernzuhalten.

Doch dass sie sich von heute auf morgen so komplett aus meinem Leben entfernt hatte, nagte an mir. Was war, wenn sie nicht freiwillig fernblieb und ihr etwas zugestoßen war? Es machte mich schier wahnsinnig, nicht zu wissen, wo sie war und wie es ihr ging. Hinzu kam, dass ich nicht wusste, wie ich sie erreichen konnte. Ich hätte natürlich bei der Reinigungsfirma nachfragen können, aber ich wollte sie nicht in Schwierigkeiten bringen.

Auch während des Filmdrehs gelang es mir nicht, Cassey aus meinen Gedanken zu verbannen. Ich war unkonzentriert und nicht bei der Sache. Es fiel mir deutlich schwerer als sonst, mich in meine Rolle hineinzuversetzen und mein eigenes Leben auszublenden. Vermutlich weil es sonst für gewöhnlich nicht allzu viel, oder besser gesagt jemanden, auszublenden gab.

Als selbst Vivi mich zur Seite nahm, wusste ich, dass ich ein Problem hatte.

»Du kannst gerne jederzeit zu mir kommen, wenn dich etwas bedrückt. Du hast heute echt scheiße gespielt«, raunte sie mir zu. Wie immer machte sie sich nicht die Mühe, irgendetwas zu beschönigen.

»Danke für die Blumen und das Angebot, aber ich glaube, für meine Probleme bist du noch zu jung.«

»Ah, also Frauenprobleme. Dachte ich's mir doch«, sagte sie altklug und nickte wissend. »Was hast du ausgefressen?«

»Wieso gehst du gleich davon aus, dass ich derjenige bin, der etwas falsch gemacht hat?«

»Ist es nicht so?« Sie zog skeptisch die Augenbrauen nach oben und musterte mich eindringlich.

»Ja, doch, eigentlich schon.« Ich seufzte. Jetzt war es schon so weit mit mir gekommen, dass ich mich bei einer Zwölfjährigen über mein verkorkstes Liebesleben ausließ.

»Hast du sie beschissen?«

»Nein, was denkst du denn von mir?!«, gab ich entrüstet zurück.

»Na ja, dein Ruf als Frauenheld kommt bestimmt nicht von ungefähr.« Sie grinste mich frech an.

Steve wäre begeistert, wenn er erführe, dass sich mein zweifelhafter Ruf sogar bis in die Grundschulen des Landes verbreitet hatte.

»Was ist denn dann das Problem?«, hakte Vivi nach, als ich ihre Stichelei ignorierte und wieder in stummes vor mich Hinbrüten verfiel.

»Es ist kompliziert«, winkte ich ab.

»Magst du sie?«

»Ja, aber ...«

»Mag sie dich?«

»Ich glaube schon.«

»Na dann ist es doch ganz einfach. Entschuldige dich, für was auch immer du verbrochen hast, und führ sie auf ein romantisches Date aus. Wenn du Ideen brauchst, schau dir einfach mal eine Folge *Der Bachelor* an. Die lassen sich da immer total krasse Sachen einfallen. Vielleicht kannst du einen Heißluftballon mieten oder so was.« Damit klopfte sie mir kumpelhaft auf die Schulter und ließ mich mit meinen Gedanken und Problemen alleine.

Selbstverständlich sah Vivi die Welt mit ihren zwölf Jahren viel zu einfach. Vielleicht verkomplizierte ich aber auch alles zu sehr? Warum wollte ich ausgerechnet die Person aus meinem Leben streichen, bei der ich mich lebendig fühlte? Nur weil Steve der Meinung war, dass er über meinen Beziehungsstatus verfügen konnte, wie es ihm gerade in den Kram passte, musste ich mich damit noch lange nicht zufriedengeben. Es war schließlich mein verdammtes Leben und nicht seines.

Und was war mit Cassey? Stand es mir überhaupt zu, für sie zu entscheiden, ob ich gut oder schlecht für sie war? Das Leben außerhalb unserer kleinen Welt, die nur im Morgengrauen existierte, würde kein Zuckerschlecken werden. Ständig im Rampenlicht zu stehen war kein Vergnügen, das wusste ich nur zu gut aus eigener Erfahrung. Trotzdem hoffte ein kleiner Teil von mir, dass ich es ihr wert wäre. Dass sie es wagte, wenn ich sie darum bat.

Morgen würde das Reinigungsteam wieder in meiner Villa auftauchen. Ich betete, dass sie dieses Mal mit dabei wäre. Vielleicht hatte sie nur eine kurze Auszeit gebraucht. Wenn ich sie morgen hoffentlich endlich wiedersah, würde ich alles auf eine Karte setzen. Dieses Mal wollte ich es richtig machen und sie um ein Date bitten. Und dann würde die Entscheidung in ihren Händen liegen.

Cassey

Karen und die anderen kommentierten meine Abwesenheit in der letzten Woche mit keinem Wort. Allerdings war dies auch nicht unbedingt verwunderlich, schließlich pflegte ich zu den meisten meiner Kollegen ein freundliches, aber distanziertes Verhältnis. Über mehr als ein »Guten Morgen«, einen kurzen Plausch über das Wetter oder den Verkehr auf den Straßen ging unsere Beziehung nicht hinaus.

Als der Van in die Einfahrt zu Damiens Villa einbog, pochte mein Herz so hart in meiner Brust, dass ich mir sicher war, die anderen müssten es ebenfalls hören.

Karen teilte mir Damiens Privatbereich zu und ich wollte schon protestieren, doch da mir keine plausible Erklärung einfiel, ergab ich mich in mein Schicksal. Vermutlich schlief er sowieso tief und fest. Es gab immerhin keinen Grund für ihn, um diese nachtschlafende Zeit durch sein Anwesen zu wandeln.

Während ich die Treppen zu Damiens Privatflügel erklomm, war ich mir nicht sicher, wovor ich mehr Angst hatte. Davor ihm zu begegnen oder mich damit konfrontiert zu sehen, dass ich keine Rolle mehr in seinem Leben spielte.

Zögernd begann ich meine Runde beim Arbeitszimmer. Nachdem ich die ersten Minuten noch damit verbracht hatte, ständig einen Blick zur Tür zu werfen, musste ich schließlich einsehen, dass er nicht auftauchen würde. So konnte ich mich immerhin auf meine Arbeit konzentrieren. Nicht dass diese sonderlich anspruchsvoll gewesen wäre. Lustlos entstaubte ich den Schreibtisch und die Regale, wischte über das Fensterbrett und saugte den Teppichboden. Nicht einmal die mitreißende Melodie von Cyndi Laupers *Girls just want to have fun*, die durch meine Kopfhörer dröhnte, konnte mich heute motivieren. Ich kämpfte soeben mit den Fransen eines Vorlegers, die sich im Staubsauger verfangen hatten, als sich plötzlich zwei Hände auf meine Schultern senkten.

Erschrocken schrie ich auf, wirbelte herum und riss dabei die Kopfhörer aus meinen Ohren. Ich erwischte den Eindringling mit dem weichen, flexiblen Teil des Staubsaugerrohrs an der Schulter.

»Ich ergebe mich!«, rief Damien mit schützend vors Gesicht erhobenen Händen.

»Bist du bescheuert?! Wegen dir habe ich fast einen Herzinfarkt bekommen«, platzte es aus mir hervor. Das Herz schlug mir bis zum Hals und ich wusste nicht genau, ob es vom Schrecken herrührte oder darauf zurückzuführen war, dass Damien nur wenige Zentimeter von mir entfernt stand.

»Ich habe geklopft und deinen Namen gerufen«, verteidigte er sich.

Dann musterte er mich gründlich von oben bis unten und umrundete mich zum Schluss einmal.

»Was machst du da?«, fragte ich irritiert.

»Eine Bestandsaufnahme. Scheint alles noch dran zu sein. Wo zur Hölle warst du die ganze letzte Woche? Ich habe mir Sorgen gemacht.« Er sah ehrlich empört aus, wie er seine Hände in die Seiten gestemmt vor mir stand.

Mein naives, launisches Herz freute sich diebisch. Er hatte mein Fortbleiben also bemerkt. Und nicht nur das, er hatte sich sogar Sorgen um mich gemacht. Das musste nichts heißen, bremste mich mein Verstand. Wenn du eine streunende Katze wärst, hätte er sich bestimmt auch Sorgen gemacht, wenn du nicht mehr aufgetaucht wärst. Sehr schmeichelhaft!

Damien starrte mich abwartend an, also beendete ich meinen inneren Monolog, der sowieso zu nichts führte. »Meine Mutter musste ins Krankenhaus, also habe ich mir ein paar Tage freigenommen.«

Seine Augen weiteten sich. »Was ist passiert? Geht es ihr wieder gut? Warum bist du überhaupt schon wieder bei der Arbeit? Also versteh mich nicht falsch, ich bin erleichtert, dass du wieder da bist. Wer weiß, sonst hätte ich dich vielleicht doch noch bei der Polizei als vermisst gemeldet«, sprudelte es aus ihm hervor. Solche Ausbrüche war ich sonst nur von meiner Schwester gewohnt und trotz des ernsten Themas musste ich mir ein Lächeln verkneifen.

»Sie hat versucht ihre Monatsration an Antidepressiva alle auf einmal zu nehmen. Meine Schwester hat sie gefunden und das Schlimmste verhindert. Jetzt ist sie in einer Klinik und wir dürfen erst einmal keinen Kontakt zu ihr haben.«

So viel zu meinem Vorsatz, ihn nicht mehr so nahe an mich heranzulassen. Aber es tat unendlich gut, sich ihm anzuvertrauen. Die Gespräche mit Tara waren mir zwar eine große Hilfe, dennoch konnten sie nicht die Nähe ersetzen, nach der mein Körper sich so sehr sehnte. In seinen Augen konnte ich sein Mitgefühl lesen, doch er versuchte nicht irgendetwas Tröstendes zu sagen. Er schien zu wissen, dass es nichts zu sagen gab. Es war eine beschissene Situation und daran würden auch ein paar nett gemeinte Worte nichts ändern können.

»Darf ich dich umarmen?«, fragte er stattdessen und obwohl mein Verstand ein klares *Nein* formte, nickte ich augenblicklich. Als hätte mein Körper, seitdem mein Leben einmal mehr ins Chaos gestürzt worden war, nur darauf gewartet, sich an ihn lehnen zu können.

Er breitete seine Arme für mich aus und ich schmiegte mich an ihn. Er schloss sie wie einen Schutzschild um mich. Ich sog seinen vertrauten Geruch ein und zum ersten Mal seit Tagen fühlte ich mich leichter. Als hätte er mir einen Teil der Last von den Schultern genommen. Für einen Moment konnte ich kurz vergessen, was in meinem Leben alles schief lief. Ich konzentrierte mich auf seinen regelmäßigen Herzschlag, der mich ebenfalls ruhiger werden ließ.

Er vergrub sein Gesicht in meinem Haar und strich mit seinen Händen in kreisförmigen Bewegungen sanft über meinen Rücken. Ich hätte für immer so mit ihm in diesem Zimmer stehen können. Erst als ich einen nassen Fleck an meiner Wange spürte, merkte ich, dass ich weinte. Mein Körper erzitterte unter meinen Schluchzern und Tränen strömten über mein Gesicht. All die Tränen, die ich nicht geweint hatte. Die Tränen, die ich zurückgehalten hatte, damit meine Schwester mich nicht in einem schwachen Moment überraschte. Ich wollte für sie stark sein, für uns beide. Doch eine Berührung von Damien reichte aus, um meine sorgsam errichtete Mauer in sich zusammenfallen zu lassen.

Damien wiegte mich sanft in seinen Armen, bis der Strom an Tränen versiegt war und ich mich langsam von ihm löste. Er reichte mir ein Taschentuch und ich schnäuzte mich kräftig.

Aus verheulten Augen blinzelte ich ihn an. »Entschuldige, jetzt habe ich dein T-Shirt total ruiniert«, sagte ich kläglich.

»Sag doch einfach gleich, dass ich mein Shirt ausziehen soll«, sagte er neckend.

Ich knuffte ihn in den Oberarm. »Das kam das letzte Mal ja nicht so gut bei dir an.«

»Im Gegenteil«, sagte er sanft.

Ich sah ihn fragend an. Der Gedanke an unser letztes Zusammentreffen im Billardzimmer brachte meine gerade erst wiedergewonnene Fassung ins Wanken.

»Cassey, ich weiß, ich habe es bei unserem letzten Treffen total vermasselt. Ich wollte dich nicht verletzen.« Er suchte meinen Blick, doch ich wich ihm aus.

»Ja, du hast das letzte Mal schon etwas in der Art gesagt«, murmelte ich und fixierte einen Fleck auf meiner rechten Schuhspitze, um nicht in Versuchung zu geraten, in seine hypnotisierend grünen Augen zu blicken.

»Ich dachte, es wäre für uns beide am besten, wenn wir uns nicht mehr sehen. Aber was soll ich sagen, ich bin nun einmal ein Egoist. Und ich habe dich die letzten Tage schrecklich vermisst.«

Jetzt hob ich doch den Blick und sah in seine funkelnden Augen, die mich mit so viel Wärme ansahen, dass meine Haut zu kribbeln begann.

»Würdest du mir eine Chance geben, noch mal von vorn zu beginnen? Ich würde dich gerne um ein richtiges Date bitten«, sagte er und schien jede meiner Regungen genauestens zu beobachten.

Ich versuchte seine Worte in meinem Kopf so anzuordnen, dass sie einen Sinn ergaben. Er wollte ein Date? Mit mir? Wozu?

»Ich denke nicht, dass das eine gute Idee ist«, sagte ich und nestelte an dem Taschentuch herum. »Ich bin keine Frau für so was«, nuschelte ich.

»Du bist keine Frau für ein Date?« Er runzelte die Stirn.

»Nein. Ich meinte, dass ich keine Frau für eine Nacht bin«, verdeutlichte ich und gestikuliert mit den Händen. »Ich möchte nicht nur eine weitere deiner zahlreichen Eroberungen sein. Versteh mich nicht falsch, wenn ich nur auf Sex aus wäre, wärst du meine erste Wahl. Aber für mich wäre es mehr und ich habe aktuell schon genug Drama in meinem Leben.«

»Deswegen habe ich dich ja auch auf ein Date eingeladen und nicht direkt in mein Bett. Ich meine es wirklich ernst, Cassey. Wenn es mir nur um den Sex gehen würde, hätte ich dich das letzte Mal sicher nicht zurückgewiesen.« Meine Wangen glühten bei der Erinnerung daran. »Ich weiß, meine Referenzen in Sachen Beziehungen sprechen nicht unbedingt für mich. Aber zwischen uns ist etwas, was mich nicht mehr loslässt und dem ich gerne auf den Grund gehen würde. Unsere Treffen waren in den letzten Wochen meine einzigen Lichtblicke.«

Ich spürte, wie mein eben noch felsenfester Entschluss, mich zukünftig von ihm fernzuhalten, ins Wanken geriet. Seine Worte spiegelten genau das wider, was in mir selbst vorging. Auch wenn es ein Spiel mit dem Feuer war, wollte ein Teil von mir nichts mehr, als es zu riskieren. Ja zu einem Date, Ja zu ihm zu sagen. Aber durfte ich es mir erlauben, ausgerechnet ihn in mein Herz, in mein Leben zu lassen?

»Bitte, gib mir nur eine Chance! Wir können es auch ganz langsam angehen lassen. Ich schwöre, ich behalte während des gesamten Dates meine Finger bei mir.« Er hob seine Hände und verschränkte sie dann demonstrativ hinter seinem Rücken, vermutlich, um mich von der Aufrichtigkeit seiner Worte zu überzeugen.

»Du wirst nicht versuchen mich dazu zu überreden, mich auszuziehen und mit dir ins Bett zu gehen?«

Er biss die Zähne zusammen, als würde es ihn seine ganze Selbstbeherrschung kosten, die nächsten Worte auszusprechen. »Ich schwöre es. Wenn ich mein Versprechen brechen sollte ...« Er kniff nachdenklich die Augen zusammen, dann erhellte sich sein Gesichtsausdruck. »Dann lasse ich dir als Entschädigung einen Swimmingpool in den Garten bauen. Du hast dich doch beschwert, dass du zu Hause nicht schwimmen gehen kannst.«

»Was soll ich denn mit einem Swimmingpool?« Ich musste bei dem Vorschlag lachen. Unser Garten war allerhöchstens groß genug für ein aufblasbares Kinderplanschbecken.

»Dann bekommst du halt meinen Ferrari«, sagte er, ohne zu zögern. Das klang schon verlockender.

»Ok, ich gehe mit dir auf ein Date«, willigte ich ein, bevor der vernünftige Teil in mir wieder die Oberhand gewinnen konnte.

»Wirklich?«, fragte er und wirkte über seinen schnellen Erfolg beinahe überrascht. »Wegen mir oder wegen des Ferraris?«

»Ich weiß zwar nicht, warum, aber ja, ich gehe mit dir auf ein Date. Und jetzt hör auf nachzubohren, sonst überlege ich es mir vielleicht doch noch anders.«

»Dann sollte ich dich wohl besser so schnell wie möglich ausführen, bevor du einen Rückzieher machen kannst. Ich habe morgen einen Tag Drehpause, wie sieht es bei dir aus?«, fragte er grinsend.

»Das würde bei mir auch gehen, aber ich kann nur bis zum frühen Nachmittag. Dann kommt Kayla aus der Schule zurück. Ich möchte sie nach allem, was passiert ist, ungern alleine zu Hause lassen.«

»Perfekt, dann hole ich dich morgen um neun Uhr ab?«

Ich nickte. »Und was machen wir? Eine Spritztour in meinem zukünftigen Ferrari?«

Er verdrehte die Augen. »Worauf hättest du denn Lust? Was würdest du tun, wenn du alles machen könntest, was du schon immer mal machen wolltest?«

Ich konnte mich nicht daran erinnern, wann ich das letzte Mal etwas nur für mich gemacht hatte. Während andere Teenager mit ihren Freunden ins Kino gegangen, auf Partys gefeiert und ihren ersten Alkoholrausch erlebt hatten, war ich damit beschäftigt gewesen, Nachtschichten im Diner zu schieben. Dort hatte ich einen großzügigen Nachtzuschlag erhalten und die Schichten waren meistens angenehm ereignislos verlaufen, da um diese Uhrzeit kaum Gäste kamen. Für Ausflüge oder Urlaube war nie genug Geld dagewesen, wozu also von Dingen träumen, die man sich doch nicht erfüllen konnte?

»Es wird doch wohl irgendetwas geben, was du schon immer mal machen wolltest?«, hakte Damien nach, als ich nicht sofort antwortete.

Ich hob ratlos die Achseln. »Solange es keinen Wischmopp beinhaltet, bin ich bei allem dabei.«

Er schüttelte tadelnd den Kopf. »Du bist wirklich ein hoffnungsloser Fall, wenn es darum geht, das Leben in vollen Zügen zu genießen. Zu deinem Glück steht dir jemand zur Seite, der in dieser Disziplin ein jahrelanges, hartes Training absolviert hat. Danach wirst du mich auf Knien um ein weiteres Date anflehen«, behauptete er unbescheiden wie immer.

Ich musste schmunzeln. Bei dem Gedanken, ihn so bald schon wiederzusehen, und nicht nur für ein paar gestohlene Stunden während der Arbeit, breitete sich ein warmes Gefühl in meinem Bauch aus.

Er drückte mir sein Handy in die Hand und ließ mich meine Nummer und Adresse eintippen.

»Wir sehen uns morgen.« Das Lächeln, das er mir beim Gehen zuwarf, sorgte dafür, dass mein Herzschlag für einen Augenblick aus dem Takt geriet.

Ich ließ mich auf den Schreibtischstuhl fallen und versuchte zu verstehen, was gerade passiert war. Ich war mit dem Entschluss in die Villa gekommen, einen Schlussstrich zu ziehen und Damien aus dem Weg zu gehen. Stattdessen hatte ich mich auf ein Date mit ihm eingelassen. Ein Date mit Damien Baxter, dem begehrtesten Single ganz Hollywoods.

Ich musste verrückt geworden sein!

***

Auf dem Weg zurück in die Stadt konnte ich das Grinsen nicht aus meinem Gesicht verschwinden lassen. Karen bedachte mich mehrfach mit einem kritischen Blick von der Seite. Aber es war mir egal. Sollte sie doch denken, was sie wollte.

Mein Handy vibrierte und ich sah auf dem Display, dass eine neue Textnachricht von einer mir unbekannten Nummer eingetroffen war. Ich entsperrte den Bildschirm und tippte die Benachrichtigung an. Ein neuer Chatverlauf öffnete sich und ein Foto mit einer Nachricht darunter erschien. Das Bild zeigte ein zusammengeknülltes T-Shirt, das in einer Waschmaschine lag. Darunter stand lediglich ein Satz:

Damien: Ich leiste gerade erste Hilfe für das T-Shirt.

Dann folgte eine weitere Nachricht:

Damien: Und weil ich weiß, dass du dich jetzt bestimmt fragst, was ich stattdessen anhabe, komme ich deiner Frage hiermit zuvor.

Als sich das zweite Foto öffnete, schirmte ich schnell das Display mit meiner rechten Hand ab und drehte mich dem Fenster zu. Meine Wangen glühten. Auf dem Bildschirm war ein nackter, durchtrainierter Oberkörper zu sehen. Ein Sixpack, das mir mehr als bekannt vorkam. Wieder vibrierte mein Handy.

Damien: Ich hoffe, du hast mir keine falsche Nummer gegeben. Ansonsten habe ich gerade eine andere Frau sehr glücklich gemacht.

Ich unterdrückte ein lautes Lachen, um meine teils schlafenden Mitpassagiere nicht zu wecken. Schnell tippte ich eine Antwort:

Cassey: Ich hätte nicht gedacht, dass du überhaupt weißt, wo sich in deiner Villa die Waschmaschine befindet. Und sie dann auch noch bedienen kannst. Respekt!
Damien: Es besteht tatsächlich die Chance, dass das T-Shirt nie wieder dasselbe sein wird. Wozu benötigt man bitte schön fünf verschiedene Flaschen Waschmittel?!
Cassey: Ich kann dir das nächste Mal einen Crashkurs zum Thema waschen, trocknen und bügeln geben.
Damien: Wenn praktische Übungen inkludiert sind, bei denen du mir einen Waschvorgang am Beispiel deines Oberteils demonstrierst, bin ich dabei.
Cassey: Vielleicht solltest du den Ferrari schon mal auf mich umschreiben lassen.
Damien: Wenn du mich zuerst angräbst, gilt der Deal nicht mehr!

Da konnte er lange warten. Andererseits hatte er durchaus überzeugende Argumente. Ich scrollte noch einmal zu dem Foto von seinem nackten Oberkörper. Sofort hatte ich wieder die Bilder aus dem Billardzimmer vor Augen. Wie ich gefangen unter ihm auf dem Tisch gelegen und er mich mit hungrigen Küssen bedeckt hatte.

Schnell ließ ich das Handy wieder in die Tasche gleiten. Wenn er es darauf anlegte, könnte ich meine Schwierigkeiten damit haben, die Finger von ihm zu lassen.

Kapitel 11

Damien

Grinsend schlenderte ich in mein Ankleidezimmer, um mich für den Drehtag fertig zu machen. Sie hatte Ja gesagt und ich würde dafür sorgen, dass sie es nicht bereuen würde. Dafür brauchte ich allerdings erst einmal eine Idee für ein Date, das sie so schnell nicht mehr würde vergessen können. Fatalerweise waren Dates absolutes Neuland für mich. Wenn ich mich mit Frauen traf, liefen diese Treffen normalerweise nicht unter der Bezeichnung Date. Wir waren meistens direkt zum körperlichen Teil des Abends übergegangen. Doch genau diesen Part würde ich bei meiner Verabredung mit Cassey außen vor lassen müssen, das hatte ich ihr schließlich hoch und heilig versprochen. Bevor ich mich der weiteren Planung widmen konnte, gab es zunächst allerdings noch eine wichtige Sache zu erledigen. Ich griff nach meinem Handy und wählte Wills Nummer.

»Hey, das ging ja schneller, als ich gedacht hätte. Brauchst du etwa schon eine Verschnaufpause vom Filmdreh?«, begrüßte er mich gut gelaunt. Seine Stimme hatte einen rauen Klang, als hätte er letzte Nacht eine rauschende Party veranstaltet. Was, wie ich ihn kannte, vermutlich zutreffend war.

»Ja, aber deshalb rufe ich nicht an. Ich wollte dir nur mitteilen, dass ich offiziell aus unserer Wette aussteige.«

»Ich hätte nicht gedacht, dass du dich so schnell geschlagen geben würdest.« Er klang überrascht. »Dabei sind wir aktuell sogar gleich auf, du brauchst dir also nicht ins Hemd zu machen. Wenn du freiwillig zurücktrittst, fühlt es sich irgendwie nicht wie ein Sieg an.«

»Das ist auch nicht der Grund, warum ich den Wettkampf beenden will. Ich könnte dich locker schlagen, selbst wenn ich mit zehn Punkten hinten liegen würde.« Den Seitenhieb konnte ich mir nicht verkneifen.

»Dann ist an den Gerüchten also wirklich etwas dran? Du hast was mit Cynthia Steel am Laufen?« Erstaunen schwang in seinen Worten mit.

Ich verfluchte Steve für dieses unsägliche Foto von uns beiden, das er gepostet hatte. Die Klatschpresse musste sich förmlich darauf gestürzt haben.

»Nein, ich habe nichts mit Cynthia«, sagte ich mit Nachdruck. »Aber es gibt da tatsächlich eine Frau, mit der ich mir mehr vorstellen könnte.«

»Wow, dass ich so einen Satz einmal aus deinem Mund hören würde«, zog Will mich auf. »Ich hoffe, sie ist es wirklich wert? Denk nur an all die Frauen, die du dir ihretwegen entgehen lässt.«

»Ich weiß deine Fürsorge zu schätzen, aber sie ist es mehr als wert.«

»Na gut, trotzdem schade. Du warst einer der wenigen, die auf dem Gebiet mit mir mithalten konnten. Es wird schwer werden, einen angemessenen Ersatz zu finden.« Er seufzte.

»Für dich muss wirklich alles ein Wettbewerb sein, oder?« Ich schüttelte grinsend den Kopf.

»Was soll ich sagen, das ist nun mal mein Beruf.« Zumindest im Billard konnte ihm da auch niemand so schnell etwas vormachen.

»Ich muss jetzt zum Dreh, mach's gut«, verabschiedete ich mich und legte auf.

Die Entscheidung, aus der Wette mit Will auszusteigen, würde zwar kurzfristig nichts an meinem Ruf als Frauenheld ändern, aber so konnte ich zumindest für mich einen Schlussstrich unter dieses Kapitel setzen. Außerdem wollte ich nicht, dass Cassey von der Wette erfuhr und auch nur für eine Sekunde denken könnte, dass sie für mich nichts anderes als eine weitere Nummer auf der Liste darstellte. Ich hatte immerhin schon genug schlechte Liebesfilme gedreht, um zu wissen, dass einen solche Geheimnisse immer einholten.

***

Auf dem Weg zu den Filmstudios nutzte ich die Zeit, um mir Abbys neuste

Nachrichten aus dem Ferienlager anzuhören. Wir hatten es uns zur Angewohnheit gemacht, uns jeden Abend gegenseitig einen kurzen Statusbericht des Tages zu schicken. Manchmal waren es nur wenige getippte Worte, dann wieder minutenlange Sprachnachrichten. Das vermittelte mir das Gefühl, dass ich trotz der großen räumlichen Distanz zumindest bis zu einem gewissen Grad an ihrem Leben teilhaben konnte.

Abby war einer der wenigen Gründe, die mich zurück in das kleine Kaff in der Nähe von Seattle zogen. Meiner Mutter konnte ich noch immer nicht verzeihen, dass sie sich auf Rufus' Seite geschlagen und nicht an meine Träume vom Schauspielerdasein geglaubt hatte. Wir telefonierten zu unseren Geburtstagen und Thanksgiving, den Rest des Jahres lebten wir in Stille. Manchmal vermisste ich die Frau, die sie in meiner Kindheit gewesen war, und die Zeit, in der es nur uns beide gegeben hatte. Doch diese Zeiten waren lange vorbei und es hatte keinen Sinn, dem Vergangenen hinterher zu trauern.

Meine kleine Schwester hatte glücklicherweise ihren eigenen Kopf. Sie hatte dafür gesorgt, dass sie das Einzige aus meinem alten Leben war, das ich nicht hinter mir zurückgelassen hatte, als ich nach Hollywood gegangen war. Mit einem Grinsen lauschte ich ihren Erzählungen von der Nachtwanderung, die gestern auf dem Programm gestanden hatte. Auch wenn ich hoffte, dass die Hälfte von dem, was sie mir erzählte, lediglich ihrer Fantasie entsprungen war. Ich wollte mir meine kleine Schwester nur ungern mitten in der Nacht im Wald vorstellen, wie sie einem Grizzly gegenüberstand. Abby hatte schon immer eine blühende Fantasie gehabt und so konnte aus ein paar knackenden Ästen in der Dunkelheit schnell mal ein angsteinflößender Grizzlybär werden.

»Wenn du mich besuchen kommst, müssen wir unbedingt zusammen campen gehen. Ich kann essbare von giftigen Pflanzen unterscheiden und gestern habe ich es zum ersten Mal geschafft, ein Feuer ohne Hilfsmittel zu machen«, sprudelte es mir aus dem Handy entgegen.

Ich konnte mir bildhaft vorstellen, wie ihre Augen vor Aufregung geleuchtet und sich ihre Wangen gerötet hatten, als sie die Nachricht für mich aufgenommen hatte. Manchmal vermisste ich sie so sehr, dass es weh tat. Wenn dieser Filmdreh beendet wäre, würde ich eine längere Drehpause machen und mehr Zeit mit ihr verbringen. Sie wurde viel zu schnell erwachsen und ich war viel zu selten ein Teil ihres Lebens.

***

»Was hältst du davon, wenn wir den Tag morgen zusammen verbringen?«, fragte Cynthia, nachdem wir die letzte Szene des Tages abgedreht hatten.

»Morgen ist mein freier Tag«, stellte ich das Offensichtliche fest.

»Ich weiß, deshalb frage ich ja. Wir könnten zusammen irgendwohin fahren und uns außerhalb der Kameras besser kennenlernen. Ich habe das Gefühl, du hast einen völlig falschen Eindruck von mir.«

Das war ein Gefühl, das ich ganz und gar nicht teilte.

»Cynthia, du bist bestimmt eine tolle Frau.« Ich bemühte mich, so zu klingen, als würde ich die Worte wirklich so meinen. »Aber wir zwei, das wird nicht passieren. Außerdem habe ich für morgen schon etwas geplant.« Noch deutlicher konnte ich mich nicht ausdrücken.

»Schade, aber glaub nicht, dass ich so leicht aufgebe. Du wirst schon noch sehen.« Sie warf mir eine Kusshand zu, bevor sie sich umdrehte und das Studio verließ.

Cassey

An diesem Morgen kam es mir so vor, als würde Kayla absichtlich herumtrödeln. Erst suchte sie eine halbe Ewigkeit nach ihrer Lieblingsjacke, dann wollte sie nicht wie sonst Müsli, sondern lieber Pancakes zum Frühstück essen. Nach allem, was sie in den letzten Tagen durchgemacht hatte, konnte ich ihr im Moment keinen Wunsch abschlagen. Und so langsam kam mir der Verdacht, dass sie sich dieses Wissen zunutze machte.

Sie hielt sich erstaunlich tapfer in Anbetracht dessen, dass wir unsere Mutter bereits seit über einer Woche nicht mehr gesehen hatten. Sie befand sich noch immer in der Isolationsphase, in der sie keinen Besuch empfangen durfte. Ich hatte mehrfach versucht mit Kayla über den Tag zu sprechen, den wir beide nur zu gerne aus unserem Gedächtnis gestrichen hätten, doch sobald ich das Thema anschnitt, machte sie dicht. Ich hatte auch mit Tara darüber gesprochen und sie hatte mir geraten, Kayla nicht zu bedrängen, sondern stattdessen zu warten, bis sie von alleine zu mir kommen würde. Schließlich war sie die Einzige, die entscheiden konnte, wann sie sich bereit dafür fühlte. Jeder Mensch ging unterschiedlich mit Schmerz und traumatischen Erlebnissen um und Kayla schien gerade noch auszuloten, welche Vorgehensweise die Richtige für sie war. Seitdem sie wieder zur Schule ging, verbrachte sie immerhin deutlich weniger Zeit alleine und grübelnd in ihrem Zimmer, was mich ungemein beruhigte.

Ich selbst versuchte mein eigenes Gefühlschaos, das wenige Millimeter unter der Oberfläche brodelte, unter Kontrolle zu behalten. Da war zum einen die mit Wut gepaarte Enttäuschung, die sich gegen meine Mutter richtete. Der unversöhnliche Teil in mir, der sie für das hasste, was sie Kayla angetan hatte, was sie unserer Familie angetan hatte. Zum anderen richtete sich meine Wut auch gegen mich selbst. Ich gab mir definitiv eine Teilschuld an dem, was passiert war. Ich hätte viel früher darauf bestehen müssen, dass sie sich in eine Klinik einweisen ließ. Ich hatte gesehen, dass sie am Straucheln war, und hätte damit rechnen müssen, dass sie fallen würde. Dass sie es nicht ohne professionelle Hilfe würde schaffen können.

Die ersten Tage nach dem Vorfall hatte es sich angefühlt, als ob mir die Wut und die Schuldgefühle die Luft zum Atmen nahmen. Doch seit meinem Gefühlsausbruch bei Damien fühlte sich die Enge um meine Brust nicht mehr ganz so erdrückend an. All die über Tage angestauten Gefühle und Sorgen hatten in den Tränen ein Ventil gefunden.

Damien schaffte es wie kein anderer, meine Mauern niederzureißen. Ein forschender Blick von ihm reichte aus, um all meine sorgsam verschlossenen Gefühle und Geheimnisse ans Tageslicht zu befördern. Gleichzeitig vollbrachte er das Wunder, selbst in den dunkelsten Stunden ein Lächeln auf mein Gesicht zu zaubern. Er verschaffte mir die dringend benötigte Auszeit von der Realität. Mit ihm konnte ich für ein paar Stunden den Scherbenhaufen vergessen, den ich mein Leben nannte.

Während ich gedankenverloren kleine, runde Teigkleckse in das heiße Fett tropfen ließ, schaute ich immer wieder unauffällig zur Küchenuhr. Es war bereits acht Uhr und ich hatte immer noch meinen Schlafanzug mit den kleinen Kätzchen darauf an. Meine Haare standen wirr von meinem Kopf ab. Um es zusammenzufassen, Damien würde in einer Stunde hier aufkreuzen und ich sah in etwa so aus wie das Krümelmonster, nachdem es in eine Steckdose gegriffen hatte.

Ich klatschte die fertigen Pancakes auf einen Teller und schob sie Kayla unter die Nase, bevor ich mich im Badezimmer verbarrikadierte. Nachdem ich geduscht und meine Haare mit der Bürste bearbeitet hatte, fühlte ich mich schon deutlich zuversichtlicher. Ein Blick auf die Uhr verriet mir, dass es mittlerweile halb neun war, und augenblicklich verfiel ich wieder in hektische Betriebsamkeit.

Ich öffnete die Türen zu meinem Kleiderschrank und blieb, die Hände in die Hüften gestemmt, ratlos davor stehen. Damien hatte mir partout nicht verraten wollen, was er für heute geplant hatte. Was sollte ich also anziehen? Letzten Endes entschied ich mich für ein paar weiße Shorts und ein blaues Top mit Spitze am Dekolleté. Das sah schick genug aus, wenn er mit mir in eines dieser überteuerten Strandcafés gehen wollte, aber gleichzeitig auch nicht zu overdressed, wenn er stattdessen eine Wanderung durch die Hollywood Hills geplant hatte.

»Für wen hast du dich denn so aufgebrezelt?«, erkundigte sich Kayla, die im Türrahmen stand und mich misstrauisch musterte. »Du fängst doch hoffentlich nicht wieder was mit Phil an?«

Ich schüttelte energisch den Kopf. »Auf keinen Fall! Es hat lange genug gedauert, bis ich diesen Idioten endlich losgeworden bin.«

»Dann ist's ja gut. Und mit wem triffst du dich dann?« Kayla war von Natur aus viel zu neugierig, um das Thema damit einfach fallen zu lassen.

Ein Blick auf die Uhr verriet mir, dass Damien jeden Moment hier aufkreuzen würde. Ich scheuchte Kayla aus meinem Zimmer und in Richtung der Haustür.

»Musst du nicht so langsam mal in die Schule?«, fragte ich und versuchte äußerlich möglichst teilnahmslos zu wirken.

»Ich gehe ja schon!« Sie hob beschwichtigend die Hände in die Höhe, bevor sie sich von mir abwandte. Dann schlüpfte sie endlich in ihre Sneaker, nahm die Jeansjacke vom Haken und schwang sich die Schultasche über die Schulter.

»Bis später«, rief ich ihr hinterher, bevor ich die Haustür hinter ihr ins Schloss fallen ließ und zurück in mein Zimmer spurtete.

Ich hatte gerade noch genug Zeit, um den himbeerroten Lippenstift aufzutragen, den ich meiner Mutter stibitzt hatte, und mein Handy und Portemonnaie in meine Handtasche zu werfen, bevor es an der Tür klopfte. Ich schaute auf die Uhr und fluchte leise, während ich zur Haustür eilte. Es war Punkt neun Uhr.

»Wie kann man denn nur so entsetzlich pünktlich sein. Sonst lassen Stars doch auch immer auf sich warten«, murmelte ich, während ich die Tür öffnete.

Damien lehnte am Treppengeländer und sah wie immer zum Anbeißen aus. Er trug eine hellbraune Chino Shorts mit dunkelbraunem Ledergürtel, dazu ein hellgrünes T-Shirt, dass das Grün seiner Augen noch intensiver strahlen ließ. Eine große verspiegelte Sonnenbrille hatte er lässig in seine Haare geschoben.

»Wenn ich zu spät gekommen wäre, hättest du dich beschwert, dass es typisch Mann ist, zu spät zu kommen«, behauptete Damien, der meine Beschwerde offensichtlich gehört hatte. »Und sag nicht, dass es nicht so ist«, fügte er hinzu, als ich protestierend den Mund öffnete.

»Ich hole nur kurz noch meine Jacke, dann können wir los.«

»Willst du mich nicht hereinbitten?«, fragte er und zwängte sich auch schon an mir vorbei in den Hausflur.

»Offensichtlich brauchst du keine Einladung«, stellte ich fest. »Die Wohnung ist nicht aufgeräumt, lass uns lieber gehen. Hier gibt es sowieso nichts Spannendes zu sehen.« Ich fasste ihn am Oberarm, um ihn zur Umkehr zu bewegen. Seine Haut fühlte sich warm unter meinen Fingerspitzen an.

»Ich hätte irgendwie erwartet, dass die Wohnung einer Frau, die als Reinigungskraft arbeitet, so sauber ist, dass man vom Boden essen kann. Da habe ich mich wohl geirrt.« Er inspizierte grinsend unsere Küche. »Und ich habe mir noch etwas darauf eingebildet, dass du nur mir zuliebe darauf verzichtet hast, deine Leidenschaft fürs Putzen bei mir in der Villa auszuleben. Musstest du nicht Probeputzen oder so was in der Art, bevor die Firma dich eingestellt hat? Ich dachte, das ist ein VIP-Service.«

»Erstens sieht es hier nicht immer so chaotisch aus und zweitens bist du wohl doch nicht so unwiderstehlich, wie du immer denkst.« Ich zuckte mit den Schultern.

»Autsch, das tat weh.« Er verzog das Gesicht und griff sich in einer theatralischen Geste an die Brust.

»Komm schon, lass uns gehen! Ich will endlich wissen, was du geplant hast«, sagte ich, um ihn aus der Wohnung zu locken.

»Na gut, aber das nächste Mal lasse ich mich nicht so leicht abwimmeln.« Mein Herz flatterte aufgeregt bei dem Gedanken, dass er bereits einen weiteren Besuch bei mir zu Hause plante.

Ich schnappte mir einen dünnen Cardigan, schlüpfte in ein paar dunkelblaue Ballerinas und folgte ihm hinaus auf die Straße. Der Himmel spannte sich blau und wolkenlos über die Stadt und die Sonne brannte bereits um diese frühe Uhrzeit erbarmungslos herab.

Damien stand neben einem schnittigen roten Cabriolet und wartete auf mich. Als ich am Wagen angekommen war, öffnete er, ganz Gentleman, die Wagentür für mich.

»Nettes Auto. Wenn du den Ferrari behalten willst, würde ich auch das Cabrio akzeptieren«, sagte ich und pfiff durch die Zähne.

»Auf keinen Fall, das ist ein Alpha Romeo Spider der ersten Generation. Dieses Schätzchen werde ich nicht kampflos hergeben«, protestierte er lautstark.

Ich hob beschwichtigend die Hände. »Mit solchen alten Autos hat man sowieso nur Probleme, wenn ich's recht bedenke. Dann bleibe ich doch lieber beim Ferrari.«

»Du solltest nicht meine Selbstbeherrschung unterschätzen«, sagte er selbstsicher. »Und deine eigene solltest du besser nicht überschätzen«, fügte er hinzu und warf mir einen durchdringenden Blick zu, der mich erröten ließ.

Dann drehte er den Schlüssel im Zündschloss und der Motor erwachte mit einem lauten Röhren zum Leben. Er lenkte den Wagen auf die vielbefahrene Straße und kurze Zeit später fuhren wir auf die Interstate 5. Ich genoss den Fahrtwind in meinem Haar und die Sonne in meinem Gesicht.

»Gibst du mir wenigstens einen kleinen Hinweis, wohin wir fahren?«, fragte ich.

»Na gut, aber nur einen klitzekleinen. Es ist ein Ort voller Spiel, Spaß und Spannung.«

»Okaaay«, sagte ich gedehnt. »Wir erkunden das Innere eines Ü-Eis?«

Er schüttelte lachend den Kopf.

»Dein Hinweis ist total unbrauchbar. Das könnte auf alles Mögliche zutreffen, zumal ich das Gefühl habe, dass wir nicht an das Gleiche denken, wenn wir von Spaß haben sprechen«, beschwerte ich mich.

»Es kann sein, dass du mich zwischendurch verfluchen wirst, aber du wirst mir am Ende dafür danken, dass ich dich dorthin gebracht habe«, gab er mir einen weiteren nichtssagenden Tipp.

»Das klingt irgendwie gefährlich.«

»Der eine oder andere Adrenalinkick wird definitiv dabei sein.«

Und mit einem Mal wusste ich, was unser Ziel sein würde.

»Wir fahren doch nicht etwa nach Six Flags, den Freizeitpark mit den meisten Achterbahnen?«, fragte ich und versuchte meine aufkeimende Panik zu verbergen.

Damien lachte, als er meinen entsetzten Gesichtsausdruck sah. »Keine Angst, Six Flags ist Spaß für Fortgeschrittene. Ich dachte, wir machen lieber erstmal Babyschritte.«

Er deutet mit seiner rechten Hand schräg an meinem Kopf vorbei und ich folgte mit meinem Blick seinem ausgestreckten Zeigefinger. Nicht weit von uns entfernt erhob sich zu unserer Rechten die Silhouette eines Schlosses. Dahinter waren die Ausläufer einer Achterbahn und ein Riesenrad mit Mickey-Mouse-Gesicht zu erkennen.

»Wir fahren nach Disneyland?« Ich rutschte aufgeregt auf meinem Sitz hin und her.

Vor vielen Jahren, als mein Leben noch normal gewesen war, hatten unsere Eltern Kayla und mich einmal hierher mitgenommen. Es war eine der wenigen Erinnerungen, die ich an unsere gemeinsame Zeit zu viert behalten hatte. Kayla war für die meisten Attraktionen noch zu klein gewesen, aber ich hatte mit meinem Dad zusammen jedes Fahrgeschäft ausprobiert. Mittlerweile haftete diesen einstmals glücklichen Erinnerungen ein fahler Beigeschmack an. Hatte er sich damals schon heimlich auf der Toilette eine Line gezogen? War er an diesem Tag so ausgelassen und glücklich gewesen, weil er Zeit mit seiner Familie verbrachte, oder war es bloß die Wirkung der Drogen gewesen?

»Scheiße, weinst du etwa?« Damien warf mir einen entsetzten Blick zu.

Ich berührte mit den Fingerspitzen meine Wangen und spürte einen feuchten Film auf der Haut. Energisch wischte ich die Tränenspuren mit den Handflächen aus meinem Gesicht. Ich hatte nicht einmal bemerkt, dass mir die Tränen gekommen waren.

»Nein, alles gut«, versuchte ich ihn zu beruhigen.

Mein Vater hatte schon genug verbrannte Erde in meinem Leben hinterlassen. Diesen Tag würde ich mir von ihm nicht verderben lassen. Es war an der Zeit, neue Erinnerungen zu schaffen.

»Disneyland ist doch angeblich der glücklichste Ort der Welt, wie können dir denn bei der Vorstellung, diesen Ort zu besuchen, die Tränen kommen?« Er warf mir einen so fassungslosen Blick zu, dass ich lachte.

»Ich musste nur gerade daran denken, mit wem ich das letzte Mal hier war.« Mein Lächeln verflüchtigte sich augenblicklich.

»Mit deinem Vater?«

Ich nickte. »Ich freue mich wirklich über die Überraschung. Kayla wird mich allerdings umbringen, wenn sie erfährt, dass ich ohne sie hier war. Das muss also unter uns bleiben«, sagte ich in dem Versuch, die Stimmung wieder aufzulockern.

Während wir die letzten Meilen zurücklegten, spürte ich Damiens wachsamen Blick immer wieder zu mir herübergleiten. Schließlich griff ich nach seiner Hand und drückte sie zum Zeichen dafür, dass es mir gut ging und er sich keine Sorgen zu machen brauchte. Sofort verwoben sich seine Finger mit meinen auf der gepolsterten Mittelkonsole zwischen uns.

Die Erinnerungen an meinen Vater, die psychische Verfassung meiner Mutter und das generelle Chaos in meinem Leben rückten mit jeder Sekunde weiter in den Hintergrund. Ich wollte mit jeder Faser im Hier und Jetzt sein.

Als wir auf dem Parkplatz hielten, schob er sich die Sonnenbrille mit den verspiegelten Gläsern auf die Nase und förderte aus dem Ablagefach zwei schwarze Käppis hervor. Eines davon setzte er sich auf den Kopf, das andere platziere er auf meinem.

»Hast du Angst vor einem Sonnenstich?«, fragte ich amüsiert.

»Eher vor einem Überfall durch kreischende Frauen.« Sein Blick verdüsterte sich. »Wenn mich hier jemand erkennt, nehmen die mich auseinander. Kennst du die Szene aus dem Film *Das Parfum*, in dem sich der Typ auf den Marktplatz stellt und sich mit dem betörenden Duft der ermordeten Frauen besprüht und die Marktbesucher ihn in Stücke reißen?«

Ich rollte lachend mit den Augen. »Übertreibst du da jetzt nicht ein bisschen?«

»Okay, sie werden mich vielleicht nicht gleich zerstückeln, aber wir werden keinen Schritt mehr machen können, ohne dass irgendein Fan an mir klebt und ein Selfie machen will.«

Ich war mittlerweile so sehr an seine Gesellschaft gewöhnt, dass ich glatt verdrängt hatte, wie berühmt er war. Jeder kannte sein Gesicht und da es noch dazu ein ziemlich gut aussehendes war, verringerte es die Wahrscheinlichkeit, erkannt zu werden, vermutlich nicht unbedingt.

»Also heute lieber Bruce Wayne anstatt Batman?«, scherzte ich. Es entlockte ihm ein Schmunzeln.

»Ich hätte dich nicht für eine Frau gehalten, die Batman-Anspielungen macht.«

»Tja, ich stecke voller Überraschungen.«

»Oh, daran habe ich keine Zweifel«, erwiderte er und der intensive Blick, mit dem er mich bedachte, sandte elektrisierende Wellen durch meinen Körper.

Der Rest des Tages verging wie im Flug. Damien hatte keine Kosten gescheut und uns jeweils einen Fastpass besorgt, mit dem wir problemlos an den langen Warteschlangen vorbeimarschieren konnten. Die erbosten Blicke der in der prallen Hitze schmorenden Fahrgäste folgten uns, als wir lachend durch die leeren Gänge liefen. Speziell die Wasserbahn und das Wildwasser-Rafting sorgten an diesem heißen Sommertag für die ersehnte Abkühlung.

Ich rechnete es Damien hoch an, dass er mit keinem Wort erwähnte, dass mein Oberteil wie eine zweite Haut an mir klebte, nachdem mich beim Rafting eine Welle komplett durchnässt hatte. Auch als ich danach eine Gänsehaut bekam und spürte, wie meine Brustwarzen sich durch die Kälte aufrichteten und sich gegen den Stoff drückten, hielt er sich mit Kommentaren zurück. Er schien seinen Vorsatz wirklich ernst zu nehmen, oder er hatte Angst um seinen Ferrari.

Wir schlenderten durch den Park und Damien kaufte für uns Hotdogs, Zuckerwatte und alles, auf das ich sonst noch begeistert zusteuerte. Ich war mir nicht sicher, ob es das High vom Zucker, das Adrenalin der Achterbahnfahrten oder das Gefühl unserer miteinander verschlungenen Finger war, ich wusste nur, dass ich nicht genug davon bekommen konnte. Ich konnte mich nicht daran erinnern, wann ich das letzte Mal so ausgelassen gewesen war. Meine Wangen schmerzten auf eine gute Art vom vielen Lachen.

Viel zu schnell näherte sich der Uhrzeiger der Drei und es wurde Zeit, wieder nach Hause zurückzufahren. Kayla würde bald von der Schule zurückkommen und im besten Fall sollte sie nicht einmal bemerken, dass ich fort gewesen war. Sie war heute Morgen ohnehin schon misstrauisch gewesen, da musste ich ihre Vermutungen nicht noch zusätzlich befeuern. Ich wollte sie nicht anlügen, aber ich konnte ihr auch nicht die Wahrheit sagen. Zumindest nicht, solange ich nicht mit Sicherheit sagen konnte, was das zwischen mir und Damien zu bedeuten hatte. Und wohin es führen würde.

***

Als der Wagen vor unserem Haus zum Stehen kam, wäre ich am liebsten in den weichen Lederpolstern versunken. Ich wollte noch nicht in die Realität zurückkehren.

»Danke für diesen wunderschönen Tag«, sagte ich und lächelte ihn an.

»Ich habe dir doch gesagt, dass ich weiß, wovon ich rede, wenn es darum geht, Spaß zu haben.« Er zwinkerte mir zu.

Für einen unendlich langen Moment verloren wir uns in den Augen des jeweils anderen und keiner wollte die Worte sagen, die den Abschied einläuten würden.

»Sieht so aus, als ob ich wohl doch keinen Ferrari bekomme«, brach ich schließlich das Schweigen.

»Du klingst fast etwas enttäuscht.« Sein Blick glitt über meine Lippen und für einen Moment hoffte ich, er würde sein Versprechen brechen und mich zum Abschied küssen.

»Ist es wegen des Autos oder weil du nicht in den Genuss meiner talentierten Zunge gekommen bist?«, fragte er und seine Stimme hatte einen rauen Klang.

Nervös zog ich meine Unterlippe zwischen die Zähne. Seine Worte lösten ein aufgeregtes Flattern in meinem Brustkorb aus. Meine Hände wollten sich selbstständig machen, sich in seinen Haaren vergraben und ihn zu mir ziehen. Sicherheitshalber schob ich sie unter meine Oberschenkel, bevor sie etwas Dummes anstellen konnten.

»Du solltest jetzt gehen, bevor …«, raunte Damien mir zu und ließ offen, was ansonsten passieren würde. Es schwang eine Warnung in seinen Worten mit, die in meinen Ohren unheimlich verlockend klang. Es gelang mir einfach nicht, meinen Blick von ihm zu lösen. Ein Kuss konnte doch sicher nicht schaden? Damit würden wir es immer noch langsam genug angehen lassen, oder?

»Cassey«, riss er mich grinsend aus meiner Starre. »Pass auf, dass du nicht sabberst.« Damit war der Bann gebrochen und ich streckte ihm beleidigt und ertappt die Zunge heraus.

»Sehe ich dich am Samstag früh im Morgengrauen?«, rief er mir hinterher, als ich aus dem Auto stieg.

»Mal schauen, ob ich es einrichten kann.« Ich zwinkerte ihm zu und lief dann zur Haustür.

Kaum hatte ich die Tür hinter mir ins Schloss gezogen, klingelte mein Handy. Taras Name leuchtete auf dem Display auf und ich nahm das Gespräch entgegen, noch immer mit einem breiten Grinsen auf den Lippen.

»Hey!«

»So viel geballte gute Laune in einer einzigen Silbe? Da ist doch irgendetwas im Busch. Was ist passiert?« Tara hatte wie immer eine viel zu sensible Antenne für meine Stimmungen. Daher hatte ich es auch wohlweislich vermieden, mit ihr zu telefonieren. Sonst hätte ich mich garantiert verplappert. Es fiel mir schon schwer genug, vor Kayla ein Geheimnis aus Damiens Existenz zu machen, doch Tara konnte in mir lesen wie in einem offenen Buch. Und nach einem ihrer Kreuzverhöre hätte ich vermutlich alles bis ins kleinste Detail gestanden.

»Kann ich nicht einfach einen guten Tag haben?«, fragte ich so unschuldig wie möglich.

»Wer bist du und was hast du mit meiner Freundin, der pessimistischen Cassey, gemacht?«

»Haha, sehr lustig.«

»Komm schon, was ist los? Du verheimlichst doch irgendetwas vor mir. Hast du schon vergessen, dass ich deine Sponsorin bin? Du solltest besser ehrlich zu mir sein«, sagte sie in einem belehrenden Tonfall. »Außerdem finde ich es früher oder später sowieso heraus«, ergänzte sie mit einem Grinsen.

Ich kaute unentschlossen auf meiner Unterlippe herum. Dann warf ich einen prüfenden Blick in den Flur. Von Kayla war weit und breit nichts zu sehen.

»Okay, ich war auf einem Date. Bist du jetzt zufrieden?«, sagte ich und konnte nichts dagegen tun, dass sich dieses dümmliche Grinsen zurück auf mein Gesicht stahl.

»Waaas?! Warum erfahre ich bitte schön erst jetzt davon?«

»Es war unser erstes richtiges Date und es ist, sagen wir mal, etwas kompliziert. Und bevor du fragst, ich kann dir nicht sagen, wer er ist«, versuchte ich ihren Nachfragen vorzubeugen.

Vergeblich, wie sich zeigte.

»Er ist doch nicht etwa ein Patient in der Klinik deiner Mutter? Oder ein Pfleger? Oder minderjährig?«

»Nein, nein und ernsthaft? Und jetzt hör auf, mich zu löchern. Ich werde kein weiteres Wort dazu sagen.«

Sie versuchte noch geschlagene zehn Minuten lang aus mir herauszubekommen, um wen es sich bei meinem geheimnisvollen Date handelte, bevor ich sie endlich abwimmeln konnte.

Erleichtert ließ ich mich auf mein Bett fallen und genoss das warme Gefühl, dass sich, seitdem Damien mich heute Morgen hier abgeholt hatte, in mir festgesetzt zu haben schien.

Kapitel 12

Damien

»Du bist heute so gut gelaunt. Und das, obwohl du eben mit Cynthia knutschen musstest«, bemerkte Vivi.

Der gestrige Tag mit Cassey war ein voller Erfolg gewesen. Ich hatte sie nie zuvor so unbeschwert erlebt. Sonst war immer eine Spur von Traurigkeit in ihrem Blick, in ihrer Mimik und Gestik verborgen, doch gestern hatte sie sich endlich einmal davon lösen können. Sie so zu sehen und zu wissen, dass ich der Grund dafür war – okay vielleicht nicht gänzlich, aber zumindest war ich zu einem großen Teil daran beteiligt gewesen – hatte mich mit einem warmen Gefühl der Zufriedenheit erfüllt. Auch mir hatte die Auszeit gutgetan. Endlich mal wieder ein Stück vom wirklichen Leben kosten zu dürfen, war ein seltenes Vergnügen gewesen. Und daher umso kostbarer.

»Hallooo, jemand zu Hause?« Vivi schnipste mit ihren Fingern vor meinem Gesicht, als ich nicht sofort antwortete.

»Geduld ist nicht wirklich eine deiner Stärken, oder?«, zog ich sie auf. »Ich hatte einen grandiosen freien Tag gestern, das kann mir nicht mal Cynthias Mundgeruch vermiesen.« Ich zwinkerte ihr zu.

»Und was war daran so grandios? Muss man dir denn alles aus der Nase ziehen?« Sie rollte mit den Augen, um ihrer Unzufriedenheit angesichts meiner mangelnden Auskunftsbereitschaft Ausdruck zu verleihen.

»Ich war in Disneyland.«

»Bist du dafür nicht etwas zu alt?« Sie sah mich mit hochgezogenen Augenbrauen an.

»Warum bin ich noch mal mit dir befreundet?«, fragte ich sie rhetorisch. »Ich war nicht alleine da«, ergänzte ich und warf ihr einen vielsagenden Blick zu.

»Ah, du hast das mit deiner Freundin wieder gerade gebogen. Freut mich, dass ich helfen konnte.«

Ich schüttelte schmunzelnd den Kopf, dieses Mädchen hatte für ihr Alter bereits ein beachtliches Selbstbewusstsein aufgebaut. Damit würde sie es in der Filmbranche definitiv weit nach oben schaffen.

»Damien, kommst du bitte? Wir müssen die Szene noch einmal drehen«, schallte die Stimme der Regieassistentin durchs Studio.

Vivi versuchte nicht einmal, ihre Schadenfreude zu verbergen, als sie ihre Lippen zu einem Kussmund spitzte und grinste.

»Wart's nur ab, bis du alt genug für deine erste Kussszene bist, dann sprechen wir uns wieder, Fräulein«, sagte ich grummelnd.

»Pfui, so was mache ich nicht«, behauptete sie.

Ich verkniff es mir, sie darauf hinzuweisen, dass nicht nur in Liebesfilmen geknutscht wurde. Diese Erfahrung würde sie schon selbst machen müssen.

Cassey

Kayla rutschte nervös auf ihrem Sitz hin und her. Wir besuchten heute zum ersten Mal unsere Mutter, seitdem sie in die psychiatrische Klinik eingewiesen worden war. Mit dem Bus hatte es eine halbe Ewigkeit gedauert, bis wir endlich in Santa Monica angekommen waren. In der Zwischenzeit hatte ich alle möglichen Szenarien für unser Wiedersehen in meinem Kopf durchgespielt.

Würde unsere Mutter noch immer in dem dunklen Nebel ihrer zerstörerischen Gedanken gefangen sein? Oder hatte sie der fehlgeschlagene Selbstmordversuch wachgerüttelt? War sie auf neue Medikamente eingestellt worden, die dafür sorgten, dass sie vollkommen neben sich stand? Oder hatte die Therapie bereits erste Fortschritte erzielen können?

Die private Klinik, in der meine Mutter untergebracht war, hätten wir uns ohne die staatliche Förderung niemals leisten können. Das Gebäude war in viktorianischem Stil erbaut und wirkte mit seinen verschnörkelten Giebeln und dem farbenprächtigen Anstrich eher wie ein exklusives Hotel als eine Klinik. Hinter dem Gebäude erstreckte sich ein imposanter Garten, in dem unsere Mutter uns bereits erwartete, wie uns am Empfang mitgeteilt wurde.

Wir traten aus der Tür hinaus in den Sonnenschein und blickten uns suchend um. Sie saß auf einer Parkbank wenige Meter vom Hauseingang entfernt und sah uns entgegen, als habe sie die Tür nicht aus den Augen gelassen. Ein Lächeln breitete sich bei unserem Anblick auf ihrem Gesicht aus und sie stand hastig auf. Dann verharrte sie vor der Bank, als sei sie unsicher, wie sie sich uns gegenüber verhalten sollte. Kayla nahm ihr die Entscheidung ab, indem sie auf sie zustürmte und ihre langen, schlaksigen Arme um ihre Taille schlang. Ich näherte mich langsam und nickte ihr lediglich knapp zu. Ich war noch nicht bereit für eine weitere Entschuldigung oder Versprechungen, die sie nicht würde einhalten können.

Wir spazierten gemeinsam durch den Garten der Klinik. Es gab einen großen Teich mit einer Pagode, die dem Ganzen eine asiatisch angehauchte Note verlieh. Wir durchquerten einen sorgsam angelegten Rosengarten, während Kayla wie ein Schmetterling von einer Blume zur nächsten flog. Sie wirkte so unbeschwert wie schon seit Tagen nicht mehr. Auch ich fühlte mich nach meinem gestrigen Date mit Damien ungewohnt ausgeglichen. Das schien selbst meiner Mutter nicht zu entgehen.

»Du siehst irgendwie verändert aus. Hast du etwa Make-up aufgetragen?« Sie musterte mich eingehend.

»Cassey hat einen neuen Freund«, platzte Kayla dazwischen, die offenkundig ihre Erkundungstour durch den Garten beendet und unser Gespräch für interessanter befunden hatte.

»Ich habe keinen Freund.« Entnervt funkelte ich Kayla an.

Seitdem sie gestern aus der Schule nach Hause gekommen war, hatte sie sich in diese Hypothese verbissen und nicht mehr davon abweichen wollen. Immer wieder hatte sie mich ausgefragt, mit wem ich den Vormittag verbracht hatte. Doch ich hatte beharrlich geschwiegen.

»Bist du dir da sicher?«, fragte jetzt auch noch zu allem Überfluss meine

Mutter. »Ich habe dich schon lange nicht mehr so entspannt gesehen. Und da ist auf jeden Fall so ein gewisses Leuchten in deinen Augen.«

Ich schüttelte vehement den Kopf. »Darf ich nicht auch einfach mal so gute Laune haben?«, fragte ich gereizt. *Warum fand eigentlich jeder in meiner Umgebung diesen Gedanken so abwegig?*

»Theoretisch schon, hast du aber nie.« Kayla lachte und wich mir aus, als ich sie fassen wollte, um sie durchzukitzeln.

»Wie geht es dir denn hier drin? Sieht ja alles sehr schick aus«, wandte ich mich meiner Mutter zu. Schließlich ging es bei dem heutigen Besuch nicht um mich und mein Liebesleben.

»Es ist wirklich ein traumhaftes Anwesen. Alle sind wahnsinnig bemüht, damit wir uns wohlfühlen, und die Therapiesitzungen helfen mir wirklich sehr. Das Konzept der Klinik beruht darauf, dass sie uns Patienten nicht einfach nur mit Medikamenten betäuben und wieder nach Hause schicken. Ich habe jeden Tag Einzelgespräche mit meinem Therapeuten und er bringt mich jedes Mal an meine Grenzen, aber ich glaube, mit seiner Hilfe könnte ich es schaffen«, sagte sie leise.

»Das ist toll, Mom«, erwiderte ich, weil ich nicht wusste, was ich sonst dazu sagen sollte. Ich wollte ihren Worten gerne Glauben schenken, aber derartige Versprechungen hatte ich schon zu oft von ihr gehört.

»Ich habe mir übrigens eine neue SIM-Karte für mein Handy besorgen lassen«, sagte sie.

Überrascht sah ich sie an. Ihre alte SIM-Karte war die letzte Verbindung, die sie noch zu meinem Vater hatte. Auch wenn diese Art der Kommunikation nur sehr einseitig funktionierte, da mein Vater niemals zweimal von der gleichen Nummer aus anrief. Oft meldete er sich monatelang nicht. Mit den Jahren waren seine Anrufe immer unregelmäßiger und seltener geworden. Dafür hatten sie meine Mutter umso mehr erschüttert, wenn sie dann doch wie aus dem Nichts gekommen waren.

Sie griff in ihre Hosentasche und zog eine SIM-Karte daraus hervor. »Ich habe mich gefragt, ob du meine Alte für mich entsorgen könntest?« Sie sah mich unsicher an.

Ich wusste nicht, was ich darauf erwidern sollte. Wie oft hatte ich sie angefleht, diese letzte Reißleine zu kappen und sich endlich damit abzufinden, dass mein Vater niemals zu uns zurückkehren würde. Sie hatte die Karte absichtlich für mich aufgehoben, um mir zu zeigen, dass sie es dieses Mal wirklich ernst meinte und es durchziehen wollte.

Gleichzeitig bestärkte es mich in meiner Vermutung, dass ein Anruf meines Vaters sie zu ihren Pillen hatte greifen lassen. Ich hätte sie danach fragen können, es vielleicht sogar tun müssen. Doch es machte den Anschein, dass wir alle drei krampfhaft bemüht waren, diesen schwarzen Tag aus unserer Erinnerung zu löschen, indem wir ihn aus unseren Gesprächen verbannten. Also nickte ich lediglich auf ihre Bitte hin, ein Kloß in meinem Hals hinderte mich am Sprechen. Ich nahm das kleine Stück Plastik entgegen und sie drückte zur Antwort kurz meine Hand und lächelte mich entschlossen an.

Als wir mit dem Bus zurück in die Stadt fuhren, hatte ich zum ersten Mal seit langem das Gefühl, dass sich alles zum Besseren wenden könnte.

Kapitel 13

Damien

»Machst du dich dann bitte auch untenrum noch frei?«, bat mich die Visagistin. Sie hielt ihren Blick dabei gesenkt; es schien ihr offenkundig unangenehm zu sein, mich darum zu bitten.

Ich stöhnte auf. Heute würden wir die Bettszene drehen, was ich bis eben erfolgreich verdrängt hatte. Ob ich Steve wohl davon überzeugen könnte, dass eine Sexszene mit Cynthia den Einsatz eines Stuntdoubles rechtfertigte?

Nachdem die Maskenbildnerin mich von oben bis unten mit abdeckendem Puder bestäubt hatte, machte ich mich, nur in einen Bademantel gehüllt, auf den Weg zum Set. Alles in mir sträubte sich dagegen, den Raum zu betreten, doch es half nichts. Ich hatte einen Vertrag unterzeichnet und damit gehörte mein nackter Hintern für die nächsten Tage dem Produktionsstudio. Beim nächsten Mal würde ich eine Cynthia-Klausel einfügen lassen.

Im Flur traf ich auf Vivi, die mich mit einem mitleidigen Lächeln begrüßte. »Du siehst aus wie ein Lamm, das zur Schlachtbank geführt wird.«

Das traf es ziemlich genau.

»Cynthia sah deutlich begeisterter aus, als sie eben durch den Flur getänzelt ist«, erzählte Vivi grinsend.

»Tja für welche Frau würde auch kein Traum in Erfüllung gehen, wenn sie mit mir ins Bett steigen dürfte«, gab ich nonchalant zurück.

»Na dann viel Spaß. Hals- und Beinbruch, wie man so schön sagt«, rief sie mir hinterher, als ich die Studiotür öffnete. Ausnahmsweise hätte ich nichts dagegen einzuwenden gehabt, die Redewendung wortwörtlich zu nehmen. Hauptsache es bewahrte mich vor dem, was hinter der schweren Metalltür auf mich lauerte.

Am Set war es deutlich wärmer als gewöhnlich und nur eine handverlesene Auswahl an Crewmitgliedern war anwesend. Nacktszenen waren immer eine pikante Angelegenheit und die meisten Schauspieler wussten es zu schätzen, wenn ihnen nicht die komplette Crew auf den nackten Hintern starrte. Mein Selbstbewusstsein war jedoch gefestigt genug, um mich von dergleichen nicht aus der Fassung bringen zu lassen. Cynthia hingegen war eine ganz andere Art von Herausforderung. Sie hatte sich bereits auf dem Bett drapiert und lächelte mir verführerisch entgegen.

»Endlich! Ich dachte schon, ich müsste hier eine Solonummer veranstalten«, hauchte sie mir ins Ohr, als ich mich neben ihr auf der Matratze niederließ.

Ich beschloss, sie fürs Erste zu ignorieren, und versuchte mich in die Rolle einzufinden. Cynthias Kurven konnten sich durchaus sehen lassen. Unter anderen Umständen hätte ich mich möglicherweise sogar zu ihr hingezogen fühlen können. Dummerweise wollte mir in diesem Augenblick nicht einfallen, welche das sein könnten.

»Seid ihr bereit?«, fragte die Regieassistentin und wir nickten beide. Cynthias Nicken fiel dabei deutlich ekstatischer aus.

Sie schien es gar nicht abwarten zu können und warf ihren Bademantel schwungvoll außerhalb der Sichtweite der Kameras auf den Boden. Ich atmete ein letztes Mal tief durch, versuchte meinen Kopf frei zu bekommen und ließ den Bademantel ebenfalls über meine Schultern gleiten. Cynthia verschlang mich mit Blicken, während wir auf den Einsatz warteten.

Die Regisseurin gab uns das Zeichen und augenblicklich wurde es totenstill im Studio. Nur das leise Surren der Scheinwerfer, die aus jedem nur erdenklichen Winkel auf uns gerichtet waren, erfüllte den Raum. Cynthia streckte ihre Hand nach mir aus und ich küsste mich langsam und bedächtig von der Innenseite ihres Oberschenkels bis hinauf zu ihrem Mund. Sie seufzte genießerisch und wand sich unter mir. Entweder war sie eine bessere

Schauspielerin, als ich ihr zugestehen wollte, oder sie genoss das hier mehr, als mir lieb war. Wenige Sekunden später hauchte sie »Oh, Damien« in mein Ohr und damit hatte ich meine Antwort. Ich biss etwas fester als nötig in die empfindliche Haut seitlich ihres Halses und sie zuckte unter mir zusammen. Ein bisschen Spaß sollte schließlich auch für mich drin sein.

Obwohl sich Cynthia wirklich mehr als nur ins Zeug legte, blieb ihr nicht verborgen, dass mich ihr Körper und ihre Berührungen kalt ließen. Ich war sogar etwas stolz auf mich, dass ich so standhaft blieb – oder vielmehr das Gegenteil der Fall war.

Sobald endlich die letzte Klappe für den Tag gefallen und das Team mit den Aufnahmen zufrieden war, hechtete ich aus dem Bett und hüllte mich in den Schutz meines Bademantels.

»Was hältst du davon, wenn wir das, was wir angefangen haben, noch hinter der Kamera zu Ende bringen?« Cynthia hatte sich von hinten an mich herangeschlichen und legte jetzt ihre Hand vertraulich auf meinen rechten Oberarm, der sich augenblicklich verkrampfte.

»Weißt du, Cynthia, es gibt Menschen, die haben tatsächlich auch außerhalb dieses Films ein Leben.« Ich entfernte ihre Finger von meinem Arm.

»Sei doch nicht so ein Spielverderber.« Sie schob schmollend ihre Unterlippe nach vorne. »Warum sträubst du dich bloß so gegen mich? Wenn wir beide etwas miteinander anfangen würden, hätten wir schließlich alle etwas davon. Wir könnten jede Menge Spaß haben, Steve würde sich über die PR freuen und am Ende klingelt für uns alle die Kasse.«

»Tut mir leid, ich bin einfach absolut nicht an dir interessiert und zu deinem Pech bin ich auch nicht käuflich. Wenn du nichts dagegen hast, würde ich mich jetzt gerne umziehen.«

Ihr überraschter Gesichtsausdruck zeigte mir, dass sie in ihrem bisherigen Leben noch nie mit einer Abfuhr konfrontiert worden war. Sie funkelte mich wütend an, dann machte sie auf dem Absatz kehrt und verließ türenschlagend den Raum. Hoffentlich hatte sie es jetzt endlich kapiert und würde die Vorstellung von ihr und mir als turtelndes Pärchen abhaken.

Cassey

Der nächste Tag zog quälend langsam an mir vorbei. Neben Damiens Villa hatte ich pro Woche noch in zwei weiteren Anwesen Einsätze. Dort machte die Arbeit allerdings nur halb so viel Spaß. Die immer gleichen Aufgaben und Bewegungen ließen meinen Gedanken zu viel Raum, um frei herumzuwandern. Ich musste an den gestrigen Besuch in der psychiatrischen Klinik denken. Meine Mutter hatte deutlich gefestigter gewirkt, ihr Blick so klar und fokussiert wie schon die ganzen letzten Wochen nicht mehr. Doch sollte ich mich wirklich dadurch verleiten lassen zu hoffen, dass sie es dieses Mal schaffen konnte? Dass sie der Traurigkeit in ihrem Inneren endgültig den Rücken zukehren konnte?

Ich befürwortete den Ansatz der Klinik, jeden Patienten individuell zu behandeln und den Erkrankungen mit Hilfe von Gesprächstherapie auf den Grund zu gehen, anstatt nur zu versuchen, die Symptome durch Pillen zu unterdrücken. Nach vergangenen Klinikaufenthalten war die Dosierung der Medikamente meiner Mutter teilweise so stark eingestellt gewesen, dass sie wie ein Zombie durch die Gegend gelaufen war. Die Pillen hatten zwar der Melancholie die Schärfe genommen, gleichzeitig aber auch alles, was ihre Persönlichkeit ausmachte, ausgelöscht. Zurückgeblieben war eine leere Hülle, die zwar noch aussah wie meine Mutter, jedoch nichts mehr mit ihr gemein gehabt hatte.

Da Antidepressiva auf jeden Patienten unterschiedliche Auswirkungen haben konnten, war es stets ein Drahtseilakt, den richtigen Grad zwischen kompletter Gefühllosigkeit und über das normale Maß hinausgehender Empfindsamkeit zu treffen. Ich hoffte, dass eine nur geringfügige medikamentöse Behandlung in Kombination mit Gesprächstherapien eine gute Alternative für meine Mutter sein würde. In jedem Fall schien sie in der psychiatrischen Klinik gut aufgehoben zu sein. Das Wissen darum ließ den Berg an Sorgen, den ich aktuell mit mir herumtrug, etwas kleiner werden.

Sobald ich meinen Arbeitstag beendet hatte, erledigte ich den Einkauf und sonstige Besorgungen, bevor ich nach Hause eilte, um mich durch die Unterlagen der Fernschule zu kämpfen. Dank Taras Unterstützung hielt sich die

Menge an Aufgaben, die ich nacharbeiten musste, glücklicherweise in Grenzen.

Kayla erwies sich ebenfalls als große Hilfe. Sie hatte noch nie Probleme in der Schule gehabt; im Gegensatz zu mir schien ihr der Stoff einfach zuzufliegen. Außerdem war sie aktuell für jede Ablenkung dankbar. Während sich meine Gehirnwindungen über den Mathegleichungen verknoteten, strich meine kleine Schwester hier und da eine Zahl aus, ließ sie die Seiten vom Gleichzeichen wechseln und präsentierte mir wenige Sekunden später das Ergebnis.

Gemeinsam mit Tara sorgte sie dafür, dass ich mich abends noch an meine Aufgaben setzte, selbst wenn ich lautstark jammerte und protestierte. Tara nahm ihre Rolle als meine selbsternannte Sponsorin sehr ernst und verpasste mir bei solchen Gelegenheiten nur zu gerne einen verbalen Einlauf. Ich schlug ihr mehr als einmal vor, sich für eine Karriere beim Militär zu bewerben.

Kayla hingegen bildete die letzte Instanz, die eingriff, wenn Taras Drill an mir abprallte. Heute war ein solcher Tag gewesen. Nachdem ich erschöpft von der Arbeit nach Hause gekommen war, hatte ich nichts anderes gewollt, als mich auf das Sofa fallen und mich vom Trash-TV berieseln zu lassen. Kayla hatte jedoch kein Erbarmen gezeigt. Sie hatte sich mein Handy geschnappt, mit der Drohung, es mir erst wieder auszuhändigen, wenn ich mindestens drei Aufgaben zu ihrer Zufriedenheit bearbeitet hätte.

So hatte ich mich die letzten anderthalb Stunden durch zwei Spanischaufgaben und den Aufbau einer menschlichen Zelle gekämpft. Während ich über den Aufgabenblättern brütete, fürchtete ich die ganze Zeit, dass eine Nachricht von Damien eingehen könnte. Vorausschauend wie ich war, hatte ich ihn nicht mit seinem richtigen Namen in meinem Handy eingespeichert, aber er hätte dennoch etwas Verräterisches schreiben können.

Als sie mir danach, wie eine Lehrerin beim Nachsitzen, mein Handy feierlich überreichte und ich es in meine Hosentasche schob, stießen meine Fingerspitzen auf ein kleines, rechteckiges Stück Plastik. Ich zog es hervor und sah, dass es sich um die SIM-Karte handelte, die meine Mutter mir in der Klinik in die Hand gedrückt hatte. Ich hatte sie vollkommen vergessen. Nachdenklich betrachtete ich den goldglänzenden Chip, der meiner Mutter über die Jahre hinweg so viel Kummer bereitet hatte.

»Meinst du, dass wir Dad jemals wiedersehen werden?«, fragte mich Kayla leise.

Ich seufzte. Um unser aller Willen hoffte ich, dass er nie wieder auftauchen würde. Doch als ich sah, wie Kayla mich aus großen, feucht glänzenden Augen ansah, brachte ich es nicht über mich, es laut auszusprechen.

»Ich weiß es nicht, Kayla. Er hat einige ziemlich schlimme Dinger gedreht. Sollte er jemals wieder zurückkommen, müsste er sich vor einem Gericht dafür verantworten«, sagte ich vorsichtig.

»Denkst du, er vermisst uns manchmal?«, fragte sie und mit einem Mal wirkte sie trotz ihrer fünfzehn Jahre sehr kindlich. Kayla war noch so jung gewesen, als unser Vater uns verlassen hatte. Zu jung, um damals zu begreifen, was passiert war. Im Gegensatz zu mir hatte sie ihn nicht gehasst, sondern aus tiefstem Herzen vermisst. Vermutlich vermisste sie ihn noch immer. Oder zumindest das Bild von ihm, welches sie sich aus ihren verschwommenen Erinnerungen geformt hatte.

»Bestimmt denkt er manchmal an uns. Aber solange er abhängig ist, wird seine Sucht alles andere in den Hintergrund drängen. Ich weiß, du hast dir immer gewünscht, dass er eines Tages einfach wieder zur Tür hereinkommt. Aber selbst wenn das der Fall sein sollte, wird er nicht mehr der Dad sein, an den du dich erinnerst«, versuchte ich es ihr möglichst behutsam begreiflich zu machen.

»Ich weiß, aber manchmal fehlt er mir einfach.«

In gewisser Weise konnte ich sie sogar verstehen. Auch ich hatte einige schöne Erinnerungen an die gemeinsame Zeit mit unserem Vater – als wir noch eine ganz gewöhnliche Familie gewesen waren. Als meine Mutter nur vereinzelte schlechte Tage gehabt hatte und mein Vater ein lebenslustiger Mann gewesen war, der immer gewusst hatte, wie er mich zum Lachen bringen konnte.

Doch dann waren da auch die Erinnerungen aus der Zeit, als meinem Vater langsam alles zu entgleiten schien. Als er bis spät abends im Büro blieb, keine Zeit mehr für Kayla und mich hatte und meine Mutter und er immer häufiger stritten. Bis zu dem Moment, als ich eines Nachmittags von der Schule nach Hause gekommen war und meine Mutter weinend in der Küche vorgefunden hatte. Er hatte uns ein Blatt Papier mit zwei handgeschriebenen Zeilen Text hinterlassen. Zwei Zeilen, in denen er schrieb, dass er ein paar schlechte Entscheidungen getroffen habe und deshalb die Stadt verlassen müsse. Und dass es ihm leidtue. Das war alles gewesen. Worum es sich bei diesen schlechten Entscheidungen gehandelt hatte, darüber hatte uns dann wenig später die Polizei aufgeklärt. Er hatte sich an dem Geld seiner Anlagekunden bedient, um seine Drogensucht zu finanzieren, und hatte bei dem Versuch, es zu kaschieren, ein kleines Vermögen an der Börse verloren.

Ich schüttelte den Kopf, um damit auch die düsteren Erinnerungen abzuschütteln. Dann ging ich in die Küche, nahm die Schere von der Theke und zerschnitt die SIM-Karte sorgfältig in kleine Stücke. Als die letzten Splitter im Müll landeten, durchströmte mich eine tiefe Erleichterung. Mein Vater würde nie mehr in der Lage sein, meiner Mutter oder uns Schaden zuzufügen.

»Wird Mom jemals darüber hinwegkommen?«, erklang Kaylas Stimme dünn in meinem Rücken.

»Ich hoffe es.« Ich drehte mich zu ihr um und sah, wie es in ihr arbeitete. Wie sie versuchte ihre Gedanken und Gefühle in Worte zu fassen.

»Warum ... Warum sind wir ihr nicht genug?«, fragte sie und ihre Stimme brach mitten im Satz.

»Hey, so was darfst du nicht einmal denken! Wir sind mehr als genug! Du bist mehr als genug!« Ich hob sanft ihr Kinn, damit sie mir in die Augen sah. Ich konnte den Zweifel darin erkennen.

»Aber warum wollte sie dann gehen?«, flüsterte sie mit erstickter Stimme.

»Mom ist krank, auch wenn man ihr das nicht immer anmerkt. Und manchmal ist die Dunkelheit in ihr so stark, dass sie ihr die Sicht auf all die schönen und lebenswerten Dinge in ihrem Leben versperrt«, versuchte ich die richtigen Worte für etwas zu finden, das mir selbst oft unerklärlich erschien. »Kayla, Mom liebt dich, das darfst du nie vergessen. Sie kann es dir nur nicht immer so zeigen, wie sie es gerne würde.«

Sie schniefte und wischte sich energisch über ihre Augen, die feucht glänzten.

»Ich weiß, aber es tut trotzdem manchmal schrecklich weh.« Sie biss sich auf die Unterlippe und schien krampfhaft zu versuchen, die aufsteigenden Tränen niederzuringen.

»Ich weiß, mein Schatz«, sagte ich und seufzte schwer. Ich wusste nur zu gut, wovon sie sprach.

»Weißt du ... Weißt du, was das Schlimmste daran war, als ich sie im Bad gefunden habe?« Sie musste sich ein paar Mal räuspern, als ihre Stimme mitten im Satz einknickte. »Der Ausdruck in ihren Augen. Sie waren vollkommen leer. Ich glaube, sie hat mich nicht einmal erkannt.« Ihre Worte erinnerten mich schmerzlich an den Tag, an dem ich meine Mutter mit geöffneten Pulsadern in der Badewanne gefunden hatte.

»Sie war in ihrer eigenen Welt gefangen. Einer Welt voller Dunkelheit. Aus der sie nur einen Weg gesehen hat, um zu entkommen.« Zumindest stellte ich es mir so vor.

Kayla nickte mit einem abwesenden Ausdruck in den Augen. »Denkst du, die Therapie kann ihr helfen?«

Ich zuckte ratlos mit den Schultern. »Sie hat ihr auf jeden Fall geholfen, einen Schritt in die richtige Richtung zu machen. Sie hat endlich die letzte Verbindung, die Dad zu ihr hatte, gekappt. Ich habe jahrelang erfolglos versucht sie dazu zu bringen. Also scheinen die Ärzte zumindest nicht alles falsch zu machen.«

Kayla nahm meine Worte nickend zur Kenntnis, doch ich konnte ihr ansehen, dass sie den Zweifel nicht gänzlich daraus hatten vertreiben können.

»Im Moment können wir nichts für sie tun, außer für sie da zu sein. Wir müssen darauf vertrauen, dass die Ärzte wissen, was sie tun«, sagte ich mit Nachdruck. Der Kummer in ihrem Blick brach mir das Herz. »Ich weiß, das ist zwar nur ein schwacher Trost, aber du hast immer noch mich und du wirst mich auch nicht so schnell loswerden. Und das will in Anbetracht deines schrecklichen Filmgeschmacks schon was heißen«, sagte ich, in der Hoffnung ihr damit ein Lächeln zu entlocken.

»Nur weil du keine Ahnung von guten Filmen hast!« Immerhin meinte ich den Hauch eines Grinsens in ihren Mundwinkeln zu erkennen.

»Okay, dann darfst du mich nach dem Essen eines Besseren belehren. Ich besorge uns eine extra große Packung Eiscreme und du darfst einen Film aussuchen. Wie klingt das?«

»Ich darf den Film aussuchen?« Unglauben zeichnete sich auf ihrem Gesicht ab.

Ich nickte ergeben. Wenn ich sie damit auf andere Gedanken bringen konnte, war es ein Opfer, das ich nur zu gerne bereit war zu geben. Ich spürte die Erleichterung darüber, dass sie sich mir endlich anvertraut hatte, warm durch mich hindurchfließen. Meine Schultern fühlten sich augenblicklich leichter an.

Die ganzen letzten Tage hatte ich darauf gewartet, dass etwas passieren würde. Dass sie ausrasten würde, dass sie etwas zerstören würde oder aber, dass sie zerbrechen und sich wie unsere Mutter in ihre eigene Welt flüchten würde. Zu wissen, dass sie stark genug war, das Erlebte zu verarbeiten, ließ mich aufatmen. Was ihr passiert war – was uns passiert war – war nichts, was man mit einem einzigen Gespräch abhaken und vergessen konnte, aber darüber zu sprechen, war ein erster wichtiger Schritt gewesen. Den Rest würde nur die Zeit heilen können.

Während Kayla in ihrem Filmfundus auf die Suche nach einem geeigneten Kandidaten für unseren Filmabend ging, schnappte ich mir die Haustürschlüssel und mein Portemonnaie und lief zu dem kleinen Kiosk an der Straßenecke.

***

Ich griff nach einer großen Packung Brownie-Eis und stellte mich in die Schlange vor der Kasse. Direkt neben mir befand sich die Auslage mit den Magazinen und ich warf einen flüchtigen Blick darauf. Nicht dass ich mir jemals eine davon gekauft hätte, aber die Schlagzeilen waren so haarsträubend schlecht getextet, dass es schon wieder amüsant war.

Mehrere Magazine spekulierten darüber, ob ein bekanntes Model schwanger war oder nur nicht in der Lage, einen Diätplan einzuhalten. Dann gab es etliche Beiträge zum Thema Last-Minute-Beachbody, die mich mit den Augen rollen ließen. Ich wollte mich gerade wieder abwenden, als mein Blick auf die Titelstory eines anderen Magazins gelenkt wurde. *Der begehrteste Junggeselle Hollywoods Damien Baxter im Exklusiv-Interview* stand dort unter dem Bild eines verführerisch lächelnden Damiens.

Ohne groß darüber nachzudenken, griff ich nach der Zeitschrift und legte sie zusammen mit der Eiscreme-Packung auf die Theke. Mein Herz klopfte aufgeregt, als ich mich mit meiner Ausbeute auf den Heimweg machte. Natürlich wusste ich, dass man nicht alles glauben durfte, was in solchen Boulevardblättern stand, aber meine Neugier war einfach zu groß.

Zu Hause angekommen, legte ich beides auf den Küchentresen und ging in den Flur, um meine Schuhe auszuziehen. Bei meiner Rückkehr in die Küche hatte Kayla sich bereits in das Magazin vertieft.

»Du hast mir eine Zeitschrift über Damien Baxter mitgebracht, um mich aufzumuntern? Du bist wirklich die beste Schwester überhaupt!« Sie strahlte mich an.

Ich lächelte gequält. Das war nicht ganz so gelaufen wie geplant. Während ich damit beschäftigt war, unser Abendessen zuzubereiten, blätterte Kayla eifrig durch das Magazin. Ich warf ab und zu einen unauffälligen Blick über ihre Schultern, doch die übrigen Beiträge weckten nicht wirklich mein Interesse.

Dann war sie endlich bei dem Interview mit Damien angelangt. Auf dem seitenfüllenden Titelbild saß er in einem roten Ledersessel, hatte die Beine leicht gespreizt und seine Ellbogen auf seinen Oberschenkeln lässig abgestützt. Ein paar honigblonde Haarsträhnen hingen ihm verwegen in die Stirn und er schaute mich aus seinen absurd grünen Augen herausfordernd an.

»Ist er nicht einfach zum Anbeißen?« Meine kleine Schwester seufzte.

Sie hatte ja keine Ahnung, wie sehr, dachte ich und verkniff mir einen Kommentar.

Hinter mir zischte das Nudelwasser wütend, als es mit der heißen Herdplatte in Berührung kam. Fluchend eilte ich zurück zum Herd, drehte die Temperatur herunter und wischte mit einem Lappen über die bereits verdampfende Wasserpfütze. Das würde unschöne Ränder auf dem Ceranfeld hinterlassen. Ich verfluchte Damien und seine hypnotisierend grünen Augen im Stillen.

Ich goss die Nudeln ab, teilte sie in zwei Portionen auf und übergoss sie mit Tomatensoße. Dann trug ich beide Teller hinüber zum Esstisch.

»Bringst du noch den Parmesan mit?«, rief ich Kayla zu, die immer noch am Küchentresen lehnte und vollkommen vertieft in den Artikel war.

»Kayla?«, wiederholte ich mit mehr Nachdruck.

»Oh ja, natürlich, entschuldige«, sagte sie, nahm den Blick aber nicht von ihrem Magazin. Mit dem Parmesan in der einen und der Zeitschrift in der anderen Hand kam sie zu mir an den Tisch.

»Kannst du den Artikel nicht später fertig lesen?«, fragte ich sie, während ich überlegte, wie ich unbemerkt zurück in den Besitz der Zeitschrift gelangen konnte.

»Okay, wenn es sein muss.« Sie legte die Zeitschrift zwischen uns auf den Esstisch.

Mein Blick glitt über die aufgeschlagene Doppelseite und blieb an einem kleinen Foto auf der unteren rechten Seite hängen. Vor Schreck fiel mir ein ganzer Brocken Parmesan in die Nudeln. Doch ich bemerkte nur am Rande, wie der Einschlag einen Kranz aus roten Spritzern um meinen Teller auf den Tisch zeichnete.

Auf dem Foto war Damien in seinem Cabrio zu sehen, wie er sich einer Frau zuwandte, die neben ihm im Wagen saß. Von ihr konnte man nur die blonde Haarmähne und einen von der Sonne gebräunten rechten Arm erkennen, da sie mit dem Rücken zum Fotografen saß. Es gab keinen Zweifel, aus dem Foto schaute mir mein Hinterkopf entgegen! Das Bild musste auf unserer Fahrt nach Disneyland entstanden sein, ohne dass wir es bemerkt hatten. Panisch überflog ich den kurzen Text darunter:

Brandheiße News: Erst vor kurzem wurden Damien Baxter und Cynthia Steel als DAS neue Hollywood-Traumpaar gehandelt. Auf einem gemeinsamen Bild, welches Damien auf seinem Instagram-Account veröffentlichte, sahen die beiden verdächtig vertraut miteinander aus. Doch jetzt wurde er erst vor wenigen Tagen mit einer anderen, deutlich blonderen Frau an seiner Seite auf einer Spritztour in seinem Wagen gesichtet. Noch ist nicht bekannt, um wen es sich bei seiner geheimnisvollen Begleitung handelt. Ist Damien also immer noch der ewige Single, der nichts anbrennen lässt? Eines ist zumindest sicher: Er hält nicht nur unsere Herzen auf Trab.

Ein bitterer Geschmack blieb in meinem Mund zurück, als ich den Blick abwandte und fahrig mit einer Papierserviette die Tomatensoße vom Tisch wischte.

Einerseits war ich froh, dass ich unerkannt geblieben war, auf der anderen Seite befeuerte der Artikel den nagenden Zweifel an Damiens Aufrichtigkeit in mir. Sein unbekümmertes Verhältnis zu Frauen und One-Night-Stands war schließlich ein offenes Geheimnis. Warum sollte ausgerechnet ich die Ausnahme sein?

Ich warf Kayla einen prüfenden Blick zu, doch sie war damit beschäftigt, Nudeln mit der Gabel auf ihrem Löffel zu Spiralen zu drehen und hatte meine kleine Panikattacke glücklicherweise nicht mitbekommen. Noch immer schlug mein Herz viel zu schnell. Nicht auszudenken, wenn der Fotograf uns von der anderen Seite abgelichtet oder ich gerade in diesem Moment aus dem Fenster geblickt hätte. In der Theorie wusste ich zwar, dass alles, was Damien betraf, ein gefundenes Fressen für die Klatschpresse war, doch bis jetzt hatte ich mir keine Gedanken darüber gemacht, dass es auch für mich Konsequenzen haben könnte.

Ich widerstand dem Drang, Damien sofort eine Nachricht zu schicken und wartete, bis Kayla ihren Teller geleert und sich dann mit dem schmutzigen Geschirr auf den Weg in die Küche gemacht hatte. Während sie die Spülmaschine belud, zog ich schnell mein Handy aus der Hosentasche und fotografierte den Artikel. Dann schickte ich das Bild, gefolgt von mehreren Ausrufezeichen, an Damien.

Seine Antwort kam umgehend, gefolgt von einem anzüglich grinsenden Emoji.

Damien: Du hast dir ein Magazin über mich gekauft? Konntest du nicht mehr bis morgen früh abwarten?

Typisch, dass ihm der entscheidende Punkt entgangen war.

Cassey: Da ist ein Foto von uns beiden drin!!!
Damien: Bist du nicht zufrieden damit, wie dein Hinterkopf in Szene gesetzt worden ist?
Cassey: Mehr besorgt darüber, was passiert wäre, wenn der Fotograf mich von vorne erwischt hätte!

Dieses Mal dauerte es etwas länger, bis ich eine Antwort erhielt.

Damien: Ich wünschte, ich könnte dir versprechen, dass das nie wieder vorkommen wird, aber das kann ich nicht. Das ist leider im Paket enthalten, wenn du eine Person des öffentlichen Lebens datest. Noch dazu, wenn es sich um eine so attraktive handelt.

Er schloss mit einem breit grinsenden Emoji.
Ich verdrehte die Augen. Er konnte einfach nichts ernst nehmen.
Als ich nicht sofort antwortete, hakte er nach.

Damien: Cassey? Kommst du damit klar?
Cassey: Ich weiß es nicht ...
Damien: Wir könnten auch einfach für immer in meinem Schlafzimmer bleiben, dort bist du vor den Paparazzi sicher ...

Ich musste unfreiwillig grinsen und bei dem Gedanken daran, die Tage mit Damien in seinem Bett zu verbringen, kribbelte es verheißungsvoll in meinem Bauch. Es gab sicher schlimmere Schicksale.

Dennoch beschäftigte mich der Gedanke an die Paparazzi. War ich bereit, meine Anonymität aufzugeben? Was würde passieren, wenn die Presse davon Wind bekam, wer ich war? Würden sie das Haus belagern? Würden sie mir und Kayla auflauern? Würden sie meine hässliche Vergangenheit ans Tageslicht zerren?

Ich knabberte an meinem Daumennagel, bis ich einen metallischen Geschmack auf der Zunge wahrnahm. Die empfindliche Nagelhaut war eingerissen und ein dünnes Rinnsal Blut lief über meinen Daumen. Fluchend griff ich nach einem Taschentuch und tupfte das Blut vorsichtig ab. In dem Moment kam Kayla mit der Eiscreme-Packung bewaffnet aus der Küche und riss mich aus meinen Gedanken.

»Kommst du? Ich habe schon alles vorbereitet«, verkündete sie.

»Und auf welches Meisterwerk darf ich mich freuen?«, fragte ich, während ich ihr hinüber ins Wohnzimmer folgte.

»*Liebe lieber morgen* mit Damien Baxter.« Sie strahlte mich an.

Ich musste mir ein Lachen verkneifen und tippte meine Antwort an Damien:

> Cassey: Ich werde jetzt erstmal einen Abend mit dir auf der Couch verbringen. Mal schauen, ob mich das überzeugen kann.
> Damien: ???
> Cassey: Kayla durfte sich heute einen Film aussuchen und leider hat sie einen sehr fragwürdigen Filmgeschmack …
> Damien: Sei besser nicht so frech, das könnte sich morgen früh rächen …

»Schreibst du schon wieder Nachrichten an deinen Lover?«, rief Kayla vom Sofa aus und sah mich mit einem breiten Grinsen an.

Ertappt steckte ich das Handy in die Hosentasche und ließ mich neben sie aufs Sofa fallen.

»Komm schon, verrat mir wenigstens, wie er aussieht!«, bettelte sie.

»Leg lieber die DVD ein, bevor ich es mir doch noch anders überlege.«

»Ist ja schon gut, du alte Geheimniskrämerin«, sagte sie und schob beleidigt die Unterlippe vor.

***

Damien in den Armen und im Bett mit einer anderen Frau zu sehen, bei der es sich noch dazu um eine unanständig attraktive Schauspielerin handelte, störte mich mehr, als ich gedacht hätte. Bei der Sexszene versuchte ich nicht allzu genau hinzusehen, dennoch entging mir nicht, dass der Ausdruck in Damiens Augen sich deutlich von dem unterschied, mit dem er mich im Billardzimmer angesehen hatte.

Die Erinnerungen an diesen Morgen ließen mein Herz schneller schlagen und meine Wangen fühlten sich verdächtig warm an. Ein sehnsüchtiges Ziehen machte sich in meinem Becken bemerkbar und ich musste ein paar Mal tief ein- und ausatmen, um mich wieder auf den Film konzentrieren zu können.

Am Ende des Films fanden sich die beiden Hauptfiguren nach einigen Irrungen und Wirrungen, wie nicht anders zu erwarten gewesen war, dann endlich zu ihrem gemeinsamen Happy End zusammen. Kaylas Augen glänzten verdächtig. Sie konnte sich vollkommen in diesen abstrusen Hollywood-Geschichten verlieren und fieberte mit den Charakteren mit, selbst wenn sie den Film schon zum hundertsten Mal sah. Heute Abend war ich allerdings froh um diese Gabe, sorgte sie doch dafür, dass Kayla für einige Stunden ihre eigene Traurigkeit vergessen konnte.

Wenn es sein musste, würde ich von jetzt an jeden Abend einen schnulzigen Liebesfilm mit ihr ansehen. Es grenzte fast an Ironie, dass ausgerechnet ich mich in eine Liebesgeschichte verstrickt hatte, die genauso gut einem Hollywood-Drehbuch entsprungen sein könnte. Die Frau aus ärmlichen Verhältnissen, mit dem problematischen Familienhintergrund, die als Putzfrau arbeitete, verliebte sich in ihren Auftraggeber, einen reichen und berühmten Schauspieler. Vielleicht schrieb das Leben manchmal, aber auch wirklich nur manchmal, doch hollywoodreife Geschichten.

Mit einem Lächeln auf den Lippen legte ich mich abends ins Bett. Während andere Leute sich darauf freuten, dass morgen das Wochenende begann und sie nicht arbeiten mussten, konnte ich es gar nicht erwarten, am nächsten Tag in aller Frühe wieder zum Dienst zu erscheinen. Zugegebenermaßen war ich aktuell auch keine allzu vorbildliche Arbeitnehmerin. Wenn meine Tante herausfand, wie ich mir die Arbeitszeit vertrieb, würde mich ein Donnerwetter sondergleichen erwarten.

Mein Handy leuchtete auf und zeigte mir den Eingang einer neuen Nachricht an.

Damien: Schlaf gut, ich freue mich schon auf dich.

Und weil er es natürlich nicht dabei belassen konnte, folgte gleich darauf:

Damien: Das Haus hat eine Reinigung mal wieder dringend nötig.
Cassey: Dann solltest du mich morgen vielleicht zur Abwechslung mal nicht von der Arbeit abhalten.
Damien: Dafür macht es viel zu viel Spaß.

Ich konnte mir sein breites Grinsen beim Tippen der Worte bildhaft vorstellen.

Cassey: Du bist ein hoffnungsloser Fall! Ich gehe jetzt schlafen. Bis in ein paar Stunden.

Wenn ich nicht bald die Augen schloss, würde ich morgen im Stehen einschlafen.

Damien: Bis morgen. Und lass dich unbedingt für die Küche einteilen!

Was er wohl jetzt wieder ausgeheckt hatte?

Kapitel 14

Cassey

Am nächsten Morgen sprang ich beim ersten Klingeln des Weckers aus dem Bett. Die Fahrt hoch in die Hollywood Hills schien sich ewig in die Länge zu ziehen. Als der Van vor der Villa zum Stehen kam, meldete ich mich sogleich unaufgefordert für den Küchendienst. Karen sah mich zwar verwundert an, weil ich mich freiwillig für den von allen verhassten Dienst anbot, stimmte aber nur allzu bereitwillig zu.

Alibimäßig wischte ich auf dem Weg zu meinem eigentlichen Ziel einmal grob durch den Flur und das Esszimmer. Als ich mich endlich der Küche näherte, hörte ich das Klappern von Tellern, und der Duft nach frittiertem Teig ließ meinen Magen verheißungsvoll knurren. Ich trat durch die Verbindungstür in die Küche. Damien stand an der Kücheninsel und schnitt Bananen in feine Scheiben, während es hinter ihm in der Pfanne brutzelte.

»Da bist du ja endlich, ich dachte schon, du hast dich in meiner Villa verlaufen«, begrüßte er mich grinsend.

Ein warmes Gefühl durchflutete mich und es fehlte nicht viel und ich hätte meine Arme von hinten um seine Taille geschlungen. Obwohl seit unserem Ausflug nach Disneyland erst zwei Tage vergangen waren, hatte ich ihn vermisst. Mein Herz hatte das Prinzip von »Es langsam angehen lassen« offensichtlich nicht verstanden.

»Ich dachte, ich tue wenigstens kurz das, wofür du mich eigentlich bezahlst«, gab ich zurück und stibitzte mir eine der Bananenscheiben vom Schneidbrett.

»Mein Geld war nie sinnvoller investiert«, neckte er mich. Dann wurde sein Gesichtsausdruck ernst und er sah mich prüfend an. »Wie geht es dir? Wie geht es deiner Mom und deiner Schwester?«

Ich zuckte mit den Schultern. »Alles so weit unverändert. Meine Mutter ist noch immer in der Klinik, aber die Therapie scheint ihr gutzutun. Kayla und ich kommen schon klar. Lass uns heute nicht über meine verkorkste Familie reden, okay?« Ich wollte nicht schon wieder in den Strudel aus Sorgen gezogen werden, der sich bei dem Thema zwangsläufig in mir auftun würde.

»Du kannst kochen?«, fragte ich, um ihn und mich auf andere Gedanken zu bringen.

Einen Moment sah es so aus, als wollte er das Thema nicht so einfach fallen lassen, doch dann nickte er kaum merklich. »Pancakes machen würde ich jetzt nicht als kochen bezeichnen, aber ja, die Küche ist nicht nur Deko.« Er hob in einer ironischen Geste seine rechte Augenbraue.

»Du hast also auch praktische Talente, gut zu wissen.« Ich schmunzelte.

»Was soll das denn heißen? Ich habe jede Menge Talente! Von einigen hast du bis jetzt bloß eine kleine Kostprobe erhalten. Wenn du mehr willst, brauchst du nur ein Wort zu sagen«, antwortete er und sein Blick hielt meinen gefangen.

Ich hatte eine ziemlich gute Vorstellung davon, was er mir noch alles zeigen würde, wenn ich ihn nur darum bat. Und mein verräterischer Körper sehnte sich nach mehr.

»Ich glaube, deine Pancakes brennen an«, sagte ich mit kratziger Stimme.

Er entließ mich aus seinem Blick und wirbelte fluchend zur Herdplatte herum.

»Ich hoffe, du magst ein leichtes Röstaroma«, sagte er, während er eine Ladung dunkelbrauner Pancakes auf einen Teller lud.

»Dafür wurde doch Schokosoße erfunden«, gab ich gut gelaunt zurück.

Ich konnte mich nicht erinnern, wann ein Mann das letzte Mal eine Mahlzeit für mich zubereitet hatte. Bei Phil war Take-away vom Asiaten das Höchste der Gefühle gewesen. Begeistert belud ich meinen Teller mit Pancakes, begoss sie großzügig mit Schokoladensoße und verteilte Bananenscheiben darauf. Als ich gerade den ersten Bissen nehmen wollte, sprang Damien plötzlich von seinem Stuhl auf.

»Warte, ich habe wortwörtlich das Sahnehäubchen vergessen!«, rief er und lief zum Kühlschrank, um mit einer gigantischen Dose Sprühsahne zurückzukehren.

»Möchtest du?« Er wedelte mit der Dose vor meinem Gesicht herum. Als ich nickte, platzierte er eine kleine Portion davon auf meinem Teller.

»Willst du noch mehr?«

Wieder nickte ich und ein gefährliches Grinsen stahl sich auf seine Lippen. Im nächsten Moment hatte er einen Klecks Sahne auf meine Nase gesprüht.

Ich sah ihn perplex an.

»Das hast du gerade nicht gemacht?!«, fragte ich und wischte mir die Sahne mit dem Zeigefinger von der Nase.

Er hielt die Sprühdose noch immer wie eine Waffe in der rechten Hand und beobachtete mich lachend.

»Wenn du deinen Gesichtsausdruck sehen könntest!« Er prustete.

»Mit Essen spielt man nicht«, belehrte ich ihn mit gespielt ernster Miene.

Kaum hatte er die Sprühdose zur Seite gestellt, griff ich jedoch ganz entgegen meiner Behauptung nach der Schokoladensoße und drückte einmal mit aller Kraft die Plastikflasche zusammen. Dunkle Schokosoße spritzte in einem satten Strahl aus der Öffnung und landete, nicht wie von mir geplant in seinem Gesicht, sondern mitten auf seinem weißen T-Shirt.

»Oh, Shit«, brachte ich hervor und kämpfte gegen das Glucksen an, das sich aus meiner Kehle nach oben arbeitete.

Einen Moment lang schaute er genauso fassungslos aus der Wäsche wie ich wenige Sekunden zuvor, dann erschien ein gefährliches Lächeln auf seinen Lippen.

»Am besten ziehe ich es gleich aus und weiche es ein. Das habe ich bei meiner letzten Waschaktion nämlich gelernt. Einweichen ist die Geheimwaffe einer jeden Hausfrau.« Mit diesen Worten zog er das schmutzige T-Shirt über seinen Kopf und versenkte es in der Spüle.

Als er plötzlich mit nacktem Oberkörper vor mir stand, ließ ich die Gabel sinken, die bereits auf halbem Weg zu meinem Mund in der Luft geschwebt hatte. Das war wohl ein Eigentor, dachte ich und zwang mich, ihn nicht weiter mit offenem Mund anzustarren. Da ich seine aufmerksamen Blicke auf mir spürte, führte ich die Gabel schnell zum Mund und kaute konzentriert auf meinen Pancakes herum.

»Du brauchst wohl doch keinen Crashkurs mehr im Wäschewaschen von mir«, sagte ich, während ich meinen Blick starr auf meinen Teller gerichtet hielt.

»Ich weiß mittlerweile sogar, dass man weiße Wäsche nicht mit bunter zusammen waschen sollte«, sagte er und klang dabei so stolz, dass ich aufsah und mir ein Schmunzeln nicht verkneifen konnte.

»Du weißt schon, dass deine billigen Tricks bei mir nicht ziehen, oder?« Ich deutete mit meiner Gabel auf seinen Oberkörper.

»Ist das so?«, fragte er und lehnte sich über die Tischplatte, bis er mir so nahe war, dass ich die dunkelgrünen Sprenkel in seiner Iris erkennen konnte. Mein Atem geriet ins Stocken. Dann griff er an mir vorbei nach der Schokoladensoße, bevor er sich mit einem Grinsen wieder zurückzog.

»Von ein paar zugegebenermaßen netten Bauchmuskeln lasse ich mich nicht aus der Fassung bringen«, teilte ich ihm selbstsicherer mit, als ich mich fühlte.

»Ich will dir nicht zu nahe treten, aber das Schauspielern solltest du lieber mir überlassen. Außerdem verrät dich dein Körper.« Er ließ seinen Blick ungeniert zu meinen Brüsten wandern.

Ich hatte den Arbeitsoverall sicherheitshalber ausgezogen, um keine Flecken darauf zu kleckern. Wie ich diese Karen hätte erklären wollen, wäre mir ein Rätsel gewesen. Dadurch hatte Damien jetzt allerdings ungehinderte Sicht auf meine harten Brustwarzen, die sich gegen den dünnen Stoff meines Tops abzeichneten. Schnell verschränkte ich die Arme vor der Brust.

»Vielleicht ist mir einfach nur kalt.« Ich warf ihm einen finsteren Blick zu.

»Ich könnte dafür sorgen, dass dir ganz schnell warm wird«, bot er hilfsbereit an und seine Stimme hatte wieder diesen dunklen, verführerischen Klang, der einen Schauer über mein Rückgrat sandte. Ich konnte mir ziemlich gut vorstellen, was er im Sinn hatte. Mein Körper war begeistert von der Aussicht, sich an seinen nackten Oberkörper zu schmiegen und seine weichen Lippen zu küssen.

Doch ich spürte noch immer einen letzten Rest Zweifel, der an mir nagte. Der mir sagte, dass das hier zu schön war, um wahr zu sein. Wie lange würde es dauern, bis es ihm mit mir langweilig werden würde? Sein Frauenverschleiß über die letzten Jahre war immerhin beachtlich. Wieso sollte es ausgerechnet mit mir anders sein?

Ich konnte Damien nichts vorwerfen, er hatte sich strikt an sein Versprechen gehalten, es langsam angehen zu lassen und mich nicht zu bedrängen. Lediglich seine Versuche, mich mit seinen körperlichen Reizen zu ködern, gingen meiner Meinung nach schon über die Grauzone hinaus. Andererseits hatte ich mich bis jetzt auch nicht für eine dieser Frauen gehalten, auf die der Anblick von nackter Haut einen Effekt hatte. Das war wohl ein Irrtum gewesen.

»Warum musst du es mir so schwer machen?« Ich stöhnte frustriert auf und bedeckte meine Augen mit den Händen.

»Wenn du mir verrätst, warum du dich so stur gegen meine Avancen wehrst, obwohl du eigentlich am liebsten nachgeben würdest – und behaupte nicht, dass es nicht so ist – ziehe ich mir wieder etwas über.« Er griff nach meinen Händen und löste sie sanft von meinem Gesicht.

Ich holte tief Luft und versuchte alle meine Bedenken in Worte zu fassen: »Ich habe Angst, mich zu verlieren. Ich habe Angst, dass mir das, was zwischen uns ist, zu viel bedeutet. Ich habe Angst vor dem, was bleibt, wenn der Reiz des Geheimnisvollen verschwunden ist. Ich habe Angst, dass ich nicht genug bin. Dass wir nicht genug sind. Deine Welt ist so anders als meine und ich weiß nicht, ob ich darin einen Platz für mich sehe.«

Er sah mich mit schief gelegtem Kopf an. »Ich kann dir nicht alle deine Ängste nehmen, aber ich kann dir sagen, dass es mir ernst mit dir ist. So ernst, wie es mir schon lange, ach was sage ich, wahrscheinlich sogar noch nie, mit einer anderen Frau gewesen ist. Ich kann aber auch verstehen, wenn dir mein Leben zu viel ist. Wenn dir die Öffentlichkeit beängstigend erscheint.

Ich würde es dir nicht übel nehmen, wenn es dir das nicht wert ist und du gehen willst. Aber ich hoffe, dass du es nicht tun wirst. Dass du dich darauf einlässt und mir eine Chance gibst. Eine richtige, bei der du dich mir gegenüber vollkommen öffnest, ohne Sicherheitsnetz.«

Ich knabberte nachdenklich an meiner Unterlippe und versuchte meine Gedanken und Gefühle zu sortieren. Ich musste mir eingestehen, dass es ohnehin bereits zu spät war. Ich war schon viel zu weit gegangen, um vollkommen unbeschadet umkehren zu können. Und wenn das so war, warum sollte ich die Zeit mit ihm nicht genießen und gegen jedes bessere Wissen das Beste hoffen?

»Okay, ich werde es versuchen. Aber mir wäre trotzdem wohler, wenn du dir endlich etwas überziehen würdest.«

Er lachte und ging zum Ende der Kücheninsel, wo ein Hoodie über einer der Stuhllehnen hing.

Ich warf einen prüfenden Blick auf die Küchenuhr und seufzte. Unsere Dates hatten immer ein viel zu kurzes Ablaufdatum.

»Ich muss mich jetzt auf den Weg machen. Die Küche zu putzen fällt heute dann wohl in deinen Aufgabenbereich«, sagte ich lachend.

»Das war es mehr als wert«, antwortete er gut gelaunt.

Ich stellte das benutzte Geschirr in die Spülmaschine, während Damien heißes Wasser in die Spüle laufen ließ und sich einem Schlachtfeld aus mit Teig besudelten Schalen, Töpfen und Pfannen zuwandte. Ich blieb unschlüssig neben der Theke stehen und wartete darauf, dass er nach einem weiteren Date fragen würde. Doch er verlor kein Wort über ein weiteres Treffen. Das nächste Mal würden wir uns erst wieder in drei Tagen sehen, wenn ich zum Putzen in seine Villa kommen würde. Das erschien mir ein unverantwortlich langer Zeitraum ohne ihn. Ich versuchte das aufkeimende Gefühl der Enttäuschung darüber niederzukämpfen, dass er mich einfach so ziehen lassen wollte.

»Dann mache ich mich wohl mal auf den Weg. Danke für das Frühstück«, sagte ich und wandte mich in Richtung der Tür.

»Cassey?«, hielt mich seine Stimme zurück. »Würdest du heute Abend auf ein Date mit mir gehen? Ein Richtiges, also mit Essengehen und allem Drum und Dran.«

Ich wusste zwar nicht, was er unter einem Date mit allem Drum und Dran verstand, aber solange wir den Abend zusammen verbrachten, war es mir nahezu egal, was wir unternahmen.

»Ich dachte schon, du fragst nie.« Ich grinste ihn an.

»Dann werte ich das als Ja?«

Ich nickte und konnte mein Glück kaum fassen, ihn so bald schon wieder zu sehen.

»Ich hole dich gegen sieben Uhr ab. Zieh dir was Nettes an«, sagte er und zwinkerte mir zu.

»Jawohl, Sir.« Ich hob meinen rechten Arm und salutierte vor ihm.

Er schüttelte lachend den Kopf, bevor er sich wieder dem Abwasch zuwandte und ich durch die Tür ins Esszimmer trat. Mit einem Lächeln, das wie in meinem Gesicht festgetackert schien, schlüpfte ich in meinen Overall und machte mich auf den Weg zum wartenden Van.

Auch wenn es wahrscheinlich das Dümmste war, was ich jemals getan hatte, fühlte es sich verboten gut an, mich auf Damien einzulassen.

Damien

»Was ist das für eine Scheiße, Damien?!«, polterte Steve schon los, bevor ich komplett durch die Tür des Studios getreten war. Einige Leute der Filmcrew warfen ihm verärgerte Blicke zu und deuteten auf die rot leuchtende Lampe, die auf eine laufende Filmaufnahme hinwies. Er hob entschuldigend die Hände und zog mich dann hinter sich her durch die schweren Metalltüren des Aufnahmeraumes hinaus auf den Flur.

»Dir auch einen guten Morgen, Steve.«

Anstelle einer Antwort hielt er mir nur sein Handy unter die Nase. Auf dem Bildschirm erkannte ich das gleiche Foto, das Cassey mir am Abend zuvor geschickt hatte.

»Kannst du mir bitte verraten, was das soll? Das ist nicht Cynthia!«, wies er mich auf das Offensichtliche hin.

»Stimmt, sonst würde ich auf dem Foto auch nicht so entspannt aussehen.«

»Wozu habe ich mir eigentlich die Mühe gemacht, ein Fotoshooting mit euch beiden zu machen und auf Social Media eine Beziehung zwischen euch zu inszenieren?« Das fragte ich mich auch, behielt meine Gedanken aber sicherheitshalber für mich. Steves Gesicht war auch so schon purpurrot verfärbt und sein Hemdkragen schnitt ihm in seinen speckigen Hals.

»Ich weiß gar nicht, warum du so ein Drama daraus machst. Auf dem Foto sitze ich einfach nur mit einer Frau im Auto. Wir küssen uns nicht, wir sind nicht nackt. Ich sehe hier kein Problem.« Ich zuckte mit den Achseln.

»Was das Problem ist? Ich werde dir sagen, was das verdammte Problem ist! Das Problem ist, dass die Presse die geheimnisvolle Unbekannte zu deiner neuesten Affäre deklariert hat. Das müssen wir sofort dementieren! Bis wir mit der Promotour für den Film durch sind, soll die Öffentlichkeit Cynthia und dich für das neue Hollywood-Traumpaar halten. Und du wirst mir das nicht mit einer kleinen Liebelei mit irgendeiner Frau versauen.« Sein Zeigefinger war wie der Lauf einer Pistole auf meine Brust gerichtet.

»Ich werde gar nichts dementieren. Mach, was du für nötig hältst, aber halte mich da raus.« Damit drehte ich mich um und ließ ihn stehen.

Es hatte keinen Sinn ihm zu erklären, dass mir wirklich etwas an Cassey lag und ich ihr auf keinen Fall wehtun wollte, indem ich sie verleugnete. Für Steve wäre Cassey nur ein Kollateralschaden auf dem Weg zu klingenden Kinokassen. Manchmal hatte ich das Gefühl, dass mich die Filmbranche zu ersticken schien. Dass ich mit jedem Tag, der verging, ein bisschen mehr von mir in ihr verlor.

Kapitel 15

Cassey

Es kam mir mehr als entgegen, dass Kayla den Abend bei ihrer Freundin Stephanie verbringen wollte. Sie würde bei ihr übernachten und nicht vor morgen Mittag zurückkehren. Nicht dass ich plante, die Nacht außer Haus zu verbringen, aber man konnte schließlich nie wissen. Aus demselben Grund entschloss ich mich auch, statt meiner langweiligen Alltags-Unterwäsche meine Spitzenunterwäsche aus der hintersten Ecke meiner Schublade hervorzukramen. Die Frage, was ich darüber anziehen sollte, war jedoch nicht ganz so einfach zu beantworten.

Zieh dir etwas Nettes an, hatte er gesagt. Was sollte das überhaupt bedeuten? Sollte ich mich wie das nette Mädchen von nebenan kleiden? Oder erwartete er ein funkelndes Abendkleid? Nicht dass Letzteres überhaupt zur Auswahl gestanden hätte.

Während ich noch immer ratlos und in Unterwäsche vor meinem offenen Kleiderschrank stand, klopfte es plötzlich an der Eingangstür. Bevor ich mir etwas überziehen konnte, war Kayla bereits zur Tür geeilt und ich hörte, wie sie ein Paket entgegennahm.

Kurz darauf tauchte sie an meiner Zimmertür auf und hielt mir strahlend einen langen, flachen Pappkarton entgegen.

»Du hast Post bekommen«, flötete sie und bewegte sich keinen Millimeter von der Türschwelle weg.

»Danke«, sagte ich und machte keinerlei Anstalten, das Paket in ihrem Beisein zu öffnen.

»Wenn du mir schon nicht verraten willst, wer dein geheimnisvoller Verehrer ist, will ich wenigstens wissen, was er dir geschickt hat.« Sie verschränkte trotzig die Arme vor der Brust.

»Okay.« Ich gab seufzend nach. Damien würde wohl kaum ein Foto von sich dazu gesteckt haben und weiterhin zu leugnen, dass es einen Mann in meinem Leben gab, war zwecklos.

Vorsichtig löste ich die Schleife, die den Karton zusammenhielt. Dann hob ich den Deckel an und blickte hinab auf rote Packseide, welche den gesamten Karton flutete. Darauf lag eine Karte. Ich nahm sie in die Hand und öffnete sie.

Mein Vorschlag für etwas Nettes.
D.

Möglicherweise würde sich mein Problem mit der geeigneten Kleiderwahl gleich in Luft aufgelöst haben. Voller Neugier zog ich das Verpackungsmaterial zur Seite. Kayla, die mir über die Schulter schaute, gab einen bewundernden Laut von sich, als darunter ein dunkelblaues Kleid mit paillettenbesticktem Oberteil und einem Rock aus einem luftigen Stoff zum Vorschein kam. Ich hob es aus dem Karton und hielt es mir an den Körper. Es reichte hinab bis zu meinen Knöcheln.

»Jetzt zieh es schon an!«, forderte Kayla mich ungeduldig auf.

Da das Kleid einen tiefen Rückenausschnitt hatte, verzichtete ich auf den BH und ließ den zarten Stoff über meine nackte Haut gleiten. Kayla schloss für mich den Reißverschluss im Rücken. Dann trat ich vor den Spiegel, der hinter meiner Zimmertür befestigt war, und betrachtete mich prüfend.

Das Oberteil musste handgearbeitet sein, so fein waren die Muster aus glitzernden Pailletten eingewebt. In verschlungenen Linien und Kreisen schlangen sie sich über meinen Oberkörper. Der Rest des Stoffes, der nicht von den reflektierenden Plättchen bedeckt wurde, war transparent, sodass meine Haut durch das hauchdünne Material hindurchschimmerte. Es schmiegte sich wie angegossen an meine Brust, ohne mich einzuengen. Nach unten hin öffnete sich das Kleid in einen Rock aus Tüllstoff, der um meine Beine wogte, jedoch nicht so weit ausgestellt war, dass er ausladend gewirkt hätte. Auf der rechten Seite hatte das Kleid einen Schlitz, durch den beim Gehen mein nacktes Bein hervorblitzte.

»Wow, das Kleid ist der Wahnsinn! Du siehst wunderschön darin aus.« Kayla musterte mich bewundernd.

Ausnahmsweise musste ich ihr recht geben. Nicht dass ich besonders eingebildet gewesen wäre, aber in solch einem Kleid hätte wohl jede Frau umwerfend ausgesehen. Der dunkle Blauton traf exakt den Farbton meiner Augen und hob diesen hervor. Mein blondes Haar floss in leichten Wellen über meinen Rücken.

»Der Mann hat auf jeden Fall Geschmack. Und einen gut gefüllten Geldbeutel. Das ist ein maßgeschneidertes Einzelstück.« Kayla pfiff anerkennend durch die Zähne.

Ein gut gefüllter Geldbeutel war wohl die Untertreibung des Jahrhunderts.

»Das ist absolut nicht der Grund, weshalb ich mich mit ihm treffe«, fühlte ich mich genötigt klarzustellen.

»Du gibst also endlich zu, dass du einen Freund hast?« Kayla grinste mich triumphierend an.

»Ja, ich treffe mich mit einem Mann und nein, wir sind nicht zusammen.«

»Aber du wärst gerne mit ihm zusammen, stimmt's?«, fragte sie noch immer grinsend.

»Das ist nicht so einfach.«

»Magst du ihn?«, hakte sie nach. Als ich nickte, fuhr sie fort: »Und er mag dich offensichtlich auch. Ansonsten hätte er dir nicht so ein sündhaft teures Kleid geschickt. Also wo ist das Problem?«

Ich seufzte. »Das Leben ist schon etwas komplizierter. Warte ab, bis du erwachsen bist, dann wirst du verstehen, wovon ich rede.«

»Ach was, Erwachsene neigen einfach nur dazu, Dinge zu verkomplizieren. Du warst zwei Jahre in einer Beziehung mit einem Typen, den du nicht mal geliebt hast, weil es einfacher war, als mal etwas zu wagen«, sagte sie und deutete anklagend mit dem Finger auf mich. Ich sollte sie weniger von diesen

Frauenmagazinen lesen lassen – auch wenn sie mit ihrer Behauptung nicht ganz daneben lag. Ich ging tatsächlich lieber auf Nummer sicher, anstatt etwas zu riskieren. Vor allen Dingen wenn mein Herz involviert war. Das Schicksal unserer Mutter war wie ein Mahnmal, das mich täglich daran erinnerte, was passieren konnte, wenn man sein Herz für den Falschen öffnete.

»Erstens, steck deine Nase nicht immer in meine Angelegenheiten und zweitens, musst du dich nicht mal so langsam auf den Weg zu Stephanie machen?«, fragte ich genervt.

»Ich bin ja schon weg«, erwiderte sie und streckte mir die Zunge heraus, bevor sie endlich das Zimmer verließ. Sie schien langsam wieder zu ihrem alten Selbst zurückzufinden, was mich auf der einen Seite beruhigte, es andererseits jedoch erschwerte, mein Geheimnis weiter für mich zu behalten.

Damien

Nervös spielte ich an dem Verschluss meiner Armbanduhr herum, während die Straßen von Los Angeles am Autofenster vorbeiglitten. Zu Hause hatte ich mich dreimal umgezogen, bis ich mit meinem Outfit zufrieden gewesen war. Ich hatte nicht zu dick auftragen, aber gleichzeitig dafür sorgen wollen, dass Cassey ihre Mühe damit haben würde, ihre Finger von mir zu lassen.

Irgendetwas hatte diese Frau an sich, das ich mich so unsicher fühlte wie ein Teenager in der Highschool. Für keine andere Frau hatte ich mir jemals so viel Mühe bei der Vorbereitung für ein Date gegeben wie für Cassey. Normalerweise deklarierte ich Treffen mit Frauen nicht einmal als Dates. Für gewöhnlich traf ich sie auf irgendwelchen Partys und nach einer gemeinsamen Nacht war keine Fortsetzung vorgesehen.

Doch mit Cassey war es anders. Die Tage, an denen wir uns nicht sehen konnten, schienen sich mitunter bis in die Unendlichkeit auszudehnen. Mir war bewusst, dass ich ihr versprochen hatte, es langsam angehen zu lassen, doch es fiel mir zunehmend schwerer, mich daran zu halten. Am liebsten hätte ich sie in meiner Villa eingesperrt und nie mehr gehen lassen. Bei dem Gedanken, sie gleich wieder zu sehen, beschleunigte sich mein Herzschlag und meine Handflächen fühlten sich feucht an.

So nervös war ich zuletzt gewesen, als ich für meine allererste Rolle in Hollywood vorgesprochen hatte. Neben mir zwei Dutzend andere junge Männer, jeder von ihnen mit einer professionellen Bewerbungsmappe in der Hand und in ein gestärktes weißes Hemd gekleidet. Ich hingegen hatte mir auf der Fahrt zum Casting meinen Kaffeebecher über das T-Shirt geschüttet und selbst wenn ich an eine Bewerbungsmappe gedacht hätte, wäre das Einzige, was man darin vorgefunden hätte, ein verwaschenes Passbild von mir gewesen.

Auf den Kaffee hatte ich heute wohlweislich verzichtet, ich war auch so schon aufgedreht genug. Und im Gegensatz zum Casting würde ich heute Abend wohl auch keine Konkurrenten ausschalten müssen. Es gab mit anderen Worten also keinen Grund, nervös zu sein, beruhigte ich mich. Als Casseys Haus schließlich in Sichtweite kam, konnte ich trotzdem kaum still sitzen.

Kapitel 16

Cassey

Ich wickelte eine meiner blonden Haarsträhnen um meinen rechten Zeigefinger, während ich darauf wartete, dass die Uhr endlich auf Sieben sprang. Um mich abzulenken, knipste ich ein Selfie von mir in dem Kleid und schickte es an Tara. Ihre Antwort kam postwendend:

> Tara: Heiß! Wer auch immer dein geheimnisvoller Verehrer ist, er hat definitiv den Jackpot gezogen.

Ich war gerade dabei, eine Antwort zu tippen, als mein Handy erneut vibrierte und eine Nachricht von Damien einging:

> Damien: Ich warte draußen auf dich.

Dafür, dass er mir bei seinem letzten Besuch angedroht hatte, nicht ohne eine Wohnungstour wieder zu verschwinden, machte er es mir jetzt erstaunlich leicht. Ich schickte einen breit grinsenden Smiley an Tara, verstaute das Handy in meiner schmalen dunkelblauen Clutch, die aus dem Fundus meiner Mutter stammte, und ging zur Haustür. Als ich die Tür öffnete und herausspähte, stand Damien in der Einfahrt und lehnte sich lässig gegen die offene Tür einer Limousine. Ich riss die Augen auf und blickte panisch von links nach rechts. In unserer Nachbarschaft würde ein solches Auto mehr Aufmerksamkeit auf sich ziehen, als mir lieb war. Ich hechtete daher wenig elegant die Treppe und die Auffahrt hinunter zu dem wartenden Wagen.

»Steig schnell ein, bevor dich jemand sieht!«, rief ich aufgebracht und wedelte ungeduldig mit den Armen, während er mich perplex anstarrte, dann aber meiner Anweisung nachkam. Ich schaute mich noch einmal prüfend nach möglichen Paparazzi um, bevor auch ich in den Wagen stieg.

»Ich freue mich auch, dich zu sehen. Auch wenn sich meine Begleiterinnen sonst eher nicht für mich schämen und auch nicht versuchen mich zu verstecken.« Ein amüsiertes Grinsen breitete sich auf seinem Gesicht aus.

»Entschuldige, seit ich das Foto von uns in der Zeitschrift gesehen habe, bin ich etwas paranoid«, sagte ich zerknirscht. Er hatte sich so viel Mühe gegeben, mich zu überraschen, und ich hatte ihn wie ein aufgescheuchtes Huhn vor mir hergetrieben.

»Das Angebot, sich gemeinsam in meinem Schlafzimmer zu verschanzen, steht übrigens noch. Andererseits wäre es eine Schande, dieses schöne Kleid nicht vorher gebührend zu würdigen. Du siehst umwerfend aus.« Das Lächeln, das er mir schenkte, ließ die Schmetterlinge in meinem Bauch aufgeregt umherflattern.

»Danke, meine Schwester hat dir auf jeden Fall schon mal einen hervorragenden Geschmack in Sachen Kleiderwahl attestiert.«

Er lachte.

»Woher kanntest du eigentlich meine Größe? Das Kleid sitzt perfekt.«

»Sagen wir einfach, ich hab ein Auge für so etwas«, antwortete er mit einem verschmitzten Grinsen.

»Du meinst wohl, du hast schon genug Frauen aus ihren Kleidern geschält.«

»Ich schwöre, seitdem wir uns treffen, habe ich andere Frauen nicht einmal bemerkt.« Er hob feierlich seine rechte Hand zum Schwur.

»Verrätst du mir, wohin wir heute fahren?«, fragte ich ihn gespannt.

»Du kannst versuchen es zu erraten, aber mach dir besser keine allzu großen Hoffnungen.«

In Anbetracht meines schicken Abendkleides und seines sommerlichen, aber dennoch eleganten Outfits konnte ich sportliche Outdoor-Aktivitäten mit großer Wahrscheinlichkeit ausschließen. Er trug eine sandfarbene Stoffhose und ein dazu passendes Sakko. Darunter schmiegte sich ein einfaches weißes T-Shirt an seine Brust.

»Wir gehen in die Oper?« Das war doch eine klassische Freizeitbeschäftigung für reiche Leute.

Er zog eine Augenbraue nach oben und schüttelte den Kopf.

»Ich hoffe, wir gehen auf keinen Ball oder so was in der Art, ich kann nicht tanzen«, warnte ich ihn.

Er schüttelte wieder den Kopf. »Nein, aber gut zu wissen. Daran müssen wir unbedingt ein andermal arbeiten. Zu deinem Glück kann ich sehr gut führen.« Bei dem Gedanken in seinen Armen liegend über das Parkett zu schweben, kribbelte es in meinem Bauch.

»Okay also kein Ball für heute Abend. Gehen wir zu einer Ausstellung?« Langsam gingen mir die Ideen aus.

Er schüttelte erneut den Kopf. »Aber ich kann dir zumindest schon mal verraten, was unser erster Programmpunkt sein wird.«

Ich sah ihn erwartungsvoll an.

»Wir werden zusammen essen gehen.«

»Okaaay«, sagte ich gedehnt. Ich hatte tatsächlich mit etwas Spektakulärerem gerechnet.

Damien schien sich jedoch nicht aus dem Konzept bringen zu lassen. Sein Grinsen machte mich misstrauisch. Was hatte er ausgeheckt?

Zwanzig Minuten später kam der Wagen zum Stehen und ich blickte erstaunt aus dem Fenster. Vor uns erstreckte sich der hell erleuchtete Santa Monica Pier mit seinen Fahrgeschäften und Imbissbuden.

»Da wären wir«, sagte Damien.

»Laufen wir das letzte Stück zum Restaurant?«, fragte ich irritiert, weil ich außer den Imbissbuden des Piers keines in unserer unmittelbaren Umgebung entdecken konnte.

»Wer hat denn etwas von einem Restaurant gesagt?« In seinen Augen blitzte es amüsiert auf.

Ich sah ihn entgeistert an, mein Puls beschleunigte sich. »Du willst doch wohl nicht in diesem Aufzug über den Santa Monica Pier spazieren?«

Wir würden ein gefundenes Fressen für die anderen Gäste darstellen und es wäre nur eine Frage der Zeit, bis das die ersten Paparazzi auf den Plan rufen würde.

»Nicht ganz, es fehlen noch ein paar Details«, antwortete er unbekümmert und griff in eine Papiertüte, die auf dem Boden neben ihm lag.

Er zog zwei venezianische Masken daraus hervor und reichte mir eine davon. Sie waren mit schwarzer Spitze verziert und bedeckten lediglich die Augenpartie. Während ich ihn noch perplex anstarrte, knotete er seine Maske mit einem schwarzen Band am Hinterkopf zusammen. Dann setzte er sich einen braunen Hut mit kurzer hochgeschlagener Krempe auf den Kopf.

»Du meinst, diese kleine Maskerade wird uns deine Fans und die Presse vom Leib halten?«, fragte ich wenig überzeugt.

»Dafür müssen sie uns erstmal erwischen!« In seinen Augen funkelte es, als würde er sich auf die Herausforderung freuen.

Ich seufzte tief. »Auf deine Verantwortung. Trotzdem wüsste ich gerne, warum ich mich für den Santa Monica Pier derart aufbrezeln musste?«

»Ich habe das Kleid letztens am Set gesehen und mich gefragt, wie du wohl darin aussehen würdest«, sagte er, als sei dies ein valider Grund.

»Du hast das Kleid vom Filmset mitgehen lassen?«, fragte ich und meine Stimme schoss zwei Oktaven in die Höhe. Das konnte doch wohl nicht sein Ernst sein?

Meine Aufregung schien ihn zu amüsieren. »Ich kann es morgen wieder zurückbringen, wenn du dich dann besser fühlst. Ich bin dir später gerne beim Ausziehen behilflich.« Er hob vielsagend die Augenbrauen.

Während ich ihn sprachlos anstarrte, öffnete er die Autotür und tauchte ein in die bunte Welt des Vergnügungsparks. Dieser Mann war einfach unglaublich! Obwohl ich noch immer der Meinung war, dass es eine leichtsinnige Idee war, zog ich mir die Maske auf und folgte ihm.

»Du hast eine Schwäche für Vergnügungsparks, kann das sein?«, fragte ich ihn.

»Schuldig«, erwiderte er und griff nach meiner Hand.

Und schon liefen wir vorbei an Schaustellerbuden und Imbissständen. Die

Sonne war bereits im Meer versunken und der Himmel färbte sich langsam dunkelblau. Die bunten Lichter des Jahrmarktes umfingen uns und Damien zog mich durch die Menge. Einige zeigten mit den Fingern auf uns und schauten irritiert, was vermutlich mehr auf unsere Maskerade und die unpassende Abendgarderobe zurückzuführen war und weniger darauf, dass sie Damien erkannt hatten. Schließlich blieben wir vor dem Riesenrad stehen.

»Wie wäre es, wenn du uns etwas zu essen organisierst, und ich stelle mich so lange in die Warteschlange für eine Runde mit dem Riesenrad?«, fragte er und ich konnte seine Augen hinter der Maske aufleuchten sehen.

»Klingt nach einem Plan.« Ich lächelte, weigerte mich aber die fünfzig Dollar entgegenzunehmen, die er mir zustecken wollte. Wenn er mich in ein Nobelrestaurant zum Hummeressen ausgeführt hätte, wäre das absolut nicht meine Preisklasse gewesen, aber für ein Abendessen auf dem Rummel war mein Gehalt mehr als ausreichend.

Nachdem ich gefühlt von jeder Imbissbude etwas zu essen besorgt und zwei eisgekühlte Bier erstanden hatte, kehrte ich zurück zum Riesenrad. Damien stand an der Seite, den Hut tief ins Gesicht gezogen, und wartete mit unseren Tickets auf mich. Bevor wir in eine der Gondeln einstiegen, drückte er dem Angestellten diskret ein paar Scheine in die Hand.

»Wofür war das denn?«, fragte ich verwundert.

»Das wirst du noch früh genug sehen. Nicht so ungeduldig.« Er hob tadelnd den Zeigefinger in die Luft. Dann griff er sich eine der zwei Bierflaschen und stieß mit mir an.

»Auf einen Abend, den du nicht so schnell vergessen wirst«, versprach er mir.

Nach der verrückten Aktion mit dem Santa Monica Pier war ich etwas beunruhigt, was darauf noch folgen sollte. Andererseits hatte uns bis jetzt niemand erkannt und die frische Brise, die uns hoch in der Luft um die Nase wehte, fühlte sich großartig an.

»Es gefällt dir, gib es zu«, sagte Damien selbstzufrieden, als er mein Lächeln bemerkte.

»Es ist schon ganz nett hier oben.« Ich blickte auf die immer kleiner werdenden Menschen und die bunt blinkenden Lichter hinab. Hinter ihnen erstreckte sich der dunkle Ozean, dessen salziges Wasser ich im Wind schmecken konnte.

Als unsere Gondel am höchsten Punkt des Riesenrads angelangt war, ging plötzlich ein Ruck durch das Fahrgestell und ich krallte mich an der Metallstange in der Mitte fest. Dann erscholl die Ansage des Besitzers durch die Nacht: »Wir haben leider ein Problem mit der Schaltanlage. Es ist bereits ein Techniker informiert worden, machen Sie sich also bitte keine Sorgen und genießen Sie so lange die Aussicht.«

Damien streckte sich zufrieden in der Gondel aus und griff nach einem der Burger, die ich besorgt hatte.

Ich zählte eins und eins zusammen. »Warst du das?«

»Vielleicht.« Er grinste schelmisch. »Du musst zugeben, die Aussicht hier oben ist grandios. Da können nicht mal die Fünfsterne-Restaurants mithalten.« *Dieser Mann steckte wirklich voller Überraschungen!* Ich konnte mir nicht vorstellen, dass das Leben mit ihm jemals langweilig werden würde.

Wir legten die Masken ab, probierten uns in Ruhe durch die verschiedenen Köstlichkeiten und genossen das Bier, während sich die ersten Sterne am Himmel abzeichneten.

»Machst du so was eigentlich häufiger?«, fragte ich bemüht desinteressiert, während ich mir das Salz der Pommes von den Fingern leckte.

»Das Leben genießen?«

»Auf durchgeknallte Dates mit fremden Frauen gehen?«, konkretisierte ich meine Frage.

»Du hast mich schon mal nackt gesehen und du warst häufiger in meiner Villa als jedes andere weibliche Wesen auf diesem Planeten. Ich würde dich also nicht als Fremde bezeichnen«, neckte er mich.

»Das war nicht die Frage«, murmelte ich.

»Nein, das mache ich für gewöhnlich nicht. Ich habe dir doch gesagt, dass du für mich nicht nur eine von vielen bist.« Er hob sanft mit Daumen und Zeigefinger mein Kinn an, um mir in die Augen sehen zu können.

»Ich weiß, dass du das gesagt hast, aber es fällt mir einfach schwer, das zu glauben«, sagte ich leise.

»Glaub mir, wenn ich dir sage, dass es niemanden so sehr überrascht hat wie mich«, scherzte er, bevor er wieder ernst wurde. »Aber du spürst es doch auch, oder? Diese Verbindung zwischen uns?« Er sah mir forschend in die Augen.

Ich nickte vorsichtig. »Es fühlt sich an, als würden wir uns schon ewig kennen und nicht erst seit einem Sommer.«

»Dann versuch es nicht zu zerdenken. Lass dich einfach darauf ein und lass uns sehen, wo es uns hinführt.«

Das war leichter gesagt als getan, wenn der Einsatz nicht weniger als mein gebrochenes Herz sein würde. Dennoch nickte ich und er belohnte mich mit einem strahlenden Lächeln, das augenblicklich all meine Zweifel in den Hintergrund drängte.

Viel zu schnell kam wieder Bewegung in das Riesenrad und wir setzten unsere Masken auf. Voller Bedauern warf ich einen letzten Blick auf das erleuchtete Los Angeles, bevor die Fahrt sich dem Ende entgegen neigte.

Wir verließen die Gondel und waren gerade im Begriff, wieder in der Menge unterzutauchen, als ich meinte, in dem Stimmengewirr jemanden Damiens Namen tuscheln zu hören. Aus dem Augenwinkel bemerkte ich, wie ein Mädchen mit dem Finger auf uns zeigte und ihre Freundinnen ebenfalls auf uns aufmerksam machte.

»Ich glaube, wir sind aufgeflogen«, sagte Damien im gleichen Augenblick, wirkte jedoch nicht im Geringsten beunruhigt. Er griff nach meiner Hand und wir jagten im Zickzack durch die Menge. Die ersten Leute richteten bereits ihre Handys auf uns und Damien streifte sich sein Sakko über die Schultern, um es wie ein Zelt schützend über meinen Kopf zu halten.

Mit klopfendem Herzen und außer Atem gelangten wir zum Ausgang des Parks. Die Limousine stand glücklicherweise noch immer an derselben Stelle, an der wir sie zurückgelassen hatten. Schnell retteten wir uns ins Innere des Wagens und schlugen die Autotüren zu. Auf Damiens Zeichen hin drückte der Fahrer aufs Gas und wir ließen die gaffende Meute hinter uns. Mein Herz klopfte wild von dem Sprint und der Aufregung. Ich hatte mich selten so lebendig gefühlt.

»Ich bin noch nie von einer Menschenmasse verfolgt worden, das war wahnsinnig aufregend«, sprudelte es aus mir hervor und Damien lachte.

»Willkommen in meiner Welt. Das nächste Mal ziehst du besser Turnschuhe an«, sagte er mit einem Blick auf meine mörderisch hohen Absätze. »Wirklich alles okay mit dir?«, hakte er nach und musterte mich eindringlich.

Obwohl mich das Foto von uns beiden in dem Klatschmagazin so dermaßen aus der Fassung gebracht hatte, fühlte ich mich nach der wilden Verfolgungsjagd erstaunlich gelassen.

Ich zuckte mit den Schultern. »Merkwürdigerweise ja, aber ich würde mich doch wohler fühlen, wenn wir für den Rest des Abends auf weitere Verfolgungsjagden verzichten könnten. Steht dein Angebot noch?«, fragte ich und spürte, wie meine Wangen warm und mein Mund trocken wurde.

Als er nicht gleich zu wissen schien, worauf ich hinauswollte, verdeutlichte ich: »Du meintest doch, in deinem Schlafzimmer wäre ich sicher.«

Seine Augen weiteten sich für einen Augenblick überrascht, bevor sie sich verdunkelten und er mich mit einem Hunger ansah, der meinen Herzschlag aus dem Takt brachte.

»Das ist wirklich eine ausgezeichnete Idee, noch dazu, da sie von dir kommt. Allerdings habe ich noch einen weiteren Programmpunkt für heute geplant, den ich dir ungern vorenthalten möchte«, sagte er sanft. »Aber danach sollten wir unbedingt auf deinen Vorschlag zurückkommen.«

Sein Blick glitt an meinem Körper herab, als wollte er jedes Detail in sich aufnehmen und mir wurde heiß.

Ich räusperte mich. »Und wohin fahren wir als Nächstes?«

»Zu einem meiner Lieblingsorte«, sagte er geheimnisvoll.

***

Wir fuhren eine ganze Weile durch zunehmend leerer werdende Straßen, bis wir die Ausläufer der Stadt hinter uns ließen. Die Umgebung, die an der

Fensterscheibe vorbeizog, war wild bewachsen und es fanden sich nur vereinzelte Laternen am Straßenrand.

»Du bist doch nicht in Wahrheit ein irrer Serienmörder, oder?«, fragte ich, nachdem wir schon seit zehn Minuten an keinem Haus mehr vorbeigekommen waren.

Damien lachte. »Du wolltest doch weg von der Öffentlichkeit.«

»Ja, aber nicht gleich komplett in die Wildnis. Wenn du das nächste Mal sagst, dass ich mir etwas Nettes anziehen soll, weiß ich jetzt zumindest, dass es bedeutet, dass ich besser das absolute Gegenteil machen sollte.«

»Du musst zugeben, dass es so viel aufregender war, über den Pier zu laufen als in Shorts und T-Shirt. Und außerdem sollte es schließlich zu den Masken passen«, verteidigte er sich. »Aber du solltest dir für gleich schon mal etwas überziehen.« Er reichte mir einen dicken Wollmantel, einen Schal, Handschuhe und dicke Wollsocken, sowie Fellboots.

Jetzt musste er vollkommen den Verstand verloren haben. Selbst in den kalifornischen Wintern hatte ich nie zuvor Handschuhe benötigt, da die Temperaturen selten unter zehn Grad Celsius fielen. Und aktuell war Sommer und es waren trotz der späten Stunde noch immer angenehme zweiundzwanzig Grad draußen.

Als er meinen irritierten Gesichtsausdruck bemerkte, lachte er, sah mich aber immer noch auffordernd an. Kopfschüttelnd zog ich die Sachen schließlich über. Ich war gerade dabei, meine Füße in die flauschigen Fellboots zu stecken, als der Wagen unvermittelt anhielt.

»Bist du bereit für den nächsten Programmpunkt?«, fragte Damien und die Begeisterung in seiner Stimme wirkte ansteckend. Er war in der Zwischenzeit ebenfalls in eine dicke Daunenjacke geschlüpft und zog soeben den Reißverschluss nach oben.

»Keine Ahnung. Wenn ich mir mein Outfit so anschaue, ist es nicht unbedingt geeignet für die Polarexpedition, die du anscheinend geplant hast. Aber du wirst schon wissen, was du tust«, sagte ich achselzuckend.

»Es wird dir gefallen«, versprach er und half mir aus dem Auto.

Wir standen auf einem großen, leeren Parkplatz mitten im Nirgendwo.

Hinter dem Wagen ragte ein rechteckiges Gebäude von der Größe eines Baumarktes in die Nacht, welches nur spärlich beleuchtet war. Als wir näher kamen, konnte ich das verblichene Schild am Eingang lesen: Eissporthalle. Überrascht sah ich zu Damien. Das Letzte, was ich hier in der Einöde erwartet hätte, war eine Eissporthalle.

»Im Winter ist hier die Hölle los, wenn die Eltern ihre Kinder einpacken und zum Schlittschuhlaufen herkommen. Jetzt im Sommer verirrt sich allerdings kaum jemand hierher. Um sicherzugehen, habe ich die Halle aber trotzdem exklusiv für uns gemietet. Wir können also auf unsere Verkleidung verzichten.« Er zwinkerte mir verschwörerisch zu.

Er hatte eine ganze Eishalle für uns gemietet! Kurz hatte er mich vergessen lassen, mit wem ich auf diesem Date war. Der Besuch des Santa Monica Piers hatte sich beinahe normal angefühlt – abgesehen von der unpassenden Abendgarderobe und der Flucht vor Damiens Fans. Okay, vielleicht hatte sich auch lediglich mein Empfinden für Normalität in seiner Gegenwart verzerrt.

»Du hast die komplette Eishalle gemietet?« Ich schüttelte fassungslos den Kopf.

»Da ist doch nichts dabei.« Er machte eine wegwerfende Handbewegung. »Du hast mir eine Chance versprochen und die gedenke ich zu nutzen. Und jetzt genieß einfach den Abend und lass den Rest meine Sorge sein«, sagte er und zog mich hinter sich her. Immerhin hatte ich das Abendessen bezahlt.

Damien lief zielstrebig auf den Schlittschuhverleih zu und ließ uns zwei Exemplare heraussuchen. Bei meinem Paar handelte es sich um ein klassisches Modell, welche man häufig im Fernsehen bei Eiskunstläuferinnen sah. Das schmal geschnittene, weiße Leder schmiegte sich an meine Knöchel und Damien half mir dabei, die Schnürsenkel möglichst straff zu ziehen, damit meine Füße nicht im Schuh hin und her rutschten.

Als wir die Eishalle betraten, traf mich die kalte Luft wie eine Wand. Ich zog die Jacke enger um meinen Oberkörper und rieb meine behandschuhten Hände aneinander. Jetzt war ich froh, dass Damien darauf bestanden hatte, dass ich die Winterbekleidung überziehen sollte. In dem dünnen Abendkleid hätte ich mir hier drinnen den Tod geholt.

»Wenn wir erstmal auf dem Eis und in Bewegung sind, wird dir warm«, versprach er.

Wäre jetzt der richtige Moment, um zu erwähnen, dass ich noch nie zuvor Schlittschuh gelaufen war?

»Vielleicht schaue ich dir lieber erstmal vom Rand aus zu«, sagte ich zögernd, während ich Damien dabei beobachtete, wie er mit eleganten Bewegungen einen Kreis auf der makellosen Eisfläche beschrieb.

»Komm schon, ich halte dich auch fest.« Er streckte mir seine rechte Hand entgegen und lächelte mich aufmunternd an.

Das unberührte Eis glitzerte verführerisch und gefährlich zugleich im grellen Licht der Scheinwerfer. Ich gab mir einen Ruck und stakste auf unsicheren Beinen in Richtung der Eisfläche. Damien erwartete mich am Einlass und reichte mir seine behandschuhten Hände. Vorsichtig stellte ich meinen rechten Fuß aufs Eis und quietschte erschrocken auf, als die Kufe ein Stück nach vorne glitt und ich mein Gleichgewicht verlor. Bevor ich höchst unelegant mit dem Hintern voran auf dem harten Untergrund aufschlagen konnte, umfasste Damien meine Unterarme und hielt meinen Körper an Ort und Stelle.

Mein Herz schlug aufgeregt in meiner Brust und pumpte Adrenalin durch meine Blutbahn. Doch in Damiens Griff fühlte ich mich sicher genug, um auch meinen linken Fuß vorsichtig auf die spiegelglatte Fläche zu setzen. Ich fühlte mich wie ein neugeborenes Fohlen, das nicht genau wusste, was es mit seinen Beinen anstellen sollte. Verkrampft stand ich auf dem Eis und traute mich weder vor noch zurück.

»Vertraust du mir?«, fragte Damien mich.

»Dir schon, aber meinem Körper nicht«, gab ich kläglich zurück.

»Mach dir keine Sorgen, um den kümmere ich mich mit Vergnügen«, erwiderte er schmunzelnd.

Dann ließ er meine Unterarme los und ich sah ihn panisch an. Er umkreiste mich und legte seine Hände von hinten an meine Taille.

»Stell deine Füße einfach parallel zueinander aufs Eis und ich schiebe dich«, wies er mich an.

»Aber nicht zu schnell!« Meine Beine fühlten sich an, als wären sie aus Wackelpudding. Sein Lachen in meinem Rücken wirkte wenig beruhigend.

Dann bewegte er uns übers Eis. Im ersten Moment flatterte mein Herz aufgeregt und meine Hände suchten nach Halt. Doch nachdem wir eine Runde gedreht hatten, fühlte ich mich sicherer auf den Beinen. Damien beschleunigte leicht das Tempo und wir glitten in fließenden Bewegungen übers Eis. Nach der dritten Runde fühlte ich mich sicher genug, um nicht mehr unentwegt auf meine Füße schauen zu müssen und stattdessen das Dahingleiten und das dadurch entstehende Kribbeln in meinem Bauch genießen zu können.

»Woher kannst du so gut Schlittschuh laufen?«, fragte ich ihn. In einer Stadt, in der wir Schnee nur aus der Theorie kannten, war die Wahrscheinlichkeit größer, einem Einhorn zu begegnen als jemandem, der Schlittschuh laufen konnte.

»Ich komme ursprünglich aus Seattle, da ist der Winter ein richtiger Winter mit Schnee und Eis. Als ich noch jünger war, ist meine Mutter an den Wochenenden häufig mit mir zusammen auf vereisten Seen Schlittschuh gelaufen. Später habe ich es Abby beigebracht. Sie wollte gar nicht mehr vom Eis runter«, erzählte er und ich hörte die Wärme in seiner Stimme.

»Kannst du auch Figuren?«

»Willst du etwas sehen?«

»Klar«, erwiderte ich begeistert.

Damien stoppte uns sanft und ließ mich los, sobald er sicher war, dass ich einen festen Stand hatte. Dann stellte er seine Beine abwechselnd hintereinander und bewegte sich in fließenden Rückwärtsbewegungen von mir weg. Geschmeidig glitten seine Kufen über das Eis, als er immer größer werdende Runden um mich herum drehte.

Dann stieß er sich mit einem Mal mit seinem rechten Fuß von der Eisfläche ab, machte eine halbe Drehung in der Luft und landete rückwärts auf seinem linken Fuß. Dann wechselte er in rhythmischen Bewegungen zwischen Vorwärts- und Rückwärtslauf. Immer schneller glitt er übers Eis, bis er sich erneut abstieß und in der Luft eine komplette Drehung vollführte. Als er wieder zu mir zurückkehrte, klatschte ich begeistert Applaus.

»Gibt es eigentlich irgendetwas, in dem du nicht gut bist? Mal vom Putzen abgesehen.«

»Nein, eigentlich nicht«, sagte er unbescheiden und mit einem breiten Grinsen im Gesicht. Seine Wangen waren vom Schlittschuhlaufen leicht gerötet und seine Augen strahlten hell und klar.

»Das Beste habe ich dir aber noch gar nicht gezeigt«, sagte er geheimnisvoll. »Warte hier, ich bin gleich wieder da. Versuch, dich in der Zwischenzeit einfach so wenig wie möglich zu bewegen und dir nicht den Hals zu brechen.«

Ich unterdrückte den Impuls, ihm die Zunge rauszustrecken, und rollte stattdessen nur mit den Augen. Er verließ die Eisfläche und verschwand hinter einer der Tribünen, die zu beiden Seiten der Halle in die Höhe ragten. Dann ertönte ein klackendes Geräusch und es wurde mit einem Mal stockfinster in der Halle. Mein Gleichgewichtssinn geriet ins Wanken und ich ruderte wild mit den Armen in der Luft, um nicht hinzufallen.

»Damien?«, rief ich leicht panisch.

Mich alleine hier im Dunkeln mitten auf der Eisfläche stehen zu lassen, war so was von nicht okay. Ich suchte meine Umgebung nach irgendetwas ab, das mir den Weg zum Ausgang leiten konnte, doch die Finsternis war so allumfassend, dass ich nicht einmal meine Schlittschuhe erkennen konnte.

Dann begann das Eis unter meinen Füßen plötzlich zu leuchten. Unter der Eisschicht mussten hunderte Glühbirnen angebracht worden sein, die jetzt ein diffuses Licht durch das gefrorene Wasser sandten. Immerhin konnte ich meine Füße wieder erkennen. Langsam gewöhnten sich meine Augen an das dämmrige Licht und mein Puls wurde wieder gleichmäßiger.

Zumindest bis zu dem Punkt, an dem aus heiterem Himmel ein rumpelndes Geräusch über meinem Kopf erklang und es sich so anhörte, als würde jeden Moment die Decke auf mich herabstürzen. Mit weit aufgerissenen Augen blickte ich nach oben und sah, wie sich die Deckenplatten zusammenzogen wie bei einem Akkordeon. Darunter kam langsam der Nachthimmel zum Vorschein. Durch ein Dach aus Glas funkelten mir die Sterne entgegen. Ich legte den Kopf weit in den Nacken und starrte fasziniert hinauf in den

Nachthimmel. In L.A. konnte man durch den Lichtsmog allerhöchstens vom Strand aus vereinzelte Sterne erkennen. In der Stadt selbst hatten die künstlichen Lichter die natürlichen vollständig verdrängt. Doch hier draußen mitten im Nirgendwo waren wir anscheinend weit genug entfernt vom Lichtkegel der Stadt.

Ich hörte das sanfte Kratzen von Schlittschuhkufen auf dem Eis und als ich meinen Blick senkte, stand Damien vor mir. Im dämmrigen Licht konnte ich nur seine Konturen erkennen.

»Das ist wunderschön, Damien«, sagte ich und griff nach seiner Hand.

»Früher war hier einmal ein Hallenbad, bevor sie es in eine Eishalle umgewandelt haben. Deshalb ist die Decke auch verglast. Tagsüber müssen sie sie wegen der Sonne abdecken, damit das Eis nicht schmilzt. Aber abends kann man sie gefahrlos zurückfahren. Normalerweise lassen sie die Deckenlampen an, aber ich finde es so eindrucksvoller.« Er hatte nun ebenfalls seinen Kopf in den Nacken gelegt und blickte hinauf zu den Sternen.

»Wie hast du diese Eishalle überhaupt gefunden?«

»Wir haben hier mal Szenen für einen Film aufgenommen. Deine Schwester kennt ihn sicher«, sagte er grinsend.

Ich lachte leise. »Alles andere würde mich schockieren.«

Einen Moment lang standen wir einfach nur reglos nebeneinander und blickten hinauf zum gläsernen Firmament.

»Sag mal, drehst du eigentlich gerne solche Filme?«, unterbrach ich die Stille.

»Kitschige Liebesfilme?«, fragte er mit ironischem Unterton.

»Das hast du jetzt gesagt«, sagte ich so neutral wie möglich.

»Wenn man als Schauspieler einmal in ein bestimmtes Genre einsortiert worden ist, ist es nicht so leicht, dort wieder herauszukommen. Noch dazu, wenn die Filme so erfolgreich sind und dein Management an deinen Einnahmen beteiligt ist.« Er seufzte.

»Wo ist denn dein Selbstbewusstsein plötzlich hin?«, fragte ich gespielt schockiert.

Er lachte leise. »Keine Angst, das ist nicht so schnell kleinzukriegen.

Irgendwann werde ich sowieso von einem jüngeren Modell ersetzt, dann kann ich mich endlich den anspruchsvollen Rollen widmen«, scherzte er.

»Wenn das wirklich das ist, was du machen willst, solltest du dich von niemandem davon abhalten lassen«, sagte ich ernst. Wenn meine kleine Schwester wüsste, dass ich ihrem Idol gerade dazu riet, aus dem Liebesfilm-Genre auszusteigen, würde sie mich höchstwahrscheinlich einen Kopfkürzer machen.

»Ich bin mir sicher, dass noch viel mehr in dir steckt als der heißblütige Lover, den du in deinen Filmen spielst. Gib dich nicht mit weniger zufrieden«, sagte ich nachdrücklich.

»Danke, ich wünschte, mein Manager würde das auch sehen.« Er seufzte erneut. »Aber lass uns jetzt nicht von meiner Arbeit sprechen, wir sind doch schließlich zum Vergnügen hier!«

Im nächsten Moment nahm er meine Hände und zog mich über das Eis. Ich quietschte entsetzt auf, als er mich plötzlich um meine eigene Achse drehte.

»Wegen dir bekomme ich noch einen Herzinfarkt«, sagte ich atemlos.

Er lachte nur und ließ mich übers Eis gleiten. Unter dem Sternenhimmel Schlittschuh zu laufen, war definitiv eine Erfahrung, die ich so schnell nicht vergessen würde. Damiens Hände navigierten mich sicher über das Eis, während ich das Kribbeln in meinem Bauch und die Aussicht genoss.

Als meine Nase zu einem Eiszapfen gefroren war, führte mich Damien zurück zum Ausgang. Mit wackeligen Beinen kam ich auf dem festen Hallenboden zum Stehen. Wir gaben die Schuhe beim Verleih zurück und traten hinaus in die warme Nacht.

»So schön es auch war, ich bin froh, dass wir wieder draußen in der Wärme sind.« Ich rieb meine kalten Finger aneinander.

Er griff nach meinen Händen, umschloss sie mit seinen und führte sie zu seinem Mund, um seinen heißen Atem über sie zu hauchen. Die Hitze schien nicht nur meine Finger, sondern auch den gesamten Rest meines Körpers zu durchdringen.

»Was hältst du von einem heißen Bad zum Aufwärmen?«, fragte er und die Hitze in meinem Körper verstärkte sich.

»Klingt wunderbar«, flüsterte ich, weil ich meiner Stimme nicht traute.

Kapitel 17

Cassey

Auf der Rückfahrt schien die Spannung zwischen uns mit Händen greifbar zu sein. Doch Damien hielt sein Versprechen, es langsam angehen zu lassen, und behielt seine Finger bei sich. Was mein verräterischer Körper mit Bedauern registrierte.

Endlich erreichten wir seine Villa. Es war ein merkwürdiges Gefühl, sie zum ersten Mal als Gast zu betreten. Gemeinsam stiegen wir aus dem Wagen und ich folgte ihm die Treppe hinauf in sein Schlafzimmer. Beim Eintreten war mir die Präsenz seines Bettes überdeutlich bewusst. Doch Damien ging zielstrebig daran vorbei ins angrenzende Badezimmer. Ich stellte verblüfft fest, dass die Ausmaße seines Bads größer waren als die unseres Wohnzimmers. Neben einer großen ebenerdigen Duschkabine mit einer Regenwalddusche befand sich in der hinteren rechten Ecke des Zimmers eine Eckbadewanne, in der sich auch ein Tier in der Größe eines Nilpferds wohlgefühlt hätte. Durch die verglaste Front konnte man die Aussicht auf das vibrierende Los Angeles bei Nacht bestaunen.

»Du fährst heute wirklich alle Geschütze auf, um mich zu beeindrucken, oder?«, fragte ich.

»Funktioniert es denn?«

»Vielleicht ein kleines bisschen.« Nur mit Mühe konnte ich den Blick von der Aussicht lösen.

Er ging zur Badewanne und keine Sekunde später strömte dampfendes Wasser aus den beiden vergoldeten Hähnen. Ich blieb unschlüssig in der Mitte des Raumes stehen. Mir war soeben siedend heiß eingefallen, dass ich lediglich einen Hauch von einem Slip und keinen BH unter dem Kleid trug. Er schien zu ahnen, was in mir vorging, denn er verschwand aus dem Zimmer und kam kurz darauf mit einem Bikini in den Händen zurück.

»Hast du den auch vom Set mitgehen lassen?«, fragte ich nur halb im Spaß.

»Nein, aber die Antwort würde dir wahrscheinlich trotzdem nicht gefallen.« Er grinste schief. »Er ist ungetragen, wenn dich das beruhigt.«

Es sollte mich wahrscheinlich nicht wundern, dass Damien Notfall-Bikinis in seiner Villa bereithielt.

»Ich besorge uns noch schnell etwas zu trinken. In der Zwischenzeit kannst du es dir schon mal bequem machen«, sagte er mit einer einladenden Geste in Richtung der Badewanne und ließ mich alleine.

Schnell schlüpfte ich aus dem Kleid, das ich sorgsam an einem der Kleiderhaken hinter der Tür aufhing, und zog den Bikini an. Dann ließ ich mich wohlig seufzend in das warme Wasser sinken, das mir bereits bis zum Bauchnabel reichte. Ein Hauch von Vanille lag in der Luft und ich lehnte meinen Kopf gegen eines der Kissen mit Plastiküberzug, die am Rand der Wanne angebracht waren.

Damien kam mit einer Flasche Champagner und zwei Gläsern in der Hand zurück. Außerdem hatte er sich eine Schale mit Erdbeeren unter den Arm geklemmt.

»Wenn du so weitermachst, weiß ich nicht, wie du dich beim nächsten Date noch steigern willst«, sagte ich belustigt.

»Lass das mal meine Sorge sein.« Er zwinkerte mir zu.

Dann stellte er alles auf dem Wannenrand ab und begann sein Hemd aufzuknöpfen. Aufmerksam beobachtete ich jede seiner Bewegungen, was ihm natürlich nicht entging. Der Blick, den er mir daraufhin zuwarf, ließ meinen Herzschlag erneut verrücktspielen. Schnell griff ich nach einer der Champagnerflöten und nahm einen großen Schluck.

Damien kam nur in seinen Boxershorts bekleidet zur Badewanne und ließ sich mir gegenüber ins Wasser sinken. Ich bemühte mich, meine Augen auf sein Gesicht zu richten und nicht allzu begierig auf seine definierten Bauchmuskeln zu starren. Er drehte die beiden Wasserhähne zu, bevor er sich behaglich im warmen Wasser ausstreckte. Dabei glitt sein Fuß an meiner Wade entlang und blieb locker zwischen meinen Oberschenkeln liegen. Immer wenn er sich bewegte, streiften seine Zehen die empfindliche Haut an der Innenseite meiner Schenkel. Ich nahm einen weiteren großen Schluck von dem Champagner. Er prickelte angenehm in meinem Mund und fühlte sich so luftig leicht auf der Zunge an, dass man schnell den Alkoholgehalt vergessen konnte. Ich spürte bereits, wie er mir zu Kopf stieg und fühlte mich losgelöst. Das nächtlich erleuchtete Los Angeles bildete eine atemberaubende Kulisse. Ich war so entspannt wie schon lange nicht mehr, gleichzeitig stand mein Körper wie unter Strom.

»Danke für den schönen Abend«, sagte ich.

»Nicht so voreilig, noch ist er nicht vorbei.« Er griff hinter sich, nahm sich eine der Erdbeeren und ließ sie genüsslich in seinem Mund verschwinden.

»Möchtest du auch eine?«, fragte er, als er den Hunger in meinen Augen bemerkte.

Ich nickte, auch wenn ich nur bedingt an der Frucht interessiert war. Vielmehr sehnte ich mich danach, seine Hände auf meinem Körper und seine Lippen auf meinen zu spüren. Ich fragte mich, was mich eigentlich davon abhielt, den ersten Schritt zu wagen. Es langsam angehen zu lassen, war die einzig vernünftige Entscheidung, sagte mir mein Kopf. Aber etwas in mir wünschte sich nichts sehnlicher, als meine Regeln über Bord zu werfen. Ich wollte mich fallen lassen und mich ihm hingeben. Bei dem Gedanken geriet mein Herzschlag augenblicklich aus dem Takt und meine Kehle fühlte sich staubtrocken an.

Damien lehnte sich mir entgegen und hielt mir die Erdbeere hin. Ich richtete mich auf, ließ mich nach vorne auf die Knie sinken und näherte mich ihm. In meinem Kopf schaltete etwas auf Autopilot und mein Körper übernahm die Führung. Ich würdigte die Erdbeere in seiner ausgestreckten linken Hand keines Blickes und bewegte mich stattdessen zielstrebig auf ihn zu.

»Ich habe meine Meinung geändert, ich möchte lieber etwas anderes«, sagte ich, als sein Gesicht nur noch wenige Millimeter von meinem entfernt war.

Seine Augen weiteten sich für den Bruchteil einer Sekunde überrascht, dann blitzte Begierde in ihnen auf.

»Du kannst von mir alles haben, was du willst«, sagte er mit rauer Stimme.

Ich befeuchtete meine Lippen mit der Zungenspitze und sein Blick folgte gebannt jeder meiner Bewegungen.

Dann ließ ich endgültig alle Zweifel und Bedenken von mir abfallen und verlor mich im Augenblick. Ich glitt auf seinen Schoss, umfasste sein Gesicht mit meinen Händen und küsste ihn. Seine Lippen fühlten sich heiß auf meinen an. Er zog mich enger an sich, sodass ich jede seiner beeindruckenden Bauchmuskeln an meiner Haut spüren konnte. Meine Brustwarzen richteten sich auf, als mein Oberkörper über seinen rieb. Ein leises Stöhnen entglitt meinen Lippen und er nutzte die Gelegenheit, um meinen Mund mit seiner Zunge zu erforschen. Ich vergrub meine Hände in seinem Haar und konnte nicht genug von ihm bekommen. Wollte ihn überall berühren, ihn überall spüren. Seine Hände legten sich schwer auf meine Taille und hielten mich fest.

»Ich schwöre, wenn du dich weiter an mir reibst, werfe ich dich über meine Schulter und schleife dich rüber in mein Bett«, knurrte er.

Ich hatte gar nicht bemerkt, dass ich meine Hüfte an ihn geschmiegt hatte. Doch jetzt spürte ich das Ergebnis hart an meinem Bauch.

»Soll mich das etwa abschrecken?«, fragte ich und drängte mich hungrig an ihn.

Eine Mischung aus einem Knurren und einem Stöhnen entwich seiner Kehle. Er küsste mich stürmisch und zog meine Unterlippe zwischen seine Zähne, um zärtlich an ihr zu knabbern. Ich keuchte auf, schlang meine Arme um seinen Hals und rieb mich an seiner Härte.

»Sag nicht, ich hätte dich nicht gewarnt«, sagte Damien.

Im nächsten Moment hatte er sich aus meiner Umklammerung gelöst und war aus der Badewanne gestiegen. Mit seinem rechten Arm umschlang er meine Taille und warf mich über seine Schulter, als sei ich leicht wie eine Feder. Ich quietschte überrascht auf und trommelte empört mit meinen Fäusten auf seinen Rücken, was ihn jedoch nicht sonderlich zu beeindrucken schien. Ich hatte nicht damit gerechnet, dass er seine Drohung tatsächlich wahr machen würde.

Kaum waren wir am Bett angelangt, warf er mich halbnackt und nass, wie ich war, auf die seidenen Laken. Er folgte mir umgehend und nahm mich mit seinem Körper gefangen. Mit seinen Unterarmen stützte er sich neben meinem Kopf auf den Kissen ab, seine Knie hielten meine Taille an Ort und Stelle.

»Bist du sicher, dass du das willst? Ich könnte schwören, du hast mir heute Morgen noch einen Vortrag darüber gehalten, dass wir es langsam angehen lassen sollten«, sagte er mit einem verschmitzten Grinsen.

»Ich will dich und ich will dich jetzt. Also hör auf zu reden und küss mich endlich«, wies ich ihn an.

Er lachte. »Nicht so stürmisch, wenn, dann machen wir es richtig.«

»Gibt es denn da überhaupt ein falsch?«, fragte ich ungeduldig. Ich wollte seine weichen Lippen wieder auf meinen spüren.

Er lachte rau. »Mit mir nicht, so viel ist sicher.«

»Gott, du bist manchmal echt ein unerträglicher Macho ... ohh!« Meine Beschwerde ging in ein Stöhnen über, als seine Lippen sich durch den nassen Stoff des Bikinis um meine linke Brustwarze schlossen und er fest daran sog. Ein heißes Prickeln schoss durch meinen Körper und ich vergaß augenblicklich, was ich ihm an den Kopf hatte werfen wollen.

Er öffnete den Bikini, dessen Verschluss sich praktischerweise vorne zwischen meinen Brüsten befand, was bestimmt ein schlagkräftiges Kaufargument gewesen war. Seine Lippen hauchten heiße Küsse auf meinen Oberkörper. Sein Atem strich über meine Brustwarzen, die sich ihm in Erwartung der nächsten Liebkosung entgegenstreckten. Seine Zunge neckte die harten Spitzen und bescherte mir damit eine Gänsehaut. Ohne Hast wanderte er weiter in Richtung meines Bauchs. Mit der Zungenspitze tauchte er in die Kuhle meines Bauchnabels ein, bevor sich sein Mund langsam in tiefere Regionen vortastete.

Mit den Zähnen zog er mir das Bikinihöschen über die Beine und küsste sich dann von meinen Fußknöcheln wieder nach oben empor. Die Bartstoppeln seines Dreitagebarts kratzten sanft über die empfindliche Haut an der

Innenseite meiner Oberschenkel. Es fühlte sich verboten gut an und mein Körper erschauerte unter seinen Liebkosungen. Ein sehnsuchtsvolles Ziehen breitete sich in meinem Becken aus und verlangte nach mehr.

Als er schließlich zwischen meinen Beinen angelangt war, fühlte sich mein Körper an wie eine zum Zerreißen gespannte Saite auf einem Bogen. Mein Atem ging stoßweise und ich reckte ihm mein Becken auffordernd entgegen, als er kurz innehielt und seine Lippen den Kontakt zu meiner Haut verloren. Er hob den Kopf und für einen Moment verhakten sich unsere Blicke ineinander. Ich konnte meine Lust in seinen Augen sehen und noch so vieles mehr. Wärme und Zuneigung ließen das Grün seiner Iris leuchten und hüllten mich ein wie eine kuschelige Decke.

Dann senkte er seinen Kopf wieder hinab zwischen meine Beine und ich krallte meine Finger in die Laken. Ich stöhnte auf, als er meine empfindsamste Stelle mit seiner Zunge berührte und rau darüber leckte. Sanft sog er an dem pulsierenden Knoten aus Nervenenden und ließ seine Zungenspitze in kreisenden Bewegungen mal zärtlich, mal fordernd darüber gleiten. Ich bog den Rücken durch. Mein Herz raste. *Ich hatte soeben ein weiteres Talent von Damien entdeckt.*

Bevor er mich vollends über die Klippe springen ließ, stoppte er plötzlich und erhob sich. Mein Körper zuckte empört unter ihm. *Er konnte doch nicht ausgerechnet jetzt aufhören!*

Als er meinen Gesichtsausdruck bemerkte, in dem sich vermutlich gerade Empörung, Verzweiflung und Verlangen miteinander vermischten, grinste er.

»Keine Angst, du wirst mich heute Nacht noch anflehen, aufzuhören«, sagte er und sein Lächeln wirkte diabolisch.

Seine Worte sandten ein Kribbeln durch meinen Körper, welches sich zwischen meinen Beinen zu konzentrieren schien. Ich konnte mir nicht vorstellen, dass ich jemals genug davon bekommen könnte. Die Empfindungen, die er in mir entfachte, waren berauschender als jede Achterbahnfahrt.

Damiens Gesicht schwebte mittlerweile nur noch wenige Zentimeter entfernt über meinem. Ich vergrub meine Hände in seinen Haaren und zog ihn zu mir herab. Unsere Lippen fanden sich und wir küssten uns hart und begierig. Ich konnte mich selbst auf seiner Zunge schmecken. Als er sich schließlich zurückzog, protestierte ich. Meine Lippen fühlten sich heiß und geschwollen an, ich wollte mehr.

»Du siehst so unglaublich heiß aus«, sagte er und lehnte sich zu mir herunter, um meine Lippen erneut mit seinen zu verwöhnen.

Ich seufzte zufrieden und wollte ihn wieder an mich ziehen. Er umfasste jedoch meine Handgelenke und hielt sie spielend leicht mit einer Hand über meinem Kopf gefangen.

»Jetzt musst du deine frechen Finger aber mal für ein paar Sekunden bei dir behalten«, sagte er grinsend.

»Es ist nicht so, als würdest du mir eine große Wahl lassen«, gab ich empört zurück.

Er lachte. »Ich weiß nicht, ob man dir trauen kann. Da gehe ich lieber auf Nummer sicher.«

Dann streifte er sich mit der freien Hand die nassen Boxershorts von den Beinen und wandte sich dem Nachtisch zu. Ich hörte, wie er die Nachttischschublade öffnete und darin herumkramte. Triumphierend zog er eine Kondompackung daraus hervor, die er mit den Zähnen aufriss.

Betreten musste ich mir eingestehen, dass ich mir bis zu diesem Moment absolut keine Gedanken über so etwas Elementares wie Verhütung gemacht hatte. Seine Hände und seine Zunge hatten dafür gesorgt, dass ich mich vollkommen in seinen Berührungen verloren hatte. Dieser Mann hatte etwas an sich, dass mich derart in den Bann zog, dass sich meine Vernunft vollständig zu verabschieden schien.

Er ließ meine Handgelenke wieder los und glitt über mich. Unsere Finger verflochten sich miteinander und sein Blick bohrte sich feurig in meinen. Keine Sekunde später spürte ich seine Härte genau an der Stelle, an der ich ihn am dringendsten brauchte. Mein Herzschlag setzte für einen Moment aus, um sich dann förmlich zu überschlagen, als er quälend langsam in mich glitt. Er gab meinem Körper kurz Zeit, sich an ihn anzupassen, bevor er sich zunächst behutsam und dann immer schneller werdend in mir bewegte. Ich reckte ihm mein Becken entgegen, um ihn noch tiefer in mir zu spüren. Er quittierte es mit einem gedämpften Stöhnen.

Ich krallte meine Finger in seine. Ein heiserer Schrei entkam meiner Kehle, als er eine besonders sensible Stelle in mir traf und damit prickelnde Stromstöße durch meinen Körper jagte. Seine Lippen fanden meine und die Gefühle, die durch mich hindurch wirbelten, ließen mich in einen rauschartigen Zustand gleiten. Ich schloss meine Augen, wodurch sich jede Berührung noch intensiver anfühlte. Die Spannung, die sich in meinem Becken aufbaute, wurde mit jeder Sekunde stärker. Als Damien plötzlich unvermittelt eine meiner Brustwarzen mit seinen Lippen umfing und daran sog, überrollte mich der Orgasmus wie eine Welle und ich bäumte mich laut stöhnend unter ihm auf.

Damien keuchte auf, als sich meine Muskulatur um ihn herum zusammenzog und er beschleunigte sein Tempo noch einmal, bevor er ein letztes Mal tief in mich eindrang und mich dabei stürmisch küsste. Meine Lippen verschluckten sein heiseres Stöhnen, als er kam. Er verharrte noch einen Augenblick über mir, dann ließ er sich neben mich auf die Matratze fallen.

»Ich sollte über schalldichte Wände nachdenken«, gluckste er.

Ich pikste ihn anstelle einer Antwort mit meinem Zeigefinger in die Seite.

»Das sollte keine Kritik sein. Ich mag es, wenn du für mich schreist«, flüsterte er an meinem Ohr und verursachte damit ein Prickeln in meinem Nacken.

Dann schmiegte er sich von hinten an meinen Rücken und umschlang meine Taille mit seinen Armen. Ich seufzte wohlig auf und kuschelte mich an ihn.

»Bleibst du heute Nacht hier?«, fragte er und hauchte dabei zarte Küsse auf meine Halsbeuge.

»Hast du mich etwa schon betteln hören, dass du aufhören sollst?« Ich konnte sein Lächeln in meinem Nacken spüren.

Keine Sekunde später hatte er mich auch schon rücklings auf die Matratze gepresst und hielt mich mit seinem Körper gefangen.

»Du hättest also gerne noch eine zweite Runde?« In seinen Augen funkelte es gefährlich.

Mein Pulsschlag beschleunigte sich augenblicklich. »Natürlich nur, wenn du noch kannst. Ich will dich nicht überfordern.« Ich war schon wieder leicht atemlos.

»Du hast ein ganz schön vorlautes Mundwerk!« Er biss mich spielerisch in die Unterlippe und zog sanft an ihr. »Da wäre sicher eine Bestrafung angebracht.« Mein Herz schlug wie ein aufgeregter Schmetterling in meiner Brust.

Damien sah mich an wie ein Raubtier seine Beute, bevor es zum Sprung ansetzte. Dann ließ er seine Hände an meinen Seiten entlanggleiten und ich schloss die Augen, um mich seinen Berührungen hinzugeben.

***

Ich erwachte davon, dass Sonnenstrahlen auf meinen Augenlidern tanzten. Verschlafen streckte ich mich und genoss das samtige Gefühl der Seidenlaken auf meiner Haut. Als ich die Augen aufschlug, sah ich in die funkelnd grünen Iriden von Damien, der mich betrachtete.

»Guten Morgen, du Spanner.« Ich gähnte und rekelte mich auf der Matratze.

»Wenn du schläfst, siehst du richtig süß und friedvoll aus. Und dann machst du den Mund auf und zerstörst alles.« Er schüttelte den Kopf.

»Vielleicht lasse ich mich davon überzeugen, meinen Mund anderweitig einzusetzen«, flüsterte ich und kam mir unendlich verrucht vor. Es schien, als hätte Damien eine Seite in mir zum Leben erweckt, von der ich nicht einmal gewusst hatte, dass sie existierte.

»Da fällt mir doch gleich schon etwas ein.« Das Grün seiner Iris sprühte Funken.

Er lehnte sich zu mir herüber und ließ seine Lippen wenige Millimeter über meinen schweben. Sein Atem strich sanft über meine Haut. Erwartungsvoll öffnete ich leicht meinen Mund, doch er ließ sich unendlich viel Zeit, bevor er mir schließlich einen federleichten Kuss auf die Lippen gab. Doch damit wollte ich mich nicht zufriedengeben.

Ich legte meine rechte Hand an seinen Hinterkopf und zog ihn näher zu mir heran. Mit der Zungenspitze fuhr ich die Konturen seiner Lippen nach und knabberte zärtlich an seiner Unterlippe. Er vertiefte den Kuss und ließ seine Zunge in meinen Mund gleiten. Ein Laut, der wie eine Mischung aus Seufzen und Stöhnen klang, entwich meiner Kehle und ich schmiegte mich enger an ihn. Ein warmes Gefühl der Geborgenheit durchflutete mich. Viel zu schnell löste er sich von mir und betrachtete mich mit einem liebevollen Lächeln.

»So gerne ich auch für immer mit dir in diesem Bett bleiben würde, wartet leider ein Film auf mich, der gedreht werden will«, sagte er und ich konnte das Bedauern über diese Tatsache in seiner Stimme hören.

Ich schielte an ihm vorbei zur Uhr, die auf seinem Nachttisch stand. Es war halb zehn. Kayla würde gegen Mittag wieder zu Hause eintreffen, es war also auch für mich an der Zeit, mich von ihm zu lösen.

Damien küsste mich ein letztes Mal sanft auf den Mund, bevor er aus dem Bett sprang. Genüsslich ließ ich meinen Blick über seine nackte Rückseite gleiten. Mit seinem knackigen Hintern hatte alles angefangen, schmunzelnd musste ich an unsere erste Begegnung zurückdenken.

»Weißt du, was noch besser ist als eine heiße Dusche am Morgen?«, fragte er, bevor er mir auch schon die Antwort gab: »Eine heiße Dusche mit einer heißen Frau.«

Im nächsten Moment hatte er mir die Decke weggezogen und mich hochgehoben.

»Du musst wirklich mit dieser schrecklichen Angewohnheit aufhören, mich nackt durch die Gegend zu tragen!«, protestierte ich.

»Ich werde darüber nachdenken«, sagte er und ich glaubte keinen Augenblick daran, dass er diese Möglichkeit in Betracht zog.

***

Kurz darauf saßen wir in flauschige Bademäntel gehüllt in seiner geräumigen Küche. Ich aß einen Bagel mit Frischkäse, während Damien an einem sehr gesund aussehenden Smoothie nippte. Mit einem sehnsüchtigen Ausdruck in den Augen beobachtete er, wie ich einen großen Bissen von meinem Frühstück nahm. Dann verzogen sich seine Lippen zu einem Grinsen und er hob seine rechte Hand an mein Gesicht, um mir mit dem Zeigefinger Frischkäse von der Oberlippe zu wischen. Genüsslich leckte er anschließend seinen Finger ab.

»Sicher, dass du nicht auch etwas mit mehr Biss haben möchtest?«, fragte ich kauend.

»Wollen schon, aber mit dem Fastfood gestern Abend habe ich bereits meine erlaubte Kalorienmenge für die gesamte Woche überschritten. Du hast keinen guten Einfluss auf mich!« Er richtete seinen Zeigefinger anklagend auf meine Brust. »Gott sei Dank ist der Dreh bald beendet.« Er seufzte.

»Das Leben als Schauspieler ist schon hart«, sagte ich mitfühlend, konnte mir ein Schmunzeln aber nicht verkneifen. Eine Traube aus dem Obstkorb traf mich am Kopf und ich hob lachend die Hände vors Gesicht.

»Mach dich nur lustig! Weißt du eigentlich, wie schwer es ist, sich an den Text zu erinnern, wenn das Einzige, woran du denken kannst, ein saftiger Burger ist?« Seine Augen nahmen einen verträumten Ausdruck an, als würde er sich genau in diesem Moment jenen Burger bildhaft vorstellen.

»Worum geht es in deinem neuen Film eigentlich?«

»Ach das Übliche. Mann verliebt sich in Frau, aber alles spricht gegen eine funktionierende Beziehung und am Ende kommen sie natürlich trotzdem zusammen. Friede, Freude, Eierkuchen.« Er machte eine wegwerfende Handbewegung.

»Ich hoffe, du bist nicht für das Marketing des Films zuständig«, sagte ich und musste bei seiner nichtssagenden Beschreibung lachen.

»Ich stelle nur ausreichend Material zur Verfügung.« Er ließ seinen Bademantel aufreizend ein Stück von seiner rechten Schulter gleiten, was mir den Ausblick auf noch mehr seiner nackten Haut ermöglichte.

Ich schüttelte grinsend den Kopf und stand dann auf, um das schmutzige Geschirr in die Spülmaschine zu räumen.

Als wir zurück in seinem Schlafzimmer angekommen waren und ich mich umziehen wollte, stand ich plötzlich vor einem Problem.

»Mist, ich habe keine frischen Klamotten zum Anziehen dabei. Ich hatte eigentlich nicht vor, hier zu übernachten. Scheint so, als hätte ich meine Selbstbeherrschung etwas überschätzt«, sagte ich kleinlaut.

»Hast du wirklich gedacht, dass du mir nach diesem Traumdate widerstehen könntest?« Der Schalk funkelte in seinen Augen.

Ich warf mein nasses Handtuch nach ihm, welches er jedoch lachend mit der Hand in der Luft abwehrte.

»Du könntest auch das blaue Kleid von gestern noch mal anziehen, darin sahst du wirklich zum Anbeißen aus«, sagte er und hob anzüglich die Augenbrauen.

»Selbst wenn es sich dabei nicht um Diebesgut handeln würde, wäre das keine Option. Wenn ich so aufgetakelt um elf Uhr morgens durch L.A. spaziere, schreit das ja geradezu nach dem Walk of Shame.« Ich warf ihm einen anklagenden Blick zu. Ich konnte es noch immer nicht fassen, dass er das Kleid vom Filmset hatte mitgehen lassen.

»Erstens wüsste ich nicht, wofür du dich schämen müsstest. Ich würde alles genau so wieder machen. Wenn ich nicht in einer halben Stunde beim Dreh sein müsste, würde ich es sogar sofort noch einmal genauso machen.« Der intensive Blick, den er mir zuwarf, sandte ein Kribbeln in meine Leistengegend. »Und zweitens habe ich es dir gestern Abend schon gesagt, das Kleid wird sowieso niemand vermissen. Aber mach dir keine Sorgen, ich werde es später wieder zurückbringen, wenn es dir damit besser geht«, fügte er hinzu, als ich zweifelnd eine Augenbraue hob.

Er machte einen Schritt auf mich zu und seine Hand wanderte zu dem Gürtel, der meinen Bademantel vorne zusammenhielt. »Wenn es nach mir ginge, müsstest du überhaupt keine Klamotten mehr tragen«, raunte er mir zu.

Mein Blick glitt zum Wecker auf dem Nachttisch, der mittlerweile elf Uhr anzeigte, und so gerne ich mich ihm erneut hingegeben hätte, zwang mich meine Vernunft, ihm einen Klaps auf die Finger zu geben.

»Wenn du so weitermachst, kommen wir beide zu spät«, sagte ich tadelnd. Für einen Augenblick wirkte es so, als wollte er es darauf ankommen lassen. Ich trat noch einen Schritt näher an ihn heran und küsste die zarte Haut direkt unterhalb seines Ohrläppchens. »Aber wenn du mein Klamottenproblem löst, darfst du mir beim Umziehen zuschauen«, raunte ich ihm zwischen zwei Küssen zu.

Das schien seine Kreativität augenblicklich zu beflügeln, denn er griff nach meiner rechten Hand und zog mich mit sich hinaus auf den Flur. »In meinem Kleiderschrank finden wir bestimmt etwas für dich. Ist der Boyfriend-Look noch angesagt?«

***

Am Ende borgte ich mir eine Jogginghose von ihm, die mir mindestens drei Nummern zu groß war, und ein T-Shirt, das knapp über meinen Knien endete, sodass ich es in die Hose stecken musste. Dazu trug ich die hochhackigen Sandalen vom gestrigen Abend, die ich in einem anderen Leben gekauft und seit Jahren nicht mehr getragen hatte. Alles in allem war ich eine modische Vollkatastrophe. Hoffentlich erwischte Kayla mich nicht in diesem Aufzug.

Damien hatte darauf bestanden, einen Fahrer für mich zu rufen, und so standen wir wenig später in der Einfahrt und warteten auf sein Eintreffen. Die Sonne schien auf uns herab und ich streckte genießerisch mein Gesicht den Sonnenstrahlen entgegen. Ich lehnte mit dem Rücken an Damiens Brust. Er hatte seine Arme locker um meine Taille geschlungen und das Kinn auf meinem Kopf abgestützt.

»Wann sehe ich dich wieder?«, fragte er.

»So schnell wie möglich.« Ich drehte mich in seinen Armen, um ihm ins Gesicht blicken zu können. »Du willst bestimmt auch deine Klamotten schnellstmöglich zurückhaben. Du hast schließlich so wenige«, fügte ich neckend hinzu.

»Ich habe auf jeden Fall nichts dagegen, wenn du sie noch trägst, wenn ich sie mir zurückhole«, flüsterte er und ich spürte, wie der Hunger nach ihm erneut in mir erwachte.

»Das lässt sich sicher einrichten.«

In meinem Rücken hörte ich das Schnarren des Eingangstors, als es zur Seite glitt. Ein schwarzer Mercedes bog in die Einfahrt und näherte sich uns.

»Ich bin heute und morgen den ganzen Tag auf Dreh. Wir filmen die Außenaufnahmen inklusive Sonnenuntergangs-Romantik, da wird es immer spät.« Er verzog so gequält das Gesicht, dass ich lachen musste. »Aber wie wäre es mit übermorgen?«, fragte er.

»Vormittags muss ich arbeiten, aber danach hätte ich Zeit. Du könntest zu mir nach Hause kommen, wenn du möchtest?«

Er hob überrascht die Augenbrauen, dann breitete sich ein strahlendes Lächeln auf seinem Gesicht aus. »Gerne. Soll ich deiner Schwester ein Fanpaket mitbringen?«

»Wenn meine kleine Schwester ein Poster von meinem ... ähm ... von dir in ihrem Zimmer aufhängen würde, fände ich das doch etwas merkwürdig«, sagte ich trocken. Um ein Haar wäre mir das Wort Freund herausgerutscht.

»Dann sollte ich vielleicht besser dir ein Poster mitbringen, damit du diesen Anblick nicht so schnell vergisst.« Er deutete anzüglich grinsend auf seinen Oberkörper. Bescheidenheit war definitiv keine seiner starken Eigenschaften.

»Ich gehe jetzt besser, dann kannst du noch ein bisschen dein Ego streicheln«, sagte ich kopfschüttelnd und drehte mich in Richtung des Wagens.

Bevor ich auch nur einen Schritt machen konnte, griff er nach meinem rechten Arm und zog mich zurück. Er schob mir mit seiner freien Hand eine Haarsträhne aus dem Gesicht und steckte sie hinter meinem linken Ohr fest. Dann küsste er mich ein letztes Mal zärtlich zum Abschied.

Kapitel 18

Damien

Selten hatte sich etwas so gut angefühlt, wie neben Cassey aufzuwachen. Ihre entspannten Gesichtszüge beim Schlafen zu betrachten und dem leisen wohligen Seufzen zu lauschen, das sich von Zeit zu Zeit über ihre Lippen stahl. Am liebsten hätte ich den Dreh sausen gelassen und den restlichen Tag mit ihr im Bett verbracht. Da dies leider keine Option gewesen war, hatte ich mich schließlich schweren Herzens von ihr trennen müssen.

Ausgerechnet die nächsten beiden Tage würde ich damit zubringen, von früh bis spät die Szenen abzudrehen, die außerhalb des Studiogeländes spielten. Man konnte zwar eine Menge mit Computeranimationen tricksen, doch einige Szenen erforderten es, dass wir vor Ort drehten. Dabei war der einzige Ort, an dem ich aktuell sein wollte, mein Bett und neben mir Casseys weicher und geschmeidiger Körper, der sich an mich schmiegte.

Ein Lichtblick war, dass es die letzten zwei Drehtage wären. Danach würde das Material gesichtet und nur im äußersten Notfall einzelne Szenen wiederholt werden. Das bedeutete wiederum, dass ich zum einen Steve und seiner Flüssigdiät entkommen und zum anderen viel mehr Zeit für Cassey haben würde. Und ich hatte schon unendlich viele Ideen, wie wir diese Zeit gestalten konnten. Der Anblick, wie sie sich unter mir wand und nicht genug von meinen Berührungen bekommen konnte, war besser als jede Droge. Und sie hatte mich so was von angefixt. Ich hatte zwar schon in der Vergangenheit die ein oder andere heiße Nacht verbracht, denn die Liste meiner Eroberungen war nicht gerade kurz, aber mit Cassey war es vollkommen anders gewesen.

Sie berührte nicht nur meinen Körper, sondern so viel mehr in mir. Wenn sie in meiner Nähe war, fühlte ich mich wach. Als sei ich die letzten Jahre wie ein Schlafwandler durch mein Leben gegangen und erst Cassey hatte mir die Augen geöffnet und mir gezeigt, dass da noch mehr war. Dass nur für den Erfolg zu leben, nicht alles war. Dass es Wichtigeres gab, als Everybody's Darling zu sein, zu dem Steve mich ikonisiert hatte. Ihr gegenüber musste ich mich nicht verstellen. Sie akzeptierte mich mit all meinen Fehlern und Schwächen.

Meine Gedanken wanderten zum vergangenen Abend und dem Anblick von Cassey in diesem Hauch aus nichts von einem Kleid zurück. Als ich das Stück im Fundus des Filmstudios entdeckt hatte, war mir sofort klar gewesen, dass es wie für sie gemacht war. Wie eine Göttin war sie aus der Haustür getreten. Das blaue Kleid war wie Wasser an ihrem Körper hinabgeglitten. Es war mir verdammt schwergefallen, nicht direkt im Wagen über sie herzufallen. Doch ich hatte ihr versprochen, es langsam angehen zu lassen und daran hatte ich mich halten wollen.

Dass es am Ende Cassey gewesen war, die die Initiative ergriffen hatte, war wohl nicht nur für mich, sondern auch für sie selbst eine Überraschung gewesen.

***

Als ich am Set ankam, drehten sie gerade eine Szene mit Vivi. Ich setzte mich auf einen der Zuschauerstühle und beobachtete sie bei ihrer Performance. Lampenfieber schien ein Fremdwort für sie zu sein; insgesamt wirkte sie für ihr Alter erstaunlich professionell. Auch wenn sie in der Rolle der kleinen Schwester nur wenig Filmzeit erhielt, war ich davon überzeugt, dass dieser Film erst der Anfang ihrer Karriere wäre. Genug Selbstbewusstsein für das Business hatte sie in jedem Fall.

Die Kamera folgte ihr, als sie neben Cynthia über die zu beiden Seiten großzügig abgesperrte Strandpromenade lief. Die zwei Schwestern kabbelten sich offensichtlich, auch wenn ich ihre Worte aus der Entfernung nicht verstehen konnte. Dann zog Vivi Cynthia lachend hinter sich her in Richtung des Ozeans. Der Sand beschwerte ihre Schritte, doch davon ließ sie sich nicht aufhalten. Wasser spritzte an ihren Beinen empor, als sie durch die Gischt sprang und Cynthia zum Quietschen brachte.

Kaum hatte der Regisseur das Wort Cut ausgesprochen, zogen sich Cynthias Mundwinkel nach unten. Sie riss ihrer heraneilenden Assistentin das Handtuch aus den Armen und rieb über ihre mit Salzwasser besprenkelten Waden. Vivi kam indes wieder zurück zur Promenade. Als sie mich entdeckte, huschte ein Lächeln über ihr Gesicht und sie steuerte auf mich zu.

»Na, konntest du dir noch was für dein Spiel abschauen?«, rief sie mir schon aus drei Metern Entfernung entgegen.

»Das nicht, aber mein Ego könnte wohl noch was von deinem lernen«, sagte ich amüsiert. »Spaß beiseite, du hast wirklich sehr überzeugend gespielt.«

»Danke.« Sie strahlte mich an und ich konnte sehen, dass ihre forsche Art lediglich überspielen sollte, wie aufgeregt sie tatsächlich gewesen war.

»Es war die erste Szene, in der ich mal mehr als drei Worte sagen durfte. Zu schade, dass es gleichzeitig meine letzte war.« Die Enttäuschung war ihr deutlich anzumerken.

»Kopf hoch, du bist noch jung und das wird sicherlich nicht dein letzter Filmauftritt gewesen sein. So einen guten Co-Star wie mich wirst du allerdings so schnell nicht wieder bekommen.« Ich zwinkerte ihr zu und sie rollte mit den Augen.

»Wer hat jetzt hier das größere Ego?«, fragte sie grinsend.

Cassey

Als ich schon längst im Auto saß, meinte ich noch immer seine Lippen auf meinen zu spüren. Lächelnd und gedankenverloren fuhr ich mit meinen Fingerspitzen über meine Unterlippe. Es war höchstens eine halbe Stunde vergangen, seitdem wir uns verabschiedet hatten, und ich vermisste ihn schon jetzt. Damien hatte meine Welt komplett auf den Kopf gestellt und alle Mauern, die ich zur Sicherheit um mein Herz errichtet hatte, einfach niedergerissen. Wenn ich es mit dem verglich, was ich zuvor mit Phil gehabt hatte, konnte ich im Nachhinein nicht begreifen, wie ich mich jemals mit diesem schalen Abklatsch hatte zufriedengeben können.

Weil es so sicherer für dich ist, flüsterte eine Stimme in meinem Kopf. *Wenn Damien dich fallen lässt, wer fängt dich dann auf,* fragte sie weiter. Ich schüttelte energisch den Kopf, ich hatte gestern Abend eine Entscheidung getroffen. Wenn ich ehrlich mit mir war, hatte ich sie schon lange vor unserem gestrigen Date gefällt. Ich wollte Damien in meinem Leben und war es leid, dagegen anzukämpfen. Ich wollte einmal, wie er es so treffend formuliert hatte, ohne Sicherheitsnetz lieben.

Ich hatte Damien für einen dieser arroganten und oberflächlichen Hollywood-Schnösel gehalten, doch es steckte so viel mehr in ihm. Der Erfolg war ihm nicht einfach zugeflogen, er hatte hart dafür arbeiten müssen und hatte keine Unterstützung durch seine Eltern gehabt. Ähnlich wie ich selbst hatte er Probleme damit, andere Menschen näher an sich heranzulassen. Doch diese unerklärliche Verbindung zwischen uns schien ihn genauso mitgerissen zu haben wie mich selbst.

Die Wärme und Fürsorge, die er mir gezeigt hatte, ließ mich infrage stellen, wie ich ihn jemals für einen oberflächlichen Arsch hatte halten können. Auch wenn er dem Rest der Welt etwas vorspielte, war ich mir sicher, dass er mir den wahren Damien gezeigt hatte.

Der Wagen näherte sich unserem Haus und ich bat den Fahrer, mich an der Straßenecke abzusetzen. Falls meine Schwester zu Hause war, wollte ich nicht, dass sie mich aus dem luxuriösen Wagen steigen sah. Allerdings würde ich über kurz oder lang nicht darum herumkommen, ihr von Damien zu erzählen. Ich wollte nicht länger ein Geheimnis daraus machen und wenn er in zwei Tagen vor unserer Haustür stehen würde, wäre die Katze zwangsläufig aus dem Sack. Ich war mir nicht sicher, ob sie mich für die Offenbarung lieben oder hassen würde. Vermutlich eine Mischung aus beidem. Auf jeden Fall musste ich es behutsam angehen und durfte sie damit nicht überfallen.

Barfuß lief ich auf dem Grünstreifen zwischen den Häusern und dem Gehweg; meine Sandalen hielt ich locker in meiner linken Hand. Als ich nur noch zwei Häuser von unserem entfernt war, fiel mir die kleine Menschenansammlung auf, die auf dem Gehweg vor unserem Grundstück stand.

Ich spürte, wie mein Puls sich beschleunigte und Panik in mir aufstieg. Was war in meiner Abwesenheit geschehen? War meiner kleinen Schwester etwas zugestoßen? Ich eilte über das Gras, während ich das Gebäude mit Blicken nach etwas Ungewöhnlichem absuchte. Doch unser Haus lag ruhig und unscheinbar wie immer vor mir. Der ehemals weißgestrichene Putz blätterte an einigen Stellen ab, die Fenster hatten dringend mal wieder eine Reinigung nötig. Die weißen Gardinen dahinter waren wie auch sonst zugezogen, keine Rauchschwaden quollen aus den Fensterrahmen. In der Einfahrt stand unser altes, rostiges Auto, das schon vor Wochen den Geist aufgegeben hatte. Auf der Treppe vor der Haustür lagen zwei Prospekte, die darauf warteten, entsorgt zu werden.

Eine Frau trat aus der Gruppe der wartenden Menschen hervor und rief meinen Namen. Verwirrt blickte ich sie an. Ich konnte mich nicht daran erinnern, ihr Gesicht schon einmal gesehen zu haben. Als habe sie damit ein Kommando gegeben, drehten sich nun auch die übrigen Männer und Frauen zu mir um. Erst jetzt fiel mir auf, dass sie alle mit Fotoapparaten ausgestattet waren. Ein ungutes Gefühl breitete sich in meiner Magengegend aus, dennoch trat ich zögernd näher.

»Cassey, lächeln Sie doch bitte einmal zu mir herüber!«

»Wie ist es, über Nacht plötzlich berühmt zu sein?«

»Kommen Sie gerade von Damien?«

»Sind das etwa Damiens Klamotten?«

»Sind Sie und Damien Baxter wirklich ein Paar?«

Die Fragen prasselten wie die Geschosse eines Maschinengewehrs auf mich ein und ich blieb wie festgewachsen in der Einfahrt stehen. In meinem Kopf drehte sich alles. Wie hatten die Fotografen mich gefunden? Und noch wichtiger, wie hatten sie überhaupt herausgefunden, wer ich war?

Grelle Blitze blendeten mich und ich sah für einen Moment Sterne, als die Kameralinsen meinen verstörten Gesichtsausdruck einfingen. Ich wusste, dass ich mich schnellstens zurückziehen sollte, doch ich fühlte mich wie ein

Reh im Scheinwerferlicht. Als hätten meine Beine bereits akzeptiert, dass ich als Fraß für die hungrige Paparazzi-Meute bestimmt war, bewegten sie sich keinen Millimeter von der Stelle.

In diesem Moment ging hinter mir die Haustür auf und Kaylas Stimme drang wie durch dichten Nebel zu mir. »Lassen Sie meine Schwester gefälligst in Ruhe! Cassey, komm schon, worauf wartest du denn?«, rief sie mit Nachdruck und endlich nahmen meine Beine ihren Dienst wieder auf.

Ich stolperte die kurze Auffahrt zu unserem Haus entlang und die Treppenstufen hinauf. Sobald ich durch die Haustür getreten war, ließ meine Schwester sie schwungvoll ins Schloss fallen.

»Ich glaube, du bist mir eine Erklärung schuldig!« Sie stemmte ihre Hände in die Seiten und sah mich streng an.

So viel dazu, ihr die Geschichte mit Damien behutsam beizubringen.

»Es tut mir so leid, Kayla. Ich weiß nicht, wie das passieren konnte«, stammelte ich.

»Ich könnte mir vorstellen, dass es damit zusammenhängt, dass du etwas mit Amerikas heißestem Junggesellen am Laufen hast«, bemerkte sie trocken. »Wie konntest du mir verheimlichen, dass du dich mit Damien Baxter triffst? Damien Baxter!«

Ich zuckte hilflos mit den Schultern. »Bist du sehr sauer?«, fragte ich zerknirscht.

»Die Phase habe ich schon hinter mir.« Sie machte eine wegwerfende Handbewegung. »Und jetzt will ich alles wissen!« Neugier funkelte in ihren Augen.

Ich lächelte erleichtert, eine tonnenschwere Last fiel mir vom Herzen. »Da gibt es nicht viel zu erzählen. Wir haben uns bei der Arbeit kennengelernt und wie du mal so schön gesagt hast, ist er wirklich ein echtes Zuckerstück.« Ich zwinkerte ihr zu.

»Du musst es wohl am besten wissen, schließlich hast du offenbar die Nacht bei ihm verbracht«, sagte sie grinsend und es war keine Frage.

So erleichtert ich darüber war, dass Kayla die Neuigkeit gelassener aufgenommen hatte als erwartet, beschäftigte mich noch immer die Frage, wie die Paparazzi meine Identität so schnell hatten aufdecken können.

»Woher hat die Presse eigentlich die Informationen über mich?«, fragte ich Kayla. Sie hatte bestimmt bei sämtlichen Klatschzeitungen eine Push-Benachrichtigung für Neuigkeiten über Damien eingestellt. Wenn es jemand wissen musste, dann sie. Sogleich hielt sie mir ihr Handy unter die Nase und ich scrollte durch die Meldungen.

»In den Berichten war von einer internen Quelle die Rede«, sagte sie.

Ich runzelte die Stirn. Wer könnte von unserer Beziehung gewusst haben? Damien und ich hatten uns immer nur alleine getroffen und ich konnte mir nicht vorstellen, dass er es jemandem erzählt hatte. Ob es einer meiner Kollegen gewesen war? Waren unsere heimlichen Treffen etwa doch nicht so unbemerkt geblieben, wie ich angenommen hatte?

Oh Gott, was würde meine Tante sagen, wenn sie davon erfuhr? Ihr würde klar sein, dass wir uns durch meine Arbeit in seinem Anwesen kennengelernt hatten. Wenn das Thema nicht sowieso schon in der Presse plattgetreten worden war. Ein Blick auf die beständig neu erscheinenden Nachrichten bestätigten meine Befürchtung. »Aschenputtel und der Prinz von Hollywood«, textete ein Magazin, das nächste konterte mit der ähnlich originellen Schlagzeile »Die Putzfrau und der Millionär«.

Mir wurde schwindelig und ich ließ mich auf einen der Stühle am Esstisch sinken. In meinem Kopf schwirrten die Gedanken durcheinander. Ich musste Damien anrufen und ihm sagen, dass ich nicht dafür verantwortlich war, dass diese Informationen an die Presse gelangt waren. Auch wenn ich mir nicht vorstellen konnte, dass er das ernsthaft in Erwägung ziehen könnte. Er wusste, dass ich mich niemals freiwillig den Paparazzi ausliefern würde.

Meiner Tante schuldete ich ebenfalls einen Anruf, in dem ich ihr Rede und Antwort würde stehen müssen. Damit wäre dann wahrscheinlich auch meine kurze Karriere als Reinigungskraft beendet.

Außerdem musste ich meine Mutter vorwarnen. In der Klinik sollte sie vor der Presse sicher sein, doch ich wollte kein Risiko eingehen. Ich wusste nicht, was dieser Medienrummel für eine Auswirkung auf sie haben würde. Nervös kaute ich an meinem rechten Daumennagel. Ihr psychischer Zustand war immer noch fragil.

Als ich das Handydisplay zum Leben erweckte, blinkten mir diverse Nachrichten von Tara entgegen. Sie musste ebenfalls aus der Klatschpresse erfahren haben, wer mein geheimnisvoller Verehrer war. Die ersten paar Zeilen bestätigten meine Vermutung sogleich:

> Tara: Du willst mich doch wohl verarschen?! Du datest Damien fucking Baxter?! Ich will jedes einzelne Detail wissen! Sind seine Augen wirklich so abnormal grün, wie sie auf der Leinwand aussehen?
> RUF MICH AN!

Ich schmunzelte, als mir die Großbuchstaben entgegensprangen und ich mir vorstellte, wie Tara aufgeregt auf die Tastatur eingehackt haben musste. Ich schloss die App wieder, Taras Neugier würde warten müssen. Stattdessen wählte ich Damiens Nummer, wurde jedoch direkt zur Mailbox weitergeleitet. Nach drei vergeblichen Versuchen schrieb ich ihm eine Nachricht, in der ich ihn darum bat, mich so schnell wie möglich zurückzurufen.

Dann rief ich meine Mutter an. Sie meldete sich nach dem zweiten Klingeln.

»Hey Mom, wie geht es dir?«, versuchte ich mich an einer harmlosen Einleitung.

»Mit jedem Tag ein bisschen besser. Kommt ihr mich heute nicht besuchen?«

Mist, ich hatte komplett vergessen, dass heute Besuchstag in der Klinik war. Wenn ich dort aufkreuzte, würde ich die Reporter auf direktem Wege zu ihr führen. Was gab es schließlich Interessanteres, als die dreckige Wäsche anderer Leute in der Öffentlichkeit zu waschen. Vielleicht könnte sich wenigstens Kayla aus dem Haus stehlen.

»Ich schaffe es heute leider nicht, mir ist spontan etwas dazwischengekommen. Ein Notfall auf der Arbeit«, improvisierte ich. Irgendwie erschien es mir plötzlich doch nicht richtig, ihr die Neuigkeiten übers Telefon zu erzählen. »Aber Kayla kommt heute Nachmittag vorbei.«

»Wie schade, aber da kann man wohl nichts machen«, sagte sie und ich konnte die Enttäuschung in ihrer Stimme hören.

Wahrscheinlich ahnte sie, dass es nur eine vorgeschobene Ausrede war. Wie gerne würde ich ihr sagen, dass nicht sie der Grund für mein Fernbleiben war. Doch ich wollte sie nicht unnötig beunruhigen. Sie sollte sich ganz auf sich selbst und ihren Heilungsprozess konzentrieren. Da sie aktuell die Klinik nicht verlassen durfte, würde sie vorerst vor den neugierigen Reportern sicher sein. Ich würde zu einem späteren Zeitpunkt mit ihr darüber sprechen, wenn sich die Situation etwas beruhigt und ich mir überlegt hatte, wie ich meine Familie aus der Schusslinie nehmen konnte.

Ich versicherte ihr, Kayla bei der nächsten Gelegenheit wieder zu begleiten. Das schien sie zumindest einigermaßen zu besänftigen. Schnell beendete ich daraufhin das Gespräch.

»Warum hast du es ihr nicht gesagt?« Kayla musterte mich mit zusammengezogenen Augenbrauen.

»Sie ist gerade erst auf dem Weg der Besserung, was meinst du wohl, würde passieren, wenn sie von dem Medienzirkus erfährt?«, erwiderte ich. »Sorg bitte einfach dafür, dass sie nicht zufällig etwas davon mitbekommt.« Ich sah Kayla eindringlich an.

»Wie stellst du dir das denn vor? Da braucht doch nur ein Magazin im Foyer der Klinik auszuliegen, oder einer der anderen Patienten spricht beim Mittagessen darüber.« Sie schüttelte den Kopf und war sichtlich unzufrieden mit mir.

Ich hob ratlos die Schultern. »Wenn du eine bessere Idee hast, immer raus damit.«

»Wie wäre es mit der Wahrheit?«

»Ich werde es ihr noch erzählen, aber nicht heute. Das muss ich persönlich machen, von Angesicht zu Angesicht. Und wenn ich heute in die Klinik fahre, wird die Klatschpresse sich darauf stürzen. Dem weiblichen Anteil der amerikanischen Bevölkerung bin ich sowieso schon ein Dorn im Auge, weil ich es gewagt habe, mich an Damien ranzuschmeißen. Da freuen die sich doch über jeden Strohhalm, an den sie sich klammern können, um mich mit Dreck zu bewerfen.«

Kayla nickte widerstrebend.

Ich riskierte einen Blick aus dem Küchenfenster hinaus in den Vorgarten. Die Paparazzi standen noch immer auf dem Gehweg und spionierten unser Haus aus. Hatten die denn nichts Besseres zu tun?

***

Um Kayla ungesehen aus dem Haus zu schmuggeln, beschlossen wir, dass ich die Aufmerksamkeit der Meute auf die Haustür lenken würde. Währenddessen würde Kayla über die Terrasse nach draußen gelangen und dann über das Nachbargrundstück verschwinden.

»Bist du sicher, dass ich dich alleine lassen kann?« Sie warf mir einen skeptischen Blick zu.

Ich war in der Tat das reinste Nervenbündel. Die Situation überforderte mich maßlos und es war keine Hilfe, dass sich Damien nicht bei mir meldete. In Gedanken hatte ich ihn schon gute hundert Mal dafür verflucht.

»Mom braucht dich dringender. Ich komme schon zurecht«, sagte ich, doch Kayla sah wenig überzeugt aus.

»Hör am besten auf, ständig auf dein Handy zu starren. Er wird sich schon melden«, sagte sie sanft. »Und lies bloß keine weiteren Nachrichten in der Klatschpresse, solange ich nicht da bin!«

Sie drückte noch einmal meine Hand und sah mich mitfühlend an, bevor sie sich in Richtung der Hintertür aufmachte. Ich hingegen trat in den Flur und atmete ein paar Mal tief durch, bevor ich die Haustür einen Spaltbreit öffnete. Sofort kam Bewegung in die mit Kameras bewaffneten Menschen. Sie richteten ihre Objektive auf mich und einige begannen wieder Anweisungen und Fragen in meine Richtung zu rufen.

»Cassey, was sagen Sie zu Damiens Stellungnahme?«

»Was springt bei dem Deal für Sie heraus, Miss Graham?«

»Sind Sie nicht doch ein bisschen verliebt in ihn?«

Schnell zog ich die Haustür wieder zu und versuchte zu verstehen, was sie mit ihren Fragen gemeint haben könnten. Damien hatte eine Stellungnahme veröffentlicht, ohne vorher mit mir gesprochen zu haben? Von was für einem Deal war die Rede gewesen?

Meine Finger trommelten rastlos auf dem schwarzen Display meines Handys herum. Ich hatte Kayla zwar versprochen, in ihrer Abwesenheit nicht mehr die Klatschnachrichten zu lesen, doch ich brauchte dringend Antworten. Sonst würde ich verrückt werden und damit wäre niemandem geholfen. Höchstens der Paparazzi-Meute vor der Haustür.

Mit zittrigen Fingern entsperrte ich das Handy. Noch immer keine Nachricht von Damien. Ungeduldig rief ich eine der Seiten auf, die meine Schwester mir heute Vormittag gezeigt hatte. Zunächst waren dort die Meldungen des Morgens zu lesen. Bilder vom Santa Monica Pier und von der Autofahrt nach Disneyland, dieses Mal mit meinem Namen darunter abgebildet. Es fanden sich außerdem vereinzelte Informationen über mich, unter anderem die Angabe, dass ich als Reinigungskraft bei Damien gearbeitet hatte. Wieder wurde der Cinderella-Vergleich herangezogen und ich rollte unwillkürlich mit den Augen.

Dann tauchte plötzlich ein Artikel zu Damiens neustem Film und dessen Handlung auf. Und dieser hatte schockierende Ähnlichkeiten mit der Realität. Mein Herz stockte für einen Moment, als ich las:

> Handelt es sich bei den Bildern, die uns zugespielt worden sind, wirklich um Schnappschüsse eines verliebten Pärchens oder um eine außergewöhnliche Marketing-Aktion? Damien Baxters neuster Film »Zimmermädchen bleiben nicht zum Frühstück« hat erstaunlich viele Parallelen zu seiner aktuellen Affäre. Im Film trifft der reiche Businessman Daniel Crane auf das charmante Zimmermädchen Gwen, das aus schwierigen Verhältnissen stammt, und verliebt sich Hals über Kopf in sie. Da scheint es doch ein ziemlich großer Zufall zu sein, dass er seine neueste Liebschaft kennengelernt hat, als sie bei ihm zu Hause als Putzfrau, also quasi als sein privates Zimmermädchen, gearbeitet hat.

Ich ließ das Handy sinken und versuchte meine wirren Gedanken zu sortieren. In meinem Kopf wirbelten die Informationen durcheinander und meine Gefühle fuhren Achterbahn. Was hatte das alles zu bedeuten? Wieso hatte Damien so geheimnisvoll reagiert, als ich ihn nach seinem aktuellen Film gefragt hatte? Ihm mussten die Parallelen doch ebenfalls aufgefallen sein.

Hatte er mir wirklich nur etwas vorgespielt? Konnte er so eiskalt sein? Nein, das konnte ich mir einfach nicht vorstellen. Ich hatte die Wärme und Zuneigung in seinen Augen gesehen, das konnte er nicht nur vorgetäuscht haben. Man durfte schließlich nicht alles glauben, was in der Klatschpresse stand, erinnerte ich mich. Den nagenden Zweifel konnte ich dennoch nicht vollkommen aus meinem Herzen verbannen. Damien wurde immerhin dafür bezahlt, dass er seinem Publikum möglichst realitätsnah Gefühle vorspielte. Ich wünschte, er würde sich endlich bei mir melden.

In dem Moment klingelte mein Handy und ich nahm den Anruf atemlos entgegen. »Hallo?«

»Hallo, Cassey. Ich dachte, ich sehe nicht recht, als ich dein Gesicht heute Morgen in meinem Newsfeed entdeckt habe«, sprudelte meine Tante Ruth aufgeregt hervor.

Ich hatte vollkommen vergessen, sie anzurufen. »Entschuldige, Tante Ruth. Ich weiß, es gibt nichts, was ich sagen oder tun kann, um das wiedergutzumachen. Ich kann mich nur dafür entschuldigen, dass ich deine oberste Regel gebrochen habe«, sagte ich kleinlaut.

»Bist du verrückt? Das ist das Beste, was der Firma hätte passieren können. Seit heute Morgen steht das Telefon nicht mehr still. Diese kostenlose PR war Gold wert!«

»Ach ja?« Mit dieser Reaktion hatte ich nicht gerechnet.

»Du hast einigen jungen Mädchen da draußen gezeigt, dass diese ganzen schnulzigen Hollywood-Romanzen wahr werden können«, sagte sie und ich konnte das Grinsen in ihrem Gesicht förmlich durchs Telefon hören. »Und die reichen Single-Männer haben anscheinend alle plötzlich das Bedürfnis entwickelt, sich ihre eigene Reinigungskraft zu sichern. Was für eine verrückte Welt.« Sie lachte in sich hinein. »Dich werde ich allerdings vorerst vom

Dienstplan streichen müssen, das verstehst du doch, oder? Ich werde dir aber natürlich eine großzügige Provision für die neuen Aufträge zukommen lassen.«

Bevor ich noch etwas dazu sagen konnte, verabschiedete sie sich schon wieder von mir, um sich ihrer neuen Kundschaft zu widmen.

Ich schüttelte ungläubig den Kopf, zumindest hatte ich jetzt eine Sorge weniger. Meine Tante war zufrieden und ich würde vorerst weiter die Rechnungen bezahlen können.

Erneut klingelte ich Damien an, doch sein Telefon schien noch immer ausgeschaltet zu sein. Mein Daumen schwebte über dem Tab mit den Nachrichten, in denen ich eben gestöbert hatte. Noch immer gab es offene Fragen. Ich hatte zum Beispiel das angebliche Statement von Damien noch nicht zu Gesicht bekommen.

Schließlich öffnete ich die Seite erneut und las mich von einem Artikel zum nächsten. Wie eine Süchtige konnte ich nicht mehr damit aufhören. Auch wenn mir mit jeder Zeile flauer im Magen wurde. Von einer romantischen Geschichte war jetzt keine Rede mehr, stattdessen wurde Damiens neuer Film in den Vordergrund gerückt.

Dann fand ich ein Statement von Damiens Management, das meine Hoffnung wie eine Seifenblase zerplatzen ließ:

Die Parallelen kommen natürlich nicht von ungefähr. Mehr werden wir zum aktuellen Zeitpunkt nicht preisgeben. Aber wir laden Sie alle herzlich zu unserer Pressekonferenz nächste Woche Montag ein. Dort werden wir den neuen Film offiziell ankündigen und Damien wird ihnen für Rückfragen zur Verfügung stehen.

Ich bemerkte nicht einmal, wie mir das Handy aus der Hand glitt und zu Boden fiel. Erst als es mit einem Knall auf dem Fußboden aufkam und ich den Riss auf dem Display sah, löste ich mich aus meiner Erstarrung. Eine plötzliche Übelkeit wallte in mir auf und ich schaffte er eben noch rechtzeitig ins Badezimmer, bevor ich die Reste meines Frühstücks in die Kloschüssel erbrach. Mein Körper wurde von Wellen der Übelkeit geschüttelt und mir war schrecklich kalt, obwohl draußen die Luft vor Hitze flirrte.

In meinem Kopf formten sich immer wieder die gleichen Gedanken. *Es war alles nur gespielt, nichts davon war echt gewesen.* Es schien mir unmöglich, diese Gedanken mit meinen Erinnerungen an die letzte Nacht und den heutigen Morgen in Einklang zu bringen. All unsere gemeinsamen Stunden im Morgengrauen, die mich dazu verleitet hatten, ihn hinter meinen Schutzschild blicken zu lassen, sollten ihm nichts bedeutet haben?

Ich hörte das Klingeln meines Handys aus dem Esszimmer und richtete mich mühsam wieder auf. Trotz all der schrecklichen Dinge, die ich gelesen hatte, war da immer noch dieser fahle Hoffnungsschimmer, der sich an den Gedanken klammerte, dass Damien doch der war, für den ich ihn gehalten hatte. Jemand, der auf keinen Fall mit den Gefühlen einer anderen Person spielen würde. Jemand, der es niemals über sich bringen könnte, mich derart zu verletzen.

Mit zittrigen Fingern nahm ich den Anruf entgegen.

»Hallo, hier ist Steve, der Manager von Damien«, schallte eine mir unbekannte Stimme durchs Telefon.

»Wo ist Damien? Kann ich ihn sprechen?«, fragte ich und es hörte sich selbst in meinen Ohren erbärmlich an.

»Damien solltest du dir lieber aus dem Kopf schlagen, meine Süße. Bitte sieh davon ab, ihn zukünftig noch einmal zu kontaktieren. Als sein Manager kümmere ich mich um seine geschäftlichen Belange.«

Das war ich also, ein geschäftlicher Belang? Ich war dermaßen schockiert, dass ich kein Wort herausbrachte. Das schien Steve nur recht zu sein.

»Wir wollen natürlich nicht, dass du mit leeren Händen aus der Sache hervorgehst. Du wirst in den kommenden Tagen einen Scheck mit einer überaus großzügigen Summe erhalten.«

»Ich bin nicht käuflich«, sagte ich tonlos.

»Wer sagt denn etwas davon, dass wir dich kaufen wollen? Sieh es als Entschädigung für deinen entstandenen Aufwand an.«

Wie viel ihnen ein gebrochenes Herz wohl wert war?

»Du solltest das Angebot wirklich nicht ausschlagen. Ich habe gehört, deine Mutter befindet sich aktuell in einer Privatklinik? Das ist ein teures Vergnügen und wir greifen dir nur zu gerne unter die Arme«, fuhr er fort.

Ich ballte die Fäuste, heiße Wut strömte durch meine Adern. Woher wusste Steve überhaupt vom Zustand meiner Mutter? Wahrscheinlich hatte Damien ihm brühwarm von meiner Schwachstelle erzählt, dachte ich bitter.

»Tun Sie, was Sie nicht lassen können«, sagte ich gleichgültig.

»Da wäre nur noch eine Sache. Kein Wort zur Presse über das, was du denkst, was zwischen Damien und dir vorgefallen ist. Die Rolle der armen, ausgenutzten Putzfrau wird dir sowieso keiner abkaufen.« Damit legte er auf.

Ich fühlte mich, als hätte mich soeben ein Truck überrollt und danach noch einmal den Rückwärtsgang eingelegt, um es auch wirklich zu Ende zu bringen. Heiße Tränen bildeten sich in meinen Augenwinkeln, doch ich wischte sie wütend mit dem Handrücken fort.

Die Worte von Damiens Manager hallten in meinem Kopf wider. War irgendetwas von dem, was in den letzten Wochen zwischen uns passiert war, real gewesen? Wann hatten sie den Entschluss gefasst, mich zum Spielball ihrer PR-Aktion zu machen? Ich konnte nicht fassen, dass ich mich derart in Damien getäuscht haben sollte. Ausgerechnet ich, die normalerweise niemanden nahe genug an sich heranließ, hatte mit ihrer Menschenkenntnis komplett versagt.

Der bittere Geschmack von Galle lag mir noch immer auf der Zunge und ich erschauerte. Dann sammelte ich alle Erinnerungen an Damien zusammen und verstaute sie sorgsam im hintersten Winkel meines Bewusstseins. Die heißen Küsse, das warme Gefühl, das er mir geschenkt hatte, seine grün blitzenden Augen und der Verrat, der darin verborgen gelegen hatte. Ich sortierte die Erinnerungen neben denen von meinem Vater ein, mit der Absicht, sie nie wieder hervorzuholen.

Warum war ich überhaupt überrascht? Ich hatte nichts aus dem Schicksal meiner Mutter gelernt. Verschenke niemals dein Herz an einen Mann, der es nicht verdient. Oder noch besser, behalte es für dich und gib niemandem auch nur den Hauch einer Chance, dich zu verletzen.

Ich ging zurück ins Badezimmer und legte mich auf die kalten Fliesen. Das Handy gab surrende Geräusche von sich, als in kurzen Abständen Textnachrichten auf mich einprasselten. Aus Reflex warf ich einen Blick auf das Display und erkannte Ausschnitte von Nachrichten, die Tara geschickt hatte.

Tara: Süße, wie geht es dir?
Tara: Was ist da passiert?
Tara: Cassey?
Tara: Ich mache mir Sorgen …
Tara: Melde dich bitte!

Doch ich fühlte mich viel zu leer und erschöpft, um auch nur einen einzigen weiteren Satz zu formen. Als hätte ich mit den Erinnerungen an Damien auch meine Lebensenergie an einen fernen Ort verbannt. Meine Brust schmerzte und das Atmen fiel mir schwer, doch das würde vorübergehen.

Eine bittere Wahrheit formte sich in meinen Gedanken, Happy Ends gab es eben doch nur auf der Leinwand. Ich war naiv gewesen, etwas anderes zu glauben.

Kapitel 19

Damien

Müde rieb ich mir die Augen. Außendrehs zerrten immer an meinen Nerven. Jede Szene musste sitzen, da wir durch den nahenden Sonnenuntergang unter Zeitdruck standen. Meistens herrschte deshalb eine besondere Anspannung am Set, die nur zu oft dazu führte, dass Fehler passierten, die wiederum den Druck noch erhöhten. Ein wahrer Teufelskreis.

Außerdem war es mir heute schwerer gefallen als sonst, mich in meine Rolle hineinzuversetzen. Am liebsten hätte ich alles stehen und liegen gelassen und wäre zu Cassey gefahren. Hätte ihren frechen Mund mit den wunderbar weichen Lippen geküsst und ihren Körper zum Erzittern gebracht. Bei dem Gedanken an unsere gemeinsame Nacht kribbelte es mir in den Fingern, sie anzurufen, um sie anzubetteln, morgen blau zu machen und stattdessen den Tag mit mir im Bett zu verbringen.

Nachdem der Dreh beendet war, schnappte ich mir meine persönlichen Sachen und stieg in den wartenden Wagen. Während wir drehten, waren Handys am Set nicht erlaubt, weshalb mir jetzt eine Milliarde neuer Nachrichten auf dem Display entgegensprangen. Ein paar verpasste Anrufe von Steve, doch der würde warten müssen. Für eine weitere Standpauke hatte ich nach diesem kräftezehrenden Dreh keinen Nerv übrig. Der Himmel spannte sich tiefschwarz über den Hollywood Hills und damit war es definitiv zu spät, um sich mit einem angepissten Manager herumzuärgern.

»Nach Hause, Sir?«, fragte mein Fahrer und ich nickte.

Es fanden sich außerdem erstaunlich viele Anfragen von der Presse in meinem Business-E-Mail-Account, die ich jedoch nicht weiter beachtete. Wofür bezahlte ich schließlich Steve.

Dann sah ich Casseys Namen auf dem Bildschirm aufleuchten und ich musste lächeln. Als ich jedoch bemerkte, dass ich gleich mehrere Anrufe von ihr verpasst hatte und sie mir auch noch eine Textnachricht mit fünf Ausrufezeichen geschickt hatte, gefror es auf meinen Lippen.

Sofort rief ich sie zurück, doch das Handy sprang nach dem zweiten Klingeln direkt auf die Mailbox um. Irgendetwas musste vorgefallen sein, sonst hätte sie nicht versucht mich so oft zu erreichen, obwohl sie gewusst hatte, dass ich beim Dreh war.

Besorgt teilte ich dem Fahrer mit, dass sich meine Pläne geändert hätten, und schickte ihn zu Casseys Adresse. Während der nervenaufreibend langen Fahrt trommelte ich nervös mit den Fingern auf meinen Oberschenkeln. Ob ihrer kleinen Schwester etwas zugestoßen war? Oder hatte ihre Mutter erneut einen Rückfall erlitten?

Was auch immer es gewesen war, ich war nicht für sie da gewesen. Ich fluchte leise vor mich hin. Hätte ich zwischendurch wenigstens einmal auf mein Handy geschaut, hätte ich sie schon vor Stunden zurückrufen können.

Der Wagen war noch nicht vollends zum Stehen gekommen, da hatte ich schon die Tür aufgerissen und war auf den Bürgersteig gesprungen. Mit großen Schritten durchquerte ich die dunkle Einfahrt und stieg die Treppe zwei Stufen auf einmal nehmend hinauf. Mit der Faust hämmerte ich drängend gegen das Holz der Tür.

Endlich öffnete sie sich einen Spaltbreit und ein Mädchen mit einer dunkelblonden Lockenmähne erschien im Türrahmen. Als sie mich erkannte, breitete sich kurz ein Lächeln auf ihren Lippen aus, bevor es auf halbem Weg gefror und ihre Miene unnachgiebig und hart wurde.

»Cassey will Sie nicht sehen.« Sie verschränkte die Arme vor der Brust.

»Bitte sag ihr, dass es mir schrecklich leidtut! Ich wollte ihr wirklich nicht wehtun«, sagte ich und knipste mein einnehmendstes Lächeln an.

Ihre Augenbrauen wanderten steil in die Höhe, während sie mich weiterhin abschätzig musterte. Wenn Kayla wirklich ein so großer Fan war, wie

Cassey behauptet hatte, musste ich es mir bei ihrer Schwester gehörig verscherzt haben, dass sie mich derart abblitzen ließ.

»Cassey, bitte rede doch mit mir! Lass es mich erklären!«, rief ich hinein in den Flur und versuchte über Kaylas Kopf hinweg ins Innere des Hauses zu spähen.

»Ich habe Ihnen doch schon gesagt, dass sie Sie nicht sehen will. Bitte gehen Sie jetzt!«, sagte Kayla mit undurchdringlicher Miene.

»Es ist schon okay, Kayla. Er kann reinkommen. Wenn er noch länger dort draußen steht, wird er nur die Paparazzi anlocken«, kam Casseys Stimme aus dem Dunkeln der Wohnung.

Kayla verzog missbilligend den Mund, trat aber einen Schritt zur Seite und ließ mich passieren. Ich notierte mir gedanklich, ihr ein Fanpaket der Größe XXL zuschicken zu lassen. Hoffentlich konnte ich damit die Wogen wieder glätten.

Als ich das Wohnzimmer betrat, stand Cassey mit dem Rücken zu mir am Fenster und drehte sich selbst bei meinem Eintreten nicht zu mir herum. Ich ging vorsichtig auf sie zu und legte meine rechte Hand sachte auf ihre Schulter. Sie zuckte zusammen, als hätte ich sie geschlagen, weshalb ich meine Hand unschlüssig wieder sinken ließ.

»Cassey, bitte sieh mich doch an«, sagte ich leise.

Sie schüttelte den Kopf. »Sag, was du zu sagen hast, und dann geh bitte wieder. Ich will damit abschließen können«, flüsterte sie und es fühlte sich mit einem Mal so an, als würde Eis durch meine Adern fließen.

Sie konnte doch unmöglich daran denken, das mit uns zu beenden, nur weil ich einen Tag lang nicht ihre Anrufe beantwortet hatte?

»Es tut mir schrecklich leid, wenn dich mein Verhalten verletzt hat. Ich wollte dir wirklich nicht wehtun«, sagte ich vorsichtig.

Sie reagierte nicht und stand weiterhin stocksteif mit dem Rücken zu mir.

»Ich weiß, ich hätte mich früher melden sollen, aber ich war bis eben noch beim Dreh und hatte keine Gelegenheit auf mein Handy zu schauen. Ich habe dich nicht absichtlich ignoriert«, erklärte ich.

»Ich bin ehrlich gesagt verwundert, dass du dich überhaupt noch mal hier blicken lässt. Dein Manager hat sich doch schon um den Schlamassel gekümmert.« Ihre Worte waren spitz wie Nadeln.

Steve hatte sie angerufen? Ich hatte das Gefühl, dass mir ein wichtiges Detail entgangen war.

»Ich verstehe nicht ganz?« Ich runzelte die Stirn.

Jetzt drehte sie sich doch zu mir herum und ihr Anblick ließ mich einen Schritt zurückweichen. Ihre Augen waren gerötet, als hätte sie geweint, und dunkle Schatten lagen darunter. Doch was mich am meisten beunruhigte, war der Ausdruck, der in ihrem Blick lag. Wut und Abscheu trübten ihre sonst so sanften blauen Augen.

»Steve hat hinter dir aufgeräumt, du schuldest mir also nichts mehr.« Ihr Körper zitterte und sie schlang hastig ihre Arme um sich. »Wobei, wenn ich so darüber nachdenke, würde mir doch eine Sache einfallen. Versuch nie wieder mich zu kontaktieren! Vergiss, dass ich existiere! Lösch meine Nummer aus deinem Handy! Mich aus deinem Leben zu streichen, dürfte ja nicht allzu schwer für dich sein.«

Ich sah sie fassungslos an. Fieberhaft versuchte ich zu verstehen, was hier gerade passierte. Cassey wollte mich nicht mehr in ihrem Leben. Noch deutlicher hätte sie es nicht formulieren können.

Doch was konnte in den letzten zwölf Stunden vorgefallen sein, dass sich ihre Gefühle derart abgekühlt hatten? Ich verstand überhaupt nichts mehr, nur dass es ziemlich schlecht für mich aussah.

»Cassey, ich weiß nicht, was Steve dir erzählt hat, aber da muss es ein Missverständnis gegeben haben …«, setzte ich an.

»Ich habe es schon verstanden. Du kannst damit aufhören, so zu tun, als ob ich dir etwas bedeute. Ich werde nichts verraten. Ich hoffe, es bringt euch den gewünschten Erfolg.« Ihre Stimme klang tonlos.

»Du solltest jetzt wirklich gehen«, sagte Kayla in meinem Rücken. »Ich kann Karate«, fügte sie hinzu, als ich mich nicht sofort in Bewegung setzte. Wäre der Moment nicht so unpassend gewesen, hätte mir diese Bemerkung wohl ein Lachen entlockt. Sie hatte mehr die Statur einer Ballerina anstatt die einer Kämpferin.

»Nein, ich will erst wissen, was hier los ist.« Ich bewegte mich keinen Millimeter vom Fleck.

»Dann werde ich gehen, ich habe dir nichts mehr zu sagen«, sagte Cassey und ließ mich stehen.

Mir blieb nichts anderes übrig, als den Rückzug anzutreten. Die ganze Zeit zermarterte ich mir das Hirn, was Steve ihr erzählt haben konnte.

***

Kaum hatte ich das Haus verlassen, wählte ich Steves Nummer. Beim zweiten Klingeln nahm er gut gelaunt ab.

»Hey Damien, der Film ist schon vor der Pressekonferenz in aller Munde.« Seine Stimme überschlug sich fast vor Begeisterung.

»Was hast du ihr erzählt?«, fragte ich mühsam beherrscht, während ich ins Auto stieg und dem Fahrer ein Zeichen gab, mich nach Hause zu fahren.

»Du weißt, ich habe nur in deinem Interesse gehandelt«, sagte er vorsichtig.

»WAS HAST DU IHR ERZÄHLT?!«, brüllte ich in den Hörer, was mir einen irritierten Blick des Fahrers durch den Rückspiegel einbrachte.

»Atme erstmal tief durch und beruhige dich. Ich habe lediglich das getan, was nötig war. Du wolltest schließlich nicht kooperieren, also habe ich das Beste daraus gemacht.«

»Ich werde es nicht noch einmal sagen«, knurrte ich.

»Ich habe ihr erzählt, dass sie Teil einer PR-Aktion für den Film war. Aber ich habe ihr auch einen großzügigen Scheck als Entschädigung versprochen«, rückte Steve endlich mit der Sprache heraus.

Für einen kurzen Augenblick war ich sprachlos.

»Du hast WAS getan?«, fragte ich, in der irrwitzigen Hoffnung, mich verhört zu haben.

»Ich habe dir die Wahl gelassen. Du hättest uns allen einfach den Gefallen tun und dich ein paar Wochen mit Cynthia an deiner Seite zeigen können. Dann wäre ich auch nicht dazu gezwungen gewesen, das arme Mädchen da mit reinzuziehen. Wenn wir mal ehrlich sind, habe ich dir und ihr damit allerdings einen Gefallen getan. Wie lange hätte es wohl gedauert, bis du der Kleinen überdrüssig geworden wärst? Eine Woche? Vielleicht sogar zwei, wenn es gut gelaufen wäre. Und gleichzeitig haben wir damit noch die Aufmerksamkeit der Presse auf deinen neuen Film gelenkt«, sagte er und ich konnte hören, wie stolz er auf seinen Einfall war.

»Dann werde ich dir jetzt mal sagen, wozu *ich* mich gezwungen sehe. Du bist gefeuert! Mit sofortiger Wirkung.« Damit legte ich auf und pfefferte das Handy auf den leeren Sitz neben mich.

»Verflucht noch mal!«, brach es aus mir heraus.

»Ist alles in Ordnung bei Ihnen, Sir?«, fragte der Chauffeur vom Fahrersitz aus.

»Nein, das kann man so nicht sagen«, erwiderte ich und fuhr mir mit den Händen durchs Haar. Ich war mir nicht sicher, ob ich den durch Steve verursachten Schaden würde kitten können. Würde sie mir glauben, dass ich nichts mit dieser abstrusen Geschichte zu tun gehabt hatte? Wenn ich ehrlich mit mir war, standen meine Chancen nicht sonderlich gut.

Wenn ich ihr nur schon früher von diesem vermaledeiten Film erzählt hätte. Doch zu Beginn war mein Job nie ein Thema zwischen uns gewesen und dann hatte ich den richtigen Zeitpunkt verpasst, ihr davon zu erzählen. Ich hatte Angst davor gehabt, dass die Parallelen zwischen dem Film und unserer eigenen Geschichte von da an wie ein Elefant im Raum gestanden hätten. Dabei war der Film nur ein schaler Abklatsch von dem, was sich zwischen uns entwickelt hatte.

Niemals zuvor hatte ich mich bei einer anderen Person derart geborgen gefühlt wie bei ihr. Die Verbindung, die wir zueinander hatten, war zu wertvoll, um sie durch ein Missverständnis zu verlieren. Ich würde nicht locker lassen, bis Cassey mir endlich zuhören und mir hoffentlich glauben würde. Für manche Dinge lohnte es sich, zu kämpfen. Und Cassey war es definitiv wert.

Cassey

Meine Beine zitterten auch dann noch, als die Haustür bereits lange hinter

Damien ins Schloss gefallen war. Meine mühsam aufrechterhaltene Selbstbeherrschung begann zu bröckeln.

»Wie konnte ich Damien nur mal gut finden? Er ist so ein Arsch.« Kayla klang so entrüstet, dass ich für einen Moment lächeln musste.

»Man kann ihm auf jeden Fall nicht vorwerfen, dass er kein guter Schauspieler ist«, sagte ich bitter.

»Wie geht es dir?« Sie musterte mich mit einem besorgten Gesichtsausdruck.

Seitdem sie mich am späten Nachmittag bewegungslos auf den Badezimmerfliesen liegend angetroffen hatte, ließ sie mich kaum aus den Augen. Vermutlich hatte sie die Szene schmerzlich an den Moment erinnert, als sie unsere Mutter nach ihrer versuchten Überdosis im Bad aufgefunden hatte. Ich fühlte mich schrecklich schuldig, dass ich sie dieses traumatische Erlebnis erneut hatte durchleben lassen. Doch nach dem Telefonat mit Damiens Manager hatte ich einfach keine Kraft mehr gehabt, um meinen Körper zum Funktionieren zu bringen.

Nachdem ich ein paar Stunden geschlafen und nach dem Aufwachen beschlossen hatte, das Kapitel Damien für immer zu schließen, hatte ich mich wieder etwas lebendiger gefühlt. Doch dann war er hier aufgetaucht. An dem einzigen Ort, der mich zumindest nicht permanent an ihn erinnerte. Seine Stimme hatte durch den Flur geschallt und mein rückgratloser Körper hatte auf ihn reagiert, als sei nichts geschehen. Mein Herzschlag hatte sich beim Klang seiner Stimme beschleunigt und ein unwiderstehlicher Drang danach, in seiner Nähe zu sein, hatte sich in mir ausgebreitet.

Bis ich meinen vergesslichen Körper daran erinnert hatte, dass alles nur eine Täuschung gewesen war. Dass er Damiens Berührungen, seine Worte, seinen Geschmack auf meiner Zunge vergessen musste. Der Impuls, sich in seine Arme zu werfen, war so stark gewesen, dass ich mich zunächst nicht getraut hatte, ihn anzusehen. Ich konnte meiner Selbstbeherrschung und meinem Körper in seiner Gegenwart nicht trauen.

Seine Worte hatten es mir dann aber erstaunlich leicht gemacht, die Wut in mir wachzurufen. *Er wollte mich nicht verletzen?* Was hatte er gedacht, was passieren würde, wenn er mich nach allen Regeln der Kunst verführte, um mich dann auf die niederträchtigste Art und Weise zu verraten? Im Gegensatz zu ihm hatte ich schließlich kein Herz aus Eis.

Wenn ich eines mit ziemlicher Bestimmtheit sagen konnte, war es, dass ich Damien Baxter nie wieder sehen wollte.

Dieser Vorsatz erwies sich jedoch als relativ schwierig in der Umsetzung. Dank seines neuen Films, der durch meine Hilfe im Moment in aller Munde war, pflasterten Plakate mit einem verführerisch lächelnden Damien sämtliche Werbeflächen in Los Angeles. Und davon gab es in der Stadt für meinen Geschmack eindeutig zu viele.

Kayla und ich hatten es uns zur Angewohnheit werden lassen, stets einen dicken schwarzen Filzstift mit uns herumzutragen. Wenn wir zufälligerweise auf eines dieser Plakate stießen, ließen wir es uns nicht nehmen, die eine oder andere Anpassung am Design vorzunehmen. So zierten bald Plakate von Damien mit einem Schnauzer, schwarzen Zähnen, zusammengewachsenen Augenbrauen und Ähnlichem die Stadt. Ich wünschte, diese Aktionen hätten mir in irgendeiner Art und Weise Genugtuung verschafft, doch im Grunde genommen wünschte ich mir lediglich, nicht mehr ständig mit der Nase auf ihn gestoßen zu werden.

Damien selbst tat sein Bestes, um nicht in Vergessenheit zu geraten. Jeden Morgen stand ein Cupcake vor unserer Haustür, meistens begleitet von einer Karte. Jede einzelne Karte wanderte ungelesen in die Mülltonne. Da ich jedoch keine Lebensmittel verschwenden wollte, erbarmte ich mich der Cupcakes oder verschenkte sie an Kayla. Sie schmeckten ausgezeichnet, auch wenn sie einen bitteren Beigeschmack hatten.

Damien rief außerdem mindestens einmal am Tag an oder schrieb mir eine Textnachricht, bis Kayla hart durchgriff und seine Nummer auf meinem Handy blockierte. Ich hatte mich einfach nicht dazu durchringen können. Immer wenn sein Name auf dem Display erschien, konnte ich nicht verhindern, dass mein Herz aufgeregt in meiner Brust schlug. Ich schien einen Hang zum Masochismus zu haben.

Kapitel 20

Damien

Ich wusste, es war weder der ideale Ort noch der ideale Zeitpunkt, aber ich konnte nicht mehr länger untätig herumsitzen und auf ein Wunder hoffen. Sie hatte mir keine andere Wahl gelassen, als sie meine Nummer blockiert und damit jede Möglichkeit der Kontaktaufnahme unterbunden hatte. Jetzt stand ich bereits seit zwei Stunden vor der Klinik, in der ihre Mutter untergebracht war. Ich kam mir vor wie der letzte Stalker, aber gleichzeitig konnte ich mich nicht zum Umkehren bewegen, um unverrichteter Dinge wieder abzuziehen.

In Begleitung ihrer Schwester Kayla war Cassey vor knapp einer Stunde in dem Gebäude verschwunden. Ich war zu dem Schluss gekommen, dass es besser wäre, sie erst nach dem Besuch zu konfrontieren. Somit hätte sie immerhin keinen vorgeschobenen Grund, um mich direkt wieder stehen zu lassen. So zumindest die Theorie.

Endlich öffnete sich die Eingangstür zur Klinik und Cassey schritt langsam die Stufen hinab. Von Kayla war nichts zu sehen. Mit anderen Worten, besser konnten die Voraussetzungen für ein ungestörtes Gespräch mit ihr nicht sein. Mit schnellen Schritten überquerte ich die Straße, meinen Blick fest auf Cassey geheftet. Dabei wäre ich beinahe mit einem Fahrradfahrer zusammengestoßen, der im letzten Moment ausweichen konnte und mir wüste Beschimpfungen hinterherbrüllte.

Durch den Aufruhr aufmerksam geworden, wandte Cassey mir ihren Blick zu. Für einen Moment weiteten sich ihre Augen voller Unglauben, als sie mich erkannte. Unschlüssig sah sie zurück zum Gebäudeeingang. Wahrscheinlich wagte sie es nicht zu flüchten, solange sie noch auf Kayla wartete.

»Was willst du hier?«, fragte sie abweisend, bevor ich auch nur ein Wort herausgebracht hatte.

»Dich sehen. Mit dir sprechen«, sagte ich stockend. All die sorgsam zurechtgelegten Sätze waren mir mit einem Mal entfallen. Ihr so nahe zu sein und sie trotzdem nicht berühren zu können, bereitete mir körperliche Schmerzen.

»Das hast du ja jetzt getan«, sagte sie und drehte sich von mir weg.

»Du kannst mir doch nicht ewig aus dem Weg gehen!«

Ihr Kopf schnellte zurück zu mir und sie funkelte mich an. »Sieh zu und staune.«

»Gib mir wenigstens eine Minute, okay? Ich erwarte nicht, dass du etwas dazu sagst, aber ich finde, ich sollte wenigstens die Chance bekommen, mich zu erklären.«

»Damien, was willst du eigentlich noch von mir?« Sie hatte dunkle Ringe unter den Augen und ihre Arme hingen kraftlos von ihren Schultern herab. Sie sah unglaublich erschöpft aus.

»Ich will dich nicht verlieren«, flüsterte ich und suchte ihren Blick.

Für einen Sekundenbruchteil meinte ich, etwas in ihren Augen aufblitzen zu sehen, doch bevor ich hätte definieren können, was es war, verlosch der Funke schon wieder.

»Tut mir leid, aber dafür ist es zu spät. Bitte lass mich einfach gehen. So ist es am leichtesten für uns. Für mich.«

Sprachlos sah ich in ihre vor Tränen schimmernden Augen und streckte automatisch meine Hand nach ihr aus. Sie wich zurück und schüttelte den Kopf. Dann flüchtete sie die Treppenstufen hinauf in die Klinik.

Cassey

Ich stürzte mich in jede Art von Ablenkung, die ich finden konnte. Mit vollem Eifer vertiefte ich mich in mein Fernstudium. Meinen Abschluss fest vor Augen, hatte ich ein Ziel, das mich dazu bewegte, jeden Morgen aufzustehen und mich nicht hängen zu lassen. Tara, die mich zuvor immer motiviert hatte, schien mein Eifer, der fast schon an Besessenheit grenzte, Sorge zu bereiten. Doch obwohl sie sonst kein Blatt vor den Mund nahm, sprach sie den Elefanten im Raum nie direkt an. Ich hatte ihr zwar einen kurzen Abriss der Ereignisse gegeben, danach jedoch jeden Versuch ihrerseits abgeblockt, über Damien zu sprechen.

Kayla war mir ebenfalls eine große Hilfe. Auch sie erwähnte ihn, dessen Name nicht genannt werden durfte, mit keinem Wort und hatte stets ein wachsames Auge auf mich. Ich hatte ihr nichts von seinem Auftauchen vor der Klinik erzählt. Vermutlich hätte sie ihm sonst eine Briefbombe geschickt. Jedes Mal, wenn es an der Tür klingelte, sondierte sie zuerst die Lage. Damien würde kein weiteres Mal an ihr vorbeikommen, so viel stand fest.

Wir verbrachten viel Zeit bei meiner Mutter in der Klinik. Ich hatte ihr in groben Zügen von der Geschichte mit Damien berichtet und sie hatte wortlos nach meiner Hand gegriffen und sie verständnisvoll gedrückt. Vermutlich wusste sie selbst am besten, dass es in solch einer Situation keine Worte gab, die einen über den Schmerz und Verrat hinwegtrösten konnten.

Einen positiven Aspekt konnte ich dem ganzen Drama dann doch abgewinnen. Seit Jahren fühlte ich mich dadurch zum ersten Mal meiner Mutter wieder näher. Erstmals konnte ich mir eine wirkliche Vorstellung davon machen, wie sehr sie der Verrat meines Vaters getroffen haben musste. Sie hatte über Jahrzehnte hinweg ein gemeinsames Leben mit ihm geführt. Er war die Liebe ihres Lebens gewesen und sie hatte ihm blind vertraut. Um dann auf solch eine hässliche Art und Weise betrogen zu werden.

Damien und ich hatten uns nur einen Sommer lang gekannt und trotzdem fühlte es sich an, als hätte ich ein Stück von mir unwiederbringlich an ihn verloren. Es war etwas vollkommen anderes, Liebeskummer wegen einer normalen Trennung zu haben, anstatt herauszufinden, dass alles von Beginn an eine Lüge gewesen war. Dass man sein Herz an jemanden verschwendet hatte, der es nicht einmal ansatzweise wert gewesen war.

Die Tage vergingen und die Öffentlichkeit vergaß mich langsam. Es tauchten keine Paparazzi mehr vor unserem Haus auf. Die nächsten Skandale warteten darauf, ans Tageslicht gezerrt und von ihnen abgelichtet zu werden. Der Alltag zog wieder bei uns ein und doch war nichts mehr, wie es zuvor gewesen war.

An den meisten Tagen fühlte es sich so an, als würde etwas fehlen. Da war diese Leere in mir, die ich nicht zu füllen vermochte. Egal, wie verbissen ich mich in mein Fernstudium stürzte, Zeit mit meiner Schwester und unserer Mutter verbrachte, mit Tara telefonierte oder Zerstreuung in Büchern oder Filmen suchte.

Manchmal brachen Erinnerungen aus dem hintersten Winkel meines Bewusstseins hervor. Momente, die ich mit Damien geteilt hatte. Obwohl mein Kopf wusste, dass er es nicht verdient hatte, dass ich auch nur einen weiteren Gedanken an ihn verschwendete, gab es einen Teil in mir, der ihn vermisste. Der die Person vermisste, die ich mit ihm gewesen war.

Kapitel 21

Damien

Jeden Morgen stellte ich in aller Frühe einen Cupcake auf ihre Türschwelle und jeden Tag entsorgte Cassey die dazugehörige Karte ungelesen im Müll. Zumindest war das meine Vermutung, da die Tage verstrichen und sie sich nicht bei mir meldete.

Nach meinem missglückten Versuch, sie vor der Klinik abzufangen, hatte ich keinen weiteren unternommen, sie persönlich zu treffen. Der Schmerz, der in ihren Augen gelegen hatte, hielt mich davon ab. Ich war schließlich der Grund dafür.

Hatte sie recht? Wäre es leichter, wenn ich sie einfach gehen ließe? Cassey war nicht für ein Leben im Rampenlicht geschaffen, das hatten die letzten Tage mehr als deutlich gezeigt. Ich hätte mich dafür ohrfeigen können, dass ich so unbedarft gewesen war. Dass ich sie nicht auf ein Szenario wie dieses vorbereitet hatte. Auch wenn ich wusste, dass es im Showgeschäft oft dreckig zuging und mit allem als Einsatz gehandelt wurde, selbst wenn dabei jemand unter die Räder kam – für Cassey musste es unbegreiflich sein.

Hätte Steve, dieser Dreckskerl, sie nicht höchstpersönlich angerufen, hätte ich vielleicht eine Chance gehabt. So hingegen sprach alles gegen mich. Ich hatte ihr nichts von dem Film erzählt, hatte sie absichtlich im Dunkeln gelassen, was Steve eiskalt für seine Zwecke ausgenutzt hatte. Seitdem das Bild von Cassey und mir im Cabrio auf der Fahrt nach Disneyland veröffentlicht worden war, musste er mir und vor allen Dingen ihr hinterherspioniert haben.

Wahrscheinlich sollte ich ein besserer Mann sein und tun, was für sie am besten war. Mich zurückziehen und sie in dem Glauben lassen, dass ich ein Arsch war, der mit ihren Gefühlen gespielt hatte. Doch ich konnte einfach nicht aufhören, an sie zu denken. An eine Zukunft mit ihr. Doch solange sie nicht bereit dazu war, mir zuzuhören, hatte es keinen Sinn, mich ihr aufzudrängen. Im schlimmsten Fall würde ich sie damit nur noch weiter von mir wegstoßen.

Wie konnte ich sie nur dazu bewegen, mir zuzuhören? Sie war so abweisend gewesen, fest entschlossen, mich nicht an sich heranzulassen. Die einzigen zwei Menschen, die aktuell anscheinend Zugang zu ihr hatten, waren ihre Schwester und ihre Mutter. Letztere würde ich bei der Vorgeschichte mit Casseys Vater kaum auf meine Seite ziehen können.

Ob es mir gelingen würde, Kayla davon zu überzeugen, dass ich kein Arsch war, der ihre Schwester gelinkt hatte? Sie war mit ziemlicher Sicherheit die einzige Person, die Cassey zu einem Gespräch mit mir überreden konnte. Und immerhin war sie bis vor kurzem angeblich einer meiner größten Fans gewesen. Vielleicht lag irgendwo unter ihrem Groll noch ein Rest Sympathie für mich vergraben, den ich nur zu Tage fördern musste.

***

Ohne mir zuvor einen genauen Plan zurechtgelegt zu haben, legte ich mich an einem Morgen, nachdem ich den täglichen Cupcake auf der Türschwelle platziert hatte, auf die Lauer. Ich würde einfach improvisieren.

Es dauerte nicht lange und Kayla kam mit ihrer Schultasche über der Schulter aus der Haustür. Ich wies den Fahrer an, ihr unauffällig zu folgen, was mir einen schiefen Blick durch den Rückspiegel einbrachte. Ich konnte mir schon bildhaft die Schlagzeilen des nächsten Tages vorstellen:

Abgehalfterter Schauspieler stalkt minderjähriges Mädchen. Der tiefe Fall des Damien Baxter.

Als Kayla sich an der Bushaltestelle postierte, witterte ich meine Chance. Ich ließ den Fahrer das Auto an den Bordstein heranfahren und direkt vor ihr anhalten. Mit kritischem Blick musterte sie die getönten Scheiben.

Dann setzte etwas in meinem Kopf aus, anders konnte ich mir zumindest nicht erklären, was ich als Nächstes tat. Ich öffnete die Wagentür, umfasste Kaylas rechten Arm und zog sie zu mir in den Wagen. Gleichzeitig wies ich den Fahrer an loszufahren, der nur widerwillig meinem Befehl nachkam.

Im nächsten Moment glühte meine rechte Wange und meine Haut prickelte von einer mustergültig ausgeführten Ohrfeige.

»Autsch«, sagte ich mehr vor Überraschung als vor Schmerzen.

Kayla hatte sich mir zugewandt, ihre winzigen Fäuste hatte sie wie eine Boxerin vor ihr Gesicht gehoben. Als sie mich erkannte, weiteten sich ihre Augen überrascht. Sie ließ ihre geballten Hände unschlüssig in der Luft schweben.

»Sind Sie bescheuert?!«, platzte es aus ihr heraus. »Sie können mich doch nicht einfach so entführen! Ich muss in einer halben Stunde in der Schule sein!«

»Entschuldige, ich wusste einfach nicht mehr weiter«, sagte ich zerknirscht.

»Und da dachten Sie sich, mich zu entführen wäre eine gute Idee?«, fragte sie und sah mich an, als würde sie an meinem Verstand zweifeln. *Und da war sie nicht die Einzige.*

»Ich wusste nicht, wie ich dich sonst dazu bekommen sollte, dich mit mir zu unterhalten.« Ich seufzte tief.

Kayla sah mich einen Augenblick lang sprachlos an, dann brach sie zu meiner Überraschung in ein hysterisches Gelächter aus.

»Das ist einfach so was von abgedreht«, prustete sie. »Noch vor ein paar Wochen hätte ich dafür gemordet, *Sie* zu treffen, und jetzt nehmen Sie sogar eine Entführung in Kauf, um mit *mir* zu reden.« Sie schüttelte den Kopf und wurde wieder ernst. »Das ändert aber nichts daran, dass ich Sie für einen Idioten halte und Ihnen nichts zu sagen habe.« Sie presste die Lippen aufeinander und verschränkte die Arme vor der Brust. Mit finsterer Miene musterte sie mich. Dann ging ein Ruck durch ihren Körper, anscheinend hatte sie es sich doch anders überlegt.

»Wenn ich so darüber nachdenke, habe ich Ihnen eigentlich sogar ziemlich viel zu sagen. Was Sie meiner Schwester angetan haben, ist unverzeihlich! Sie sollten sich lieber mal eine Scheibe von Ihren Filmrollen abschneiden!

Cassey ist der selbstloseste Mensch, den ich kenne. Ihr ganzes Leben schon stellt sie ihre eigenen Bedürfnisse immer für andere zurück. Sie hätte einen Mann verdient, der sie auf Händen trägt, und keinen, der sie ausnutzt und hintergeht!« Sie hatte sich in Rage geredet und ihre Wangen waren leicht gerötet.

»Ja, das hat sie.«

Kayla, die schon wieder den Mund geöffnet hatte, um mit ihrer Tirade fortzufahren, klappte ihn verwundert zu.

»Wenn Sie das genauso sehen, warum waren Sie dann so ein Arsch?« Ihre graublauen Augen fixierten mich unter zusammengekniffenen Augenbrauen.

»Das war ich doch gar nicht!«, protestierte ich und sprach schnell weiter, als ich sah, wie Kayla nachlegen wollte. »Diese Geschichte mit der PR-Aktion für meinen neuen Film ist alles auf dem Mist meines Managers Steve gewachsen. Ich hatte keine Ahnung davon und hätte dem auch niemals zugestimmt!«

Sie musterte mich angestrengt, als versuchte sie direkt in meinen Kopf zu blicken, um mich beim Lügen zu ertappen.

»Ich habe meinen Manager umgehend gefeuert, als ich davon erfahren habe. Als ich an diesem Abend bei euch zu Hause war, wusste ich noch nicht einmal, was los war. Es hat mir das Herz gebrochen, Cassey so zu sehen. Ich würde alles dafür geben, dass sie mir zuhört. Kayla, du bist meine einzige Chance, sie zu einem Treffen zu bewegen«, sagte ich eindringlich.

Sie zog nachdenklich ihre Unterlippe zwischen die Zähne und erinnerte mich damit schmerzlich an ihre große Schwester.

»Sie schwören, dass das die Wahrheit ist und nichts als die Wahrheit?«, fragte sie streng und fast rechnete ich damit, dass sie gleich eine Bibel aus ihrer Umhängetasche ziehen und mich darauf schwören lassen würde.

Ich schluckte ein *»So wahr mir Gott helfe«* hinunter, das mir auf der Zunge lag, und nickte.

»Das ändert zwar immer noch nichts daran, dass meine Schwester durch Ihre Schuld unnötig gelitten hat, aber ich werde es Ihnen strafmildernd anrechnen.« Kayla schien neben ihrer Vorliebe für seichte Liebesfilme außerdem ein Faible für Gerichtsserien zu haben.

»Seit unser Vater uns verlassen hat, hat Cassey so ihre Probleme damit, sich auf andere Menschen einzulassen. Dass sie ausgerechnet Sie so nah an sich herangelassen hat, spricht für Sie. Und wenn ich Sie diesen Schlamassel nicht in Ordnung bringen lasse, wird meine Schwester die Männerwelt wohl für alle Zeit an den Nagel hängen.« Sie sah mich streng an. »Sie hat sich allerdings in den Kopf gesetzt, Sie aus ihrem Leben zu verbannen, und sie kann schrecklich stur sein.«

Ganz meine Rede!

»Es würde mir schon reichen, wenn ich die Gelegenheit dazu bekommen könnte, mit ihr zu reden, ohne dass sie gleich die Flucht ergreift.«

Sie wiegte ihren Kopf nachdenklich von rechts nach links. »Sie wird sich nicht so leicht von einem Treffen überzeugen lassen. Sie müssten sie schon überrumpeln und sie müsste dazu gezwungen sein, Ihnen zuzuhören.«

In diesem Moment wusste ich plötzlich ganz genau, was ich tun würde.

Cassey

»Sag mal, hast du eigentlich je eine der Karten gelesen, die jeden Tag vor unserer Tür liegen?«, fragte mich Kayla, als ich mit einem Cupcake und der dazugehörigen Karte die Küche betrat. Die Hand mit der Karte schwebte bereits über dem geöffneten Mülleimer.

»Nein, ich wüsste auch nicht, warum. Es gibt nichts mehr zu sagen.« Ich versenkte die Karte im Müll.

»Versteh mich nicht falsch, du weißt, dass ich total auf deiner Seite bin, aber meinst du nicht, dass es etwas zu bedeuten hat, dass er nicht aufgibt?«

»Vielleicht hat er ja doch so etwas wie ein Gewissen, das ihm in den Hintern tritt. Oder er ist ein Sadist und genießt es, dass ich nicht von ihm loskomme.«

»Möglich, aber könnte es nicht auch sein, dass ihm wirklich etwas an dir liegt?«

Hatte sie den Verstand verloren?

»Hast du dir wieder eine deiner Liebesschnulzen angeschaut, oder was?«, fragte ich schärfer als beabsichtigt.

»Ich meine ja nur, dass du ihm nie wirklich die Chance gegeben hast, sich zu erklären.« Sie hob beschwichtigend die Hände.

»Er hat mich nach Strich und Faden verarscht, was gibt es da noch groß zu erklären?« Fassungslos schüttelte ich den Kopf. »Ich kann nicht glauben, dass du ihn verteidigst.«

»Das tue ich doch gar nicht. Ich habe mich nur gefragt, ob es nicht mehr als ein schlechtes Gewissen sein könnte, das ihn dazu bewegt, jeden Morgen hier einen Cupcake mit Botschaft für dich zu hinterlassen.«

Ich betrachtete nachdenklich den Cupcake. Könnte etwas an Kaylas Worten dran sein? Die süßen Küchlein standen jetzt seit etwas mehr als zwei Wochen jeden Morgen vor unserer Haustür. Dafür, dass es ihm im Grunde genommen vollkommen egal sein konnte, was ich von ihm hielt, war er ziemlich hartnäckig. Andererseits hatte er möglicherweise auch einfach nur vergessen, das entsprechende Abo bei der Bäckerei zu kündigen.

Machte es letzten Endes wirklich einen Unterschied, was seine Beweggründe waren? Er hatte mich auf eine Art und Weise verletzt, wie es bisher erst eine andere Person in meinem Leben fertiggebracht hatte. Die Erinnerung an meinen Vater drängte an die Oberfläche und ich spürte die mir allzu vertraute kalte Wut in meinem Bauch. Ich wollte nicht wie meine Mutter enden, die sich stets an kleine aufleuchtende Hoffnungsschimmer geklammert hatte. Die auch noch Jahre nach seinem Verrat versucht hatte, sich Entschuldigungen für ihn einfallen zu lassen. Die insgeheim immer gehofft hatte, dass er zu uns zurückkommen würde. Dass wir ihm mehr bedeuten würden als seine Sucht.

***

Ich fühlte mich erstaunlich gefasst, als wir durch die große Eingangstür der Klinik ins Freie traten und uns der anbrechende Abend mit einer sanften Brise umfing. Kayla und ich hatten einen fast schon unbeschwerten Nachmittag mit unserer Mutter verbracht. Dass die Therapie so gut anzuschlagen schien, ließ die aufkeimende Hoffnung in mir mit jedem Treffen weiter wachsen. Wahrscheinlich würde meine Mutter nie gänzlich geheilt werden können, doch wenn sie lernte, mit der Dunkelheit umzugehen, würde sie hoffentlich mit ihrer Krankheit leben können. Würden wir hoffentlich wieder so etwas wie ein normales Leben führen können.

Meine kleine Schwester hatte uns wie immer haushoch beim Scrabble besiegt und wir hatten uns die Bäuche mit Kuchen vollgeschlagen. Für einen Augenblick hatte es mir einen Stich versetzt, als Kayla das Spielbrett auf dem Tisch ausgebreitet hatte. Die Erinnerung an meine letzte Partie war mir überdeutlich im Gedächtnis geblieben. Doch sobald ich mich auf das Bilden von Wörtern konzentriert hatte, war es mir tatsächlich gelungen, kein weiteres Mal an Damien zu denken. Man sollte auch die kleinen Erfolge feiern, war einer der Leitsprüche der Ärzte meiner Mutter. *Die mussten schließlich wissen, wovon sie sprachen!*

Kayla, die normalerweise jede Sekunde mit unserer Mutter bis zum Letzten auskostete, hatte immer wieder nervös einen Blick auf ihre Uhr geworfen. Am Ende hatte sie mich, zu meiner Verwunderung und der meiner Mutter, förmlich aus der Klinik gezerrt.

»Können wir einen Abstecher zum Santa Monica Pier machen?«, fragte sie, sobald wir auf der Straße standen, und sah mich aus großen Augen flehend an.

Ich zögerte. Der Santa Monica Pier weckte Erinnerungen in mir, die ich am liebsten vergessen hätte. Aber Kayla hatte nach dem ganzen Drama um meine Mutter und dem von mir verursachten Medienrummel ein bisschen Ablenkung verdient. Und ich eigentlich auch, wenn ich darüber nachdachte. Ich stimmte ihrem Vorschlag zu und ließ mich von ihr in Richtung der Promenade ziehen. Die Sonne stand tief am Himmel und würde in wenigen Minuten im Meer versinken. Vor uns ragte die Silhouette des von der Sonne angestrahlten Vergnügungsparks auf.

Während ich Kayla durch die Menge folgte, bemühte ich mich, der Umgebung keine allzu große Beachtung zu schenken. Versuchte nicht zu registrieren, dass wir soeben den Stand passierten, an dem ich Burger für das romantische Picknick in luftiger Höhe mit Damien gekauft hatte. *Er hatte nicht das Recht, mir diesen Ort schlecht zu machen!* Es war schließlich ein Ort, an dem man sich vergnügen sollte und das würde mir auch ohne ihn gelingen.

»Wollen wir eine Runde mit der Achterbahn fahren?«, fragte ich Kayla. Ein kleiner Adrenalinkick würde mich sicher auf andere Gedanken bringen.

»Ich möchte lieber zum Riesenrad, von oben sieht der Sonnenuntergang bestimmt fantastisch aus«, sagte sie, während sie mich bereits in die Richtung zog.

Mit einem mulmigen Gefühl folgte ich ihr. Flashbacks zu meinem Date mit Damien waren praktisch vorprogrammiert. Aber ich konnte Kayla einfach nichts abschlagen, wenn sie ihren Welpenblick einsetzte.

Die Schlange vor dem Riesenrad war nicht sonderlich lang, sodass wir nach kurzer Zeit in einer der Gondeln Platz nehmen konnten. Als diese sich langsam in Bewegung setzte, sprang Kayla mit einem Mal von ihrem Sitz auf und wandte sich mir zu.

»Bitte sei nicht sauer auf mich und gib ihm eine Chance«, sagte sie flehend, bevor sie zurück auf die Plattform sprang.

»Hey, du kannst mich doch nicht alleine hier sitzen lassen!«, rief ich ihr protestierend nach. Was war bloß in sie gefahren? Immerhin war sie es gewesen, die mich zu dieser Fahrt überredet hatte. Jetzt hatte sie mich dazu verurteilt, alleine dem Sonnenuntergang entgegenzuschweben. Gab es in meiner Situation etwas noch Deprimierenderes? Und was meinte sie mit der Chance, von der sie gesprochen hatte?

Bevor die Gondel die Plattform vollständig unter sich zurückgelassen hatte, geriet sie unvermittelt ins Schwanken und ich klammerte mich an der Haltestange in der Mitte fest.

»Ist der Sitz hier noch frei?«, erklang eine viel zu vertraute Stimme.

Obwohl ich genau wusste, wer neben mir Platz genommen hatte, drehte ich mich ihm nur langsam zu. Damien sah mich aus unergründlich tiefgrünen Augen unverwandt an.

»Was machst du hier?«, fragte ich zu irritiert, um sauer zu sein. Bevor ich die Frage vollendet hatte, wurde es mir mit einem Mal klar. *Er hatte gemeinsa-*

me Sache mit Kayla gemacht! Wie hatte sie mir nur so in den Rücken fallen können? War sie am Ende etwa rückfällig geworden und wieder ein Damien-Fangirl? Deshalb also das Gerede über die Cupcakes und seine ernsthaften Intentionen dahinter. Sie hatte bereits im Vorfeld versucht, für ihn ein gutes Wort einzulegen. *Sie war so was von geliefert!*

»Wie hast du es geschafft, Kayla auf deine Seite zu ziehen?«, fragte ich eisig.

»Mit der Wahrheit«, sagte er schlicht.

Ich zog skeptisch die Augenbrauen zusammen.

»Warum kannst du mich nicht einfach in Ruhe lassen?« Ich fühlte die Erschöpfung in jeder Pore meines Körpers.

Jeden Tag kämpfte ich dagegen an, mich nach ihm zu sehnen, und immer, wenn ich dachte, einen Fortschritt erzielt zu haben, tauchte er wieder in meinem Leben auf. In Form eines Cupcakes, der vor meiner Haustür stand, verführerisch lächelnd auf einem Werbeplakat abgedruckt oder, was am schlimmsten war, persönlich und zum Greifen nahe.

»Weil ich ein verdammter Egoist bin, der dich in seinem Leben braucht. Und weil ich glaube, dass ich dich sehr glücklich machen könnte, wenn du mich nur lassen würdest«, sagte er und ein vorsichtiges Lächeln umspielte seine Mundwinkel.

»Du bist auf jeden Fall verrückt, wenn du wirklich glaubst, dass ich noch mal auf dich hereinfalle.« Ich schüttelte vehement den Kopf und schlang meine Arme um meinen Oberkörper. Merkte er denn nicht, dass ich kurz davor war, auseinanderzubrechen? Hatte er mir nicht schon genug wehgetan?

»Warum bist du nur so schrecklich stur?« Er blies die Wangen auf und ließ die Luft kurz darauf geräuschvoll entweichen.

Ich überlegte, ob es möglich wäre, ihn aus der Gondel zu schubsen und es wie einen Unfall aussehen zu lassen.

»Ich habe das Gefühl, du willst es mich gar nicht erklären lassen. Weil du mir, weil du uns, nämlich gar keine wirkliche Chance gegeben hast.« Er warf mir einen herausfordernden Blick zu.

»Weil ich wusste, dass du mich fallen lassen würdest. Und weil ich wusste, dass es beschissen wehtun würde. Und das tut es auch. Und immer, wenn ich gerade dabei bin, die Scherben einzusammeln und zusammenzufügen, tauchst du wieder in meinem Leben auf!« Die letzten Worte hatte ich ihm entgegengeschleudert.

Ich wandte den Blick von ihm ab und beobachtete die Sonne, die als feuerroter Ball im Begriff war, im Ozean zu versinken. Ich wollte wenigstens eine schöne Erinnerung von dieser Riesenradfahrt des Grauens mitnehmen. Und Kayla konnte sich auf etwas gefasst machen, wenn ich sie in die Finger bekam!

»Bevor du mir nicht die Chance gegeben hast, dir alles zu erklären, lasse ich dich nicht aus dieser Gondel aussteigen.« Damien lehnte sich auf der Sitzbank zurück und ließ es so wirken, als hätte er alle Zeit der Welt.

Erst jetzt fiel mir auf, dass sich das Riesenrad schon seit geraumer Zeit nicht mehr bewegt hatte. Damien musste den Betreiber erneut geschmiert haben, damit er mich in luftiger Höhe festhalten konnte.

»Das ist Freiheitsberaubung«, sagte ich empört.

»Du hast mir keine andere Wahl gelassen.« Er zuckte beinahe entschuldigend mit den Achseln.

»Lässt du mich danach dann endlich in Frieden?«

»Wenn es das ist, was du möchtest, werde ich mich danach von dir fernhalten«, sagte er. Und obwohl es genau das war, was ich wollte, versetzte mir alleine die Vorstellung einen Stich.

»Dann lass es uns hinter uns bringen«, sagte ich und versuchte mich innerlich gegen das zu wappnen, was jetzt folgen würde.

»Ich ... Ich habe dich nie fallen gelassen«, begann Damien stockend. »Mein Manager hat das auf eigene Rechnung gemacht. Es gab niemals den Plan, dich für eine PR-Kampagne zu benutzen. Er war einfach sauer, dass ich nicht nach seinen Regeln spielen wollte, und da kam es ihm mehr als gelegen, dass unsere Geschichte so starke Parallelen zum Film hat. Ich habe ihn nur Minuten, nachdem ich davon erfahren habe, gefeuert.«

Meine Mauer bekam Risse. Da war wieder diese zarte Knospe von Hoffnung, die in mir aufkeimte. Die nagende Stimme in mir, die immer an Damiens Unschuld hatte glauben wollen, meldete sich zurück. Genau davor hatte ich Angst gehabt. Dass seine Worte mich einwickeln und dazu bewegen würden, ihn wieder in mein Leben zu lassen.

Vielleicht hatte er sogar recht damit, wenn er mir vorwarf, dass ich mich absichtlich vor seinen Erklärungsversuchen verschlossen hatte. Weil ich tief in meinem Innersten wusste, dass es so einfacher sein würde, sich von der Illusion zu verabschieden, dass wir gemeinsam glücklich bis ans Lebensende sein könnten. Und das hatte nichts mit den Intrigen seines Managers zu tun.

Es war mir schwer genug gefallen, mich Damien gegenüber zu öffnen, doch mein Leben mit der Öffentlichkeit zu teilen, schien mir ein Ding der Unmöglichkeit zu sein. Ich war nicht für seine Welt geschaffen und die Geschichte mit seinem Manager war ein Wink des Schicksals gewesen, auch wenn es sich dabei um ein Missverständnis gehandelt hatte. Ein Zeichen für uns, getrennte Wege zu gehen.

»Das nennt sich Selbstschutz«, sagte ich heiser. »Selbst wenn das, was du sagst, wahr sein sollte ... Ich glaube nicht, dass ich stark genug für ein Leben an deiner Seite bin. Ich habe nur ein paar Tage in der Öffentlichkeit gestanden und es hat mich fast zerstört. Mein Leben war ein Spielball für die Presse, keine Rücksicht auf Verluste. Dieses Mal haben sie schnell genug das Interesse verloren, weil ich in ihren Augen schließlich doch keine wichtige Rolle in deinem Leben gespielt habe. Wenn ich deine Freundin wäre, würden sie das nächste Mal tiefer graben. Sie würden über meinen kriminellen Vater berichten, über die Depressionen meiner Mutter. Vielleicht würden sie sogar Kayla vor die Kamera zerren. Das kann ich meiner Familie nicht antun. Das kann ich mir nicht antun. Das ist nicht das Leben, das ich führen möchte.«

Ich sah die Hoffnung in seinen Augen schwinden und es brach mir erneut das Herz. Zu wissen, dass nicht nur in mir etwas zerbrochen war, machte den Verlust nicht leichter zu ertragen. Dabei hieß es doch, geteiltes Leid sei halbes Leid. Wer auch immer diesen Spruch in die Welt gesetzt hatte, schien absolut keine Ahnung vom wirklichen Leben zu haben. Zu sehen, wie eine Person, die man liebte, litt, fügte einem selbst nur noch tiefere Wunden zu. Denn nun hatte man nicht nur mit seinem eigenen Schmerz zu kämpfen, sondern zusätzlich auch mit dem eines geliebten Menschen.

»Dann ist es vorbei?« Seine Stimme klang rau, als würde sie jeden Moment brechen.

Ich nickte, weil ich meiner Stimme nicht traute. Ich spürte, wie Tränen lautlos an meinen Wangen hinabrannen. Er hob seine Hand und bewegte sie auf mein Gesicht zu, vermutlich um meine Tränen zu trocknen. Doch dann verharrte er mitten in der Bewegung. Als sei ihm soeben bewusst geworden, dass ihm eine derart intime Geste nicht länger zustand.

»Dann ist es jetzt wohl an der Zeit, wieder in die Wirklichkeit zurückzukehren. Aber ich will, dass du eines weißt. Ich habe es nie bereut, dass wir einander begegnet sind. Auch wenn mir noch nie jemand so verdammt wehgetan hat«, sagte Damien und schenkte mir ein schiefes Lächeln, um seinen Worten die Schärfe zu nehmen.

»Ebenso.« Ich erwiderte sein Lächeln, auch wenn mir eher nach Weinen zumute war.

Auf sein Zeichen hin setzte sich das Riesenrad wieder in Bewegung. Auch wenn ich nicht gedacht hätte, dass dies überhaupt möglich sein könnte, fühlte ich mich nach der Fahrt noch schlechter als zuvor. Zu wissen, dass Damien mich nicht verraten hatte, brachte mir keine Erleichterung. Im Gegenteil, es schien die in meinem Inneren klaffende Wunde nur noch zu vertiefen.

Als die Gondel am Boden zum Stehen kam, folgte ich ihm wie in Trance nach draußen. Vor dem Ausgang blieb er stehen und drehte sich zu mir um.

»Darf ich dich noch ein letztes Mal küssen?«

Wäre unser Leben einer seiner Filme, würde dieser Kuss unser *»Sie lebten glücklich bis ans Ende ihrer Tage«* einläuten. Doch solche Happy Ends hielten eben nicht dem richtigen Leben stand. Manchmal reichte es einfach nicht aus, einen anderen Menschen aus vollem Herzen zu lieben. Auch wenn ich mir das in unserem Fall gewünscht hätte.

Damien sah mich fragend an und ich nickte. So würde unsere Geschichte wenigstens mit einer schönen Erinnerung zu Ende gehen. Er beugte sich zu mir und dann spürte ich seine Lippen auf meinen. Der Kuss war bittersüß und schmeckte nach meinen Tränen. Sein vertrauter Geruch hüllte mich auf eine tröstliche Art und Weise ein. Für einen Moment versanken wir ineinander, versanken in all den Möglichkeiten, die in diesem Kuss hätten liegen können. Schließlich lösten wir uns voneinander.

»Leb wohl, Cassey«, flüsterte er. Ein letztes Mal strich er eine Haarsträhne hinter mein Ohr, und als seine Hand meine Wange streifte, schloss ich die Augen. Als ich sie wieder öffnete, war er in der Menge verschwunden.

Kapitel 22

1 Monat später

Cassey

Der erste Morgen, an dem kein Cupcake mehr vor meiner Haustür gestanden hatte, war wie eine Ohrfeige gewesen. Die Botschaft hätte nicht deutlicher sein können, Damien hatte einen Schlussstrich gezogen. Eigentlich hätte es mich erleichtern sollen, schließlich war es das, was ich gewollt hatte. Doch warum hatte es sich dann in jenem Moment so angefühlt, als könnte ich nicht mehr atmen? Eine Enge hatte sich um meine Brust gelegt und ich hatte mindestens eine Viertelstunde wie festgewachsen in der geöffneten Haustür gestanden und ins Leere gestarrt, bevor Kayla mich gefunden und zurück in den Flur gezogen hatte.

Überraschenderweise fühlte sich der Schmerz in mir zerstörerischer an, seitdem ich wusste, dass Damien mich nicht verraten hatte. Ich hatte mein Herz mit Wut gekittet und Damien hatte das Konstrukt bei unserem letzten Treffen in sich zusammenstürzen lassen. Jetzt stand ich erneut vor einem Scherbenhaufen. Und dieses Mal fiel es mir nicht so leicht, ihn wieder zusammenzusetzen.

Die Wut über seinen angeblichen Verrat hatte mir die Kraft gegeben, nicht zu zerbrechen und weiterzumachen. Hatte es mir leichter gemacht, mit ihm abzuschließen – oder es zumindest zu versuchen. Doch jetzt, da ich wusste, dass ich nicht die Einzige war, die ihr Herz verloren hatte, spukte der Gedanke von Damien und mir zusammen in meinem Kopf herum. Auch wenn mir mein rationaler Verstand sagte, dass seine Gefühle für mich keinen Unterschied machten. Sie änderten nichts an der Tatsache, dass ich keinen Platz in seinem Leben für mich sah.

Doch diese Erkenntnis machte es nicht weniger schmerzhaft. Ich schien ihn mit meinem ganzen Wesen zu vermissen. Manchmal schmerzte mein Körper wie nach einem Marathonlauf, als sei alles in mir wund. An manchen Tagen war es besser als an anderen, doch es verging nie ganz.

Ich bemerkte die besorgten Blicke meiner Schwester und unserer Mutter, die mittlerweile aus der Klinik entlassen worden war. Letzteres gab mir die Möglichkeit, einmal in meinem Leben die Verantwortung abzugeben. Mich ausschließlich um mich selbst zu kümmern und mich in meinem Elend zu suhlen. Ich verbrachte die Tage entweder trübsinnig vor mich hinstarrend im Bett oder mit einer Packung Eiscreme vor dem Fernseher. Ich war ein wandelndes Klischee. Nachdem mich meine Familie vier Wochen in diesem Stadium hatte gewähren lassen, sprach meine kleine Schwester ein Machtwort.

»Es wird Zeit, dass du dir den Typen aus dem Kopf schlägst und ein neues Kapitel beginnst«, sagte sie und sah mich streng an.

»Kann ich nicht einfach noch ein bisschen hier liegen bleiben?« Ich fühlte mich noch nicht stark genug, um im Alltag zu bestehen. Erst gestern war ich in Tränen ausgebrochen, als ich bemerkt hatte, dass die Milchpackung leer gewesen war. Wenn mich selbst solche alltäglichen Kleinigkeiten schon derart aus der Bahn warfen, wie sollte ich mich in einer Welt mit normal funktionierenden Menschen zurechtfinden?

»Nein, keine Diskussion. Du schwingst jetzt deinen Arsch aus dem Bett oder ich hole einen Eimer Wasser«, drohte meine offensichtlich hochgradig unsensible Schwester mir.

»Ist ja schon gut, du musst mir nicht gleich drohen«, erwiderte ich grummelnd und schlug lustlos die Bettdecke zurück.

»Mom hat dir übrigens einen neuen Job besorgt. Du brauchst dringend einen Grund, um morgens das Bett zu verlassen«, sagte sie, durchquerte mein Zimmer und riss die Gardinen auf. Buttergelbes Licht flutete den Raum und ich kniff geblendet die Augen zusammen.

Als Kayla auch noch schwungvoll das Fenster öffnete, flüchtete ich mich ins Badezimmer. Dort warf ich einen Blick in den Spiegel. Wann hatte ich mich in dieses weinerliche Etwas verwandelt? Es sah mir absolut nicht ähnlich, mich derart gehen zu lassen. Bis jetzt hatte ich alles, was mir das Leben vor die Füße geworfen hatte, mit Stärke genommen. Es war an der Zeit, dass ich wieder dahin zurückfand. Ich würde nicht zulassen, dass mich die Trennung von Damien zerstörte. Das war ich mir schuldig.

So weh es auch tat, es war an der Zeit, meine ersten Schritte zurück in ein Leben ohne ihn zu machen.

Damien

Es hatte sich herausgestellt, dass Steve ein paar Sicherheitsnetze in meinem Vertrag verankert hatte, sodass er weiterhin als unsichtbarer Puppenspieler die Fäden meiner beruflichen Laufbahn in den Händen behielt. Er würde an den gesamten Einnahmen meines aktuellen Filmes beteiligt sein. Außerdem hatte er eine Sperrfrist von sechs Monaten vertraglich festgelegt, sodass ich mir vorerst keinen neuen Manager suchen konnte. Erstaunlicherweise war es mir relativ egal. In letzter Zeit war mir erstaunlich viel erstaunlich egal.

Ich hatte gedacht, ich könnte mich einfach wieder in mein altes Leben flüchten. Das Leben, das ich geführt hatte, bevor Cassey auf der Bildfläche erschienen war und alles durcheinandergewirbelt hatte. Doch es fiel mir schwerer als erwartet. Zerstreuungen jeglicher Art schienen die Leere, die sich in mir breitgemacht hatte, nicht ausfüllen zu können. Als hätte ich ein schwarzes Loch in meiner Brust, das alles verschlang, mit dem ich versuchte es notdürftig zu flicken.

Will unternahm mehrfach den Versuch, mich durch gemeinsame Clubnächte aus meiner Lethargie zu reißen. Doch als sich eines Nachts eine durchaus attraktive Frau an mich rangeschmissen und mir ihre Zunge in den Hals gesteckt hatte, war da nur Cassey in meinem Kopf gewesen. Es hatte sich angefühlt, als würde ich sie betrügen. Was natürlich nicht der Fall war. Sie war schließlich diejenige gewesen, die sich gegen ein Leben an meiner Seite entschieden hatte. Die sich gegen mich entschieden hatte. Noch immer verursachte der Gedanke ein Stechen in meiner Brust und es war nicht nur mein Ego, das sie damit verletzt hatte.

Ich hatte die verdutzte Frau einfach mitten auf der Tanzfläche stehen lassen und mich zurück in meine Villa geflüchtet. Doch auch hier konnte ich den Erinnerungen nicht entkommen. Jedes verdammte Zimmer erinnerte mich an sie. Erinnerte mich an ihr bezauberndes Lächeln oder daran, wie sich ihre Wangen gerötet hatten, wenn einer meiner Kommentare sie in Verlegenheit gebracht hatte. Wenn ich nachts schlaflos in meinem Bett lag, musste ich an ihre weichen Lippen auf meinen denken, an ihren Körper, der unter mir erzittert war, an den Hunger in ihren Augen.

Schließlich beschloss ich, dass es Zeit für einen Tapetenwechsel war, und löste mein Versprechen gegenüber Abby ein, sie in Seattle zu besuchen. Da sowohl Rufus als auch ich selbst kein sonderlich großes Bedürfnis verspürten, uns während meines Besuchs häufiger als nötig über den Weg zu laufen, mietete ich ein Hotelzimmer in der Stadt.

Zum ersten Mal hatte ich das Gefühl, wieder frei atmen zu können. Meine kleine Schwester hielt mich auf Trab und sorgte dafür, dass mir nicht allzu viel Zeit zum Grübeln blieb. Dennoch spürte ich von Zeit zu Zeit ihre forschenden Blicke auf mir. Ihr schien nicht entgangen zu sein, dass mich etwas bedrückte. Man sollte annehmen, dass ich als Schauspieler besser in der Lage hätte sein müssen, anderen etwas vorzuspielen. Doch Abby kannte mich einfach zu gut. Sie war eine der wenigen Menschen, die hinter meine Fassade zu blicken vermochten.

***

Morgens um halb acht stoppte ich den Mietwagen vor dem Haus, das ich vor langer Zeit einmal als Zuhause bezeichnet und vor noch längerer Zeit auch als solches empfunden hatte. Es war ein zweigeschossiges unscheinbares Gebäude, das sich nahtlos in die Reihe der anderen Häuser einfügte. Die ehemals himmelblaue Farbe war mittlerweile durch ein unauffälliges Beige ausgetauscht worden. Das Holz der Veranda glänzte dunkelbraun im Licht der Morgensonne und schien frisch lackiert worden zu sein. Hinter den blank polierten Fenstern hingen weiße Gardinen und versperrten mir den Blick auf seine Bewohner.

Unschlüssig klopfte ich mit den Fingern auf das Lenkrad. Der gemietete Jeep war bis oben hin mit allem möglichen Krempel vollgeräumt, den mir der übereifrige Verkäufer aus dem Outdoorladen gestern aufgeschwatzt hatte. Ich hatte mein Versprechen an Abby, bei meinem nächsten Besuch mit ihr einen Campingausflug zu machen, schon vollkommen vergessen, nicht so meine Schwester. Nachdem sie der Meinung gewesen war, dass wir alle sehenswerten Orte in Seattle zur Genüge abgeklappert hatten, überredete sie mich zu einem dreitägigen Trip in den Mount Rainier Nationalpark.

Ich war schon immer eher der Typ Stadtmensch gewesen, der mit dem Konzept Natur nur so lange etwas anfangen konnte, wie er sie in kleinen Dosen genießen konnte. Irgendwo im Nirgendwo zwischen Büschen und Sträuchern, nur durch eine dünne Zeltplane von den Gefahren der Wildnis getrennt, sein Lager aufzuschlagen, erschien mir sehr fragwürdig. Doch Abbys Augen hatten so begeistert geleuchtet, dass ich ihr den Wunsch einfach nicht hatte abschlagen können. Also hatte ich den gestrigen Nachmittag in einem Outdoorladen verbracht und jede Menge Survival-Zubehör besorgt.

Jetzt stand ich vor der Haustür meines ehemaligen Elternhauses und diskutierte mit mir selbst, ob ich ein Feigling sein wollte und Abby eine Textnachricht schicken sollte, oder ob ich genug Mumm hatte, um an der Haustür zu klopfen. Meine Mutter nahm mir die Entscheidung schließlich ab, indem sie die Haustür öffnete und mir zaghaft zuwinkte. Ich seufzte schwer und stieg aus dem Wagen. Sie jetzt zu ignorieren, wäre selbst für uns ein neuer Tiefpunkt in unserer Beziehung gewesen.

»Hallo, Damien. Abby sammelt nur schnell noch ihre Sachen zusammen. Sie kommt gleich runter. Willst du nicht so lange hereinkommen? Ich kann dir einen Kaffee machen.« Sie lächelte mich unsicher an.

Ich warf einen skeptischen Blick in den Flur.

»Rufus ist nicht zu Hause.« Meine Mutter hatte anscheinend meine Gedanken erraten.

»Okay, dann nehme ich gerne eine Tasse«, erwiderte ich und folgte ihr in die Küche. Im Inneren des Hauses hatte sich kaum etwas verändert. Die Wände im Flur waren noch immer mit Bildern von Abby und dem Rest der Familie behängt. Auf dem ein oder anderen tauchte tatsächlich auch mein Gesicht auf. Meistens wirkte es nicht sonderlich begeistert.

Es fühlte sich merkwürdig an, wieder hier zu sein. Das letzte Mal, dass ich das Haus betreten hatte, war bestimmt vier oder fünf Jahre her. Selbst zu Thanksgiving und Weihnachten versuchte ich Besuche bei den Menschen, die sich als meine Familie bezeichneten, zu vermeiden. Dafür musste ich jedes Jahr aufs Neue eine Standpauke von Abby über mich ergehen lassen. Sie konnte nicht nachvollziehen, dass ich sogar die höchsten Feiertage des Jahres lieber in meiner anonymen Villa anstatt im Kreise der Familie verbrachte.

Doch im Gegensatz zu mir wurde sie auch nicht wie eine Aussätzige behandelt. Ausnahmslos jeder Besuch von mir hatte in einem großen Streit mit Rufus geendet. Dieser versuchte nicht einmal zu verbergen, welch geringen Wert er auf meine Anwesenheit legte. Egal, um welches Thema es ging, er schien schon aus Prinzip immer eine gegensätzliche Meinung zu vertreten. Meiner Mutter schien es unangenehm zu sein, doch sie traute sich nicht, mich zu verteidigen. Also hatte ich beschlossen, uns allen einen Gefallen zu tun und so selten wie möglich aufzukreuzen.

»Wie geht es dir? Ich habe lange nichts mehr von dir gehört«, bemerkte meine Mutter, während sie den heißen Kaffee in eine Tasse füllte.

»Und wessen Schuld ist das?«, konnte ich mir nicht verkneifen anzumerken.

Sie senkte den Blick und nestelte an einem rot-weiß karierten Geschirrtuch herum.

»Ich weiß, Rufus ist nicht immer einfach. Du ahnst ja gar nicht, wie sehr ich mir wünsche, dass ihr eure Streitigkeiten endlich beilegen würdet«, sagte sie leise und sah mir dabei noch immer nicht in die Augen.

»Es ist ja nicht so, als ob er etwas dafür tun würde, um das zu ändern«, sagte ich grimmig und nahm einen Schluck aus meiner Tasse.

»Du tust aber auch immer dein Bestes, um es ihm so schwer wie möglich zu machen«, erwiderte sie und ich verschluckte mich an meinem Kaffee.

»Was soll das denn heißen?«, fragte ich und stellte die Kaffeetasse etwas zu schwungvoll auf dem Küchentisch ab. Der Inhalt der Tasse schwappte über den Rand und hinterließ dunkelbraune Flecken auf der weißen Oberfläche.

»Du kannst nicht leugnen, dass du es genießt, über ihm – über uns allen – zu stehen. Versteh mich nicht falsch, du hast allen Grund dazu, stolz auf das zu sein, was du erreicht hast. Aber du lässt es uns überdeutlich spüren, dass wir nicht auf einer Augenhöhe sind.« Mit fahrigen Handbewegungen wischte sie den verschütteten Kaffee vom Tisch. Ich fing ihre Hand ein und endlich sah sie mir in die Augen.

»Ist es das, was du denkst? Dass ich mich für etwas Besseres halte?« Ich konnte nicht verbergen, wie sehr mich der Gedanke schockierte.

Sie wand sich unter meinem Blick. »Du weißt, dass wir einfache Leute sind. Rufus arbeitet als Dachdecker und verdient damit kein Vermögen. Ich will mich gar nicht beschweren, wir haben alles, was wir brauchen. Aber wir haben andere Probleme, als du sie hast. Wenn unser Auto kaputt geht, können wir nicht einfach ein anderes aus unserem Fuhrpark auswählen. Kannst du es Rufus da wirklich verdenken, wenn er manchmal etwas schnippisch reagiert?«

War ich wirklich so ein Snob? Geld war seit meinem kometenhaften Aufstieg als Schauspieler kein Thema mehr für mich gewesen. Wenn ich etwas haben wollte, kaufte ich es mir einfach. Die letzten Jahre hatten mir das Gefühl vermittelt, dass es kein Problem gab, das sich nicht mit finanziellen Mitteln lösen ließ. Mittlerweile hatte ich jedoch schmerzlich erfahren müssen, dass auch Reichtum seine Grenzen kannte. Dass man eben doch nicht alles mit Geld kaufen konnte.

»Ich will damit nicht sagen, dass Rufus sich dir gegenüber immer korrekt verhält, aber er ist auch nicht der Unmensch, zu dem du ihn gerne machst. Denk einfach mal darüber nach.« Sie legte ihre Hand auf meine und tätschelte sie sanft.

In dem Moment kam Abby die Treppe heruntergepoltert. Sie trug eine lange, dunkelgraue Wanderhose, ein moosgrünes Sport-Shirt und eine dünne, ebenfalls grüne Regenjacke darüber. Ihr hellbraunes Haar hatte sie zu einem Pferdeschwanz zusammengebunden, der wild hin und her schwang.

»Ich bin bereit. Kann es losgehen?«, fragte sie und ihre Wangen waren vor Aufregung leicht gerötet.

***

Auf der Fahrt zum Mount Rainier Park gingen mir immer wieder die Worte meiner Mutter durch den Kopf. Tat ich Rufus wirklich Unrecht? War er doch gar kein so übler Kerl, wie ich ihn gerne darzustellen versuchte? Wenn ich es darauf anlegte, konnte ich ein echter Arsch sein. Möglicherweise war es nicht alleine Rufus' Schuld, dass unser Verhältnis so angespannt war. Ich würde allerdings auf keinen Fall mit eingezogenem Schwanz bei ihm auftauchen und ihm ein Friedensangebot machen. Aber ich könnte mir eventuell abgewöhnen, alles, was er sagte, mit einer schnippischen Bemerkung zu kommentieren.

Nach zwei Stunden Fahrt erreichten wir endlich den Nationalpark. Aus einem dunkelgrünen Meer an Tannen reckte sich die Spitze des Vulkans, nach dem der Park benannt worden war, den Wolken am ansonsten strahlend blauen Himmel entgegen. Ich steuerte den Parkplatz an, während Abbys Blick wie hypnotisiert an dem Bergmassiv klebte. Kaum war der Wagen zum Stehen gekommen, stieß sie auch schon schwungvoll die Beifahrertür auf und sprang hinaus. Während sie sich ihren erstaunlich kompakten Rucksack von der Rückbank griff, öffnete ich den Kofferraum.

»Wow, was ist das denn alles?«, fragte Abby, als sie neben mich trat und einen Blick in den vollgepackten Laderaum warf.

»Alles, was man zum Überleben in der Natur benötigt. Hat zumindest der Typ im Outdoorladen behauptet.«

»Und wie willst du das alles durch den Wald schleppen?«, fragte sie mit einem amüsierten Grinsen.

»Übernachten wir nicht hier?« Ich deutete vage auf eine Grünfläche hinter dem Parkplatz.

»Ich habe uns einen Trail für eine Dreitageswanderung rausgesucht. Das heißt, wir übernachten natürlich immer irgendwo auf der Strecke.«

»Oh.« Zu mehr war ich nicht in der Lage.

»Okay, dann lass uns mal schauen, was du da alles angeschleppt hast«, sagte Abby und stellte ihren eigenen Rucksack neben dem Jeep ab.

Eine halbe Stunde später hatte sie mindestens zwei Drittel meiner Ausrüstung für unnütz befunden. In Anbetracht dessen, dass der Verkäufer vom Outdoorladen bei jedem Teil darauf bestanden hatte, wie überlebenswichtig es sei, fühlte ich mich nicht unbedingt beruhigt, als ich ihr hinein in den Wald folgte.

Abby scheuchte mich unermüdlich tiefer in den Nationalpark. Immergrüne Douglasien, die meterhoch in den Himmel wuchsen und sich wie ein Ozean vor uns ergossen, verströmten einen würzig herben Geruch. Ab und an lichtete sich die Kette aus Nadelbäumen und gab den Blick frei auf saftig grüne Wiesen, die von bunten Wildblumen gesprenkelt waren. Ich hätte nichts dagegen einzuwenden gehabt, es mir dort unten im Tal auf einem Teppich aus Gräsern gemütlich zu machen. Doch Abby strebte immer tiefer hinein in den Wald. Auf verschlungenen, teils zugewachsenen Trails kämpften wir uns unseren Weg durch die Wildnis. Ich konnte nicht behaupten, dass die mir ins Gesicht peitschenden Äste und der steinige Weg Begeisterungsstürme in mir hervorriefen.

Ein zusätzliches Problem stellte die viele Zeit dar, die man schweigend verbrachte. Der Weg war stellenweise einfach zu fordernd, um sich nebenher unterhalten zu können, und so blieb ich den Großteil der Wanderung mit meinen Gedanken alleine zurück. Dabei war ich doch genau vor ihnen nach Seattle geflüchtet. Ich versuchte mich möglichst auf meine Umgebung zu fokussieren. Doch der immer gleichbleibende Anblick der Bäume und Sträucher um mich herum bot meinen grauen Zellen nicht ausreichend Abwechslung, um mich stundenlang damit beschäftigen zu können. Stattdessen wanderten meine Gedanken viel zu häufig zu einer bestimmten Person, an die ich aktuell am allerwenigsten denken wollte.

Nach einer nicht enden wollenden Wanderung durch den Wald durchbrachen wir gegen Abend endlich das grüne Dach der Bäume und traten hinaus auf eine Lichtung. Zum ersten Mal, seitdem wir den Parkplatz heute Morgen verlassen hatten, lag das Herzstück des Parks, der Vulkan Mount Rainier, in seiner vollen Pracht vor uns. Im orangefarbenen Licht der untergehenden Sonne schien er förmlich von innen heraus zu glühen. In einer Talsenke zu unseren Füßen schimmerte das Wasser eines Bergsees in einem tiefen Dunkelblau, das die ihn umrahmenden Baumwipfel als Spiegelbild zurückwarf.

»Wow, dafür hat sich die Anstrengung doch gelohnt«, sagte Abby mit großen Augen. In ihrer Stimme schwang Ehrfurcht mit.

Ich nickte, war allerdings zu erschöpft, um die passenden Worte zu finden.

»Dann lass uns jetzt schnell die Zelte aufbauen, bevor es zu dunkel wird.« Abby ließ ihren Rucksack zu Boden gleiten. An dessen Unterseite war eine runde, elastische Scheibe mit dem Durchmesser eines Autoreifens festgeschnallt, welche sie jetzt in die Hand nahm. Sie löste ein paar Schnüre und warf den Gegenstand hoch in die Luft. Noch im Fall entfaltete sich der Stoff und aus der Scheibe wurde mit einem Mal ein Zelt.

»Das ist ein Wurfzelt«, erklärte Abby mir, als sie meinen faszinierten Gesichtsausdruck bemerkte.

Ich nickte beeindruckt und wandte mich dann meinem eigenen Zelt zu. Dieses sah leider deutlich komplizierter aus als Abbys Modell. Ich öffnete die Hülle und flexible Stangen, Heringe und eine Schnur purzelten daraus hervor. Ich förderte eine Anleitung zu Tage und versuchte nachzuvollziehen, wo die ganzen Einzelteile hingehörten. Nachdem Abby mich eine Viertelstunde lang bei meinen von Flüchen begleiteten Aufbauversuchen beobachtet hatte, trat sie auf mich zu und entwand mir den Plan. Fünf Minuten später hatte sie aus den Einzelteilen ein Zelt gezaubert.

»Wenn ich gewusst hätte, wie planlos du bist, hätte ich dich niemals alleine in den Outdoorladen gehen lassen.« Sie grinste mich kopfschüttelnd an.

»Der Verkäufer hat behauptet, ich hätte die beste Ausstattung, die man sich nur wünschen kann«, sagte ich beleidigt.

»Jede Ausrüstung ist nur so gut wie derjenige, der sie verwenden muss«, erwiderte sie. *Touché.*

»Wie auch immer, lass uns schnell etwas essen und dann schlafen gehen. Ich bin fix und fertig.« Stöhnend ließ ich mich auf den Boden sinken und benutzte den noch zusammengerollten Schlafsack als Unterlage.

Während Abby sich um die Zubereitung unseres Essens kümmerte – sie traute mir die Bedienung des Gaskochers nicht zu – schälte ich die neuen Wanderschuhe von meinen Füßen. Zu Beginn hatten die Schuhe sich vorne an den Zehen etwas eng angefühlt, doch irgendwann hatte sich der Schmerz in ein Taubheitsgefühl verwandelt. Als ich jetzt die Socken abstreifte, zog ich beim Anblick meiner nackten und ziemlich blutigen Zehen scharf Luft durch die Zähne.

»Scheiße Damien, was hast du mit deinen Füßen angestellt? Hast du die Schuhe vorher nicht eingelaufen?« Abby betrachtete das Gemetzel, das früher einmal meine Zehen gewesen waren, mit weit aufgerissenen Augen.

Ich erinnerte mich dunkel daran, dass der Verkäufer im Laden mich darauf hingewiesen hatte, dass neue Wanderschuhe am besten vor der ersten langen Wanderung eingelaufen werden sollten. Das Konzept hatte mich nicht sonderlich überzeugt. Wanderschuhe waren doch schließlich zum Wandern da, wieso sollte ich sie da schon vorher anziehen? Beim Wandern verbrachte ich schon genug Zeit in den klobigen Dingern, da musste ich sie nicht auch noch zu Hause tragen. Im Nachhinein betrachtet, kam mir sein Rat nun doch nicht mehr vollkommen aus der Luft gegriffen vor.

»Warum hast du denn nicht schon früher etwas gesagt?« Abby bedachte mich mit einem strengen Blick, während sie meine zerschundenen Füße mit ihrem Erste-Hilfe-Set verarztete.

Ich zuckte mit den Achseln. In den letzten Wochen hatte ich mich so daran gewöhnt, dass mein Körper schmerzte, dass dieser verhältnismäßig geringfügige Schmerz kaum ins Gewicht gefallen war.

»Du solltest wirklich mehr Acht auf dich geben.«

Ich verzog das Gesicht, als sie Jod auf die offenen Stellen träufelte.

»Was ist eigentlich mit dir los?«, fragte sie mich unvermittelt.

»Was soll los sein? Das heilt schon wieder. Du wirst sehen, morgen bin ich so gut wie neu«, erwiderte ich und knuffte sie in die Seite.

Sie schüttelte den Kopf. »Das meinte ich nicht. Du bist irgendwie nicht du selbst. Schon seitdem du hier in Seattle angekommen bist.«

»Ich bin einfach nur etwas erschöpft, die Dreharbeiten und die Pressetermine waren anstrengend.«

»Weißt du, ich bin kein kleines Kind mehr, du kannst mit mir reden.«

»Ist mir nicht entgangen. Als Kleinkind warst du irgendwie einfacher zu händeln«, erwiderte ich und grinste sie verschmitzt an.

Sie rollte mit den Augen und überging meine Bemerkung kommentarlos. »Du siehst irgendwie traurig aus. Selbst wenn du lachst, erreicht es nie deine Augen. Als wäre da etwas in dir, das alles Positive aufsaugt.«

Das traf die Sache ziemlich genau.

Ich haderte noch einen Augenblick mit mir, bevor ich ihr endlich von Cassey erzählte. Davon, wie sie sich langsam einen Platz in meinem Leben und in meinem Herzen erobert hatte, von dem Drama, das darauf gefolgt war, und der Versöhnung, die zu unserer Trennung geführt hatte.

»Und du hast sie einfach so gehen lassen?«, fragte Abby, nachdem ich geendet hatte, und klang überrascht.

»Hast du mir nicht zugehört? Das war ihr ausdrücklicher Wunsch!«

Abby wischte den Einwand ungeduldig mit einer Handbewegung beiseite. »Ich habe dich noch nie so von einer Frau reden hören. Ich hätte nicht mal gedacht, dass du jenseits deiner Filme überhaupt zu solchen Gefühlen imstande bist«, zog sie mich auf. »Sicher, dass du dir diese Frau einfach so durch die Lappen gehen lassen willst?«

Ich zuckte hilflos mit den Schultern. »Was soll ich denn tun? Ich kann sie ja schlecht entführen und gegen ihren Willen in meiner Villa gefangen halten.« Auch wenn der Gedanke verdammt verlockend war.

»Du bist doch sonst nicht auf den Kopf gefallen, dir wird bestimmt etwas einfallen.« Sie lächelte mir aufmunternd zu.

Das sagte sich so leicht. Doch wie sollte ich Cassey vor den Dingen beschützen, die sie aus meinem Leben vertrieben hatten?

***

Am nächsten Morgen musste ich mir eingestehen, dass mein Körper nicht, wie von mir behauptet, über außergewöhnliche Selbstheilungskräfte verfügte. Abby wechselte die Stoffstreifen um meine Füße noch einmal, dann steckte ich sie in Schlappen, die vorne offen waren, da ich mit dem dicken Verband nicht mehr in meine Wanderschuhe hineinpasste. Auf Abby gestützt machten wir uns auf den Rückweg zum Parkplatz.

Es tat mir unendlich leid, dass ich durch mein törichtes Verhalten ein vorzeitiges Ende unserer Wanderung herbeigeführt hatte. Außerdem war es mir peinlich, dass ich offensichtlich so wenig alleine überlebensfähig war. Abby versicherte mir zwar immer wieder, dass der Ausflug ihr dadurch nur umso mehr im Gedächtnis bleiben würde, doch das beruhigte mein schlechtes Gewissen nur minimal.

Wir erreichten den Parkplatz erst nach Sonnenuntergang. Da wir beide erschöpft und müde waren, beschlossen wir, noch eine Nacht auf dem Campingplatz zu verbringen und erst am nächsten Morgen zurückzufahren.

Obwohl ich hundemüde war und jeder noch so kleine Muskel in meinem Körper schmerzte, fand ich in dieser Nacht keinen Schlaf. Immer wieder musste ich an das Gespräch mit Abby denken und an das, was sie über Cassey gesagt hatte. Konnte ich sie wirklich einfach so aus meinem Leben spazieren lassen, ohne um sie gekämpft zu haben? So sehr ich mir auch den Kopf zermarterte, am Ende lief es auf lediglich zwei denkbare Szenarien hinaus.

Erstens, ich schlug mir Cassey endgültig aus dem Kopf und konzentrierte mich wieder auf meine Karriere. Ich würde mir einen neuen Manager suchen und daran arbeiten, mein Image als Loverboy aus seichten Liebesfilmen auszuradieren. Mein Privatleben sowie mein Liebesleben würden wieder eine untergeordnete Rolle spielen. Für eine Frau an meiner Seite war in diesem Szenario kein Platz vorgesehen.

Zweitens, ich entschied mich für ein Leben mit Cassey. Es wäre eine absolute Bauchentscheidung. Ich würde meine Karriere an den Nagel hängen und mich aus der Öffentlichkeit zurückziehen. Ich hätte wieder ein Leben, das einzig und allein mir gehörte. Es würde mir außerdem die Möglichkeit geben, wieder eine größere Rolle in Abbys Leben zu spielen.

Letzten Endes lief es auf die alles entscheidende Frage hinaus, was mir wichtiger war, meine Karriere oder Cassey? War ich bereit dazu, Cassey endgültig aus meinem Leben zu streichen? Cassey, die etwas tief in mir berührt hatte. Etwas, von dem ich nicht geglaubt hatte, dass es überhaupt existierte. Cassey, die es geschafft hatte, mein Leben und meine Prioritäten innerhalb weniger Wochen auf den Kopf zu stellen.

Ich musste an die Zeit während des Filmdrehs zurückdenken. Die Tage, die mit einem Lächeln auf meinem Gesicht begonnen hatten, waren nicht der Vorfreude auf den Dreh geschuldet gewesen. Stattdessen hatte ich den Stunden im Morgengrauen entgegengefiebert, die ich zusammen mit Cassey verbringen würde.

Wenn mir jemand vor wenigen Monaten erzählt hätte, dass ich für eine Frau ernsthaft das Ende meiner Schauspielkarriere in Betracht zog, hätte ich denjenigen vermutlich für verrückt erklärt. Die Schauspielerei war immer mein großer Traum gewesen. Doch in der letzten Zeit hatte ich erkennen müssen, dass es mich nicht in dem Maße glücklich machte, wie ich es mir ausgemalt hatte. Ich hatte lediglich gelernt, die Leere in meinem Leben mit teuren Gegenständen und bedeutungslosen One-Night-Stands zu füllen. Erst seitdem ich Cassey begegnet war, merkte ich immer deutlicher, dass mir das nicht mehr ausreichte.

Eines war auf jeden Fall sicher, ich konnte die Entscheidung nicht ewig vor mir herschieben. Ansonsten hätte sich eines der beiden Szenarien von alleine erübrigt.

Kapitel 23

Cassey

Es war einer dieser Tage, an denen man am besten morgens im Bett hätte liegen bleiben sollen. Erst hatte mein Wecker nicht geklingelt, weshalb ich mehr als nur spät dran war. Dann hatte ich in der Eile Kaffee auf meinem weißen Oberteil verschüttet, was dazu führte, dass ich mich noch einmal umziehen musste, bevor ich endlich das Haus verlassen konnte. Mein Vorgesetzter Frank wäre bestimmt nicht begeistert davon, dass ich gleich in meiner zweiten Woche zu spät zu meiner Schicht erschien.

Den Job bei meiner Tante Ruth hatte ich endgültig an den Nagel gehängt. Es gab vermutlich niemanden in der Firma, der nicht über Damien und mich Bescheid wusste, und auf neugierige Blicke und Getuschel hinter meinem Rücken konnte ich nur zu gut verzichten. Stattdessen arbeitete ich aushilfsweise in einem Supermarkt. Es war kein besonders aufregender Job, aber es gab keine Nachtschichten und ich hatte nebenbei noch genug Zeit für mein Fernstudium.

Als ich abgehetzt und mit einer halben Stunde Verspätung in den Verkaufsraum stolperte, erwartete mich Frank bereits. Seine Stirn war in Falten gelegt und sein Blick kritisch auf mich gerichtet.

»Ich weiß, ich bin zu spät. Es tut mir schrecklich leid. Es wird nicht wieder vorkommen, Sir.« Ich bemühte mich, möglichst zerknirscht dreinzuschauen.

»Das will ich auch sehr hoffen, Miss Graham. Es gibt ansonsten genug andere Bewerber, die sich um Ihren Job reißen würden.« Er bedachte mich mit einem eindringlichen Blick, um sicherzugehen, dass ich die nicht unbedingt subtile Warnung verstanden hatte.

Ich nickte und machte mich dann an die Arbeit. Auch im Laufe des Vormittags ließ meine Pechsträhne nicht nach. Zuerst musste ich mir eine halbe Stunde lang die Beschwerde einer Kundin darüber anhören, dass die Tomaten, die sie das letzte Mal bei uns gekauft hatte, verschimmelt gewesen waren. Dann ließ ein Kleinkind eine Milchflasche aus der Kühltheke fallen und die weiße Flüssigkeit verteilte sich über den gesamten Gang.

Nachdem ich diese Sauerei beseitigt hatte, erwartete mich umgehend der nächste Notfall in der Obst- und Gemüseabteilung. Irgendjemand hatte den kunstvoll arrangierten Berg aus Äpfeln zu Fall gebracht und sich dann klammheimlich aus dem Staub gemacht. Nun lagen überall in der Abteilung verstreut Äpfel auf dem Boden. Wozu gab es schließlich Supermarkt-Personal, das hinter einem herräumen konnte!

Seufzend machte ich mich daran, das Obst wieder einzusammeln. Als ich nach einem der Äpfel direkt neben meinem rechten Fuß greifen wollte, kam mir eine fremde Hand zuvor.

»Hey Cassey.« Noch bevor ich aufgeblickt hatte, um zu verifizieren, zu wem die Hand gehörte, wusste ich, dass Damien vor mir stand. Seine Stimme würde ich überall erkennen. Sie schien in meinem Körper widerzuhallen und ließ meinen Herzschlag aus dem Takt geraten. Ich hob den Blick und sah in seine tiefgrünen Augen. Ich hatte fast vergessen, wie verdammt grün sie waren. Wie sehr sie mich in ihren Bann zogen.

»Was machst du hier?«, fragte ich feindseliger, als nötig gewesen wäre. Ich erhob mich vom Boden, um nicht länger zu ihm aufschauen zu müssen.

»Ich musste dich einfach sehen. Kayla hat mir verraten, dass du hier arbeitest.« *Kayla konnte es einfach nicht lassen!* Vermutlich hoffte sie immer noch auf ein hollywoodreifes Happy End. Als hätte mich das letzte von ihr eingefädelte Treffen mit Damien nicht schon genug zerstört und jede Chance auf eine gemeinsame Zukunft zunichtegemacht.

»Ok, das hast du dann ja jetzt getan. Kann ich dir sonst noch irgendwie weiterhelfen? Ist das Waschmittel alle, oder hast du mal wieder Heißhunger auf Sahnetorten? Wir haben hier eine ausgezeichnete Backwarenabteilung.«

Er schüttelte lächelnd den Kopf. »Deswegen bin ich nicht gekommen.«

»Warum bist du dann gekommen, Damien? Um mich zu quälen?«, fragte ich tonlos. Warum nur tauchte er immer wieder in meinem Leben auf?

»Können wir irgendwo ungestört reden?« Erst jetzt bemerkte ich, dass sich eine kleine Menschenmenge um uns herum gebildet hatte, die uns interessiert beobachtete und hinter vorgehaltenen Händen tuschelte. In seiner Gegenwart wurde aus etwas äußerst Privatem plötzlich öffentliches Interesses. Und so würde es immer sein.

»Komm mit, bevor ich wegen dir den nächsten Job verliere.« Ich zog ihn an seiner Jeansjacke durch den Hinterausgang hinaus in eine kleine Seitengasse.

Damien

»Du kannst nicht einfach immer wieder in meinem Leben auftauchen! Du kannst mir nicht ständig das Herz brechen! Dafür bin ich einfach nicht stark genug!«, schmetterte sie mir entgegen, kaum dass die schwere Metalltür hinter uns ins Schloss gefallen war. Trotz ihrer kraftvollen Worte sah sie so verletzlich aus, dass mein ganzer Körper sich danach sehnte, sie in meine Arme zu schließen.

»Ich vermisse dich.« Ich fing ihren Blick ein und ließ sie jede Emotion sehen, die in diesem Augenblick durch mich hindurchwirbelte. Den Schmerz, die Sehnsucht, die Liebe zu ihr.

»Du darfst mich nicht mehr so anschauen«, flüsterte sie und wich einen Schritt vor mir zurück. Ihre Augen huschten nervös von rechts nach links, als suchte sie die Umgebung nach einer Fluchtmöglichkeit ab.

»Wie denn?«

»Als würdest du mich küssen wollen.«

»Wäre das denn so schlimm?« Mein Blick wanderte zu ihren leicht geöffneten Lippen. Ihren unendlich weichen Lippen.

»Nein. Doch!«, korrigierte sie sich im gleichen Atemzug.

Doch ihr leichtes Zögern reichte mir als Einverständnis. Ich überwand den

Abstand zwischen uns mit einem großen Schritt und nahm ihr Gesicht behutsam zwischen meine Hände.

»Damien, nicht«, flüsterte sie. In ihrem Blick spiegelten sich Verzweiflung und Verlangen zugleich.

Ich beugte mich zu ihr hinab und berührte ihre Lippen federleicht mit meinen. Sie keuchte auf und dieses Geräusch ließ meinen gesamten Körper erschauern.

»Ich habe dich so verdammt vermisst«, flüsterte ich an ihren Lippen und vertiefte den Kuss. Sie vergrub ihre Finger in meinem Haar und zog mich noch näher. Ihre Lippen öffneten sich für mich und dann versank ich in ihr. Sie fühlte sich so unglaublich weich und warm an. Sie schmeckte nach bittersüßen Erinnerungen. Und das erste Mal seit Wochen fühlte sich mein Herz leichter an. Fühlte sich alles leichter an.

Im ersten Moment spürte ich die Veränderung nicht einmal, bis sich Casseys Hände plötzlich an meiner Brust befanden und sie mich zurückstieß. Ich taumelte einen Schritt nach hinten, noch immer atemlos von unserem Kuss. Cassey hatte die Arme um sich geschlungen und fixierte verbissen einen Punkt einen Meter rechts von meinem Kopf entfernt.

»Du musst jetzt gehen«, sagte sie heiser.

Ich hörte die Reue in ihrer Stimme. Wahrscheinlich wäre es schlauer gewesen, erst das Gespräch mit ihr zu suchen, anstatt sie mit einem Kuss zu überfallen. Doch ich hatte mich so sehr nach ihr gesehnt, dass es mir unmöglich erschienen war, es nicht zu tun.

»Würdest du mir, würdest du uns, eine Chance geben, wenn ich dir versprechen könnte, dass sich die Paparazzi von dir und deiner Familie fernhalten werden?«, platzte ich mit dem eigentlichen Grund meines Besuches heraus.

Sie wandte mir ihren verschleierten Blick zu und sagte streng: »Das kannst du nicht versprechen.«

»Beantworte bitte trotzdem meine Frage.«

»Damien, das hat doch keinen Sinn. Du machst es uns beiden nur unnötig schwer.«

»Ich verspreche, dich nie wieder zu belästigen, wenn du mir eine ehrliche Antwort auf diese Frage gibst«, versprach ich ihr.

»Das kommt mir irgendwie bekannt vor«, sagte sie mit einem säuerlichen Gesichtsausdruck. Ich konnte mich vage daran erinnern, ihr etwas Ähnliches auf dem Riesenrad versprochen zu haben. Ups!

Da ich mich nicht von der Stelle bewegte, gab sie schließlich nach. »Okay, sagen wir rein hypothetisch, du hättest gottgleiche Mächte, mit denen du die Klatschpresse bändigen könntest. Dann vermutlich ... ja.« Noch nie hatte mich ein Ja glücklicher gemacht.

»Was, ja?«, hakte ich dennoch nach, um sicherzugehen.

»Dann würde ich uns wahrscheinlich eine Chance geben«, führte sie aus. »Aber das ist natürlich nur hypothetisch.«

»Gut, dann möchte ich diese Chance ergreifen«, sagte ich und ihre Augenbrauen schossen steil in die Höhe.

»Damien, das war nur rein theoretisch. Solange du ein berühmter Schauspieler bist, wirst du immer im Rampenlicht stehen. Genauso wie die Frauen, die du datest.«

»Dann ist es ja gut, dass ich meine Karriere an den Nagel gehängt habe.«

Sie sah mich an, als würde ich Mandarin sprechen.

»Was sagst du da? Du kannst doch nicht einfach aufhören zu schauspielern!«

»Warum denn nicht?«

»Du wirst nicht deinen Traum für mich aufgeben! Du hast so hart dafür gekämpft, um dahin zu kommen, wo du jetzt bist. Und es gibt so vieles, was du noch erreichen willst. Das hast du selbst gesagt.« Sie schüttelte energisch den Kopf.

»Träume können sich ändern, Cassey«, sagte ich und lächelte sie an.

Ihr Mund öffnete und schloss sich wieder, als sie offensichtlich nach Worten suchte und keine fand.

»Nein, Damien, das werde ich nicht zulassen«, brachte sie schließlich heraus.

»Ich fürchte, dafür ist es etwas zu spät«, erwiderte ich und hielt ihr mein Handy vors Gesicht.

Ich beobachtete, wie ihr Blick über die Pressemitteilung flog, die nur Minuten, bevor ich den Supermarkt betreten hatte, veröffentlicht worden war. Ihre Augen wurden mit jeder gelesenen Zeile ein Stück größer und ihr Blick ungläubiger.

Ich hatte ein kurzes Statement für die Presse verfasst, in dem ich meinen sofortigen Rückzug aus dem Filmbusiness bekanntgab. Ich hatte keinen konkreten Grund dafür benannt, und wahrscheinlich überschlugen sich die Klatschzeitungen bereits mit Spekulationen. Für mich zählte jedoch nur die Konsequenz dieser Entscheidung. Ein Leben jenseits des Rampenlichtes. Ein Leben, das nur mir alleine gehörte. Und hoffentlich auch Cassey.

»Das ist total verrückt! Du bist total verrückt, das ist dir doch hoffentlich klar«, flüsterte sie, nachdem sie die Pressemitteilung gelesen hatte.

»Ja, verrückt nach dir«, erwiderte ich und strich ihr sanft über die Wange.

»Hast du das aus einem deiner Filme geklaut?« Für den Bruchteil einer Sekunde spielte ein Schmunzeln in ihren Mundwinkeln.

»Das macht es nicht weniger wahr«, erwiderte ich mit einem Zwinkern.

»Ich weiß nicht, was ich dazu sagen soll, Damien. Hast du dir das auch gut überlegt?« Sie sah mich zweifelnd an.

»Es fühlt sich richtig an. Es ist das Erste, was sich seit einem Monat richtig anfühlt. Mal abgesehen von dem Kuss eben. Der hat sich auch verdammt richtig angefühlt. Manche würden ihn vielleicht sogar als phänomenal bezeichnen.«

Sie verdrehte die Augen, wirkte aber nicht mehr so abweisend wie wenige Augenblicke zuvor.

»Du wirst dann keine Fans mehr haben, die dein Ego streicheln.« Trotz des spöttischen Untertons war ihr Gesichtsausdruck ernst.

»Dafür hätte ich dann ja dich.« Ich verpasste ihrer Nasenspitze einen sanften Stupser mit meinem Zeigefinger.

Sie zog die Augenbrauen in die Höhe und prustete. »Das glaubst du ja wohl selbst nicht.«

»Also was sagst du? Willst du mit mir zusammen ein schrecklich langweiliges Normalo-Leben führen?« Mein Herz schlug so hart gegen meine Rippen, dass es schmerzte.

Ich wusste, dass es immer noch die Möglichkeit gab, dass sie Nein sagen würde. Mein Herz in ihre Hände zu legen, war das mit Abstand Verrückteste, was ich jemals getan hatte. Doch wenn sie sich für mich entscheiden würde, wäre es auch das Beste, worauf ich jemals hoffen konnte.

»Ich weiß nicht, Damien. Das kommt alles ziemlich plötzlich.« Sie knabberte an ihrer Unterlippe.

Verdammt, wie sehr hatte ich diesen Anblick vermisst!

»Entschuldige, ich hätte dich nicht so überfallen dürfen. Wir können es ganz langsam angehen lassen. Kein Druck«, sagte ich sanft.

»Das hat das letzte Mal ja schon so super funktioniert.«

»Ich fand, es war ein voller Erfolg, nur das Ende haben wir etwas verkackt.«

Sie lachte und das Geräusch ließ alles in mir vibrieren. Ich konnte mir keine erfüllendere Aufgabe vorstellen, als sie jeden Tag zum Lachen zu bringen.

»Ich habe dir eine Chance versprochen, also kann ich jetzt wohl kaum einen Rückzieher machen.« Sie lächelte mich zaghaft an. »Aber dieses Mal lassen wir es wirklich langsam angehen«, fügte sie hinzu und hob mahnend einen Zeigefinger.

»Wenn ich dich jetzt küsse, wäre das langsam genug?«

Ihre Wangen röteten sich und als sie ihre Unterlippe zwischen ihre Zähne zog, hatte sie die Entscheidung schon getroffen. Ich zog sie in meine Arme und beschloss, sie nie wieder loszulassen.

Epilog

2 Jahre später

Damien

Als Cassey sich nach der gläsernen Karaffe auf dem obersten Regalbrett streckte, blitzte ein Streifen ihrer gebräunten nackten Haut unter ihrer weißen Bluse hervor. Auch wenn ich jeden Zentimeter ihres Körpers in- und auswendig kannte, konnte ich selbst nach zwei Jahren nicht genug von ihr bekommen. Ich näherte mich ihr so lautlos wie möglich und schlang meine Arme um ihre Mitte. Meine Küsse auf ihren Nacken entlockten ihr ein überraschtes Quietschen.

»Lass das, dein Bart kitzelt mich«, rief sie und wand sich in meinen Armen.

»Mir würden da noch ein paar andere schöne Stellen einfallen, an denen mein Bart dich kitzeln könnte«, flüsterte ich und knabberte sanft an ihrem rechten Ohrläppchen. Ich spürte die Hitze in ihren Wangen, als sie sich in ein bezauberndes Rosa verfärbten.

»Kayla und meine Mom werden jeden Moment hier eintreffen«, sagte sie atemlos.

»Das macht es doch umso aufregender«, gab ich unbeeindruckt zurück.

Sanft drehte ich sie in meinen Armen, sodass ich ihr ins Gesicht blicken konnte. Ich musste schmunzeln, als ich sah, wie sie der Gedanke erregte, was sie aber niemals zugeben würde. Sie nagte an ihrer Unterlippe und brachte mich damit wie immer um den Verstand. Ich strich ihr mit meiner linken Hand eine ihrer blonden Strähnen aus der Stirn und sammelte sie mit ihren übrigen Haaren in ihrem Nacken zusammen. Ich umfasste ihren Haarschopf und zog ihren Kopf daran leicht nach hinten, sodass sie mir ihren entblößten Hals entgegenstreckte.

Ihr Atem ging stockend und ich konnte den Puls an ihrer Halsschlagader rasen sehen. Sanft ließ ich meine Lippen über die empfindliche Haut an ihrem Hals hinabwandern und biss leicht in ihren Nacken. Ein heiserer Laut entschlüpfte ihrer Kehle. Ich lockerte meinen Griff um ihr Haar und küsste ihre erwartungsvoll geöffneten Lippen. Sie vergrub eine Hand in meinen Haaren und zog mich näher zu sich, während sie mit der anderen unter mein T-Shirt fuhr.

»Könnt ihr das nicht irgendwo machen, wo später niemand mehr essen muss?«, ertönte Kaylas Stimme in meinem Rücken.

Cassey zuckte ertappt zusammen und wollte zurückweichen, doch ich hielt sie weiterhin dicht an mich gepresst.

»Sieh lieber genau hin, vielleicht kannst du noch was fürs College lernen«, erwiderte ich grinsend.

»Damien!« Cassey knuffte mich in die Seite.

»Merk dir, wo wir gerade aufgehört haben, damit wir später genau dort weitermachen können«, flüsterte ich ihr zu, bevor ich sie gehen ließ.

»Urgh, zu viele Informationen«, kommentierte Kayla, die grinsend am Küchentresen lehnte.

»Warum genau hast du noch mal einen Schlüssel zu unserem Haus?«, versuchte ich mich zu erinnern.

»Kommt Abby auch noch? Ich weiß nicht, wie lange ich es mit zwei turtelnden Pärchen aushalte.« Sie seufzte schwer.

»Konnte Charlie es doch einrichten?«, fragte Cassey sichtlich erfreut.

»Ja, er konnte seine Schicht doch noch tauschen. Mom war ganz selig«, erwiderte Kayla lächelnd.

Es grenzte fast schon an ein Wunder, wie schnell Charles die beiden Schwestern um den Finger gewickelt hatte. Wenn es um ihre Mutter ging, waren die zwei sonst übervorsichtig und dementsprechend waren sie ihm zunächst mit einer gehörigen Portion Misstrauen begegnet.

Charles arbeitete als Arzt in der Klinik, in der Casseys Mutter einige Zeit verbracht hatte, als wir uns kennengelernt hatten. Er betonte bei jeder sich ihm bietenden Gelegenheit, dass sie jedoch niemals seine Patientin gewesen war. Nicht dass ich in der Position war, darüber zu urteilen. Ich hatte mich schließlich an Cassey herangeschmissen, als ich quasi ihr Chef gewesen war.

Charles war ein netter, bodenständiger Kerl und laut Casseys Aussage hatte sie ihre Mutter nicht mehr so glücklich und entspannt erlebt, seitdem ihr Vater sie verlassen hatte. Charles war auch der Grund, weshalb Cassey einem Umzug nach Seattle zugestimmt hatte. Sie hatte sich nur sehr widerstrebend von ihrer Familie trennen können, aber in Los Angeles war es für uns nahezu unmöglich gewesen, ein Leben außerhalb der Öffentlichkeit zu führen. Der Gedanke, Charles und Kayla an der Seite ihrer Mutter zu wissen, hatte sie letzten Endes so weit beruhigt, dass sie bereit gewesen war, einen Neustart in Seattle zu wagen.

Außerdem sorgte mein Job als Schauspielcoach dafür, dass wir immer noch regelmäßig Zeit in L.A. verbrachten. Während ich mit meinen Schülern und Schülerinnen ihre Karrieren vorantrieb und beständig auf der Suche nach neuen Talenten war, verbrachte Cassey Zeit mit ihrer Mutter und ihrer Schwester.

So einfach mir die Entscheidung gefallen war, meine eigene Karriere an den Nagel zu hängen, so schwer tat ich mich damit, meine Finger komplett aus dem Business zu lassen. Besonders den jungen Schauspielerinnen und Schauspielern, die sich die teuren Schulen nicht leisten konnten, wollte ich unter die Arme greifen. Zu gut konnte ich mich daran erinnern, wie ich selbst ohne einen Penny in der Tasche in Hollywood angekommen war. Mit Träumen so groß und vibrierend wie die Stadt selbst. Träume, die schnell in unerreichbar scheinende Ferne gerückt waren, als ich erkennen musste, dass die Aussichten auf Erfolg ohne Geld und Vitamin B nur sehr gering waren.

Mittlerweile war die Anzahl meiner Schüler auf zehn Jungschauspieler angewachsen. Zu meiner großen Freude war Vivi eine von ihnen. Ihre offene Art und ihre große Klappe hätte ich auf Dauer ansonsten sicherlich vermisst. Mit ihrem Talent und meinem Netzwerk war ich mir sicher, dass sie eine glanzvolle Karriere vor sich hatte.

Casseys Mutter Carol betrat mit Charles im Schlepptau die Küche.

»Schön, dass du gekommen bist, Charles. Dann bin ich nicht der Hahn im Korb«, begrüßte ich ihn.

»Als ob es dir jemals etwas ausmachen würde, alleine unter Frauen zu sein«, zog Cassey mich auf.

»Ich habe mit einer schon alle Hände voll zu tun«, erwiderte ich und grinste sie anzüglich an.

Sie verdrehte die Augen, lächelte aber.

»Wir haben im Garten gedeckt, lasst uns doch schon mal rausgehen«, sagte sie an unsere Gäste gewandt.

Gerade als ich den anderen durch die Terrassentür hinaus in den Garten folgen wollte, klopfte es an der Haustür. Noch bevor ich die Tür erreicht hatte, öffnete sie sich und Abby trat in den Flur. Wieso hatte eigentlich jeder in dieser Familie seinen eigenen Schlüssel zu unserem Haus? Und verwendete ihn auch noch, als sei es das Natürlichste der Welt? Offensichtlich benötigten insbesondere die jüngeren Mitglieder dieser Familie eine klare Definition davon, was ich unter einem Notfallschlüssel verstand.

»Hey, ist Kayla schon da?«, fragte Abby, kaum dass sie eingetreten war.

»Hallo Schwesterherz, auch schön dich zu sehen.«

»Wir sehen uns doch ständig, jetzt sei nicht gleich eingeschnappt. Nach zwei Jahren ohne Rampenlicht müsstest du deine Starallüren doch langsam mal abgelegt haben.« Sie wedelte ungeduldig mit ihrer linken Hand vor meinem Gesicht herum.

Abby war einer der Gründe gewesen, warum wir uns für Seattle entschieden hatten. Auch wenn ich das in diesem Moment zu hinterfragen begann. Zusammen mit unserer Mutter und ihrem Vater lebte sie nur eine halbe Autostunde von unserem Wohnsitz entfernt, sodass wir uns endlich regelmäßiger sehen konnten.

»Entschuldige, ich habe ihr gesagt, sie soll klingeln«, sagte meine Mutter, als sie gefolgt von Rufus nun ebenfalls durch die geöffnete Haustür trat.

»Schon okay. Schön dass ihr gekommen seid«, wiegelte ich ab und meine Mutter strahlte mich an.

Rufus und ich nickten uns lediglich knapp zur Begrüßung zu. Als ich die Einladung ausgesprochen hatte, war ich mir nicht sicher gewesen, ob er Abby und meine Mutter tatsächlich begleiten würde. Das Verhältnis zwischen uns war noch immer angespannt, obwohl Abby es geschickt verstand, zwischen uns zu vermitteln. Wir würden wohl niemals beste Freunde werden, aber wir schafften es zumindest mittlerweile, uns im gleichen Raum aufzuhalten, ohne einen Streit vom Zaun zu brechen. Ganz zur Freude meiner Mutter.

Bevor ich den dreien in den Garten folgen konnte, klopfte es erneut an der Haustür. Als ich sie öffnete, begrüßte mich Tara mit einem strahlenden Lächeln. Neben ihr stand ihr Sohn Noah, der jedoch zu vertieft in seinen Nintendo war, um mich auch nur eines Blickes, geschweige denn einer Begrüßung, zu würdigen.

»Da ist ja der Ehrengast des Tages«, begrüßte ich sie und zog sie in eine Umarmung.

»Ich hoffe, du hast auch einen Talar besorgt? Das ist nämlich der einzige Grund, warum ich heute gekommen bin. Und wegen des Champagners natürlich.« Sie zwinkerte mir zu. Die goldenen Creolen, die unter ihrer schwarzen Lockenmähne hervorblitzten, strahlten mit ihrer guten Laune um die Wette.

»Auf den Talar wirst du leider verzichten müssen, aber wir haben so viel Schampus da, dass du dich nicht mehr daran erinnern wirst, dass du jemals einen wolltest«, sagte ich und bedeutete den beiden einzutreten.

Sie lachte und gemeinsam gingen wir in den Garten, wo die anderen sich schon um den Esstisch versammelt hatten. Als Cassey Tara erblickte, stieß sie einen Freudenschrei aus und eine Sekunde später fielen die beiden sich gegenseitig um den Hals. Da Tara am anderen Ende der Staaten wohnte, waren die Gelegenheiten, zu denen sie sich von Angesicht zu Angesicht gegenüberstehen konnten, mehr die Ausnahme als die Regel. Auch wenn Cassey so oft es ging für ein gemeinsames Mädelswochenende nach St. Louis flog und Tara uns zusammen mit Noah in den Sommerferien besuchte, begrüßten sie sich jedes Mal wie zwei lang verschollene Schwestern.

Ich fing Casseys Blick auf, der vor Glück zu strahlen schien. Meine Mundwinkel hoben sich ganz automatisch bei ihrem Anblick. Mich gegen die

Schauspielerei und für sie zu entscheiden, war die beste Entscheidung gewesen, die ich hätte treffen können. Entgegen all ihren Befürchtungen hatte ich diese Wahl keine Sekunde lang bereut.

Ich griff nach einem der Champagnergläser und brachte es mit den Zinken einer Gabel zum Klirren. »Wir haben uns heute hier versammelt, um gemeinsam Casseys Highschool-Abschluss zu feiern«, verkündete ich.

»Und Taras«, ergänzte Cassey und legte den Arm um die Schultern ihrer Freundin.

Da Casseys Fernschule keine Absolventenfeier ausrichtete, hatte ich beschlossen, eine eigene zu veranstalten. Erst hatte sie sich gesträubt und den Anlass heruntergespielt. Wie immer war sie viel zu bescheiden. Doch ich war viel zu stolz auf das, was sie geleistet hatte, um das nicht gebührend zu feiern. Außerdem ließ ich mir grundsätzlich keine Gelegenheit entgehen, um eine Party zu schmeißen.

»Cassey, ich bin unendlich stolz auf dich. Du hast dich nie entmutigen lassen, nicht mal von den Algebra-Aufgaben.« Als Antwort darauf versetzte sie mir einen leichten Schlag gegen meinen rechten Oberarm. »Du bist ein tolles Vorbild für die Kids aus dem Jugendzentrum.«

Ihr Blick wurde sofort weich und war von Wärme für die Kinder aus dem Jugendzentrum, in dem sie arbeitete, erfüllt. Obwohl wir von meinen Einnahmen mehr als nur komfortabel leben konnten, hatte Cassey sich nicht bloß mit der Rolle der Frau an meiner Seite zufriedengeben wollen. Als kurz nach unserem Umzug nach Seattle eine Stelle im örtlichen Jugendzentrum in der Zeitung inseriert worden war, hatte sie nicht lange gezögert und sich beworben. Seitdem steckte sie viel Zeit und Herzblut in das Zentrum und bemühte sich nach Kräften, die Jugendlichen dabei zu unterstützen, ihren Platz in der Welt zu finden.

»Auf Cassey und Tara!«, rief Kayla und hob ihr Champagnerglas.

Cassey

Erschöpft, aber glücklich räumte ich die letzten schmutzigen Teller in die Spülmaschine. Ich liebte es, wenn unser Haus vor Leben und Lachen zu vibrieren schien. Auch wenn wir meine Schwester und Mutter häufig in L.A. besuchten, fühlte es sich auch nach zwei Jahren noch merkwürdig an, dass uns plötzlich mehr als ein Flur voneinander trennte.

Dennoch war es die richtige Entscheidung gewesen, vom sonnigen Los Angeles in das gefühlt dauerverregnete Seattle zu ziehen. Unser Haus stand direkt am Waldrand und ich liebte den frischen und erdigen Geruch, der die Luft nach einem der häufigen Regenschauer erfüllte. Durch das feuchte Klima war alles in der Umgebung saftig grün und ich konnte mich daran nicht sattsehen. Nach den braunen und sandfarbenen Tönen von L.A. war es eine erfrischende Abwechslung für meine Augen, die ich nicht mehr missen wollte.

Ein weiteres Highlight des heutigen Tages war das Wiedersehen mit Tara gewesen. Mein letzter Besuch war schon einige Wochen her und ich hatte sie schrecklich vermisst. Obwohl wir mindestens einmal die Woche telefonierten und uns in der Zwischenzeit mit Textnachrichten über Wasser hielten, schien es nie genug zu sein. Es konnte die Nähe nicht ersetzen, die uns wie eine Decke einhüllte, wenn wir zusammen auf dem Sofa saßen, Sekt schlürften, gemeinsam lachten und manchmal auch die ein oder andere Träne verdrückten. Der Gedanke, dass sie eine ganze Woche in Seattle bleiben würde, erfüllte mich mit kribbelnder Vorfreude auf die nächsten Tage.

»Endlich wieder alleine«, erklang Damiens Stimme hinter mir.

»Es war doch ein schöner Tag«, erwiderte ich, ertappte mich aber dabei, wie sich bei dem Gedanken, mit ihm alleine zu sein, ein Lächeln auf meine Lippen stahl.

»Nicht so vorschnell, der Tag ist noch lange nicht vorbei.« Er schlang seine Arme von hinten um meine Mitte und zog mich an seine Brust.

»Kommt jetzt das Abendprogramm?«, fragte ich und ein Kribbeln breitete sich in meinem Bauch aus.

»Du wirst es lieben«, sagte er und hauchte Küsse in meine Halsbeuge.

Dann legte er seine Hände um meine Taille und drehte mich in seinen Armen, bis ich in sein Gesicht blicken konnte. Im nächsten Augenblick verloren meine Füße den Kontakt zum Boden, als er mich über seine rechte Schulter warf.

»Wie oft soll ich dir noch sagen, dass ich es hasse, wenn du das machst?! Lass mich sofort runter!« Ich bearbeitete seinen breiten Rücken mit meinen Fäusten, was in etwa den gleichen Effekt hatte, wie auf eine massive Betonwand einzuschlagen.

»Das wird einfach nie langweilig«, gluckste er, während er zielsicher die Treppe hinauf zu unserem Schlafzimmer lief.

Am Bett angelangt, ließ er mich von seiner Schulter gleiten und nahm mich sofort mit seinem Körper gefangen. Als sein Mund hungrig den meinen suchte, verwandelte sich meine Empörung in Begierde und ich zog ihn näher zu mir heran.

»Ich habe schon den ganzen Tag darauf gewartet, das tun zu können«, knurrte Damien und öffnete mit geschickten Fingern meine Bluse und ließ meinen BH gleich mit folgen.

Dann glitten seine Hände über meinen nackten Oberkörper und seine Lippen liebkosten die empfindsame Haut oberhalb meines Schlüsselbeins, bevor sie immer weiter nach unten wanderten. Ich schloss genießerisch die Augen, während er meinen Körper erzittern ließ.

Als ich danach in seinen Armen lag und seinen gleichmäßigen Atemzügen lauschte, fragte ich mich, wie ich nur jemals an ihm hatte zweifeln können. Am Anfang war es mir unheimlich schwergefallen, mich erneut auf ihn einzulassen. Zu groß war meine Angst vor einer weiteren Enttäuschung gewesen. Nicht nur auf meiner, sondern auch auf seiner Seite. Immerhin hatte er seine Schauspielkarriere für mich an den Nagel gehängt, ohne auch nur zweimal darüber nachzudenken.

Damien hatte mich nie gedrängt, sich aber auch nicht entmutigen lassen. Mit seinem machohaften Charme und seiner gleichzeitig einfühlsamen Seite hatte er sich zu einem unverzichtbaren Teil meines Lebens gemacht. Wie meine kleine Schwester so gerne feststellte, benahmen wir uns wie verknallte Teenager, die die Finger nicht voneinander lassen konnten.

Doch es war nicht nur das Körperliche, und Damien hatte weiß Gott einen Körper zum Niederknien, sondern auch diese tiefe Verbindung zwischen uns. Mit ihm an meiner Seite schien mir kein Problem unlösbar, keine Herausforderung zu groß. Wir unterstützten uns gegenseitig ohne zu zögern oder die Entscheidungen des anderen zu verurteilen. Auch wenn mir das bei Damiens verrückten Ideen nicht immer leichtfiel.

Ich strich sanft mit meiner rechten Hand durch sein Haar und er seufzte behaglich im Schlaf. Ein Lächeln erschien auf seinen Lippen. Manchmal musste ich mich immer noch kneifen, um sicherzugehen, dass ich nicht träumte.

Wer hätte gedacht, dass ausgerechnet ich mein Happy End in Hollywood finden würde?

ENDE von Band 1

Danksagung

An dieser Stelle möchte ich mich ganz herzlich bei dir für den Kauf dieses Romans bedanken. Deine Unterstützung bedeutet mir viel und ich würde mich sehr freuen, wenn du mir eine Rezension dalässt oder ein paar Sterne vergibst.

Aktuell bin ich fleißig dabei, Band zwei und Band drei fertigzustellen. Schau gerne auf meinem Instagram-Profil vorbei, um auf dem Laufenden zu bleiben: nellie.weisz.autorin. Für Fragen, Anmerkungen und Sonstiges schreib mir gerne eine E-Mail an nellie.weisz@gmail.com.

Ein großes Dankeschön geht an meine Testleser:innen Alisa, Ralf, Rebecca und Nadd. Euer Input hat mir sehr weitergeholfen und besonders deine motivierenden Worte, Ralf, haben mir den nötigen Anschub gegeben, dranzubleiben! Auch meinen Freundinnen Susa, Jana und Johanna möchte ich noch einmal gesondert für ihren Einsatz und die hilfreichen Impulse danken.

Ein weiterer Dank gebührt meiner Lektorin Ann-Kathrin. Danke, dass du an meine Reihe geglaubt und den Büchern beim Impress Verlag ein neues Zuhause gegeben hast. Ebenso möchte ich mich bei meiner Lektorin Marlene bedanken. Du hast dafür gesorgt, dass dieses Buch noch ein Stückchen besser und runder geworden ist.

Und zu guter Letzt möchte ich die Möglichkeit nutzen, meinen Eltern für so vieles zu danken. Danke, dass ihr in mir von klein auf die Liebe zu Büchern geweckt habt. Danke, dass ihr mich bei jeder Idee, egal wie verrückt, unterstützt habt und es auch immer noch tut. Danke, dass ihr immer an mich glaubt, auch wenn es mir selbst gelegentlich schwerfällt. Und Danke, dass ihr meine größten Fans seid.

Triggerwarnung

Diese Geschichte enthält folgende sensitive Themen:

Depressionen

Suizid

DIE MACHT DER GEFÜHLE
TAUCH EIN IN ROMANTISCH-FANTASTISCHE GESCHICHTEN.
IMPRESS
#IMPRESSBOOKS
ALLES VON IMPRESS HIER:
IMPRESSBOOKS.DE

NEW ADULT
ROMANCE

Alice Ann Wonder
LOVING THE ENEMY
ISBN 978-3-551-30303-5
Softcover
Auch als E-Book erhältlich

Nachdem Elaine ihren Nebenjob verloren hat, fallen ihre Pläne für den Sommer in sich zusammen. Sie kehrt nach drei Jahren der Abwesenheit zurück in ihre alte Heimat und läuft prompt dem Sohn der Familie in die Arme, die ihrer eigenen alles genommen hat – Cole Cunningham: Frauenheld, Angeber und verboten gutaussehend.

Anja Tatlisu
NOT OVER YOU
ISBN 978-3-551-30280-9
Softcover
Auch als E-Book erhältlich

Hayleys Leben könnte nicht besser laufen. Sie ist eine aufstrebende Fotografin in New York und steht kurz vor der Hochzeit mit ihrem bodenständigen Verlobten Dean. Doch nach ihrem Junggesellinnenabschied trifft sie auf ihre erste große Liebe. Noah bittet sie um ein allerletztes Date, bevor sie zum Altar schreitet.

Lana Rotaru
CRUSHED-TRUST-REIHE 1: KISS ME NEVER
ISBN 978-3-551-30278-6
Softcover
Auch als E-Book erhältlich

Andrew starb vor sechs Monaten bei einer Fahrt mit seinem Motorrad. Alle glauben an einen Unfall. Nur seine Schwester Amanda ist sich sicher: Es war Mord. Ganz oben auf ihrer Liste der Verdächtigen steht der selbstverliebte, arrogante Frauenheld Dante. Auf der Suche nach Beweisen kommt sie dem attraktiven Dante gefährlich nahe.

IMPRESS

WWW.IMPRESSBOOKS.DE

GEFÜHLVOLLE LIEBESGESCHICHTEN

Viktoria Christians
ALLES UND NOCH MEHR. LOREEN & CARTER
ISBN 978-3-551-30272-4
Softcover
Auch als E-Book erhältlich

Nach dem Tod ihrer Mutter und der schmerzhaften Trennung von ihrem Ex-Freund hat Loreen die Liebe endgültig abgehakt. Niemand kann ihre Trauer nachvollziehen, dabei wünscht sie sich nichts sehnlicher, als die restliche Highschool-Zeit ohne weiteres Gefühlschaos zu überstehen. Doch bereits am ersten Schultag trifft sie auf den ebenso verschlossenen wie mysteriösen Carter.

Johanna Rau
WHERE THE HEART IS. NELLY UND FYNN
ISBN 978-3-551-30312-7
Softcover
Auch als E-Book erhältlich

Nach ihrem Abschluss beginnt Nelly ein Praktikum beim Magazin »Shiny« und freut sich auf das hippe Leben in der Großstadt. Doch anders als geplant soll sie ausgerechnet in der tiefsten Provinz für einen Artikel über das Landleben recherchieren. In Roseville angekommen, trifft sie auf den überheblichen Fynn – und kommt ihm zwischen Stallausmisten und Sternebeobachten unerwartet näher.

Sina Müller
ALMOST SPEECHLESS. DIE TIEFE DEINER WORTE
ISBN 978-3-551-30398-1
Softcover
Auch als E-Book erhältlich

Paulina liebt Worte – und doch ist sie nahezu stumm. Eine Kommunikationsstörung namens Selektiver Mutismus macht es der kreativen Studentin der Academy of Arts fast unmöglich, sich mit anderen auszutauschen. Zuflucht findet Paulina bei Adrian, dem rebellischen Sprayer. Wenn sie doch nur mit ihm sprechen könnte …

IMPRESS

WWW.IMPRESSBOOKS.DE

Impress

Die Macht der Gefühle

Wir produzieren nachhaltig
- Klimaneutrales Produkt
- Papiere aus nachhaltigen und kontrollierten Quellen
- Hergestellt in Europa

MIX
Papier aus verantwortungsvollen Quellen
FSC® C083411
FSC
www.fsc.org

Impress
Ein Imprint der Carlsen Verlag GmbH
Völckersstraße 14-20, 22765 Hamburg
Juni 2023

Lektorat: Marlene Uhlenberg
Umschlagbild: shutterstock.com / © BokehStore / © Good dreams - Studio / © Abstractor / © Cherednychenko Ihor / © Angela Ksen
Umschlaggestaltung: Cover Up Buchcoverdesign
ISBN 978-3-551-30553-4
www.impressbooks.de